講談社文庫

そして二人だけになった

Until Death Do Us Part

森　博嗣

講談社

目次

Until Death Do Us Part
by
MORI Hiroshi
1999
paperback version
2018

《バルブ》内部

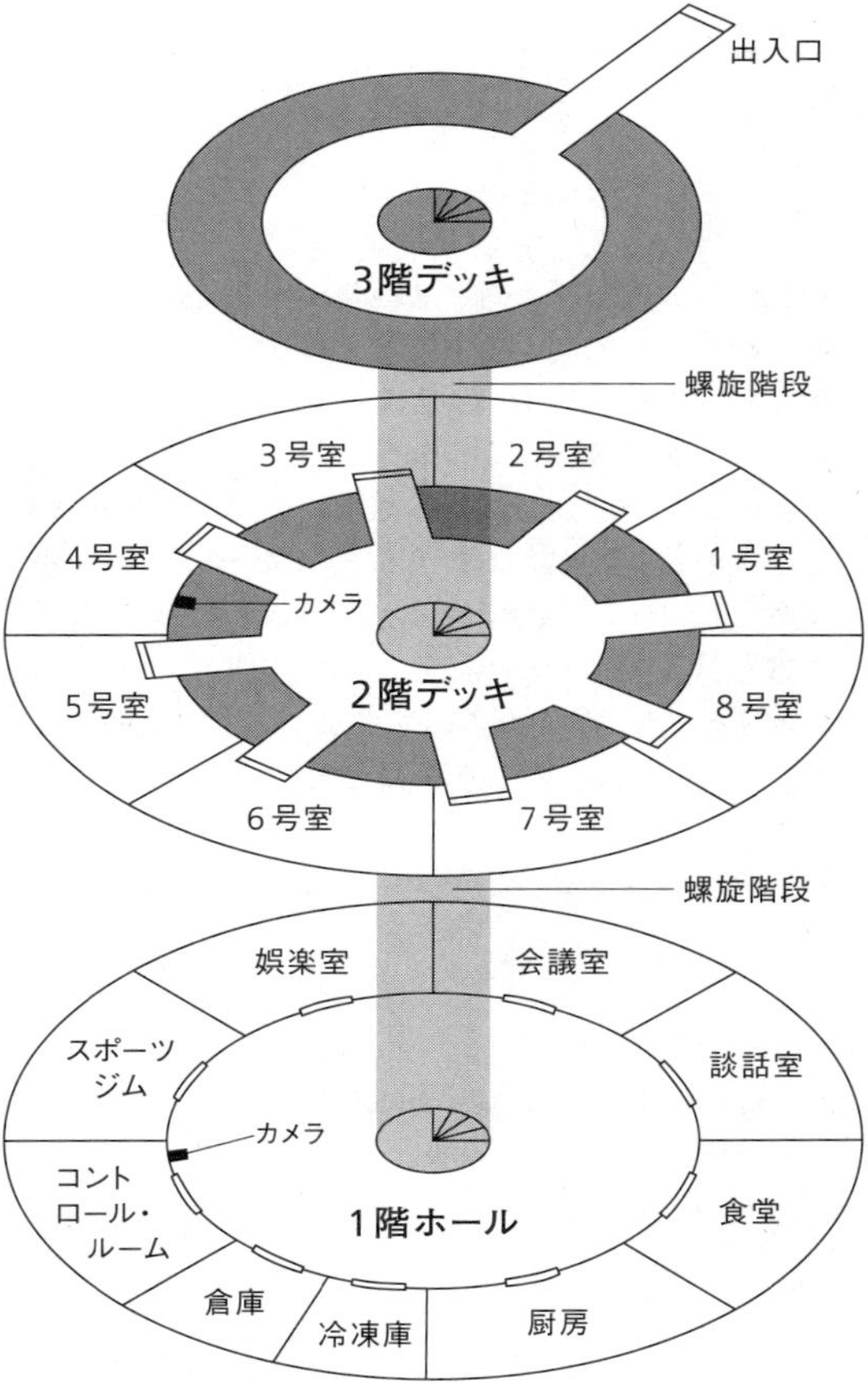

出入口
3階デッキ
螺旋階段
3号室
2号室
4号室
1号室
カメラ
2階デッキ
5号室
8号室
6号室
7号室
螺旋階段
娯楽室
会議室
スポーツジム
談話室
カメラ
コントロール・ルーム
食堂
1階ホール
倉庫
冷凍庫
厨房

〝光を伝える媒質〟に対する地球の相対的な速度を確かめようとして、結局は失敗に終ったいくつかの実験をあわせ考えるとき、力学ばかりでなく電気力学においても、絶対静止という概念に対応するような現象はまったく存在しないという推論に到達する．いやむしろ次のような推論に導かれる．すなわち、どんな座標系でも、それを基準にとったとき、ニュートンの力学の方程式が成りたつ場合、そのような座標系のどれから眺めても、電気力学の法則および光学の法則はまったく同じであるという推論である．

（動いている物体の電気力学／A. Einstein）

London Bridge is broken down,
Broken down, broken down,
London Bridge is broken down,
My fair lady.

(Nursery Rhymes)

そして二人だけになった

プロローグ

光の電磁的力が、動いている物体により影響を被《こうむ》っている場合は、この現象をすべて、物体に対して静止している座標系にまず変換することである.

僕は海が嫌いだ。
海が恐《こわ》い。
子供のときから……。
ずっと、今も、それは変わらない。
あんなに沢山の水があるなんて、
とても信じられない。
どこにも溢《あふ》れることがないのに、動いている。
なんでも飲み込んでしまいそうだ。
子供の頃に見た恐ろしい海。

憶《おぼ》えている映像は、夜の黒い海。
有機的な臭《にお》いも、
胸を圧せられるような、湿った風も、
落ち着かない波の音も、
なにもかも、好きにはなれない。
近づきたくない。
そもそも、水が嫌いだった。
プールも大嫌い。
泳ぐのも恐い。
せっかく水から上がった生きものなのに、
どうして、また泳がなくてはいけないのだろう。
人間は、泳ぐ必要なんかない。
だから、船がある。
だから、橋があるんだ。

＊

私は、もう、あの人以外に欲しいものはない。
それを手に入れた。
いや、一瞬、一瞬にはその実感があるけれど、
それがこのさき、永遠に続くものなのか、
自信はない。
かたときも目を瞑《つむ》りたくない。
瞬《まばた》きさえしたくない。
ずっと、あの人を見ていたい。
とにかく、それで、私は満足。
この状態が維持できるのなら、
何を犠牲にしても良い。
何が壊れようが、誰が死のうが、関係がない。
世界中の生きものが、全部死滅してもかまわない。
今、私は幸せだ。

笑っている。

こんな陳腐《ちんぷ》な表現を、

まさか自分が口にするとは思わなかった。

けれど、それは、文字どおり、

今は正しいのだから、しかたがない。

つまりは……、

そう、核爆弾のスイッチでさえ、

今の私は平気で押せるだろう。

これは比喩《ひゆ》なんかではなく……、そう思う。

いずれ……、

そのとおりに、なるかもしれないのだから。

1

僕が初めて勅使河原潤《てしがわらじゅん》に会ったのは、三年まえの夏だった。

大学を出て、就職もせず、バイトで貯《た》めた金で買った片道の航空券で、夢を追うというよりも、単に複雑過ぎる目前の現実から逃げ出した。半年間ほど、オーストラリアとニュージーランドを放浪し、結果的には、黄色くなったセロハンテープみたいに疲れ果てて帰ってきた。でも、意味がなかったわけでもない。帰国したときには、「働く」という動詞の定義が、僕の中ではすっかり入れ替わっていた。明日のために働くのではなく、今日のために働く。自分の人生を構築するために働くのではなく、家賃を払うため、空腹から逃れるために働くのだ。僕は大人になり、社会の一員になれた。それだけでも、細《ささ》やかな成長だっただろう。

そんな僅《わず》かな諦《あきら》めのせいで、僕はとても気楽になった。立派な仕事をする自分、社会との関わりに生き甲斐《がい》を見つける自分。そんな幻想から、逃れることができたからだ。僕は、以前よりもずっと陽気に振舞えるようになっていた。毎日が、わりと楽しかった。ただ、もちろんそれは、外面的なことに限られる。僕の本質が変化したわけではない。おそらく、深海魚みたいに、光の届かないところまで潜ってしまっただけのことで、どこかで、ひっそりと、僕の幻想はまだ生きていたかもしれない。

気楽にバイト口を見つけて働く。その場かぎりの仲間づき合いもできるようになった。大学で覚えたことも、研究したことも、なにも役に立たない軽い生活。内容のない会話。調子を合わせるだけの笑顔。ときどき……、自分は動物園の檻《おり》の中にいるのでは、と錯覚することもある。きっと、まっとうな精神構造を持っている人間なら、考えるだろう。適当に生き、適当に歳《とし》を取って、人知れず死んでいくのか……、などとぼんやりと将来を想像する。けれど、特に抵抗する動機もきっかけも、ありはしない。それがこの現代社会に定着する、という意味なのだ。

そんな平均的な生活を始めた矢先のことだった。

彼に、僕は呼び出された。

勅使河原潤に……。

今までに、会ったことは一度もなかった。しかし、この男のことを、僕はとてもよく知っていた。

世界中で、僕が最も興味を持っていた他人、と表現しても良いくらいだ。

勅使河原潤は、有名人だった。

確かに、彼は超のつく有名人だ。テレビや新聞、雑誌、どこでも、いつでも、その名前と顔を目にすることができる。外国の有名な賞を最年少で受賞したとかで、数年まえにマスコミが大騒ぎした。天才物理学者……、いや、数学者かもしれない。僕にはよくわからなかった。そのあと、慌《あわ》てて日本の学会、協会が、彼に賞を与えた。

歳は、僕の二つ上。その当時、二十七歳。そして、彼は盲目だ。いつから目が見えなくなったのか、詳しくは知らない。少しずつ視力を失った、とどこかの記事で読んだ。完全に見えなくなったのは、つい最近のことらしい。この点がまた、マスコミに受ける。話題性充分というわけだ。黒いサングラスをかけた勅使河原潤は、テレビでも、アイドル的な存在だった。僕は、彼が出演する番組は、欠かさず見るようにしていた。

僕が彼のことを意識していたのは、しかし、一般的な興味からでは、全然ない。

実は、勅使河原潤は僕の兄なのだ。

これは、誰にも話してはいない。

知っているのは、僕と、たぶん彼の二人だけだろう。

彼も僕も、両親は既に他界している。二人とも兄弟は他《ほか》にいない。彼の父親は勅使河原顕《あきら》という名の実業家で、同時に僕の父でもある。僕の母は、勅使河原顕とは結婚しなかった。その母が、死ぬ直前に、僕に父のことを教えてくれたのだ。

閑静な住宅街に建つ豪邸。

広い庭に生い茂った樹々《きぎ》。蟬《せみ》が煩《うるさ》かった。

僕は、勅使河原潤と初めて会った。

優しい声で彼は話した。それは、テレビなどで見た勅使河原潤の話し方とは違っていた。もっとおっとりとした、どことなく、子供のように甘えた口調だった。

「会えて、とても嬉《うれ》しいよ。触《さわ》らせてもらって良いかな？」僕の頰に触れながら、彼は微笑《ほほえ》んだ。本当に嬉しそうな無邪気な表情だった。「僕と君は、とても似ているそうだね。少なくとも、そう報告を受けている。あ、いや……、失礼とは思ったけれど、君の動向は、ずっと調べさせてもらっていたんだ。気を悪くしないでほしい」

「いえ、それくらいは、ごく当然のことだと思います」僕も落ち着いた口調で答えることができた。相手の目が見えない、ということは、なんとなくリラックスできるものだ。「なにもなかったでしょう？　身辺は意外に綺麗《きれい》なものですよ。女性関係もさっぱりですし、そう、少なくとも、今のところ犯罪者でもない。一度だけ、スピード違反で免停になりましたけどね、その他には、特に後ろ指をさされるほどの落ち度はないつもりです」

「よく……、しゃべるんだね」勅使河原潤は首を傾《かし》げる。僕のことが少し意外だったようだ。

「普段は、そうでもありません」

「僕を見て……、どう思った？」そうききながら、彼は黒いサングラスを外した。

彼の素顔を間近に見たのは初めてのことだ。視線は、微《かす》かに僕を逸《そ》れている。しかし、その瞳《ひとみ》は、既に機能を停止したものとはとうてい思えない。とても綺麗だった。

「僕と君は……、似ている？」彼は少しだけ目を細める。自分がどんな表情をしているか、わかっているのだろうか。

「ええ、とても」僕は思ったとおりに答える。彼の質問の意図は、まったくわからない。

「そう……」彼は軽く肩を竦《すく》め、小さく鼻息をもらした。「見られないのが残念だね。でも……、それは良かった。少なくとも、僕の頭の中に既にある映像で、君のイメージを作ることができるというわけだから……」

僕の兄、勅使河原潤は、長髪だ。真《ま》っ直《す》ぐの黒髪が背中に届くほど長い。前髪だけが日本人形のように目の高さでカットされている。男性としては珍しい髪形だろう。一方の僕は、その当時は、とても短くしていた。

だから、兄と同じ長さに、僕の髪が伸びるのに一年以上かかった。そして、それがつまり、僕の研修期間だったのだ。

上辺《うわべ》だけのことだが、勅使河原潤の振りをする、あらゆるテクニックを僕は身につけた。どうして、そんなことをする必要があるのか、深く考えなかった。単にそれが、割りの良い仕事だっただけのこと。目先の金のために、僕は動いた。しかし、かつて経験したことがないほど、愉快な毎日だったし、安定した生活だと感じた。人間というのは、僅かな疑問、些細《ささい》な不安を、どっしりと安定した生活の中に簡単に取り込めるものだ。

僕は、勅使河原潤の影になった。

黒いサングラスをかけ、黒い上等なスーツを着て、テレビのスタジオに赴いたことだってある。そういった非生産的な時間から勅使河原潤を解放するのが、弟である僕の仕事になった。僕を雇い入れても、充分に採算が取れたはずだ。なにしろ、偽者《にせもの》の勅使河原潤が稼ぐギャラだけで、僕が受け取る報酬を楽に賄《まかな》えたのだから。

罪悪感といったものは、まったくといって良いほどなかった。誰にも迷惑をかけていないという自信があったからだ。自由な時間を手に入れた兄も、また、勅使河原潤を間近に見たいファンたちも、どちらも満足を得ることができる。誰が考えたのか知らないが、上手《うま》いやり方だと思った。

ある程度専門的な内容のインタヴューは、兄が直接受けた。あるいは、インタヴューだけは僕が受け、記事になるまえの校正段階で、彼が修正を行った。それ以外の、どうでも良いような一般的なニーズであれば、僕だけで充分だった。もともと、この僕だって、一応、大学では理学部に籍を置いていたのだ。ボロを出さない程度の基礎的な知識なら持ち合わせていた。それに、研修期間に、僕は勅使河原潤の専門分野とその業績に関する情報を徹底的に吸収した。こんなに積極的に勉強したことは今までになかっただろう。目的が明確になると、こうも楽しく勉強ができるものか、と不思議に思ったくらいだ。どんなに難しい理論も、それを発想することに比べれば、ただトレースし、理解することは、はるかに容易《たやす》い。それが、優れた理論であればあるほど、なおさら容易である。

そういったわけで、天才を演じることは、意外に簡単なことだった。とにかく、とても楽しかった。

最初は一つ一つの行動、仕草に気を遣い過ぎて、いつも緊張していた。小さな失敗をあとになって悔やんだ。けれど、幸運なことに、自分では冷や汗が出るほどの大失敗をしたと思っていても、誰も気づかない、ということばかりだった。芸というのか、技巧というのか、だんだんに慣れてくると、それにともなって自信もつく。自信がつくとますます演技に磨きがかかる。近頃では、誰に対しても、またどんな局面であっても、無難に、否、それ以上に、僕は勅使河原潤を演じることができる、と思っている。勅使河原潤として、ファンを喜ばせることが、自分にはできる、と自信を持っていえるようになった。兄もそのことを喜んでくれている。

僕は、この仕事が気に入った。

だが、それも、これで最後になるかもしれない。

今回のことで……。

2

私はずっと姉と一緒だった。

当然ながら、私たちはとても似ていたので、いつも、そのことが周囲で話題になる。それが、私たちの日常。姉と私を初めて見た人は、必ずそこから話を始める。例外はなかった。

似ている。

それは、中学の数学の時間に習った三角形の合同みたいなものなのか。しかし、どこがどう似ているのか、と尋ねられれば、答えるのは難しい。むしろ、どこが違っているのかを説明した方が早い。

似ている、ということは、私と姉を結ぶ魔法の呪文《じゅもん》だった。磁石のように、私たちはお互いに吸い寄せられる。

「似ているって言われるの、嫌《いや》でしょう？」と姉はよく口にしたものだ。姉がそう言えば、もう私はそのまま言葉を鵜《う》呑《の》みにしてしまう。自分もそう思っていたのだ、と瞬時に錯覚できる。だから、姉と同じように顔をしかめて、「本当にね……」などと、溜息《ためいき》混じりで私は頷《うなず》く。

だけど、本当のところ、姉と似ていることは私にとっては掛《か》け替《が》えのない条件だった。それは空気のように透明で、大切で、私の全身を覆《おお》い、そして、守ってくれる。

もし、自分にそっくりの姉がいなかったら、私はどうなっていただろう？

それは想像もできないことだ。

空気がないところを想像できないのと、同じ。

他の人には特別でも、私たちにはごく当たり前のこと。

ただ……、
ほとんど同じ容姿、そして、同じ能力。

それなのに、姉と妹。

順番がある。

そのあとさきの順番が、私たちの性格をくっきりと分けた。誰も気づいていない。姉でさえ、気づいていなかっただろう。これは、間違いない。姉の気持ちが私にはわかる。

最初、それは、とても小さなことだった、と思う。

けれど、私にとっては、決定的な要因。

私はその順番を忌《い》み嫌《きら》い、同時にそれに甘えたのだ。

あるときは、密《ひそ》かにそれに反発し、別のときは、それを拠《よ》りどころにして縋《すが》った。

姉の名は、森島有佳《もりしまゆか》という。

もちろん、私にも名前がある。

でも、それはどうでも良いこと。

とても変な言い方だけれど、私には関係がない。名前なんて、本人には無意味。

私は、私なのだから。

姉、森島有佳とは、大学を卒業するまで、ずっと一緒だった。すべての生活が同じだった。それは、私が望んだこと。私は甘えん坊の妹を演じることで、安定した居心地の良い場所を見つけた。二人は種々のことで協力することができ、そのメリットは計り知れなかった。同じ行動をすることが一番楽だったのだ。

姉と同じことをしたがる甘えた妹が、私だった。

森島有佳は、「しかたがないなあ」といつも優しく苦笑した。諦めの表情と素振りを私に見せたが、それもきっと、姉としての表向きの仮面だった、と私は思う。何故なら、彼女も、ほとんど私と同じくらい楽ができたはずだからだ。お互いに迷惑をかけるようなことは、決してなかった。いつも、バランスはフィフティ・フィフティ。常に、釣り合っていた。

ただ、就職して、二人は別々になった。

これが、どれほど劇的なことだったか、普通の人には想像もできないだろう。躰《からだ》が半分なくなったような感覚。手も足も、片方ずつになってしまったような感じだった。

夜、部屋に一人でいると、ああ、声を出してしゃべっても、誰の耳にも届かないのだ、と気づく。

鏡を見なければ、自分の髪の毛が立っていることがわからない。

そんな些細な新しさに、私は驚いた。

きっと、姉も同じだったろう。

姉も私も独り暮らしを始めたのだ。今まで、二人の距離がこんなに離れたことは一度もなかった。

予想されたことだが、皆は私のことを心配した。誰も姉のことは心配しなかった。けれど、実際のところ、私はまったく平気で、新鮮な生活がむしろ楽しかったし、なにより、一人しかいない私を認識してくれる新しい友人たちが不思議に気に入った。私だけを見ている他人、それが嬉しかった。たとえば、友人と話をするとき、じっと自分だけが見つめられている状況、ずっと自分だけが話題になる状況に、私は慣れていなかった。相手が異性の場合など、最初は、今にもプロポーズされるのではないかと、気を回したほどだ。それはまるで、目の前の風防が急に取り去られ、新しい風が直接私に当たるような爽《さわ》やかさだった。清々《すがすが》しい、と私は感じた。

もちろん、姉も同じだったはず。

彼女は、仕事がとても面白い、といつも電話で話した。以前にも増して、姉は生き生きとしているようだった。あんなに仲良しで、ずっと一緒だった二人は、だから、離ればなれになっても、まったく大丈夫だった。一人の人間として、何不足ない能力を持っていたのだから、当たり前といえば当たり前の道理である。

姉、森島有佳は、最初は出身大学に教務員として就職したが、すぐに、ある有名教授の秘書になった。それは願ってもない転職だったようだ。「秘書」と言われると、姉はいつも「アシスタント」と言い直した。けれどそれは、「助手」ではない、と彼女は笑う。

姉の仕事面での能力が認められたのか、それとも、もっと別の……、たとえば、陳腐な表現だが、女性としての魅力が採用の理由だったのか、私にはわからない。ただ、そんなポストはいつでも空《あ》いているわけではない。タイミングの良さは、明らかに姉の持っている強運のおかげだ、と私は思った。

一方、私はといえば、中堅の民間企業の研究所に勤務していた。姉も私も、大学は理学部である。むしろ私の方が、順当な就職だった。

曲《まが》りなりにも、私の肩書きは研究員。研究所では白衣を着て、高価な分析装置の前に座っている。普通の人が一生使わないような単位で、ものを測定する。けれど、やっていることといったら、毎日送られてくる試料を、砕いたり、削ったり、擂《す》り潰《つぶ》したりして、機械が許容する測定可能なサンプルを作るだけの仕事だ。小学生の粘土遊びと大して変わらない。分析装置にセットして、スイッチを押してしまえば、あとは、すべて機械とコンピュータが結果を出してくれる。いうなれば、私はサンプル作製装置に過ぎない。大きな分析装置は部屋の真ん中に据《す》え付《つ》けられている。部屋の空調さえ、その装置のためにある。夏でも私はセータを着なければならなかった。私は分析装置の一部、ただのオプションなのだ。

二年ほど、この無機質な生活が続いた。単調ではあったが、一つのことを除いて不満はなかった。私は、自分の作業に関連したことで、興味を持てる研究テーマを探した。分析装置が働いている間も、学術雑誌を読んだ。それは、決して見た目ほど無味乾燥な生活ではなかった。

ただ一つの不満というのは、上司のことだ。

彼は既婚者で、私より一回り以上歳上だった。否、そういった問題ではない。とにかく、私は、彼が生理的に嫌いなのである。もちろん、世の中にいる人間を全部好きになろうなどという野望は私にはない。私だって子供ではないのだから、彼が個人的でかつ執拗《しつよう》なアプローチを私に対してしないかぎり、まったく問題はなかった。それさえなければ、許容範囲だった。

たとえば、職場でよくあるちょっとした嫌味や、あるいは、むしろ完全に嫌われているような状況ならば、我慢ができただろう。

つまり、その反対だった。彼は私をコントロールしたがった。私が彼に好意を寄せることが、ごく自然なことだ、と固く信じていた。そんな不合理を私は許せなかったのだ。早く、部署が替わって、彼と離れられることを望んでいたし、実際にその希望を出した。しかし、一向に改善されなかった。私は、彼に直接、できるだけ穏便《おんびん》に私の考えを伝えたこともある。スポンジのように、押されれば凹《へこ》む。そして、必ず元に戻る。彼の攻勢は形を変え、むしろ手広くなり、私はどんどん窮屈になった。

それだけが、ストレスだった。

それが、どんどん大きくなった。

そんな頃である。

姉が私を呼び出したのだ。

休暇を取って、二人で旅行をすることになった。電車で数時間の観光地の旅館に、私たちは泊まった。白く濁《にご》った温泉の湯に浸《つ》かり、久しぶりにゆっくりと話をした。

私は悩みを打ち明けようと決めていたが、姉がさきに、その話を持ち出したのである。私は、驚いたし、その場では、とにかく困惑した。

姉が一方的に話し、私はすぐに返事をしなかった。

「どう？」と最後に姉にきかれたとき、私は、「ちょっと、考えさせて」と答えた。

タイミングは絶妙だった。またしても、姉の持っている強運のおかげといえる。

実のところ、私は、その場で決意していた。

＊

海を渡る橋は、とてつもなく大きい。

それは、既に人が造るものの大きさではない。

人工物としてのサイズを超えている。

かつて、ガリレオ・ガリレイは、「ものは大きくなるほど弱くなる」と言った。これほどまでに大きなものを造る権利が、はたして人間にあるのだろうか。

たとえば、生命をコントロールする技術が倫理的な問題として話題になる。もし、人が足を踏み入れてはいけない神聖な領域が存在するとしたら、そもそも人間に許された行為とは、何だろう。人間に与えられた権利とは、何だろう。

権利とは、しかし、元来、人間のものだ。

人間以外に、権利を自覚するものはいない。

人間が勝手に築いた概念、そして、言い訳。

自然には、権利など、最初からない。

自分たちが自然に対峙《たいじ》していると、人間は勝手に思い込む。自分たちが築いたものを、過去に遡《さかのぼ》って眺め、未来に臨んで意気込む。

ほんの短い生命、
一瞬の歴史にしがみつく。
時代という言葉を、誤差ともいえる極めて僅かな時間刻みの範囲で用いる。
短い。
とても短い火。
マッチの炎はやがて消えるだろう。
それが宇宙の「生」の中で、一個の恒星、すなわち太陽が光り輝く時間だ。
その何億分の一かの一瞬に、
人間の歴史のすべてがある。
まさに、刹那《せつな》。
それでも、
私たち人間は太古より、
僅かさきの未来を幻想し、
寄り添い、慎《つつ》ましく群れを成し、
常になにかを築こうとして、踠《もが》き、
今も、足掻《あが》いている。
死が、私たちを、別つまで……。

第1章　同時刻の定義

ところで、われわれの判断のうち、そこで時間が役割をになう場合には、そのような判断はすべて、いくつかの出来事が同時刻に起きたか否かに対する判断であるということを念頭におかねばならない．

1

ヘリコプタに乗ったのは二回目だった。

一度目は、まだ学生のときだ。アメリカとカナダの国境にあるナイアガラの滝で、二十ドルでヘリコプタに乗せてくれるアトラクションがあった。当時は、一ドルが二百五十円もした時代だから、僅《わず》か十分程度の遊覧飛行としては相当高額な料金だったのだけれど、ここで乗らなければ一生このような機会はないかもしれない、と考えて決意したことを覚えている。

もともと乗物が嫌いな方ではない。固体である地面に接している自動車や鉄道は、地面による確固たる反力を受けることができるので、それらに乗っている人間は、いろいろな方向の加速度を（しかも小刻みに）感じることになる。スタートすれば後方に、ブレーキをかければ前方に、上り坂に差しかかれば下方向に、右に回れば水平左方向に力を感じる。ところが、液体である水になると、その反力は緩《ゆる》やかなものとなり、気体である空気ではさらに弱くなる。つまり、宙に浮いている物体に対しては、地面の場合ほど機敏に反発するものが周囲にない。空気は大地ほど固くないからだ。したがって、反力は、飛行機であればエンジンの推進力か主翼の揚力に対する空気の抵抗、ヘリコプタであればロータが押しのける空気の圧力によるしかない。という道理で、結果的に大した加速度が生じない。特に、ヘリコプタの場合には前進するための単独の推進機構を持たないので、主として機体の上下方向にしか加速度が生じないことになる。もちろん、そう簡単に割り切れる問題ではないのだが、理想的に静止した大気の中では、ほぼこのとおりであり、現に、ヘリコプタは自動車ほど揺《ゆ》れることはない。

そう自分に言い聞かせて乗るわけである。理屈屋だからしかたがない。実際には、高度による精神的な不安定さを味わうので、多少の恐怖は感じるものの、やはり理論どおり大したことはなかった。それが、ヘリコプタに対する僕のイメージだ。

とにかく、一回でも乗った経験があって助かった。

高層ビルの最上階の会議室に集合し、簡単な説明を聞いたあと、いきなり屋上へ案内された。そこで流線形のヘリコプタを見たときには、少なからず驚いた。けれど、僕が演じている勅使河原潤という男は、当然ながらヘリコプタには乗り慣れているはずだし、それに、ここでは他の人々をリードすべき役柄だった。したがって、僕は驚くわけにはいかなかったのである。

まして、僕は目が見えないことになっているのだから、じろじろとヘリコプタの方ばかり眺めることもできない。もちろん、サングラスをかけていたので、僕は横目で盗み見るようにして、それを確認した。学生時代にナイアガラの滝で乗った機体に比べると、遥《はる》かに未来的なデザインだった。

当然ながら、こういった演技に僕は既に充分に慣れている、といって良い。アシスタントの森島有佳に導かれ、そのヘリコプタに僕は乗り込んだ。

ロータはまだ回っていなかったが、エンジンは既に始動しているようだった。機体のシートに座ると、有佳が僕のベルトを締めてくれた。

「車で行くものだと思っていたよ」後方で、誰かがそう話すのが聞こえた。僕は振り向いたりはしない。

かけていたサングラスは比較的、色の濃いものである。ヘリコプタの機内ではほとんどなにも見えなかった。だいたい誰がどの辺りにいるのか、くらいしかわからない状態だ。窓だけが白く光っていた。

乗り込んだのは、僕と森島有佳を含めて六人。その他には、ヘリコプタの操縦士が一人だけだ。

ロータが回転し始め、やがて、前のめりに機体を傾けながら、離陸した。

ビルの会議室で、僕は初めて四人に会った。もちろん、事前に出席者全員に関する詳しい情報を得ていたので、単に、実物を見て（そう、盗み見て、と表現して良いだろう）認識した。四人とも予想どおりの風貌《ふうぼう》だった。

簡単に紹介しておこう。

一番歳上《としうえ》は、志《し》田《だ》雄三《ゆうぞう》という老人だ。彼は著名な物理学者で、以前から僕も名前くらいは聞いたことがあった。既に大学を退官して数年になる、ということは七十に近い年齢だ。長い白髪をオールバックにした長身の紳士で、とても実際の歳には見えない。ところが、口をきくと、これがカエルのような濁声《だみごえ》で、実に聞き取りにくいうえに、じれったいほど話が遅い。わざと相手を焦《じ》らして、落ち着かなくさせる戦法かもしれない、と最初は疑ったほどだ。笑顔を絶やさず、人当たりは良さそうであるが、本当のところはどうなのだろう。

二人目は、垣本壮一郎《かきもとそういちろう》というエンジニアで、土木構造物専門のデザイナ（設計者）

という肩書きだった。テレビや雑誌などでは、「建築家」として紹介されることが多いが、実は建築物を設計したことはないそうだ。もともとは、大手ゼネコンの設計部に所属していた。十年ほどまえに独立し、今では、日本でも有数の構造設計事務所の所長となった。年齢は五十代の後半。背は低く、がっしりとした頑強そうな躰《からだ》つきで、太い黒縁のメガネと顎鬚《あごひげ》が特徴的だった。

小松貴史《こまつたかふみ》という大学教授も、専門は土木工学である。彼も若く見えた。四十代の前半で、耳の上の辺りに仄《ほの》かに白髪が混ざっているものの、髪はまだ豊富で、顔つきも若々しい。というよりも、どことなく子供っぽい部分が残っている。今回のメンバの中では、ずば抜けて体重が重いことは間違いないだろう。

もう一人は女性だった。浜野静子《はまのしずこ》という名の、三十代の医師である。今回のメンバに選ばれていたのは、もともと別の医師だったのだが、その彼が数日まえに体調を崩したために、彼女が急遽《きゅうきょ》この任務につくことになった。その医師の娘だったからである。ショートヘアに小さなレンズだけのメガネをかけ、どちらかというと、攻撃的なシャープな風貌である。神経質そうな表情で、会議室で煙草《たばこ》を吸っていたのが印象的だった。彼女は、このメンバと顔を合わせるのは今日が初めてのはずだ。しかし、一人だけ少し遅れてやってきたため自己紹介もなく、黙って席についたきりで、まだ声を聞いていなかった。

以上の四人と、森島有佳、それに僕を含めて合計六人。

このメンバで、あるプロジェクトのために、これからしばらくの間、ある場所に籠《こ》もらなくてはならない。

勅使河原潤の友人といえるほど個人的なつき合いのある人物は、今回のメンバの中には含まれていなかったので、この点では少し安心できる。一番の要注意は、身内ともいえる森島有佳だった。彼女は勅使河原潤の助手であり、普段の彼を最もよく知っている人物の一人といって良い。したがって、僕のことを見破るとしたら、彼女だろう。これまでにも幾度か、僕は勅使河原潤に成りすまして、森島有佳と行動を共にした経験があった。だが、それはせいぜいが数時間のことで、今回のように何日も一緒にいたわけではない。はたして騙《だま》し通せるものか、多少の不安はある。しかし、たとえ彼女でも、勅使河原潤の私生活を詳しく知っているわけではない。僕以上に、勅使河原潤という人間を理解しているわけでもないだろう。もっとも、万が一、見破られたときは、彼女にだけは本当のことを話せば良い、と僕は考えている。おそらく、彼女であれば、事情を理解してくれるに違いない、という予測が成り立つ。驚くことはあっても、それで騒ぎ立てるような人物ではない。問題は、その説明と事後処理が面倒なだけである。

隣のシートに座っている森島有佳は、窓から外を眺めていた。彼女の横顔は、ほとんどシルエットとしてしか見えない。ヘリコプタがどこを飛んでいるのか、僕も見たかったのだが、それはできなかった。もちろん、行き先は知っているのだが……。

「天気はどう？」僕は彼女に囁《ささや》いた。天気が良いことはわかっている。

「ええ、多少雲が多いですけど、悪くはありません」有佳は歯切れの良い事務的な口調で答えた。「でも、中に入ってしまえば、どちらにしても、天気なんて関係なくなりますね」

「そう……、現代の人間にとって、ほとんどの場合、天気なんてその程度のものになったね」僕は口もとを斜めにして、抑揚を殺して話す。これが、勅使河原潤の話法なのである。

「キャンプをする人や、お百姓さんには、大問題だと思いますけれど……」有佳が言う。真剣な口調ではない。

「大問題だといえることが、彼らのステータスなんだ」僕は答えた。あまり気の利《き》いた返答ではなかった。本物の勅使河原潤なら、どう答えただろう。

後部の座席にいる他の四人にも、僕らの会話が聞こえたに違いない。しかし、誰も口をきかなかった。

森島有佳は左手を持ち上げて腕時計を確認した。短いスカートの膝《ひざ》の上には、ファイルフォルダをのせていて、それを右手で大切そうに抱えている。彼女も緊張しているようだ。

フライトは三十分ほどだった。

太陽はそろそろ沈もうとしている。しかし、空はまだ充分に明るい。このくらいの中途半端《はんぱ》な空が、僕は大好きだ。

ヘリコプタは高度を下げ、ホバリングをして向きを変えてから、ランディングした。

その場所に、到着したのだ。

2

私は勅使河原潤の手を引いて、ヘリコプタから降りた。

私たちが最後だった。頭上でロータが風を切っている。その回転半径外へ急いで出た。六人が揃《そろ》うのを待って、再び高くなる回転音とともにヘリコプタは浮かび上がった。なんだか、ここに長く留《とど》まることを恐れているような感じだ。空はピンクと紫色のグラデーションで、海の方角へ斜めに上昇していったヘリコプタを、姿が見えなくなるまで私たちは見送った。

六人はコンクリートの上にいる。

ヘリポートは、ほぼ三十メートル四方の正方形で、それよりもずっと大きなコンクリート構造物の上で一段高くなっていた。

片方の海側には、巨大な白い橋が迫っている。それは、A海峡大橋と一般には呼ばれているものだ。私たちの足もとのコンクリート構造物から、大橋に向かって太いパイプのようなものが延びていたが、そのパイプが、吊《つ》り橋のワイヤだということに、私は一瞬遅れて気づいた。とうていワイヤなどとは呼べないほど、それが太かったからだ。直径が数メートルもある。そのワイヤの上を人が歩いていけるように手摺《てすり》付きの通路が作られていた。つまり、それほど太い、ということである。その先は、気の遠くなるほどの高さまでずっと続いていた。そのワイヤこそ、海を渡る大橋を支えている主要メカニズムなのである。あまりの大きさに、遠近感が狂ってしまう。近くにあるのか遠くにあるのか、判断ができない。不思議な感じがする。まるで、SF映画によくあるコンピュータグラフィックスの合成映像を見せられているようだった。

眩暈《めまい》がするほど巨大な人工物から目を逸《そ》らし、反対の山側を振り返ると、目の前に険《けわ》しい崖《がけ》が迫り、周囲を森が取り囲んでいる。山を削り、そこにこの巨大なコンクリート構造物が、地面にほぼ埋め込まれるようにして造られたのだ。

私たちが立っているのは、アンカレイジと呼ばれる構造物だった。吊り橋というのは、両岸に立つ二本の柱の上部を結ぶワイヤに、橋梁《きょうりょう》（人や車が通る水平の部材）がぶら下がっている構造である。しかし、これだけでは、ワイヤは橋梁の重量のため下方に引っ張られ、その結果として、両側の柱が内側に倒れ込んでしまう。これを防ぐために、反対方向、すなわち柱から両外側方向へ向かってさらにワイヤを延長して、その先を両岸の地面に固定する。つまり、柱の上部から斜めにワイヤを引っ張って、柱を支えるのだ。橋梁を支える反力が、ワイヤの張力として集中することになる。この、ワイヤの端を地面に固定する部分を、アンカレイジと呼ぶ。杭《くい》が打たれることもあるが、この橋のように巨大なものになると、結局は大きな重り、すなわちコンクリートの塊の重量で支えているといっても良い。文字どおり、船の錨《いかり》と同じである。

Ａ海峡大橋は、世界で最大級にスパン（橋脚の間隔）の長い吊り橋である。二本の巨大な柱の高さは百数十メートルもあり、その間隔、つまり、海の上を渡る橋梁のスパンは、約二千メートル。さらに、両側に延びる部分を含めると、橋の全長は四千メートルにも及ぶ。

大橋の主要構造材ともいえるワイヤを両端で支えているアンカレイジは、一辺が約八十メートルの立方体である。とてつもなく大きい。実際には、その大半が地面に埋まっているのだが、もし、すべてが地上に出ていれば、こんな巨大な建築物はまずないといえるほどの超弩級《ちょうどきゅう》のサイズだ。

私たちは、たった今、そのアンカレイジの上に到着したのである。ヘリポートから数段の階段を下り、構造物の端まで歩いた。次に、そこにあった鋼鉄製の階段でアンカレイジの側面を下りていった。私が盲目の勅使河原を導いた。あとの四人も辺りを眺めながら、私たちの後をついてくる。

「やっぱり、近くで見ると、馬鹿でかいよなあ」後ろで、男が呟《つぶや》いた。垣本という名の鬚の建築家である。「中は暑くないだろうね？」

「どうして暑いんです？」巨漢の大学教授の小松がきいた。

「だって、これ、全部さ、コンクリートの塊なんだからね」垣本が大げさな口調で言う。「コンクリートって、固まるときの水和《すいわ》反応で発熱するでしょう？　これだけ大きいと、中心部は、熱の逃げ場がないから」

「そのとおりです」勅使河原が階段の踊り場で足を止め、振り返って答えた。まるで、どこに誰がいるのか見えているかのように、彼は相手の方に顔を向けていた。

「完全な断熱《だんねつ》状態だと摂氏《せっし》八十度ほどにもなります。このアンカレイジの中央は、ほぼ理想的な断熱環境といえますので、垣本さんのおっしゃるとおり、発熱は馬鹿になりません。概算ですが、水和熱が完全に抜けるのに、だいたい九十年ほどかかります」

「それじゃあ、もし停電でもして、クーラが止まったりしたら、蒸し焼き状態ってわけかい？」垣本がきいた。

「いいえ、そんなことはありません」勅使河原は軽く首をふった。「ご心配には及びません。そもそも最初から発熱量を低減する工夫がされています。温度応力《おうりょく》を抑制する必要があるからです。それに、もし停電したら、部屋の温度が上昇する以前に、酸素が不足するでしょうから、どっちみち、中に長くはいられません。急いで逃げ出さなくちゃいけなくなるでしょう」

勅使河原は、冗談っぽく微笑《ほほえ》んだ。

「ドアの、ロックが、ああ……、電子式でないことを、祈ろうじゃないか」ががらがら声で志田という長身の男が言った。彼は物理学者だというが、見た感じは、気の良さそうな老人だった。

「はっきりいって、停電はありえませんよ」勅使河原が真面目《まじめ》な口調に戻って補足する。「もちろん、バックアップが二重になっています。その辺りの信頼性に関しては、皆さんもご存じのように、万全だと思いますよ。本気でデザインされています」

「本気で核戦争を想定して……、ですか？」小松教授が躰を揺《ゆ》すって尋ねた。息を弾《はず》ませた口調である。

「ええ」勅使河原は躊躇《ちゅうちょ》なく頷《うなず》き、一瞬、小松の方を睨《にら》みつけるようにしてから黙った。

勅使河原が、再び前を向いて歩きだそうとしたので、私は彼の手を引いて、さらに階段を下りる。

　私たち二人のすぐ後ろが物理学者の志田博士、そして、小松教授、建築家の垣本、最後に、浜野医師、という順番だった。幾度か方向を変えて、普通の建物の四階分ほどの高さを下りた。大きなコンクリートの塊は、平坦《へいたん》で何の特徴もない。もちろん窓など一つもなく、窪《くぼ》みさえ見当たらなかった。

　高さが三メートルほどの鉄柵《てっさく》が敷地の周囲をぐるりと取り囲んでいるようだ。柵の上部には、申し訳程度ではあったが、有刺鉄線が張り巡らされていた。しかし、山側では、その鉄柵のすぐ外側に切り立った赤土の崖が迫っていたので、その崖の方が柵よりも高くなる部分があった。つまり、そこから飛び降りれば（飛び降りるには多少勇気のいる高さではあるが）、構内に入ることは可能であろう。特に厳重にガードされているわけではなさそうだ。もっとも、ここに立ち入ったところで、どうなるものでもない。平坦なコンクリートを巨大なキャンバスに見立てて、思う存分落書きをするくらいがせいぜいであろう。ただしそれには、相当な量の塗料が必要となるし、足場を組まなくてはならない。かなりの労力が必要な割りに、鑑賞してくれる人間は一人もいないのだから、純粋芸術に近い状況となる。

　自然の中にある極めて人工的な特殊なエリア。この環境はとても不思議だった。高校生の頃、遠足で山林の奥深くヘダムを見学にいったことがあった。コンクリートのダムの上に立ったときに感じた違和感。そのときに似ている。

そんなことを、私は一瞬考えた。ヘリコプタから降り、高いところから地面に下り立ったことで、それまでの緊張が緩んだせいもあったかもしれない。

しかし、自分は本物の森島有佳ではない。それを思い出すたびに、まだ躰に電気パルスが走るほどだ。

勅使河原潤の左手を、私はずっと握って歩いていた。彼の手は、とても温かかった。この天才について姉が知っている情報を、私はほぼ漏《も》れなく受け継いでいるはずだった。それらを学習し、予測可能なあらゆるシチュエーションを想定して、シミュレーションを繰り返す期間が充分にあった。私が姉の代役を務めることが、姉にとっては人生を賭《か》けるほど価値のある大事であり、それは同時に妹の私には名誉だった。そう……、いつか交替するときが来る、と密《ひそ》かに予感していたのだ。また、そのために姉が提示した代償も、私には充分過ぎるものだった。その意味では、これは完全にビジネスなのだ。私の将来がかかっている。

「森島君、鍵《かぎ》を出して」手を引いていた勅使河原が立ち止まって小声で言った。サングラスの顔が、私に向けられている。

「はい」返事をしてから、私は慌《あわ》てて、しかし慎重に、辺りを見渡した。あまりきょろきょろと顔を動かして探すわけにはいかなかった。何故なら、私はここをよく知っていなくてはいけないのだから。

もちろん、すぐに見つかった。想像していたよりも目立たない場所だっただけである。ちゃんと教えられたとおりの場所に、窪んだ部分があり、階段を数段下りたその奥に、小さな鉄の扉が見えた。

少し暗かった。目の見えない勅使河原は、自分の位置を正確に認識しているようだ。構造物の図面が頭に入っているのだとしても、自分が歩いて移動した距離を、どのようにして把握しているのだろう。歩数を数えているのだろうか。

私は抱えていたフォルダから鍵を取り出した。全部で三つの鍵があった。

三つの電子ロックをすべて解除して、その重い扉を開ける。奥へ通路が延び、十メートルほど先にまたドアがあった。周囲の壁は、もちろんコンクリートの打ち放しで、消毒液のような特有の臭《にお》いがした。全員が中に入り、最初のドアが完全に閉まったことを確かめてから進んだ。トンネルのような通路の天井には、照明が灯《とも》っている。直径が二十センチほどの丸い穴が、天井に幾つか開いていた。この空間は緊急時には、水で満たされる設計だと聞いている。突き当たりのドアのスリットに、私はフォルダから取り出したカードを差し入れた。これで、さきほどの一番外側のドアがロックされ、同時に目の前のドアが開く。

ドアのロックが解除され、ゆっくりとスライドした。

そこは階段室だった。幅の狭い階段が下に向かっている。

「どうしてエレベータを造らなかったんでしょうね」冗談っぽく言ったのは、小松教授だった。さきほどから階段ばかりである。確かに、太った小松にとっては、ちょっとしたエクササイズに違いない。

当然ながら、ここのことは全員が既に熟知している。エレベータのように不安定で信頼性の低い機構を採用するはずがないことは、私でも答えられることだ。小松の発言は、単なる冗談であり、受売りの知識を私が披露する必要など、もちろんなかった。

階段は金属製で、私たちの足音が周囲のコンクリートの壁に高く反響した。この音を長時間続けて聞いていたら、精神に異常をきたすだろう、と思われるほど耳障《みみざわ》りだった。

階段で数十メートル下りた。

頑丈そうなドアがまた一つ。それを開けると、次は真っ直《ます》ぐの通路だった。幅は一メートル、高さは二メートルほどのトンネルである。いよいよ、この巨大なコンクリートの塊の中心部に近づいている。ピラミッド内部の棺《ひつぎ》の部屋へ通じる秘密の通路を、私は連想した。侵入者を迎え撃つ巧妙な仕掛けが、今にも飛び出してきそうだ。もしかして、ピラミッドもシェルタだったのだろうか。あるいは逆に、ここは、現代の最高技術が造り上げた「墓場」ではないのか……。
突き当たりに、銀色のドアが立《た》ち塞《ふさ》がっていた。

3

通路には必要最小限の照明しかない。目が慣れていないせいかもしれないが、濃い色のサングラスをかけているため、ものを認識することはほとんど不可能だった。天井に光る蛍光灯が確認できるだけで、その他にはなにも見えない状態だ。もちろん、僕は、盲目の勅使河原潤を演じているわけだから、迫真の演技ということになり、ある意味では好都合かもしれない。しかし、見えないことに対して不慣れであってはならないのだ。慌てて不自然に手探りをしてしまったりしないように、注意が必要となる。むしろ、見えない状況の方が盲人の演技が難しいこともある。
ただし、この役柄で最高に難しいのは、音もなく突然、目の前に出現したものに対する反射的な反応（たとえば、咄嗟《とっさ》に手を上げるような行為）をしないことであって、その点では、サングラスはなくてはならないアイテムなのだ。まず、目の反射的な動きが隠せるし、それに、このように、半分以上視力を失わせる効果がある。第一、黒いサングラスをかけているからこそ、勅使河原潤なのである。

通路の突き当たりのドアも、森島有佳がカードを使って開けた。

内部は、明るい空間だった。僕は、周囲を見たかったが、そのような仕草を我慢し、目だけを動かして、充分に見えた。可能な範囲を観察した。

円筒形の空間がくり貫《ぬ》かれている。つまり、周囲の壁が曲面だった。天井は円形である。開いたドアから数メートル先に、手摺が両側にある短い通路（というよりもブリッジといった方が近い）があり、さらにその先には、円形の床が見えた。その床は銀色で、ちょうどこの空間の真ん中に浮かんでいるようだった。

手摺のあるブリッジを渡る。

全員が円形の部分に立った。この床の直径は六メートルだ。円周部には、ブリッジと同様の手摺がある。中央には下に向かう螺旋《らせん》階段があった。周囲の手摺とコンクリートの壁は二メートル以上離れているので、躰《からだ》を乗り出しても、壁に触ることはできない。僕以外の全員は、手摺越しに下を覗《のぞ》き込んでいる。見たかったが、そんな真似《まね》はできない。十メートルほど下まで吹き抜けになっているはずだ。

「うん、なかなかこりゃいいじゃないか」垣本が機嫌良さそうに声を弾ませる。「好きだなあ、こういう感じの……、無機質で、未来的でね。僕、発電所とか変電所なんかも、大好きなんですよ」

「したくてこうなったわけじゃないでしょう」小松教授が声を鼻にかけて言った。「秘密の工事をするために、どれだけ、分散して別々の工事として発注できるか……、それがデザインの大半だったんですからね」

「あまり、その……、こういったところで、僕は、死にたくはないね」志田博士が濁声で言う。

「死んだら、どこだって同じですよ」小松が言い返した。

「そらそら……、あれだよ……」志田は、言葉が出てこないようだ。周りを待たせる独特の間合いである。「そうそう、ミイラに、なりそうだね」

「ミイラ？　どうしてですか？」尋ねたのは浜野静子だった。彼女の声を聞いたのは初めてだった。知的な発音で、ややハスキィな特徴のある声だった。

「いやいや、無粋なことを、きかんでくれ」志田が笑いながら言う。「浜野さん、冗談ですよ。その、物理的な根拠なんて、なにもない」

「失礼」浜野が人工的な笑顔で軽く頷く。

「まあしかし……、巨大な棺桶《かんおけ》といえば、いえなくもないですね」小松教授がハンカチで額の汗を拭《ふ》きながら言った。彼は僕のすぐ隣に立っていたが、床の鋼板が彼の体重で撓《たわ》んでいるような気がした。

「そうそう、棺桶。それだ、それ……」志田が面白そうに指を立てた。

「ああ、ちゃんと、図面どおりだね」天井や周囲の壁を見回しながら、垣本が嬉《うれ》しそうに言う。「うん……、凄《すご》いなあ、はは、こりゃ、凄いよ」

彼につられて、他の者も黙って周囲を眺める。

「下りましょうか？」森島有佳が僕の手を軽く引いた。

「そうだね」僕は頷く。

中央部の螺旋階段の下り口へ全員が向かった。

「ああ……、これだ、これだ」志田博士が途中で天井を見上げて言った。

志田の足もとに、二十センチほどの大きさの独楽《こま》のような形の金属が立っていた。よく見ると、高い天井から、細い糸が真っ直ぐに下りてきて、その金属につながっている。それは、分銅《ふんどう》だった。立っているのではなく、糸にぶら下がっているのだが、ぴたりと静止していた。円錐形《えんすいけい》で尖《とが》った方が下向きになり、床からほんの一センチほど浮かんでいるのである。分銅の下の床には、五十センチ四方にわたり、一センチの升目が、描かれていた。志田博士がそこにしゃがみ込んだので、他の者も集まってきた。

「原始的だなあ。これで垂直を確認しようってわけですかね？」小松教授が天井へ届く糸を見上げながら言った。「もう、既に傾いていたりして……」

「これは、単なるオブジェです」森島有佳が事務的な口調で答えた。

もちろん、それが正解だ。ここにいるメンバでそれを知らないのは、浜野静子医師くらいだろう、と僕は思った。

「これを、こう……、こうして動かすと」志田博士はそう言いながら、片手で分銅を横に押した。初めは多少不規則な運動をしたが、分銅は、やがて非常にゆっくりとした周期で、一メートルほどの幅を往復し始める。「ほら、こうして、楕円《だえん》運動を始めるんだよ。これが、ああ……、その、地球の自転に合わせて、だんだん、ずれてくるわけだ」

「先生のご専門ですか？」垣本が尋ねた。

「いや、全然……」濁声で答え、志田は首をふった。「こんなのは、初歩中の初歩じゃないか。習ったでしょう？　コリオリの力ですよ」

とても小さなコリオリの力を受けながら運動を続ける振り子を残して、全員で螺旋階段を下りた。

その下のフロアも、同じ円形のデッキで、周りに手摺があった。幾つかシンプルなデザインのベンチが並べられ、低いテーブルもある。螺旋階段は、さらに下へ続いていた。

周囲には放射状に、ほぼ等間隔で八つのブリッジが延びている。中心角にすると四十五度おきになる。ブリッジはどれも、幅が一メートル、長さは二メートルほどだった。それらが、外周の壁まで届いている。ブリッジを渡った先は、壁が五十センチほど窪んでいて、突き当たりにドアがあった。つまり、八つのドアが周囲にあり、このデッキから、それらの八つの部屋に出入りすることができるわけだ。これらは、いずれも個人用の住居ユニットで、ちょっとしたホテル並みの、つまり、デスク、ベッド、バスルームなどが完備している。コンクリートの壁には、窪んだ文字で1から8までの数字が刻まれていた。これがルームナンバである。

「荷物は既にそれぞれ部屋の方に運び込まれているはずです」森島有佳が歯切れの良い声で言った。「のちほど、ご確認下さい」

「もう、解散かな?」小松教授がきいた。

「え、ええ……」有佳は一瞬口籠もる。彼女は、困った顔を僕の方に向けた。すぐに返事をしてやりたかったが、僕は、彼女の顔が見えない振りをしなくてはならない。彼女は腕時計を見る。「一応、下の設備を一とおりご案内してから、と思っていたのですけれど……」

「みんな、よく知っているはずだ」垣本が鬚に手を当てながら、こちらに歩いてくる。「勅使河原さん、堅苦しい説明なんか必要ないよ」

「そうですね」僕は有佳の手を離し、両手を広げて皆の注目を集める。「遠くからおいでの方もいます。お疲れのことでしょう。では、一時間後に、下の会議室に集合ということにしましょうか」

「ひと眠りしたいから、二時間がいいな」小松が片方の眉《まゆ》を上げて言う。

「そうだね……、荷物の整理もしたい」垣本が頷いた。

森島有佳は、最年長の志田博士を見る。彼の意見を聞くべきだ、というジェスチャだった。

「私は……、どうでも、かまわないよ」志田はにっこりと微笑んだ。「皆さんに従いましょう」

有佳は浜野静子医師を見る。彼女も無言で頷いた。

「皆さん、よろしいようです」有佳が僕に囁く。

「わかりました。では、二時間後に……」僕は頷いてから言う。「えっと、何時になるかな？」

「二時間後というと、八時十分ですね」有佳が腕時計を見てすぐに答えた。

「夕食はどうするんでしたっけ？」小松がきいた。

「今夜はないよ」垣本が小声で答えている。「小松先生、食べてこなかったの？」

「食事は、各自でなさって下さい」森島有佳が答える。「それから……、今、部屋のカードキーをお渡しします」

有佳はファイルフォルダから幾つかの黄色い封筒を取り出した。数字と名前が書かれた小さな白いシールが貼《は》られているのが見えた。彼女は、その封筒を一つずつ、四人に配った。その中に、各部屋のカードキーが入っているのであろう。

「お……、一番」濁声で志田博士が言う。「歳の順ってことだね。じゃあ、あとで……」

物理学者は周りを見回してから、自分の番号の部屋へ、ブリッジを渡っていった。他の三人も、それぞれの方向へ散っていく。二号室が建築家の垣本、三号室が小松教授、そして、四号室が、浜野静子医師であった。

四人とも、ドアの中に姿を消したので、デッキには、僕と森島有佳の二人だけになった。

「君は?」僕は有佳に尋ねた。彼女は僕のすぐ横に立っている。

「私は五号室で、先生は六号室です」有佳は答える。「ご案内いたします」

彼女は僕の手を取り、歩きだす。僕は前方に片手を差し出し、手探りで手摺を見つける振りをする。

「カードを渡してくれないか。練習するよ」手摺に手が届いたところで、僕は立ち止まって言った。

有佳は六番の封筒からカードを取り出し、それを僕の手に触れさせる。僕は、そのカードを両手で調べた。有佳が道を開けたので、手摺に沿って僕はゆっくりと進んだ。

「ここの平面図は頭に入っているから大丈夫」有佳のいる方向に顔を向けて微笑み、僕はブリッジを渡った。

片手を前に突き出して進み、突き当たりのドアを見つける。ドアの把手《とって》を確かめ、その下の位置にあるカードを差し入れるスリットもすぐに発見できた。実際に目を瞑《つむ》ってやってみても同じだっただろう。それくらい、簡単だった。持っていたカードをそこに挿入し、ロックを解除する。

「簡単だ」僕は振り向いて呟く。

「ええ……」彼女はにっこりと微笑んで頷いた。どうせ盲目の人間を相手にしているのだから、もっと手抜きの笑顔だって充分なはずなのに、と僕は思った。

「荷物の整理をお手伝いいたしましょうか？」

「うん……、そうだね。頼もうか」本当はその必要はない。けれど、彼女をもう少し見ていたい、という欲求に、僕は逆らえなかったのかもしれない。

4

勅使河原潤は今年で三十歳になる。

私は、この天才について書かれた数々の本を読んだ。彼は高校も、大学も卒業していないが、二十歳になる一週間まえに、T大から理学博士号を授与された。知能も抜群なら家柄も最高、勅使河原財閥の御曹司《おんぞうし》である。国会議員だった祖父は、国土庁長官を務めたこともあった。日本最大のゼネコン、TS建設の元会長が、つい数年まえに他界した彼の父、勅使河原顕である。

普通の人間が驚異的な努力と幸運によって大成功したとしても、彼の現在の地位まで上り詰めることは不可能だ。たとえ、最上級の才能に恵まれたとしても、とうてい彼には及ばないだろう。しかも、彼の年齢を考えれば、おそらく天文学的な確率、すなわち奇跡でもないかぎりありえない。

マスコミは彼をたびたび取り上げようとした。彼に冠せられる「天才」というキーワードには、使い古された通常の意味とはまるで違う、本物の生々しさがあった。今風にいえば、「超天才」であるが、既にその表現さえ、彼の形容にはまったく不足だった。

勅使河原潤が失明したのは、二十四歳のときである。その二年ほどまえから、予期されていたという。幾つかの書物や、テレビの番組が、ドラマティックに取り扱ったが、実のところ、本人はどうだったのだろう？

機能を失った両眼を除けば、この男は完璧《かんぺき》過ぎる。それが、私の素直な印象だった。知性、美貌《びぼう》、地位、財力、そして血族のバックアップ。全方向に対して、まったく隙《すき》がない。それでは、近づきがたい存在かというと、そうでもない。人当たりは実に柔らかく、穏やかで、とても優しい。弱いところ、醜いところは、この男にはないのだろうか、と不思議に思えてくる。

誰にも気づかれずに、姉、森島有佳の代役を務めることが、今回の私の仕事だったが、その練習を兼ねて、事前に三度ほど、勅使河原潤に接した。もちろん、彼は、私のことをいつものアシスタントだと認識しているわけで、なにも疑っていない。私は緊張して躰がずっと震えていた。最初のときは、幸運にも、彼の手が私に触れる機会が一度もなかった。歩行するときには、彼の手は、通常、私の手を握るか、あるいは私の肩にのせられるのだ。二度目の機会には、その場面があった。しかし、なんとか切り抜けることができた。

もしも、姉が勅使河原潤と個人的な関係を持っていたとしたら、私の代役は実現しなかっただろう。私は当初、それを疑ったのである。だが、どうやら、それは取り越し苦労だったようだ。勅使河原に同行する三度目の機会は、一泊の出張旅行であった。私は、三十時間ほど彼とほとんど一緒だったし、その半分の時間は私と彼の二人だけになった。けれど、なにもなかった。私は、そう……、正直なところ、少し残念だった。そのときは、そんな考えなどまったくなかったのに、あとから思い出して、そう感じたのだ。彼よりも魅力的な男性を、私は見たことがない。

今日は、その四度目になる。

しかも、今までで一番長い。今日から何日も、彼と一緒だ。

今、勅使河原潤は、ベッドの横のひじ掛け椅子《いす》に腰掛けている。私は、彼の荷物である大きなトランクを開けて、衣類を箪笥《たんす》とクロゼットに移す作業をしながら、ほとんどずっと、彼の方を見ていた。

「どうかした？」勅使河原が突然尋ねた。

「え？　なにか……」

「僕を見ているね？」彼は口もとを少し上げる。

「そんな……」私は驚いて、顔が熱くなった。「あの……」

「今、君は僕の服を移し替えている。とても簡単な作業だ。頭を使うようなものではない。これからのことで、いろいろ僕と相談をすることがあるはずなのに、君は口をきかない。テレビがついているわけでもないし、窓もない。この部屋には、他に見るものがないだろう？」

「ええ……、申し訳ありません」私は小さく溜息《ためいき》をついた。

「謝る必要はないよ」彼は優しく微笑んだ。「きいた僕が悪かった」

「いいえ……」私は首をふって微笑む。でも、彼には見えないのだ。適当な言葉が出てこなかった。

「荷物の中に、ステッキがあるはずだ」彼は話を切り換えた。

「はい。すぐお使いになりますか？」私はきいた。トランクとは別になっていたが、荷物の一つに、彼が日頃愛用しているステッキがあった。

「いや、部屋の中では必要ない」勅使河原は答える。「どこに何があるかは、だいたい頭に入っているから大丈夫。ステッキは、クロゼットの右の奥に立て掛けておいて」

「わかりました」

彼は椅子から立ち上がり、ジャケットを脱いだ。それを椅子の背に掛け、ベッドまで数歩進んで、そこに腰掛けた。手探りをするような動作はまったくなかった。彼は靴も脱がずに、そのままベッドの上に仰向《あおむ》けになり、頭の下に両手をやって横たわった。

「この部屋に、君のワープロを持ってきた方が良いだろうね。僕は、デスクは使わないし、結局、君はここで仕事をした方が効率が良いと思う」

「そうさせていただきます」私は答える。

「のんびりすると良い。そう……、休暇だと思えば……」彼は淡々とした口調で言った。「景色は見えないし、散歩もできないから、運動不足になるかもしれないけれど……」

「下にジムがあります」

「退屈だろうとは思うけど、特に、難しい仕事はなにもない。君は報告書のためにデータの記録を取るだけだね？」

「はい、そうです」

「もし、ずっとここにいるとしたら、どれくらいまでなら我慢できると思う？」勅使河原は質問した。同じ質問を、ここへ来るまえに、既に一度受けていた。

「半年くらいか、とお答えしました」

「実際にここを見て、変更する気になった？」

「いえ……」私は正直に答える。「まだ、来たばかりなので、よくわかりません」

「第一印象は？」

「いえ、特には……」

「悪かった。仕事を続けて下さい」

私は、どの衣類をどこに収納したのかを、勅使河原に丁寧に説明した。それから、トランクの中の小物を、部屋のどこに置けば良いのかを、一つずつ彼に尋ねながら、指定されたとおりの場所に、それらを配置する仕事に取りかかった。これは、以前に一度、出張先でホテルに宿泊するときに、経験済みの作業だったが、今回は、持ち込んだ荷物が格段に多かった。途中に、雑談めいた会話もあったが、終わったときには、一時間近く時間が経過していた。

トランクの中から出てきた品物のうち二つを、勅使河原は直接手に取った。

一つは、小型のボイス・レコーダだ。これは、片手に収まるくらいのサイズで、以前から彼が使っていたものである。彼は並外れた記憶力の持ち主なので、通常はメモを取る必要はないのだが、私がワープロに入力するための原稿を、レコーダに記憶させておくことで、お互いの時間に融通を利かせることが可能になる。確か二時間程度は録音ができたはずだ。

もう一つは、ヘッドフォンに似た形の小さな機械で、レンズのような部分が片側にある。今までに見たことのない代物《しろもの》だった。ケースには、VAコンバータと英語で書かれていた。箱から出して、勅使河原に手渡すとき、私は彼に、それが何をするための機械か尋ねた。

「あれ、君……、初めてだった？」勅使河原は首を傾《かし》げた。

「いえ、初めてではありません」私は慌てて、言葉を探す。それは真新しいものではない。既に何度も使用されていることは明らかだった。もしかしたら、姉は知っていたかもしれない。私はごまかした。「ただ、その仕組みというか、原理が、その、よくわからなかったものですから……」

「ああ、そうか」彼はそれを頭に取りつけながら微笑んだ。「ようするに、ここのCCDカメラが捉《とら》えた映像信号を……」彼は指で、自分の耳の位置にある小さなレンズを示した。「音に変換してくれる」

「ええ……、それはわかります」私は、初めて聞いたことなのに、知ったかぶりをする。

勅使河原は、首を左右にゆっくりと動かす。そして、私の方を真っ直ぐに向き、今度は上下に首を動かした。

「森島君は、今、赤い服を着ているようだね」

「え？」私は驚いた。そのとおりだったからだ。「そんなことがわかるのですか？」

「うん……、なんとなくね」勅使河原は白い歯を見せて頷いた。「きっと、四六時中これを付けていたら、そのうち、ぼんやりと映像を頭に描けるようになると思う。そのまえに、ステレオにしなくちゃいけないだろうけれど……」

「両方の耳で音を聞けば、情報がもっと沢山得られるわけですね？」

「そう……。だけど、耳は周囲の音も聞かなくちゃいけないから、カメラの信号ばかりに聴覚神経を使うわけにもいかないんだ。これは、まだ、開発中で、僕はその実験台ってわけ。しかし、おもちゃとしては退屈しない」

CCDカメラが映像を電気信号として処理する。それを、可聴音に変換する。音の高さや音色を変えるのだろう。慣れてくると、赤い音、黄色い音、青い音が、それぞれ聴き分けられるようになる。その音で、ものを「見る」装置なのだ。私は、コウモリを連想した。超音波を発信し、周囲の物体からの反射波によって障害物の存在を知る。それを瞬時に処理する。おそらく、音による情報が頭脳で処理され、画像としてイメージされているのではないか、と考えたことがあった。勅使河原が話したように、盲目の人間でも、こういった機械をずっと装着していれば、いずれ、耳から入った情報を頭脳が処理して、映像が本当に見えてくるのかもしれない。そもそも、視神経を通して送られてくる信号と比較しても、分解能を除けば変わりはないはずである。

「あ、もう、いいよ。君も休みたいだろう。自分の荷物を見ておいで」ベッドの上の勅使河原は言った。「五分まえに、呼びにきてくれれば良いから」

「はい」私は返事をする。「では、なにかありましたら、電話でお呼び下さい」

各部屋には内線電話がある。このコンクリートの塊の中では、携帯電話は使えない。

「少し眠れると思う」

「失礼します」私は、頭を下げてから、彼の部屋を出た。

六号室のドアが後ろで閉まる。私はブリッジを通り、円形のデッキに一旦《いったん》渡った。

誰もいない、と思っていた。そのまま、隣の五号室の方へ足を向けようとしたとき、ベンチに腰掛けている浜野静子医師に気がついた。私は立ち止まって、彼女に軽く頭を下げる。

「あれ？　六号室を使っているんですか？」浜野は顎を上げてきいた。

「あ、いえ……」

「勅使河原さんでしたね？」彼女は、脚を組み直した。知っていて質問したようだ。

「ええ……、六号室はそうです。私は五号室です」私は愛想の良い返答を心掛ける。

「まだ、これからですけれど……」

浜野静子は口をへの字にして肩を竦《すく》める。とても大げさな感じだった。「まあ、そうなの……、大変ね」

「はい、いろいろご不自由ですから」

「何が？」

「いえ……、あの……、目が」私は、当たり前の返事をする。

小さく鼻息を鳴らし、浜野は頷いた。表情が多少緩み、今の会話が充分に可笑《おか》しかったことを強調するように、今度は独りで首を横にふった。

「あの、では、またあとで」私は再び頭を下げ、五号室に向かった。さらになにか言われそうな予感がしたが、浜野は黙っていた。

ブリッジを渡り、カードでドアロックを解除し、部屋の中に入る。後ろでドアが閉まったあと、私は大きな溜息をついた。

5

僕は、しばらくの間ベッドに横たわっていた。

頭に付けたままだったVAコンバータに気づいて取り外した。勅使河原潤はこのおもちゃを大いに気に入ったようで、最近毎日これで遊んでいるのだ。しかし、僕にはなんの価値もない。確かに、カメラが捉える色によって、変調した奇妙な音が聞こえるのだが、心地良い音色では全然ない。

「真《ま》っ暗闇《くらやみ》でも、物体が放射する赤外線を捉えることができるんだ」と勅使河原潤は僕に説明してくれた。

「懐中電灯の方が助かるよ」僕はそう答えた。

「うん、確かに……、そうだね」彼はにっこりと頷いた。

VAコンバータをサイドテーブルに置きながら、僕は、そんなことを思い出していた。

サングラスを外す。

有佳には眠ると言ったものの、実は眠くなどなかった。僕は起き上がって、バスルームを見にいき、クロゼットと簞笥の引出の中をざっと確認した。丁寧に、僕が指示したとおりに、すべてのものが配置されている。彼女はとても有能だ。それに、とても魅力的だ。

森島有佳は二十六歳。未婚。兄、勅使河原潤のアシスタントに採用されて一年ほどになる。それ以前は、兄の友人である大学教授の秘書だった。当然のことだが、兄は、森島有佳の容姿を知らないのである。

勅使河原潤の周辺には、そういった浮いた話は一切存在しない。僕も最初は、とてもそんなことは信じられなかった。ところが、これまで彼とつき合ってきて、事実として認めざるをえなくなったのだった。客観的に見て、周囲の女性がとうてい無視できない条件を勅使河原潤は備えているだろう。したがって、彼に言い寄る女性は夜空に降る流星のごとく跡を絶たない。しかし、まさに流星のように、彼女たちは一瞬輝いて、燃え尽きるしかないのだ。軟らかそうに見えるガードは、実際には重厚かつ効率的で、天才に触れることは、とてもできない。僕が勅使河原潤を演じていて、最近の一番の面倒は、まさにこの一点にある。最初は役得だと楽しんでいられたのに、結局のところ、我慢しなくてはいけないのだから、こんなに辛《つら》いことはない。仕事なのだからしかたがない、といわれればそのとおりなのだけれど……。

森島有佳に対しても、勅使河原潤はなにもしていない。彼女の魅力、そして、彼女の献身ぶり、さらに、数多くの適切な機会を考え合わせれば、これは驚異だ、と僕は思う。しかしながら、それが天才の証《あかし》というものかもしれない。きっと、凡人の価値観では理解できないものなのだろう。そう解釈するしかない。

いったい、僕はどうしたら良いのか。兄に、貴方《あなた》のアシスタントは実はこんなに魅惑的な女性なのですよ、と教えるべきなのか。しかし、どんな言葉で？　どんなデータを挙げて説明すればわかってもらえる？

ああ、何を考えているのだろう。

森島有佳……、彼女のことを頭に思い浮かべるだけで、僕は微笑まずにはいられないくらいだ。

こうして、ただ溜息をつくだけ。

これは仕事だ。

そう、頭を切り換えよう。

サイドテーブルに手を伸ばして、サングラスを取ろうと思ったが、気が変わって立ち上がった。

バスルームで顔を洗ってから、自分の身なりを鏡でチェックして、再びベッドに戻る。まだ、約束の時間まで数十分あった。

のんびりした休暇だと思えば良い。

それは、勅使河原潤が僕に語った言葉そのままだった。

世界最大級の吊り橋であるA海峡大橋のアンカレイジ。その巨大なコンクリートの塊の内部に今、僕はいる。ここに、このような空間が造られていることは、国家機密、トップシークレットだった。ここの存在とその真の目的を正確に知っている人間は、日本でも二十人ほどしかいないだろう。

簡単にいえば、シェルタである。

正式な名称はない。

正式に文章化されていないからだ。

単に、《バルブ》と呼ばれていた。

実は膨大な量の技術資料が、宇宙衛星内に建設される大型居住空間、つまり、一般にいうところの宇宙ステーション、として作成された経緯がある。沢山の技術者たちが、それらのパーツの耐久テストがどこかで行われるものと信じて準備をした。また、別の関係者たちは、ここがどこで、このコンクリートの塊が何なのか不明なまま(つまり、目隠しをして連れてこられて)内部のごく部分的な工事を行った。

こんな突飛なものを、国家の建設した構造物の内部に設置する。これを発案したのが、兄、勅使河原潤だった。巨額の資金の大半は、勅使河原財団からの寄付によって成り立っている。そもそもA海峡大橋の建設も、勅使河原財団の出資がなければ実現しなかったという。さらに、それ以外の資金が暗闇を飛び、先へ行くほど分散して、砂浜に染《し》み込む水のように、あっという間に消えたことだろう。

《バルブ》の設計に直接携《たずさ》わった委員会のメンバは、当初、未来に必要となる架空の施設を考案した。のちに、それが具体的になるほど、委員の数は減少し、人材が絞《しぼ》られた。最終的に、勅使河原潤以外に五人となり、そのうち二人は昨年までに他界した。残りの三人が、物理学者の志田雄三、構造設計者の垣本壮一郎、環境工学が専門の小松貴史であった。彼らはいずれも、A海峡大橋の建設を推進したグループの中枢《ちゅうすう》であり、TS建設との結びつきも強い。志田は、大学を退官したのち、TS建設に客員として招かれ、数年間、技術研究所の所長待遇にあった。また、垣本は、もともとTS建設の設計部の部長であり、TS建設が百パーセント出資して誕生した構造設計事務所の初代の所長となるため、退社したのである。それは、そもそも入札に絡《から》んだ方策でもあった。T工業大学の小松教授は、TS建設の重役だった人物の息子であり、やはり、共同研究という形で多大なバックアップを受けていた。

結局、この中心メンバ全員が、実験に参加することになったわけだ。今回のプロジェクトも勅使河原が言いだしたことだが、もちろん、誰も反対などしなかった。

実験というのは、この《バルブ》で実際に生活をする、一言で片づければ、それだけのことだ。もちろん、実証する必要のある重要な事項ではある。ただ、それにしても、なにもこれだけの面々を集めてすることではないだろう。だが、誰も反対しなかった。決して誰も口にしなかったが、彼らは皆、自分で《バルブ》を使ってみたかったのである。トップシークレットであるので、他の者に簡単には依頼できない、という大義名分によって、この子供じみた要求が押し通された。

「我々が泊まるカプセルホテルは、一泊シングルで、約一億五千万円だよ」と冗談を言ったのは、志田博士だという。それは、根拠のある数字だった。

「レシートは出ないから、確定申告できない」メンバの誰かがこう言ったそうだ。

議事録はなかった。全部、勅使河原潤が話してくれたことだ。

兄は、このプロジェクトをとても楽しみにしていたので、僕が彼の代理で委員会に出席することは、これまでに一度もなかった。志田、垣本、小松に直接会ったのも、僕は今日が初めてだった。

ところが、土壇場《どたんば》になって、勅使河原潤は実験に参加できなくなった。

つまり、僕が代わりにここに来ることになったのだ。

決まったのは二週間まえだった。以来、僕はこの関係の情報を頭に叩《たた》き込む作業に没頭しなくてはならなかった。今回の代役には、特別手当てをつける、と勅使河原潤は言った。金額は、現在の僕の一年分の所得にほぼ等しかった。予定では、実験は四週間である。四週間で一年分の稼ぎだ。文句のつけようがない。

　何故、兄は参加できなくなったのか。

　当然の疑問だ。僕はそれをきいてみた。

「言いたくない」勅使河原潤は首を軽く横にふった。

「それはないだろう」僕は笑いながら言う。「あんなに楽しみにしていたのに……」

「楽しみになどしていない」彼はもう一度首をふる。

「じゃあ、そういう振りをしていただけだったと？」

「そう……。実のところ、僕はあれを造りたかった。それだけさ。自分で使いたいわけじゃない。あれを使うときには、嫌々使うことになるだろう。もちろん、そういう状況を望んでいるわけではない」

「いや、それはわかるけど……」僕は溜息をつく。「しかし、おかしいじゃないか。どうして、僕にそんなボーナスを出す気になった？」

「君が喜ぶと思ったからだよ」

「喜んださ……、もちろん嬉しい。でも、腑《ふ》に落ちないなあ。なにかリスクがあるっていうんじゃないだろうね？」

「それはない」

「どうしたら、僕はそれを信じられる？」僕は、思い切ってそれを尋ねた。僕にしてみたら、これ以上の賭けはなかった。

「実はね……」兄はサングラスを外し、一度大きく溜息をついた。「僕は、しばらくヨーロッパに行かなくてはいけなくなったんだ」

「どうして？」

「驚かないでほしい」

「焦《じ》らさないでくれよ」僕は笑顔を作って待つ。兄には見えないのに、何故かそうなる。

勅使河原潤は、目を細めて、しばらく黙った。

「僕の子供が生まれるんだ」勅使河原潤はそう言って、真っ直ぐに僕を見た。いや、見ているわけではない。

「何だって？」

「もう一度言おうか？」

「いや……」僕は息を吸い込む。「いつ生まれるんだ？」

「来月」

「誰が産む？」

「言いたくない」

「ちょっと待てよ……。いつ作ったんだ」

「それも、言いたくない」サングラスをかけなおし、勅使河原潤はにっこりと微笑んだ。

「わかった」とりあえず、僕は頷いた。

記憶を遡《さかのぼ》らせる。だいたい、僕は兄の行動や居場所を把握しているつもりだ。そう、最近の彼は、フランスに頻繁に出かけている。シンポジウムやコロキウムなどの特別な理由がなかった。二ヵ月に一度くらいの割合だ。いずれも三日ほどで戻ってくる。僕は同行したことがなかった。他には思い当たらない。

僕は、急に笑いたくなった。

とても信じられない、という言葉がもう少しで口から出そうになったが、そんな疑惑は、目の前の兄の笑顔を見ているうちに、みるみる消え去った。

僕は黙って兄の手を取り、握手をした。

これが、僕がこの仕事を快く引き受けた経緯だ。兄、勅使河原潤は、今頃フランスのはずである。これが終わったら、是非、僕もフランスへ行きたい、と考えていた。

6

私は急いで荷解《にほど》きをしてから、着替えをし、化粧を直した。

それでも、まだ二十分の時間があった。緊張していたからだろう、多少頭痛がしたが、今、薬を飲むと頭が回らなくなるので我慢することにした。まだ、これからが正念場なのだから。

ベッドに腰掛け、目を瞑る。

深呼吸した。

自分を励ますための、沢山の言葉を思いつく。そして、独りで微笑んだ。

大丈夫……、私にはできる。

姉にできたのだから……。

姉の森島有佳がこの仕事で受けている報酬は、以前の私の給料のほぼ倍だった。今回の代役の話を持ち出したとき、姉はその数字を具体的に挙げた。私の方がずっと少ないことは予想していたけれど、正確な数字を聞いたことはなかったのだ。

姉は自分の持っている貯金の半分を私にくれる、と言った。

「それが、この仕事の前金」そう言って、彼女は貯金通帳の残高を私に見せてくれた。その半分の金額でさえ、私の年収の二倍だったのだ。正直いって、姉がそんな多額の貯金をしていたことは驚きだった。

「前金？　どういうこと？」私はきいた。

「貴女《あなた》の人生に関わることだから、それくらいは当然だと思う。それに、これから貴女が森島有佳として稼ぐお金は、全部貴女のものなのよ。これからずっと……」

「え？　姉さん、この仕事を辞めるっていうこと？」

「そう……」

「本当に？」

姉はにっこりと微笑んで頷く。その笑顔には、まったく陰《かげ》がない。彼女はとても幸せそうだった。

「でも……、もしそうなら、ちゃんと、辞めるって言った方が良くない？　こんな詐《さ》欺《ぎ》みたいなことしなくても。それに、私だって……」

「いいえ、他に方法はないの」

「どうして？」

「うん、もし貴女が嫌なら、途中で辞めたらいいわ。でも、大丈夫、きっと上手《うま》くいく。とても簡単なことだもの」

「姉さんは、どうするつもりなの？」

「私は……、外国へ行く」

「外国って？」

姉は、私を上目遣いで見つめて頷いた。

「どこへ？　何をしにいくの？」

「それはまだ、はっきりとは決めていない。具体的な場所なんか、問題じゃないのよ。とにかく、海の向こうの、誰も知合いのいない遠いところで暮らすの。一生、戻らないつもり。たぶん、二度と帰ってこないわ」

「どうして？」私はそう尋ねるしかなかった。

いろいろな考えが次々に思い浮かんだが、言葉にならなかった。私はじっと姉を見つめて、しばらく黙っていた。

「ごめんね」姉はやがてそう囁いた。

なんとなく、わかった気がした。

「一人じゃないのね？」私は尋ねる。

「うん」

姉はとても嬉しそうで、清々《すがすが》しい表情だった。それだけが、救いだったと思う。きっと、相手の男の事情なのだろう。

姉は、その男について遠くへ行く決心をしたのだ。

決断は、ずっと以前に迷いもなく下されたもののようだった。ただ、現在、自分が関わっている仕事を辞めるのが惜しかったのだろう。自分には瓜二《うりふた》つの双子《ふたご》の妹がいる。その妹はいつも、職場の不満を姉に洩《も》らしていた。

それで、姉はこんなとんでもない計画を思いついたわけだ。

私は、そう解釈した。

確かに、姉は、大学や協会などといった組織の一員として働いているのではない。聞いてみると、正式な契約書さえ存在しないという。雇い主はただ一人、勅使河原潤という盲目の天才学者だ。もちろん、その名前も顔も、私は知っていた。私は姉の仕事を聞いて、本当にびっくりした。

普通ではない条件が揃っていた。

そう、普通じゃない。

でも、姉は、無邪気な表情で笑う。

「もし、ばれたときは、ばれたとき……」唇を噛《か》んで、彼女は可笑しそうに言った。「私は双子の妹なんです。実は、今までもときどき姉の代わりに来ていました、って話せば、それで済むことでしょう？　大丈夫。きっと、勅使河原先生、大笑いして、許してくれるに決まっているわ」

「そんな寛容な人なら、最初からちゃんと説明した方が良いんじゃゃ……」

「それは駄目」姉は首を横にふる。「そんな権利、私にない。それよりも、無理をしてでも、売り込んだ方が良いに決まっているわ。これはプレゼンテーションなのよ。貴女が、私と同じ能力を持っていることを、まず、アピールしなくちゃ駄目。それを見てもらわなくちゃ……。話はそのあとだわ」

「できるかしら」

「何言ってるの？」姉は私を睨みつける。「ほら、深呼吸して」

私は姿勢を正して息をする。

「たぶん、できるわ」私は呟く。

「そう」躊躇なく姉は頷いた。

そう……、きっとできる。

私はもう一度、心の中で同じ台詞《せりふ》を呟く。

学生時代のテストでは、いつも私の方が少しだけ点数が良かったくらいだ。ただ、その程度の僅かな差で自信家になれるほど、私は楽観主義者ではなかった。元来、姉、森島有佳の方が、何事に対しても積極的で、常に自信家なのだ。私はといえば、いつも姉を楯《たて》にして、その陰で大人《おとな》しくしている。安心している。そこが私の居場所だった。

急に姉がいなくなる、というシチュエーションを経験したことは、これまでに一度しかない。それは、中学校の文化祭のクラス演劇だった。姉が風疹《ふうしん》で寝込んでしまった夜、私に突然、勇気の神様が降りてきた。まるで、目の前の防御スクリーンが解除されたみたいな感覚だった。それは、目を細めたくなるような、恐《こわ》さ、眩《まぶ》しさ、こそばゆさ、そして、爽《さわ》やかさ。一夜で、台本の台詞を暗記し、翌々日には、姉の代理で舞台に立った。帰宅して、そのときの様子を話すと、姉はとても喜んでくれた。二人とも感激して涙を流したほどだ。そして、その夜、今度は私が熱を出したのだった。

そう……、順番は最初から決まっている。

姉がさきで、私はあと。

姉が好きになったのは、どんな人なのだろう?

その人のために、彼女は仕事も捨てて、遠くへ行こうとしている。

次は、私の番だろうか……。

ベッドに座って、自分の膝を見ていた。

突然、隣の部屋にいる勅使河原潤のことが頭に浮かび、そのことで、心臓の鼓動が意識された。

独りで吹き出す。

時計を見た。もうすぐ彼を呼びにいく時刻。

私は、もう一度バスルームに入り、鏡の前で自分をチェックした。

深呼吸をする。

大丈夫、きっとできる。

＊

「宇宙へ行くと、時間がゆっくりになっていて、地球に帰ってきたときに、家族や友達がみんな、歳を取ってしまったり、死んでしまっているって、聞きましたけど、それは本当ですか？」マイクを持った少年が滑《なめ》らかな口調で質問をした。きっと、そのフレーズを何度も練習したことだろう。

「本当です」勅使河原潤は答えた。「君は、そんなことがどうして起きるのか、という仕組みを質問しているのですか？」

「そういうことは、えっと……」少年は急にたどたどしい口調になった。「SFっていう本の中のことで、実際には起きないって、お父さんが言いました」

「それは、お父さんが間違っています」勅使河原潤はゆっくりと語る。「まだ、宇宙を沢山旅行した人間がいないので、そういうことは実際には起こっていませんが、とても少しの時間であれば、時間が遅く進むことは実験でちゃんと確認されています。時間が誰にとっても一定のものではない、ということは証明されているのです。これは、作り話ではなくて、理科で習うのと同じ本当のこと、事実です。つまり……、同じ歳だった友達よりも若くなったり、逆に歳を取ったり、自分の親よりも歳上になったり、自分の子供よりも若くなったり、あるいは、何百年もあとの社会に自分だけが帰ってきたり、ということが実際に起きることになります。でも今までになかったことだからといって、それをいけないことだ、と考えてはいけません。これが重要なことなのです。友達よりも若くなる、親よりも歳上になるなんて、そんなことは気持ちが悪い、ともし思ったなら、君が、友達だと考えているもの、親だと思っているものを、もう一度、よく考え直して下さい。もしかすると、今の方が、気持ちの悪い考え方かもしれません。意味がわかりますか？」

「よくわかりません」

「意味がわからなくても、言葉を覚えられますね？」

「はい」

「いつかわかりますから、覚えておいて下さい」勅使河原潤は優しく微笑んだ。「君は、花火を見たことがありますか？　夏の夜に、花火大会で空に打上げられる花火です」

「見ました」

「花火が爆発したときには、光って、大きな音がして、周囲に火の粉が飛び散ります。最初は、その光と音はほぼ同時に起きたはずなのです。でも、少し遠くから見ていると、ぱっと花火が空に開いて、少し遅れて、どんという音が聞こえてきますね。

これは、光と音、つまり、電磁波という磁場の振動と、音波という物質の振動の、伝《でん》播《ぱ》速度、つまり伝わる速さが違うから起きる現象です。雷なんかでも同じですね。光ってから、しばらくして、ごろごろと音が響きます。ただ……、僕が言いたいことは、近くで見ている人には、ほぼ同時に起こったことが、遠くで見ている人には同時ではない、ということなのです。いいですか？　同時、というのは、同じ時間だ、という意味ですが、それは、何を基準にして決められたのか、何によって定義されたものか、ということを考えて下さい。もし、まったく正確に動く、狂わない時計が二つあっても、それがどこに置かれているのかで、実は針の進み方が違ってきます」勅使河原潤は、そこで一度言葉を切った。「このくらいで良いですか？」

「ありがとうございました」少年は元気良く頭を下げて席に座った。

「他に質問はありませんか？」マイクを持ち、再び司会者が立ち上がる。「勅使河原博士に、こんなことを聞いてみたい、という人はいませんか？　はい、では、そこの彼女、はい、そうです、貴女です」

「勅使河原先生、こんにちは」マイクを渡されて、セーラ服の少女が立ち上がった。

「あの、自殺をしてしまう人がいるんですが、博士は、そういう人をどう思いますか？」

「ちょっと、科学には関係のない質問ですが……」司会者は、どうしたものか、という表情を壇上に向けるが、もちろん、勅使河原には見えない。

「科学の話の場合は、いつも答は同じです。でも、今の質問のような、意見や考え方を問われた場合には、話す場所と相手によって、答は同じではありません。それを最初に断っておきましょう」勅使河原潤は答えた。「今日みたいに大勢の人たちに話す意見と、貴女と二人だけのときに話す意見は、違います。あるいは……、病気で死にそうな人に向かって言うとき、今にもビルから飛び降りそうな相手を止めようというとき、その場面場面によって、僕の言う意見は変化します。自分はこう思う、という意見は常に一定とは限りません。心に思っていることが、言葉として口から出るときに、違うものになることだってありますね。これが大事なことです。まず、このことを忘れないで下さい。さて……、僕が今ここで言える意見はとても簡単です。自殺しようが、病気で死のうが、事故で亡《な》くなろうが、差はありません。その人が生きているときに何をしたのか、ということで、その人を評価するのが正しいと思います。死に方には、あまり関係がありません。それから、もう一つ……。自殺はいけない、というように、自分の意見を一つに絞ろうとする必要はないと思います」

「自殺をしようとしている人を、どんなふうに助けてあげたら良いですか？」

「お友達に、そんな人がいますか？」

「悩んでいる子がいます」

「そのお友達が死んだら、貴女は嫌ですか？」

「はい」

「では、そのお友達に、あなたが死んだら私は困る、と言ってあげなさい。自殺という行為が、善か悪かという議論をする必要はどこにもありません。個々の死について、その一つ一つについて、貴女がどう感じるのか、そのときそのときで、判断すれば良いでしょう」

第2章　長さと時間の相対性

そこで，同時刻という概念に，絶対的な意味を与えてはならないことがわかる．すなわち，ある座標系から見たとき，二つの事件が同時刻であるとしても，この座標系に対して動いている他の座標系から見れば，それらの事件を互いに同時刻に起きたものと見なすわけにはいかないということがわかる．

1

会議室に六人全員が集まった。時刻は午後八時。といっても、既に、時刻というものが、単なるメータの指示値でしかなくなっていた。

八つの居室があるフロアの下が、最下階だ。ここには、会議室の他に、食堂、厨《ちゅう》房《ぼう》、娯楽室、ジム、談話室、コントロール・ルーム、倉庫、冷凍庫などがあった。

メンバは集合の以前に夕食を済ませているはずであり、今夜は、全員が揃《そろ》ってのデイナは予定されていなかった。

森島有佳が、《バルブ》内の施設に関して、マニュアルどおりの簡単な説明を行った。男性たちは彼女以上にここのことを熟知していたので、有佳は、テーブルの端の席に座っていた浜野静子医師に視線を向けて説明をしていた。僕は、黙って聴いていただけで、なにも補足をしなかった。

「特に、追加して報告する事項はありません」というのが、有佳の最後の言葉だった。彼女は、僕の隣の席に座った。

「まあ、ゆったりと構えて、気を楽にしてね、のんびりといきましょう」のけ反るような格好で椅子《いす》に座っている小松教授が、顎《あご》に皺《しわ》を寄せて言った。「各自が、それぞれ自分の仕事に没頭するのが、一番良いと思いますよ」

「しかし、いつも委員会で同席しているとはいっても、我々は、お互いにあまり深いつき合いがない」黒縁メガネの垣本が言う。鬚《ひげ》に隠れて、口があまり見えなかった。「まあ、そういったことも、ある意味じゃ、重要な条件なんだとは思うがね。その、多少は個人的なことを知り合っていた方が良いのか、それとも、このままの方が良いのか……」

「君が、どんな男なのか、私は、だいたい知っているよ」テーブルの向かい側にいた志田博士が濁声《だみごえ》で言う。頰杖《ほおづえ》をついて、顔はそっぽを向いたままだった。「個人的に、知り合ったって、しかたがない。無駄なことだ。何になる？　そんな情報が」

男たちは全員、既にネクタイをしていなかった。志田博士と垣本はカッタ・シャツだったが、小松教授はトレーナに着替えていた。僕は、サングラスを通して、彼らを観察していた。

「たとえば、えっと、浜野さん……、浜野さんで良かったですか？」垣本がきいた。

「はい、浜野です」浜野静子が頷《うなず》いた。彼女もスーツから白衣に着替えてきた。部屋に入ってくるとき、下にはジーンズを穿《は》いているのがわかった。「姓はまだ父と同じです。結婚はしておりませんので……」

垣本は考えていたことを見透かされたのか、ごまかすような表情で反対を向いてしまった。

「そう、浜野さん。お父上のご容態は？」小松が尋ねる。

「ええ、良くはありませんが、死ぬほどのことではありません」浜野が表情を変えずに答えた。

「あ、そうだ……」垣本が有佳の方を見て言った。「なにか、みんなで飲みませんか？」

「アルコールですか？」森島有佳がきく。「会議室では飲食は禁止されています」

「誰が見ているわけでもないんだから」垣本は鬚に手をやりながら、苦笑する。

「いや、部屋の換気能力の問題なんですよ」小松教授が面白そうに説明した。「この部屋はもちろん禁煙です。飲食も空気が汚れますからね」

「そうか」垣本が肩を竦《すく》める。「初日からルールを破るわけにはいかないものな」彼は、再び浜野静子の方に笑顔を向ける。「そうだ、浜野さんの自己紹介を聞いていない」

「私は、O大学医学部の付属病院に勤務しています」浜野が姿勢を正して言った。「父の代理で参りました。私がここにいる理由は、自明かと思われますが……」

「僕がいるからだね?」志田博士がすぐに言った。彼は周囲のみんなを見回した。「ほら……、他には、不健康そうな人間は、いない」

「いえ、そういうわけではありません」浜野が首をふる。「もちろん、皆さんの健康管理や応急の処置も任務のうちですけど、私にできることなんて知れています。もしも、どなたかが病気になった場合は、直ちにここから出ることになるでしょう。その判断を私がするだけのことです。それよりも、ここの特殊な環境で、皆さんの体調について各種のデータを採ることの方が、私の仕事としてはずっとウェイトが大きいと思います。つまり、時間的には、という意味ですけど、今回の任務はほとんどがそちらだと考えています」

浜野静子はそれだけ話して、軽く頭を下げた。にこりともしない、愛想のない態度に見えた。数秒間、誰も口をきかなかった。

「どうしましょう」森島有佳が沈黙を破る。「浜野さんのために、全員が自己紹介をしますか？」

「それには、及びません」浜野静子が片手を軽く持ち上げて言った。「どなたがどなたなのかは、わかっています」

「やっぱり、あちらの部屋に移って、何か飲もう」垣本が立ち上がった。「なんか、落ち着かないじゃないか……、こんな窓もないところで、みんなで難しい顔をつき合わせているなんてさ」

「もう症状が現れているんじゃないですか？」可笑《おか》しそうに口もとを緩めながら小松が腹を揺する。「いやいや、しかし、その提案には大賛成です。冷たいビールで乾杯しましょう。いいでしょう？　勅使河原さん」

みんなが僕の方を見た。それを知らせるために、隣にいた森島有佳が、僕の肩に軽く触れる。

「そうですね……、そうしましょうか」僕は頷いた。

最高決定権は僕、否、僕が演じている勅使河原潤にある。このメンバの中では、森島有佳を除いて、勅使河原潤が最も若い。にもかかわらず、彼がトップなのだ。さらにいえば、勅使河原潤の目が見えないためであろう、諸々《もろもろ》の事項を統括している事実上のリーダは、最年少の森島有佳だった。日本の社会も進歩したものだ、と思う。

部屋を移ることになった。僕も立ち上がり、森島有佳の肩に手をのせて歩いた。会議室を出たところは、中央の円形ホールだ。ここの直径は約十メートル。中央に螺旋《らせん》階段があるだけで、あとはなにもない。かなり広いスペースである。卓球台やビリヤード台くらいなら幾つか置けそうだ。螺旋階段を上がったところが、さきほどの円形デッキで、その部分がこのホールの天井になる。デッキの方が直径が小さいため周囲が吹き抜けになり、全員の個室につながっているブリッジの裏面が見えた。そう……、僕にはそれが見える。

会議室を出て左隣が談話室、さらにその向こうが食堂だった。飲食が許可されている部屋は、談話室と食堂の二箇所。これは、小松教授が言った換気設備の問題もあるが、実は、掃除の手間を考えてのルールでもあった。

全員で談話室に入った。三人がゆったりと座れる大きなソファが四つ置かれている。奥の壁際《かべぎわ》にはカウンタがあり、背の高い丸い椅子が幾つか並んでいた。各自が、勝手にグラスを取り出して、カウンタの中にあった大きな冷蔵庫を覗《のぞ》き込んだ。自分の飲みものは自分で用意するのが、ここのルールである。

「また、こちらに飲みものを補給しておかなくちゃね」小松教授が冷蔵庫を閉めながら言った。

「ええ、あとでやっておきます」森島有佳がすぐに答える。彼女は僕にだけ聞こえる小声で囁《ささや》いた。「先生は何を飲まれますか？」

僕は一瞬考えた。というのは、本当はビールが飲みたかったからだ。どうも、ここの環境はドライで、喉《のど》が渇いた。《バルブ》内の気温は二十二度、プラスマイナス二度、湿度は六十パーセント、プラスマイナス十五パーセントに維持されている。

「ジンジャエールを」僕は答える。勅使河原潤はアルコールを飲まないことで有名だった。

これだけは、なんとかしてもらいたかったが、しかたがない。実は、以前の僕は煙草《たばこ》も吸っていた。ヘビィスモーカだったのだ。それが、この仕事、勅使河原潤の影武者になったとき、禁煙したのである。これは、案外うまくいった。そのとき以来、私生活でも煙草を吸っていない。しかし、アルコールは無理だ。今回、それだけが試練といっても良い。ただ、そんなに沢山飲む方ではないし、それに、自分の部屋で一人になったときに、こっそりと飲むことができるだろう、と楽観的に考えていた。

「志田先生、お願いしますよ」全員のグラスに液体が満たされたところで、垣本が隣の老人に促した。

「じゃあ、ああ……、なんだか、よくわかりませんが……、ええ、なにか、得体の知れないものを、祈願して、乾杯しましょう」志田博士がグラスを持った片手を軽く挙げる。

「乾杯」静かに全員が言葉を重ねた。グラスどうしの接触はなかった。

「音楽をかけましょうか？」森島有佳が言う。

「ああ、いいね。それに、なにかつまむものがあると、良いな」垣本が鬚を撫《な》でながら上機嫌で言った。

「私が用意してきましょうか？」浜野が腰を上げる。「キッチンへ行ったら、わかるかしら？」

「一緒に行きましょうか？」有佳は立ち上がった。

「あ、いえ、たぶん大丈夫です」浜野静子はそういうと、部屋から出ていった。

森島有佳はカウンタの内側へ行き、ＣＤを選んで、オーディオのスイッチを入れる。静かな音楽が流れ始める。

「いきなり、女性に仕事をさせているなあ」垣本が僕の方を向いて呟《つぶや》いた。「まずかったかな？」

「さあ……」僕は微笑《ほほえ》んで首を竦めた。「どうして、僕に？」

「え、勅使河原さん、知らないんですか？」小松教授が高い声できいた。「浜野さん、ファンらしいですよ」

「ファン？」僕はきき返す。

「なんか、今日の彼女、いつもより機嫌が良いというか、気が利《き》きますね」小松がビールを飲みながら言う。

「彼女のこと、ご存じなんですか？」僕は尋ねた。

「ええ、まあ」小松が頷く。

「そりゃあ、浜野のお嬢さんも、張り切ってるんでしょうよ」にここと笑いながら志田が話す。

「勅使河原さんと、ずっと一緒だから？」小松教授が笑いながら言った。

「どういう意味でしょうか？」僕は小松の方を向いて、真面目《まじめ》な表情で首を傾《かし》げてみせる。森島有佳が戻ってきて、僕の横に座った。

「あ、ああ……」歯を見せ、息を短く吸い込んでから、小松は二重顎を強調するように首を竦めた。「いや、失言、失言。申し訳ない」彼は片目を瞑《つむ》り、顔をしかめた。僕にはそれが見える。

「話題を変えましょう」僕は淡々と言った。これも、勅使河原潤の話法で、僕が会得《えとく》している技法の一つだ。「このA大橋についてです。こんなものが、本当に必要だったのかどうか、皆さんの意見をお聞きしたいですね」

「突然、何を言いだすんだい？」垣本が笑った。「ここにいるのはみんな、超のつく推進派、それも最初からプロジェクトに加わって、ずっとこの仕事に没頭してきた仲間でしょう？　勅使河原さん、君だって、その中心人物じゃありませんか。今さら、そんな……、僕らの意見を聞いて、どうするんです？」

「いえ、ですから、建て前はもう充分に承知しています」僕は言葉を選んで質問する。「それよりも、個人としての哲学です。ここだけの話、本音の部分で、どこかに否定的なベクトルをお持ちではなかったか、という点を率直に伺《うかが》いたいのです」

垣本は、隣の志田博士の顔を見て、つぎに、テーブルの向かい側にいた小松教授を窺《うかが》った。三人は軽く頷いた。質問の意味は理解した、という意味だろう。しかし、誰も口をきかなかった。

「正直なところ……」僕はゆっくりとした口調で話す。「この場所に大橋があろうが、なかろうが、大きな違いはないのではありませんか？　もともと、大して交通量が多かったわけでもない。フェリィで充分だったはずです」

「もちろん、そのとおりだよ」垣本が溜息《ためいき》をついてから言う。「しかし、何度も繰り返し議論したとおり、結局は二つの目的に集約される」

「建設技術の向上と理論の確認。そして、労働力の消費による内需拡大」僕はすらすらと言葉を並べる。

「そのとおり」垣本は頷いた。「違うのかい？　それじゃあ、不足だとでも？」

「いえ、そういうわけではありません」相手を安心させるために、僕は微笑んだ。

「技術向上と内需拡大か……。一つは、自信をつけるため、もう一つは、人を遊ばせないためですね」小松が茶化す。

「博士はいかがです？」僕は、志田博士の方を向いた。

「僕は……、つまりは、関係がない」志田は濁声で答える。「もう、長くないからね。僕が、この世に生きている間に、こんな大きな橋を、見られただけで、実に感激だ。それで、もう充分。この橋が、人類に必要かどうかなんて、そんなことは、そう、どっちだっていいことだ。僕は知らない。それを決めるのは、もっとさきまで生きている連中だよ」

2

「先生、退屈ではありませんか？」私は、勅使河原潤に囁いた。

「いや……。どうして？」カウンタに片肘《かたひじ》をついていた彼は、僅《わず》かに私の方に頭を近づけて答える。「僕がお酒を飲んでいないから？」

「ええ」

「君も飲んでいないようだね」

「あ、いえ……」私は首をふった。私はアルコールにあまり強くない。幸い、これは姉もまったく同様だった。

既に時刻は十時近い。談話室のソファに座っているのは、建築家の垣本、大学教授の小松、それに医師の浜野の三人。さきほどから、ずっと歓声を上げて盛り上がっている。意気投合したというよりは、アルコールが効いてきたのであろう。垣本と小松は変わらなかったが、浜野静子はずいぶん陽気になっている。

物理学者の志田雄三は、つい五分ほどまえに席を立ち、「失礼」と一言だけ言い残して、部屋を出ていった。まだ戻ってこないところをみると、どうやら、自分の部屋へ引っ込んだのだろう。もともと、彼だけが、なかなか話のペースについていけない様子だった。

勅使河原潤と私は、少し離れたカウンタの椅子に並んで腰掛けている。二人とも素面《しらふ》だった。私は、最初の乾杯のとき、一杯だけビールを飲んだが、それはとっくに醒《さ》めていた。その後は、冷たいウーロン茶を水割りのように少しずつ、勅使河原もジンジャエールを、やはり少しずつ飲んでいる。

前半の話題は非常に高尚なテーマで、私は黙って聞いているしかなかった。とても難しい専門的な内容も多く、半分も理解できなかっただろう。

途中で、制御関係の定期確認を行うために、私は一人でコントロール・ルームへ行った。十五分ほど中座して戻ってくると、アルコールの消費量に比例して、談話室は、より開放的な雰囲気に変化していた。しかし、同分野の名物的な人物のこと、海外出張のときの失敗談、科学研究費の審査に関する裏話、などなど……、話の内容は、かなりレベルダウンしたものの、やはり面白くない話題、という点では同じだった。退屈していないか、と勅使河原に尋ねたが、実は私自身が退屈していた。

浜野静子がソファから立ち上がって、カウンタに近づいてくる。彼女は、私と勅使河原を一瞥《いちべつ》してから、グラスに氷を入れて、ブランディを注《そそ》いだ。

「こちらは静かですこと」浜野静子が囁いた。

「ええ……」勅使河原潤が頷く。「静かですね」

「寂しくありません？」新しいグラスに、浜野は口をつける。しかし、目は勅使河原を見つめている。

「寂しいですよ」彼は微笑んだ。「寂しいのが、好きなんです」

「そこのお二人も……、こちらへ、いかがです？」ソファから垣本が私たちを呼んだ。「いや……、もちろん、もし、よろしければ、ですけどね」

「勅使河原さん、飲まれてないんですもの。つき合わせるのお気の毒だわ」そう言いながら、浜野はグラスを片手にソファの方へ戻っていく。ハスキィな声も、顔色もまったく変化はない。まったく酔っているようには見えなかったが、いつの間にか、メガネを外していた。陽気な印象は、そのためだったかもしれない。

「ああ、そうですね……」小松教授が、こちらを振り向いた。一番沢山飲んでいると思われる彼が、一番変化がなかった。「つき合わせちゃって、すみません。もう、部屋に戻られてはいかがですか？」

「ええ、お気遣いなく」そう言って、勅使河原は椅子から立ち上がり、ソファの方へ歩いていく。

私は慌《あわ》ててあとを追い、彼をソファに導こうとした。しかし、そのまえに勅使河原は片手をソファに伸ばして確認すると、ごく自然な動作でそこに腰掛け、優雅な仕草で脚を組んだ。

「森島君、申し訳ない、僕のグラスを」彼は私の方を見て囁いた。ほぼ正確に私の方へ顔を向けていたので、少々驚いたが、サングラスをかけているのだから、視線がどこを向いているのかわからない。ただ、私を見ている、と勝手に感じただけのことだった。

私は、急いでカウンタまで戻って、彼のグラスを取り、ソファの勅使河原まで運んだ。半分ほど、琥珀色《こはくいろ》のソフトドリンクが残っていたが、氷は既に解けていた。

「あ、氷を替えましょうか？」

「いや、これでいい」勅使河原は微笑んで軽く頷く。そして、他の人たちの方を向いてきいた。「さてと、何のお話だったでしょうか？」

「いやね、つまらないなぞなぞだよ」垣本が笑いながら話した。「わりと愉快な問題があったけど、ちょっと勅使河原さんには、聞かせられないな」

「下品でしたからね」小松がくすくすと笑う。

「私には何の警告もなくお話しになったくせに」浜野が目を丸くして大げさな口調で言った。「彼には駄目なんですか？　まあ、それはずいぶんですこと。勅使河原先生、あとで、私が詳しくご説明しますわ」

「あ、それは、まずいんじゃないの」小松が笑う。「ほら、勅使河原さんにはさ、若く美しく最強の、秘書さんがいるんですよ」

私もソファに座った、小松教授を睨《にら》みつけながら。

「あら、でも、今回は……」浜野はそこまで言って、言葉を切った。彼女は私を一瞬見て、言葉を飲み込んでしまった。

浜野静子は何が言いたかったのだろう？　今回は部屋がすべてシングルだ、とでも言うつもりだったのだろうか。もしそうなら、何という破廉恥《はれんち》。しかし、酔ってもいないのに、そんな卑俗な連想をしている自分に、私は舌を出したいほど呆《あき》れてしまった。

「なぞなぞの続きは？」勅使河原潤が話題を変えた。

「あ、じゃあ、僕が一つ」小松教授が身を乗り出した。「えっと、熊《くま》がいるんですけどね……」愉快そうに皆を見ながら、小松は話す。「そいつが、最初、南へ真《ま》っ直《す》ぐ一キロ歩いて、次は東へ一キロ、最後は……」

「白熊なんでしょう？」勅使河原が横から言う。

「なんだあ……、知っているのか」小松はソファに勢い良くもたれかかる。

「え、どんな問題なの？」浜野静子がきいた。

「誰でも知っているよ、そんなの」垣本が笑う。「しかし、勅使河原さんも、意外に俗っぽいことを知っているんだね」

もちろん、私もそのなぞなぞを知っていた。

「それでは、こういうのは、いかがでしょう」勅使河原がそう言ったので、他の三人は彼に注目した。「花時計というか、大きな時計が作られている公園があるんですが……、その時計、針が一本しかなくて、しかも、その針も止まっていて、動かないのです。ところがですね、何故か、その時計でいつも時刻がわかる、という……。ほぼ、正確に時刻を知ることができるんです。針は動かないのにですよ」

「え、どうして？」浜野静子が眉《まゆ》を寄せてきいた。どうやら、自分で考える気は最初からないように、私には見えた。

「デジタル表示が別にあるとか……、じゃないよね？」垣本が鬚を撫《な》でながらきく。

「いえ、文字盤と針が一本だけ。それ以外になにもありません」勅使河原は答える。

「針が動いてないってことは……」グラスを傾けて小松教授が言った。「あ、一日に二回だけ、正確な時刻がわかる、なんていうオチじゃないよね？」

「いつも、って言いましたよ」勅使河原がすぐに答えた。

「その時計……、公園にあるってことが問題なんじゃありませんか？」垣本はソファの背に片手をのせて、躰《からだ》を斜めにして座っていた。「きっと、相当大きいんでしょう？」

「ええ、そうです」勅使河原が頷く。「でも、大きさにはあまり関係がありません。ただ……、その時計は、水平になっていますね。文字盤が地面と平行で、上を向いているんです」

「ああ、わかった……。日時計になっているんですね」小松が軽く手を叩《たた》いて言った。「動かない針が真ん中に立っていて、それの影の位置で、時刻がわかるってわけでしょう？」

「ああ、そういうこと……」小松の隣にいた浜野静子が、口を小さく開けて頷く。

「森島君は、どう？」勅使河原は私の方を向いて囁いた。

「いつも時刻がわかる、ということですから、日時計ではありませんね」私は考えていたことを頭の中で急いで整理した。「日時計は、太陽が陰《かげ》っているときには使えません」

「なんだ……、違うんですか？」小松は苦笑いする。

「針は一本しかなくて動かない。それなのに、その時計で時刻がわかる」私は続ける。姉である森島有佳の理知的な話し方を忠実に再現した。「物体の位置関係以外によって時刻が示される可能性……、たとえば、色彩の変化とか、温度とか、音とか、ですけど、それは問題からは読み取れません。この可能性を除外すると、動かない針の意味が、やはり、とても重要です。動かない針の位置によって、時刻がわかる、と考えるしかない」

勅使河原は無言で頷く。口もとを緩め、笑顔を私に向けている。

「その矛盾を解消するためには……」私は勅使河原を見ながら話す。このとき、ふとアイデアが浮かんだ。「動いていない、という観察が、何を基準になされたものだったか、という問題に立ち入らなくてはならないでしょう」

「なんだって？」垣本が鼻息をもらすのが聞こえる。

「つまり、その針は……」私はようやくそこで解答を摑《つか》んだ。そして、他の三人を見て微笑むことができた。「地面に対しては相対運動をしているのに、地球外の特定の場所から見れば、動いていない。たとえば、太陽から観測すれば、動いていない、といった具合です。地球の自転と同じ速度で、一日にほぼ一周、地面とは反対方向に回っているのです。それは、宇宙から見れば、動いていない、静止した針ですけど、回転する地面に乗っている人間には、正確に作動する普通の時計の針です」

「針が動かないで、文字盤が地球と一緒に回っているわけか……。うーん、なるほどね……」垣本が唸《うな》った。

「その時計は北極点か、南極点にあるわけですね」小松が二重顎で頷いた。「あ、勅使河原さん、それ、僕の出した白熊の問題で思いついたんでしょう？」

「僕としては、それが最大のヒントだったつもりなんですけれど」勅使河原は言った。

浜野静子が、驚いたといった表情を私に向けている。私は少し嬉《うれ》しかった。

「クイズがお得意なのね」浜野は私に言った。

「ええ、嫌いじゃありません」私は答える。

中学の頃までは、数学や物理が得意だったし、ちょっとしたパズルを考えるのは今でも大好きだ。それでも、今の場合、最初はまるでわからなかった。理屈を話しているうちに、自然に思いついたのだ。自分でもどうして解けたのか、信じられなかった。勅使河原が無言で誘導してくれたように思えてしかたがない。

私は、テーブルのグラスを手に取り、冷たい飲みものを喉に流し込んだ。

「それじゃあ……、これは、浜野さん向けの問題だけどね」今度は小松教授が話し始める。

「まあ、いきなり失礼ですね」浜野静子が笑って言う。

「専門外という意味ですよ」小松は片手を広げた。「ここのA海峡大橋の、二本の柱、こちら側と、向こう側の二本……、これ、だいたい二キロくらい離れている。両方とも、真っ直ぐ垂直に、びしっと正確に立ててあるんだけど、どういうわけか、その、お互いに平行じゃないんですよ。そう、実際に測ってみたらね、柱の根元どうしの距離よりも、てっぺんどうしの距離の方が数センチほど長かった……。変でしょう?」

「誤差ですか?」浜野が言った。彼女は眠そうな顔をしている。「数センチくらい、いいじゃないですか」

「いやいや、いいとか悪いとかって、そういう問題じゃなくてね……」小松は苦笑する。「いや、誤差はもちろんあるよ。それに、風が吹けばしなっているはずだし、温度の変動によっても刻々と変形しているから、数センチくらい簡単に動くんだけど、今は、そういうことじゃなくて……」

「いえ、全然わかりません。何をおっしゃっているんだか……」浜野は可笑しそうに言う。「何が問題なのかもわからないわ」

「あ、地球が丸いからですか?」私は思いついて言う。「両方とも真っ直ぐでも、地球が丸いから平行じゃないという意味ですね?」

「そうそう」小松が満足そうに頷いた。「ほら、わかる人には、ちゃんとわかってもらえるでしょう？」

「答を聞いてもわからないわ」浜野は口を尖《とが》らせる。

「二キロというと……」勅使河原が言った。「地球の周囲長四万キロの二万分の一だから、柱の高さを百メートルとすると……」彼はほんの一瞬、言葉を切った。「三センチですね」

「風で撓《たわ》む量はもっとずっと多い」小松はにこにこして話した。「昼間に太陽で暖められるだけで、片側が熱膨張して、数十センチは動くからね」

その後、小松は熱膨張係数の具体的な数値を挙げ、さらにテーマは橋梁《きょうりょう》からダムに移る。山も温度によって変形する。地面も動いている、という話になり、続いて、プレートのこと、地下断層のこと、地震のことなどが話題に上った。小松教授の相手をしたのは、勅使河原だけだった。

浜野静子はつまらなさそうな表情だ。彼女は、ちらちらと私を窺《うかが》うように見た。ソファに深く腰掛けていた垣本は、いつの間にか目を瞑っている。眠っているようだ。話が途切れ、しばらく場が静かになったとき、垣本は目を開けた。

「ああ、もう、寝るかな」垣本は黒縁のメガネを取って、目を擦《こす》りながら、立ち上がった。「まだ、十時過ぎだっていうのに……、なんだか、健全だなあ」

「どこにも飲みにいけませんからね」小松が相づちをうつ。「さて、風呂《ふろ》に入って、大人《おとな》しく寝ますか」

結局、それでお開きになった。

時刻は十時十五分。確かに、まだ早い。

グラスを全員で片づけてから、螺旋階段を上がった。デッキで別れ、垣本、小松、浜野の三人が、それぞれ、二、三、四号室へ入っていくのを見届けてから、私は勅使河原を六号室へ導こうとした。

「大丈夫、独りで行けるよ」彼はそう言って、そのまま歩いていく。「おやすみ」

「失礼します」私は彼の背中を見送った。

こうして、とにもかくにも、無事に初日が終了したのである。

自分の部屋に入ると、私は長い溜息をついた。そして、すぐに熱いシャワーを浴びることにした。

3

シャワーのあと、僕は、ビールを飲みたいのを我慢して、こっそり持ち込んだ雑誌を読んだ。勅使河原潤は、普段、ノートパソコンに接続したハンディ・スキャナで読み込んだ書物のページを、文字認識させたのち、音声出力させている。それをイヤフォンで聞くのである。だから、本や雑誌が僕の荷物の中にあっても、不自然ではない。もっとも、僕にとっては、そのパソコンの使い方の方が難しい。そちらのスイッチを入れることはあまりないだろう。ベッドで雑誌に目を通しているうちに、うとうととしてしまい、次に目が覚めたときは、午前一時過ぎだった。

聞き慣れない小さな電子音が鳴っていた。

サイドテーブルの電話の音だ、と気づく。

僕は手を伸ばして、受話器を取る。

「勅使河原君……、僕です、志田です」

「あ、はい、何でしょうか？」僕はベッドの上で起き上がった。

「寝ていたかな？」がらがら声で、志田博士はきいた。

「いえ……、これから寝ようと思っていたところです」

「ちょっと、相談したいことがあるんですよ」志田は、独特の発音とゆっくりとした速度でしゃべった。「こちらへ、僕の部屋へ来てもらえませんか？」

「今からですか？」

「そう……。いやね、こちらが行くべきかもしれないけど、ちょうど今、湯を沸かしてしまったんですよ。お茶を淹《い》れようと思ってね。どうですか？」

「ええ、わかりました。すぐに伺います」

電話を切り、僕は服を着た。そしてサングラスをかける。

ドアから出ようとして、ステッキに気づいた。森島有佳がいないのだから、ステッキを持っていた方が自然だろう。僕はクロゼットから、それを取り出す。ステッキの置場所はここと決まっていた。こういった細かい約束事を、勅使河原潤と僕はいつも守ることにしている。それらが、僕と彼の入れ替わりをスムーズに行うために重要なことだったからだ。もちろん、全部、勅使河原潤が決めたことだった。どこにも書き出していないが、とても沢山の約束事があった。ルールが多いほど、それを守ってさえいれば、安全であり、しかも演技は楽になる。

カードキーは、ドアの手前の壁にあるユニットに差し入れられている。これが、室内の照明のスイッチも兼ねていた。目の見えない者には照明など不要であるが、カードキーを入れないと他の電気器具も使えない。置場所としても最適だ、という言い訳もできる。僕はそれを引き抜き、ドアを開けて外に出た。

志田雄三博士の部屋は一号室だ。

デッキには誰もいなかった。とても静かでなにも聞こえない。

誰もいなければ、ステッキを使う必要はない。僕は真っ直ぐに一号室に向かった。ブリッジを渡って、その部屋のドアをノックした。

ドアが開くまえに、僕はステッキを構え、姿勢を正す。

「ああ、すみませんね」志田博士がドアを開けて顔を出した。「さあ、どうぞ中へ」

僕は頭を下げてから部屋の中へ進んだ。僕の後ろで、彼がドアを閉めた。軽くステッキを振りながら、部屋の中央まで進み、僕はそこで振り返った。

「奥の椅子にどうぞ」志田が言う。

僕はさらに進んで、椅子を片手で確かめてから腰掛けた。ステッキを片手に持ったままだった。

ベッドの上にトランクから出したばかりの衣類が無造作にのせられている。荷物の整理をしていたのだろうか。少なくともまだ途中のようだ。

「ひと眠りして、起きたら妙に目が冴《さ》えてしまってね。迷惑でしたか？」志田がキャビネットで、急須《きゅうす》に湯を注ぎながらきいた。

「いえ、とんでもありません」僕は答える。

「君くらいしか、話し相手がいない」志田は微笑む。「いつもなら、お茶を飲みながら、猫を撫でてやるのですが……。いや、ここには連れてこられない。息子夫婦に預けてきた」彼は溜息をついた。「それが心配でしてね。名前はポアソンというんです」

「理論派の猫ですね。ここへ連れてこられたら、余計にご心配になったと思いますよ。なにしろ、ここは理屈の通らないところですからね」

「どうして？」志田が首を傾《かし》げる。

「普通の道理では、こんなものを造るなんて許されない」

「ああ、それは、そうかもしれない」志田は微笑む。「君はときどき、明らかに自分の首を絞める発言をするけど、どういった理由からだろうね。テーブルの上にお茶を置くよ」

横のテーブルに湯呑《ゆのみ》が置かれた。僕が片手をそっと伸ばすと、志田は僕の手に触れて、場所を教えてくれた。

「ありがとうございます」

「どうも、さっき、勅使河原君が言ったことが、僕は気になるなあ」志田は自分の湯呑もテーブルに置き、椅子に腰掛ける。

「えっと、どんな話だったでしょうか？」

「大橋建造の必要性についてです」志田は短く答えた。

僕は表情を変えずに、首を少しだけ傾けた。

そう、確かにその話をした。それは、僕がしたかった話というよりは、勅使河原潤らしい話をしなくては、と考えて持ち出したテーマだ。僕にしてみれば単なるパフォーマンスだった。

A海峡大橋の建設に対しては、もちろん、このグループの中には反対派はいない。

垣本壮一郎が答えた二つの理由も、端的で現実的、納得のいく、ごく一般的な回答といえる。一つは、技術的なトライアルである、という将来に向けての可能性。そして、もう一つは、労働力の消費、という公共投資の側面である。しかしながら、この二つの理由の陰に潜む、ある懐疑的な可能性について、僕は口にしなかった。それこそが、勅使河原潤自身が、僕によく話してくれることだったのだけれど……。

志田博士は片手で湯呑を持ち上げ、音を立ててお茶をすすった。そうして背中を丸めていると、歳《とし》相応の老人に見える。

「勅使河原君が、まだ十代の頃に、一度僕の研究室に遊びにきたことがあったね」志田は僕の方を見ないで言った。「僕が、ちょうど学部長をしていた頃だ。いや……、君は今と、なにも変わっていない。ただ……、そう、あのときは、ちゃんと目が見えたわけだから、僕の顔を覚えてくれただろう？」

「ええ、もちろんです、先生」僕は頷いた。

「あのときは、まだ髪もこんなに白くなかったよ」

「今は白いんでしょうか？」

「観察者によるね」

こういった話題になることを予測して、志田博士に会ったときの話は、事前に兄から聞いていた。

「一時間も、志田先生とお話をしました。僕はいろいろ変な質問をしたと思います。物理学以外にも、先生のご専門以外にも、いろいろと……」

「そうだったかね」

「何のために生きるのか、と僕はお尋ねしました」

「覚えがない」志田は笑う。「僕は、何と答えた?」

「それを問うことが、既に生きていることだ、とおっしゃいました」

「横着なことを言ったものだ」にっこりと志田は微笑んだ。「天才少年を前に、僕も気を張っていたのだろうね。十年以上まえになるかな。あのときの縁で、今回のプロジェクトに僕を加えてくれたのだ、と理解していますよ。老残の身を気遣ってくれた、と……」

「とんでもない、そういった判断ではありません」

「いや、いいんだ」志田は喉を鳴らして笑った。「あのとき、勅使河原君がした質問は……、何だっただろう? それをすべきかどうか、という社会的な問題を、確か……、論じた、と記憶しているのだが……」

「宇宙開発だったかと思います」僕は答える。それも勅使河原潤が教えてくれたことだった。

「ああ、そうか……、うん、さっきの大橋の件と、同じことだね」志田は何度も頷いた。「確か、そう、あのときの君は、そういった大規模投資に、反対の立場だった。もちろん、君は若かった。そうなんだ。本当に若かった。紅顔の美少年だった」志田は笑う。「いや、僕はもうびっくりしてしまったんだよ。で、そのあと、すぐに学位を取って、君は、研究者としてというよりも、政治家としての道を選択した。ああ……、これは、失礼な表現だったかもしれないなあ。他意はないんですよ」

「いいえ、非常に的確です」僕は頷いた。勅使河原潤もそう答えただろう。僕は冷静に役柄を演じているに過ぎない。感情の回路は作動していないのだ。「父が体調を崩して、その代理を務めなくてはならなくなりました。派閥の片方が僕を必要としたのです。僕は、それを利用した。それだけのことです。僕の進む道は大きく変更されましたが、後悔はしていません」

「我々の分野にとっては、大きな損失だった」

「さあ……、それはわかりませんよ、先生」僕は首をふった。「僕は単に、人よりも多少早熟だっただけのことです。あのあと研究を続けていて、画期的な成果を挙げられたかどうか自信はありません。むしろ、エンジニアとして実学の分野に身を投じる方が、僕には向いていたのです。僕の周囲もそれを望んでいました。実学を推進するのは、資本です。つまり、お金の使い道として、という意味ですけれど……」

「うん、そうだろうね」志田は湯呑をテーブルに戻して、膝《ひざ》の上で両手を組んだ。

「ようするに、それは、宇宙に金を捨てるよりは、地球の表面付近に、橋やトンネルを作った方が人間社会の役に立つ、という意味であって、君の意見は、実に一貫している、ということになるのかな？」

「恐縮です」僕は頷いた。

「いやね、僕は、あのときの君の考え方が、あまりに印象的だったものだから、常々、Ａ海峡大橋建設プロジェクトの推進派としてリーダシップをふるう勅使河原潤に、どうも違和感があった。委員会でいつも君の姿を見るたびに、不思議に思っていた。さて、この橋は、ロケットを打ち上げることと、どれほど変わるところがあるのだろうか？」

志田はそこで黙った。

数秒間の沈黙。

「ご質問ですか？」僕は尋ねた。

「そうです」

「変わるところは、ほとんどないでしょう」僕は答えた。

「ほとんど、とは？」

「測定の誤差範囲です」

「では、君の意見は、どこで変わった？」志田は目を細め、遠くを見るような表情になった。「何が、君を変えたのですか？」

「ご質問ですか？」

「そうです」

「大人になった、ということだと思います」僕はそう言いながら、テーブルの湯呑に手を伸ばす。ゆっくりと手を動かして、それを見つける。実際にそちらに顔を向けずに、僕は湯呑を手に取った。そして、熱いお茶を一口だけ飲む間に、そのあとの台詞《せりふ》回しを必死で考えていた。「二十代になって、それまでほとんど関心がなかった、社会のこと、政治のこと、経済のこと、つまりは自分以外の大勢の人間のことに急速に興味を持つようになりました。あのときの変化が、すなわち、大人になったということではないか、と思います。この答では、不足でしょうか？」

「今、思い出したんだが……、君は、こんなような内容のことを言ったのを覚えているかな？」志田は尋ねた。「現在、研究されている各種の最先端技術……、宇宙開発も、核融合も、その成果が実際に、社会の人々に還元されるのは、ずっとさきのことで、少なくとも四十歳以上の人たちには間に合わない。つまり直接には関係がない。だから……、そういった未来への投資を行うときは、そんな未来に生きている可能性のある人々だけで選挙を行うべきだ。そう、君は、そう言ったんですよ。若者だけで投票をすべきだとね」

「ええ……」僕は頷いた。その話は勅使河原潤からは聞いていなかった。しかし、彼が言いそうなことだ、と思った。僕は志田が話した内容を素早く頭の中で展開した。

「しかし、実際には、若い世代は、将来の展望を持つには至っていないことが多い」

「意見が変わったのだね？」志田はにっこりと微笑んだ。

「そう受け取っていただいても、良いと思います」

「君が柔軟に社会に対応したことは、ある意味で奇跡的だったと思えるね。僕が見た少年は、とても透明で、研ぎ澄まされていた。心底、末恐ろしいと思ったものだが……、うん、人間社会の包容力もまた馬鹿にならないものです。いやいや、今のも、勘違いされそうだな。決して、君の立場を非難しているのではない。それはどうか、誤解しないで下さいよ」

「おっしゃることは、よくわかります」僕は微笑んだ。「一つだけ言い訳をさせていただくとすれば、反社会的な立場を取るにしても、それが常識的な範囲でなければ、大きな影響力を持つ行動とはなりえない、ということです。自分の思想を形にしたい、自分の行為を歴史に残したいと願望するのなら、まず、社会的な方向性に沿ったベクトルに自分を重ねるべきなのです。修正はそのあとで行うのが効果的でしょう。持久力、耐久力のある思想とは、そのときどきでは接線のように滑らかに見え、離れたときにしか、新しい別の曲線だとわからないものです」

「騙《だま》し、誤魔化《ごまか》し、というわけだね？　客観的な立場なら、それが見えると？」

「そういった観察者は、ごく少数です」

「ごもっとも」志田が喉を鳴らして頷く。「大政治家になるね、君は……」

「目が悪くては無理です」

「見えない方が、見えることもある」志田は笑った。

「お話は……」僕はテーブルに湯呑を戻しながら言った。「このことだったのでしょうか？」

「ああ、いや……。もう充分です。懐《なつ》かしい話が聞けて嬉しかった。ありがとう」志田は立ち上がり、部屋の中をゆっくりと歩いた。「そうそう、いつだったか、建設省と土木学会の合同委員会の席だったかな……、君の発言を思い出したよ。たまたま、僕も出席していたんだ。これからの大規模構造物の設計では、地震や風による外力《がいりょく》がクリティカルになるのではない。もっとも大きく、確率の高い外力とは……」

「テロです」僕は彼の期待に応《こた》えて言った。

「そう……」志田は何度も頷いた。「そのとおりだ。僕も同じ意見です。人間は自然よりも恐《こわ》い」

「ご理解いただいて、光栄です。しかし、先生、人間も自然のうちかもしれません」

「さて……、ドアまで送ろうか」志田はそう言って僕に近づき、片手を伸ばした。

僕は、彼の手が僕の膝に触れるまで、知らない振りをしていた。左手を持ち上げ彼の手を摑み、右手でステッキを持って、僕は立ち上がった。

「帰れと言っているのではないよ」志田は笑いながら言った。「僕なりに、その、気を利かせただけだ。もし君が、まだここにいたい、あるいは、なにか別の話がしたい、というのなら止めはしないし、告白するけれど、僕はどちらかというと、そっちの方を望んでいるんだが、あ、いや、控え目にだよ……、そう、極めて消極的にだ。しかし……、現実はといえば、もう深夜。時間も遅い」

「ええ、そろそろ魔法が解けそうです」

「外にカボチャの馬車が待っているのかね？　バイオ・テクノロジィとして、近い将来可能かもしれないね。鼠《ねずみ》を馬にするのは、もう少し、さきのことだと思うが……」

「申し訳ありませんが、失礼させていただきます」僕は軽く頭を下げた。「楽しいお話でした。まだ、これから何日もあります。いずれまた、ゆっくりと議論の続きを……」

「呼びつけて、申し訳なかった」志田は僕の手を引こうとした。

「あ、お構いなく、床になにか落ちていないかぎり、大丈夫です」僕は志田の手を離す。

「今年で七十になる死にかけが一人落ちているよ」志田はそう言いながら、ベッドの方へ移動した。「ＯＫ、今、わきにどけました。君の道は開けた」

「失礼します」僕はもう一度、頭を下げてから歩きだす。

ドアを開けて、外に出た。

そのまま、デッキに向かって真っ直ぐに進む。背後でドアの閉まる音がなかなかしなかったので、志田が見送っていることがわかった。ちょうどブリッジを渡り切ったところで、後ろから声をかけられる。

「勅使河原君」

僕は立ち止まり、デッキの手摺《てすり》を左手で掴んだまま、振り向いた。

「おやすみ。明日、また……」志田は言った。

「失礼します」

彼は、ドアを閉めた。

大した話ではなかったな、と僕は思った。

人間、歳を取ると、あのように話さずにはいられなくなるものだろうか。なにかを発散せずにはいられない幼稚さに類似している。寂しがる、という行為は、子供の我《わ》が儘《まま》と同義だ。つまり、子供に戻るということだろうか。

本物の勅使河原潤だったら、きっと腹を立てたに違いない。僕は密《ひそ》かにそう思った。僕よりは、兄の方がずっと感情の起伏が激しい。表面にそれを現すことは極めて希《まれ》だが、僕はそれをよく知っている。彼は、甘えるもの、鈍《にぶ》いものが大嫌いなのだ。

頭の後ろが重かった。

少し疲れたようだ。

自分の部屋に戻り、時計を見た。時刻は二時だった。

4

目が覚めたのは、午前六時。もう朝だ。

寝ついたのが普段より早かったので、睡眠は充分だった。私はベッドから足を下ろし、しばらくぼうっとしたまま座っていた。窓から眩《まぶ》しい光が差すわけではない。そういった機能を持ったバーチャルの「窓」を壁に設置しようという案もあったそうだが、実現しなかったらしい。設備とエネルギィの消費に対して、得られる効果の相関が、きっと議論されたことだろう。私には、たぶん必要ない、と自分では思う。

私は立ち上がり、バスルームで顔を洗った。

窓辺の日差しよりも、熱いお湯が使える不自然さの方が、現代人には重要だ。

普段は、六時半に起きて、近くの公園までジョギングする習慣だった。前夜が特に遅くないかぎり、夏も冬もそうしている。姉も同じだったはず。

スウェット・スーツに着替えて、ジムへ行くことにする。まだ、こんな時間だ。それに、ここに集まっている面々を考えれば、早朝から汗を流す人間がいるとは思えなかった。私は化粧もせずに部屋を出た。

そっとドアを閉めてブリッジを渡り、デッキ中央の螺旋階段を下りようとしたとき、上からもの音が聞こえた。

私はびっくりして、一瞬息を止める。

足音だろうか、小さな音がまた鳴った。

上のデッキに、誰かいるようだ。

誰だろう?

上のフロアには、なにもない。外界へ通じる出入口があるだけで、そこの鍵《かぎ》は私自身が保管している。

私は螺旋階段を上がった。

何故か、ゆっくりと、音を立てないように、一段ずつ足を運んだ。

デッキの上が少しずつ見えてくる。首を回して、ぐるりを観察しながら、もう一段上がった。

デッキの端の手摺に摑まって、浜野静子の後ろ姿が動いていた。一瞬、何をしているのか、わからなかったが、どうやら、体操のようである。片方の脚を斜めに伸ばし、もう一方の脚をゆっくりと屈伸している。動作がとてもゆっくりだったので、太極拳《たいきょくけん》かもしれない。

声をかけようかどうしようか迷っていたら、向こうが振り向いた。

「あら……、早いですね」浜野静子はそう言ってから、大きな息をついた。「そちらも、運動ですか？　走るには、ここは狭いわ。それに音が響いてどうしようもない」

「いえ、私は、下のジムへ……」そう言いながら、私は残り数段の階段を上がり、デッキに立った。

浜野静子は艶《つや》のある上下同色のスウェット・スーツ姿だった。

「そう……、私も最初あそこへ行ったんですけど、なんか、空気がね、動かないというのか、風がないでしょう？」

「ジムなら、扇風機があったと思いますけど」

「へえ、そうでしたっけ？」浜野は肩を竦める。「あ、それ、もしかして、私が、どなたかのファンだっていう、洒落《しゃれ》かしら？」

「ああ、いいえ……」私は思わず吹き出した。「そんなつもりじゃあ……」

「当然、お聞きになったでしょう？」

「いいえ」私は首をふる。

「そう」浜野は口を斜めにして頷いた。

「どうして、こんなところで？」

「なんとなく……」浜野はまた躰《からだ》を動かし始める。「高いところの方が、少しは、気が晴れるかもしれないと思って……」躰を左右に曲げながら、浜野は話した。「いえ、別に気持ちが曇っているってわけでもないけど」

「振り子が止まっていますね」私は話題を変えようとして、すぐ近くにある分銅《ふんどう》を見た。天井から吊《つ》り下がっている例の振り子である。

「それって、少し狂っているみたいね」こちらを見ないで、浜野が言う。「ちょっと、ずれてません？」

私は屈《かが》んでそれを観察した。重そうな円錐《えんすい》形の分銅は、その尖った先を床に向けてぶら下がっている。一センチ刻みの方眼が床に描かれていて、そのうち、縦横ともセンタの直線だけが赤かった。その両軸の交点が座標の中心、すなわち原点である。おそらく、赤い直線の端が、それぞれ東西南北を意味しているのだろう。一見、分銅の先は、原点を指しているようだったが、よく観察してみると、僅かに逸《そ》れている。私が見ている側から反対方向へ数センチのズレだった。顔を上げて、そちらを見ると、昨日、ここへ入ってきたときに渡った最初のブリッジがある。その先は、《バルブ》の唯一《ゆいいつ》の出入口。

私は立ち上がって上を見た。頭上にはコンクリートの円形の天井。外周に近いところを黄色の鉄骨が回っている。それは、クレーンのためのレールだった。分銅を吊り下げている糸は、天井から真っ直ぐに延びている。

「ここが微妙に傾いているってことですよね？」浜野静子がきいた。

「誤差だと思います」私は適当に答えた。

相手が専門外の人間だったこともある。それに、大橋を建設したときの工事記録を読んだときに目についた数字も思い出した。現在では、位置を決めるためにはレーザ光線を利用した測定機器が用いられ、遠方からでも、距離や方向を非常に精確に計測することができる。大橋の二本の柱の土台を海底に築くときも、また、その上に大きな柱脚《ちゅうきゃく》を沈めるときにも、レーザ光線によって位置の観測が行われた。たとえば、百メートルについて誤差は数センチ、というオーダの数値だった、と記憶している。

浜野静子は相変わらず、悠長な体操を続けていた。これ以上、私との会話には関心がないようだった。

彼女に微笑んでから、私はそこを立ち去った。

螺旋階段を二回転分下り、一階のフロアに出る。会議室に向かって左隣が娯楽室。さらにその隣がジムである。照明のスイッチをつけてから、何をしようか、と思案した。そこに並んでいる運動機具が、どんな名称なのか、私は知らなかった。こういった場所に足を踏み入れた経験はない。最初は、後方へスライドするベルトの上で走ってみたが、どうも勝手がわからない。不当な労働を強いられているようで、気持ち良く走れなかった。浜野静子が話していたとおり、風がないのが原因かもしれない。部屋の片隅に置かれていた背の高い扇風機を、近くまで運んできて使おうか、とも考えたが、扇風機の風を受けて、ベルトの上で脚だけ動かしている自分……、そんな光景を想像して馬鹿馬鹿しくなった。そこで今度は、タイヤのない自転車に跨《また》がってペダルを漕《こ》いだ。こちらも風がないのは同様だったが、しかたがない。

たちまち汗が吹き出した。しばらく続けていると、自動ドアが開いて、浜野静子が入ってくる。彼女は黙って部屋の奥へ行き、備えつけの冷水機に紙コップを入れて、ボタンを押した。

「飲みます？」浜野はきいた。

「いえ、けっこうです」重いペダルを回しながら、私は答える。

小さな紙コップで水を飲み、浜野静子は部屋の中の他の機具を一つずつ眺めたあと、私の近くへやってきた。

「ＡＢ型、ちょっと血圧が低い」浜野静子は言った。

「誰のことですか？」

「私じゃないわ」浜野は目を見開いて答える。

「血液型にご関心が？」

「職業柄、多少は。でも、一番悪いところは……」彼女は私の躰を下から上へと見る。医師が診断している、といった感じではなかった。「視力かな？」

「気を遣っていただいて、ありがとう」私は脚を止めないで答える。「でも、見えないこともありませんよ」

「それは微妙な発言ね」彼女は鼻息をもらす。「どっちにしても、こんな運動をするタイプには見えなかったけど……、ダイエットしているわけ？　それ以上痩《や》せてどうするつもり？」

「気を遣っていただいて、ありがとう」私は同じ台詞を口にする。少し笑えてきた。力が抜けてしまい、脚の回転運動は減速する。「いえ……、朝、少し汗を流した方が、頭がすっきりするんです。目が覚めるというか……」

「ああ、私と同じ」浜野はにっこりと微笑んだ。「私も、ウエストが気になってきたからってわけじゃないの。どうか、誤解しないでね」

「ええ……、そんな気は毛頭」私はそう言ってから、深呼吸をする。

浜野静子は向こうをむいてしまった。彼女は水を飲み干し、紙コップを握り潰《つぶ》した。

「勅使河原潤博士のファンとして、質問して良いかしら？」彼女は顔を半分だけこちらへ向けてきいた。

「ええ。良いと思いますけど」私は答える。急に、浜野の言葉が気になって、ペダルを漕いでいた脚を止めた。

「博士と秘書との関係は？」

「それ、どういう意味ですか？」

「あ、怒りました？」

「ええ、少し……」私は彼女を睨みつける。

「噂《うわさ》に聞いたものですから」

「どんな？」

「そういった関係ではない、と？」

「お話の意味がわかりませんね」私は答えた。

「否定なさるのね？」

「もちろん」

「えっと、それじゃあ……」浜野は私に近づき、上目遣いで笑いを噛《か》み殺すような表情を見せた。「博士を、私が誘惑してもよろしい？」

不覚にも、私は一瞬だけ目を逸らしてしまった。慌てて、彼女を睨み返したが、残念ながら焦《あせ》って言葉が出てこない。

「お答えは？」勝ち誇ったような笑みを浮かべて、彼女は目尻《めじり》に皺を寄せた。

「朝早く……、スポーツジムでお話しする話題じゃありませんね」私はできるだけ冷たく言い放った。

「そうかしら」浜野は首を傾げ、腕組みをする。「これでも……、私、一応、礼を尽くしているつもりなんですよ。赤面もので、恥を忍んできいてみたのよ。あとでトラブルがあったら嫌だもの。違います？」

「ご親切に」

「まだ、お答えになっていないわ」顎を上げて、浜野は目を細める。「イエス、それとも、ノー？」

「ご勝手に……」私はしかたなく答えた。「私の関知することではありません。でも、ご忠告しておきますけれど……」

「いえ」浜野は、私の顔の前で片手を広げた。「歳下の人の忠告は一切聞かない主義なの。ごめんなさいね」

浜野静子は、壁際にあったゴミ箱に紙コップを投げ入れ、そのまま部屋を出ていった。

私は大きく一度溜息をついた。思わず首を左右にふっていた。舌を打つ。

私に対する、牽制《けんせい》だったようだ。

まったく……、臆面《おくめん》もなく。

勅使河原に言いつけてやろう、と私は思った。

どう説明したら良いだろう。

猛烈にペダルを踏みながら、私は考えた。

腹立たしい。

自分は……、どうやら嫉妬《しっと》しているようだ。

それは、自分の汗の味と似ている。

5

地震があった。

僕はすぐに目覚めた。

最初の微動《びどう》が十秒間ほどで、次に、かなり大きく揺《ゆ》れた。震度三、あるいは四。揺れは、二十秒ほどで止まった。僕は起き上がって、サイドボードに組み込まれたデジタル時計を見た。

七時四十分。もう朝だ。

おそらく、森島有佳がやってくるだろう。電話をかけてくるかもしれない。いや……、僕のところへ来るまえに、下のコントロール・ルームへデータを取りにいく。そのあとで報告しにくるはずだ。そう考えて、ベッドから立ち上がり、急いで着替えをした。シャツにジーンズというラフな服装を選んだ。

電話は鳴らない。彼女も来なかった。

サングラスをかけ、ステッキを手に取って、僕は部屋から出た。

ブリッジを渡り、デッキに出たところで、ちょうど反対側の二号室から垣本壮一郎が飛び出してきた。シャツのボタンを止めながら、かなり慌てている様子である。彼は僕の姿にすぐ気づいた。

「ああ、勅使河原さん」垣本はこちらにやってくる。「下へ行くんですね。一緒に行きましょう」

彼は僕の腕を取ろうとしたが、僕は片手を広げて断わった。

「大丈夫です」僕はステッキを前に差し出して歩く。

「震源《しんげん》は、すぐ近くのようだったね。大きな地震ではないでしょう」垣本は螺旋階段を下りながら言った。「初期微動の長さからして、震源は数十キロのところだよ」

地面を弾性波が伝わるとき、圧力伝播《でんぱ》による縦波《たてなみ》の方が、剪断《せんだん》伝播による横波《よこなみ》よりも速い。地震時の最初の微動がさきに到達した縦波で、その後にやってくる大きな揺れが横波である。したがって、震源からの距離が遠くなるほど、両者の時間差が大きくなり、初期微動の継続時間が長くなるのである。

「コンピュータがどう判断したか、見ものです」僕は言った。「絶好のデータが得られたかもしれませんせん」

「そうそう、そのとおり」垣本は頷く。「しかし、あれくらいじゃあ、たぶん、びくともしないでしょうけどね」

「どのモードに切り換わったか、そして、何秒でそれを解除したか……」僕は階段を下りながら話す。「やっぱり、こういったことは、実際に経験させてみないと、コンピュータにも学習が必要ですから……」

「プログラムには問題はないけど、ようは、測定機器の信頼性だね。入力データがすべてだ」

垣本に導かれて、下のフロアのコントロール・ルームに向かう。自動ドアが両側に開き、中に入ると、森島有佳がこちらを向く。部屋の右手にあるモニタの前に彼女は座っていた。

「あ、先生！」有佳は高い声を出す。悲痛な表情だった。「今、行こうと思っていたところなんです」

「どうした？」僕は冷静な口調で彼女にきいた。

「なんだ？　いったい、どうしたんだい？」垣本が有佳の方へ近づいて叫んだ。「いったい、何があった？」

壁には幾つかの液晶モニタが埋め込まれている。その手前に斜めに傾斜したパネルがあり、デジタルのメータと平坦《へいたん》なスイッチ類が並んでいた。森島有佳は、そこに並んだ三つの椅子のうちの一つに腰掛けていたが、今は中腰になり、こちらを振り返っている。彼女は左手を横に伸ばし、指をさす。すぐそばのパネル上に、四角い穴が開いていていた。なにかのユニットを抜き取った跡だった。そして、さらにその右、部屋の隅の床に、基板らしきもの、ケーブル類、コネクタ類が、散乱している。

僕は一瞬にしてそれらを観察したが、すぐに自分には見えないことを思い出した。

「何があった？　森島君、報告して」

「は、はい……」彼女は立ち上がって僕の方へ歩み寄る。途中で一度、状況を再確認するように部屋の隅を振り返った。「通信関係のルータが、破壊されています。メインの基板も、予備の基板も抜き取られて、折り曲げられていました。調べましたが、無理です、使いものになりません。誰が、こんなことをしたのでしょう。どうして……」

「なにかの妨害工作ということ？」

「はい、そうです」森島は再び振り返って、垣本の方を見た。「明らかに作為的なものです。昨夜、私が最後に見たときには、異状はありませんでした」

「ルータが壊されたって？」僕は彼女に確認しようとした。

「どうして、ルータだとわかった？」垣本が大声できいた。彼はパネルの液晶モニタを覗き込んだままだった。

「マニュアルを調べたんだね？」僕は彼女に小声で尋ねた。

「あ、ええ……」有佳は下を向いた。

「つまり、見つけてから、だいぶ時間が経《た》っているね」僕は彼女の顔を覗き込むように見る。

「すみません。なんとかしようと、思っているうちに……。ええ、すぐに知らせるべきでした。申し訳ありません」森島有佳は首をふる。「気が動転していたんだと思います。ただ……、コンピュータが、故障箇所を表示して、沢山のアラームを出していたので、それを一つずつマニュアルと照らし合わせていただけです」

「そこの床に、抜かれた基板が落ちている」垣本もこちらに歩いてくる。「破壊工作であることは間違いない。これは、悪戯《いたずら》じゃないぞ。誰がこんなことを！」

「外と連絡が取れない、ということですね？」僕は確認した。

垣本が大きく舌打ちした。

「ルータがないと……」有佳は頷く。「電話も通じません」

「しかし、いったいどうして……」垣本が鬚に手をやって、眉を顰《ひそ》める。

彼はそこで黙った。誰が何故こんな真似《まね》をしたのか、という言葉を飲み込んだのだろう。僕も同じことを考えていた。なにしろ、ここには六人しかいない。外部から、夜のうちに侵入することは、キーを管理している森島有佳が意図的に誰かを招き入れないかぎり、ロック系統の機構上、絶対に不可能なのだ。

「あの、もっと信じられないことが……」森島有佳が泣きそうな声で言った。

僕は、彼女の言葉の続きを待つ。

「確認できていませんけれど、メインシステムは、エマージェンシィ・モードに移行しています」

「タイプ・ワンの？」

「いえ……」有佳は首をふった。

「タイプ・ツーの……、エマージェンシィ・モード？」僕は独り言のように呟く。目の前にあるパネルのモニタを僕は見ていた。

「なんだって？」垣本が叫んだ。「そんな、馬鹿な！」

「なにかの間違いだと、私も思いました。いえ、たぶん、間違いだとは思います」有佳は、僕の顔を見ている。僕はそっと片手を差し伸べる。彼女はその手を握った。

「でも、いろいろ確認してみたんですけれど、解除ができないし……、どうしたら良いのか、わからなくて、マニュアルを検索していたところなんです」

「こりゃ……、大変だ」垣本が背中を向けたまま唸る。「この表示が全部本当だとすると……」

「ここの状況を見つけたのは、いつ？」僕は彼女にきいた。

「七時頃でした」僕の右手を握ったまま、有佳は答える。

四十分くらい経過している。彼女はここで、たった一人で苦闘していたのだろうか。

垣本はぶつぶつ言いながらキーボードを叩き始めた。

エマージェンシィ・モードというのは、この《バルブ》の緊急時の制御態勢のことだ。タイプ・ワンは演習を想定したもので、タイプ・ツーは演習ではない。このモードに突入するのは、強制的なコマンドが最高機密のパスワードを使って実行された場合か、あるいは、この構造物自体がなんらかの破壊行為に曝《さら》されつつある、とコンピュータが判断した場合に限られる。たとえば、大地震をも上回るような加速度が現実に作用したり、構内あるいは構外のごく近辺で急激な気圧・気温の変化が観察された場合などである。《バルブ》がシェルタとして機能するためには、このシステムが立ち上がる機敏さが非常に重要だ。しかし、さきほどの地震程度で作動することはありえない。あの十倍以上揺れないことには影響がないはずである。また、引き抜かれたうえ破壊された数枚の基板、この妨害工作も、エマージェンシィのトリガとしては不足だ。このくらいのことで作動するとは考えられない。

森島有佳は僕の手を離し、再びパネルの前の椅子に戻った。垣本の隣である。彼はモニタを眺めながら、キーボードを素早く操作していた。

「まずいなあ……」垣本が苦々しく呟く。やや冷静さを取り戻した口調だった。「最悪だ」

「ウォータ・ダンパが作動したんですね？」僕は質問する。

「ああ……」垣本は小刻みに頷いた。「こりゃ、元どおりにするのに、半年はかかるな。いくら予算を計上したものか……」

垣本は笑いながら話した。顔は見えなかったが、きっとひきつっていただろう。冗談ではなかった。

「実験としては、最高のコンディションですよ」僕は言った。

「まあ……、その手しかないかな」垣本は振り向いて、僕を見上げる。「実戦さながらの予備実験だって言うわけか。そう……、予定どおりだったって？　それにしても、高くつくなあ、こりゃあ」

「出られない、ということですか？」森島有佳が尋ねた。

「出られない？」垣本が不思議そうな表情になる。「ああ、簡単にいえば、そういうことだね。しかし、こうなった以上、のこのこと出ていけるものか。しばらく出たくないよ。誰にも合わせる顔がないね。首が飛ぶかもしれない。いっそのこと……、これを機会に、核戦争でも始まってもらいたいもんだ」

ウォータ・ダンパというのは、《バルブ》の出入口となる通路の空間に水を満たしてしまうシステムのことだ。もちろん、放射線遮蔽《しゃへい》と断熱が目的である。注水は、約十メートルの区間にわたって二箇所で行われる。それを排水しないかぎりドアは開かない。

「単なる事故だとしても、公《おおやけ》にはできません」僕は言った。当たり前の発言だった。勅使河原潤の台詞にしては極めて幼稚である。

「公表できることなんて、初めからなにもないだろう？」垣本が皮肉っぽい口調で言った。

「みんなを集めて、まず、事態を報告しましょう。十分後に会議室に……」

「内線電話も不通なんです」有佳が言った。「先生にご連絡できなかったのも、そのせいなんです」

「じゃあ、直接呼んできてくれ」僕は有佳に指示した。

「わかりました」

「ノックして起きなかったら、ドアを開けて良い。マスターキーを持っているね？」

「はい」

「叩き起こす口実としては、珍しく充分だよ」垣本が言った。「十五分後にしてくれないか。それまでに、いろいろ調べてみたい」

「十五分後に」僕は頷いた。

森島有佳は部屋から飛び出していった。僕は、スウェット・スーツを着ている彼女の後ろ姿を見送った。

6

信じられない。

とにかく、落ち着かなくては……。

私は螺旋階段を上りながら自分の胸に手を当てた。

それにしても、とんでもないことになったものだ。誰かが、通信設備を破壊した。明らかに意図的な破壊工作だ。それだけでも充分に恐ろしいことなのに、コンピュータの誤作動なのか、それとも、これも人為的な原因によるものなのか、この《バルブ》が完全に外界から閉ざされてしまった。連絡ができないうえに、外にも出られない。通信手段がない以上、外部からの救援を待つ以外にないだろう。それまで、じっと我慢しているしかない。

しかし、いったい誰が？

今ここにいるのは、たったの六人。外から入ることは不可能なはず。なにしろ、出入口を開ける唯一のキーは、この私が管理しているのだから。

その危険人物は、五人の中の誰かだ。

そんな人間と一緒に、ここに閉じ込められていることが一番恐ろしい。

螺旋階段を上がり、円形のデッキに立っていた。

周囲には、ナンバが刻まれたコンクリートの壁。

そこへ延びる八つのブリッジ。

誰だろう？

その危険人物とは……。

どの部屋にいるのか？

勅使河原潤ではない。それはありえない。

すると、残るはあと四人。

男性三人は、身元が比較的はっきりしている。今回のプロジェクトのメンバとして最初から関わってきた人物ばかり。つまり、この《バルブ》を作った人たちである。

まさか、自分たちの苦労の結晶を壊そうなんて考えないだろう。

一番怪しいのは、浜野静子。あの女医だ、と私は思った。

そう、今朝、彼女だけがあんなに早くから起きていた。

とにかく、気をつけなくては……。

私はまず、三号室の小松貴史教授を呼びにいくことにした。ブリッジを渡り、ドアを軽くノックする。あまり大きな音を立てると、他の部屋にも聞こえてしまう、と思ったのだ。特に隣の四号室には気づかれたくない。

幸い、すぐにドアが開き、小松教授が姿を現した。

「ああ、君か……。おはようございます」小松は眠そうな顔であった。

「一階の会議室へ集合して下さい」

「どうしてです？　まさか、朝御飯まえに朝礼とかっていうんじゃないでしょうね」

「緊急事態なんです」私は彼を見つめて言った。「とにかく、八時に、会議室に……」

「何があったの？　さっきの地震のこと？」

「いえ、それは、あとで詳しく」私は短く答える。「実は今、電話が使えないので、皆さんの部屋を回っているところです。お願いがあるのですが、ほんの一分ほどつき合っていただけませんか？」

「何を？」

「隣の浜野さんを呼びにいくんですけど、一人では、その……、不安なので」私は言葉を濁《にご》す。

「よくわからないけど……、いいですよ」小松は軽く頷き、壁の電源スイッチのユニットに差し込まれていたカードキーを引き抜いた。

私と小松教授は、隣の四号室に向かう。

私がドアをノックした。

返事がないので、ノックを繰り返した。しかし、一向に応答がない。

「寝てるんじゃないですか」小松が言う。

「マスターキーでドアを開けます」

私は胸のポケットからカードキーを取り出し、ドアのスリットに差し入れた。小さく電子音が鳴り、ドアのロックが解除される。

「浜野さん？」私は声をかけながら、ドアをゆっくりと押し開けた。

それでも、返事がなかった。

ドアをいっぱいに開けて、戸口から部屋の中を覗《のぞ》く。ベッドの一部が見えたが、誰もいない。奥のデスクにも、ソファにも、人影はなかった。

しかし同時に、水の音に気がついた。シャワーの音のようだ。

「お風呂ですね」私の後ろに立っていた小松が言う。「あとにした方が良くないですか？」

「いえ、そういうわけにはいきません」

私はバスルームの前まで進み出て、そのドアをノックした。

「浜野さん！　申し訳ありません」私は大きな声で呼んだ。「緊急事態です」

水の音が止まり、幾つかもの音がした。しばらくして、ドアが少しだけ開く。

「何？」湯気とともに、ドアの隙間《すきま》から浜野静子の顔が覗いた。髪が濡《ぬ》れ、胸に白いバスタオルを当てているようだった。

「すみません。緊急事態なんです。大至急お知らせする必要がありましたので、鍵を開けて入りました」私は早口で説明した。

「ちょっと……、待っててもらえます？」浜野が言った。

「いえ……、八時までに会議室にいらっしゃって下さい」

「今、何時？」

「十分まえです」

「何があったの？」

「そのときにお話しします」

「わかりました」

バスルームのドアが閉まったあと、私は、奥へもう一歩進み出て、浜野静子の部屋の全体を見渡した。ベッドの上には、脱ぎ捨てられたスウェット・スーツがある。コーナにあるデスクには、開いたままのノートパソコンがのっていたが、画面は暗かった。

私は引き返し、四号室から出た。外のブリッジで小松が待っていた。

「どうして、僕が必要だったんです？」彼は首を傾げた。二重顎が強調される。

「いえ、何となく、不安だったので……」

「どういうふうに？」小松は眉を寄せて難しい顔になる。

私は微笑んでみせる。その質問には答えなかった。浜野静子が怪しいと直感した。それで、彼女と一対一で対面したくなかっただけだ。それを言葉で説明することは、まだできない。

「次は垣本さん？」小松がきいた。

「いえ、垣本さんは、もう下にいらっしゃいます」デッキを歩き、私は一号室のブリッジへ進む。

「じゃあ、僕はもういいかな？」

私は立ち止まって振り返った。小松がにこにこと笑っていた。

「髭《ひげ》も剃《そ》りたいし、着替えもしたいんで……」

「ええ、どうもありがとうございました」私は軽く頭を下げる。彼は三号室へブリッジを渡り、ドアの中に消えた。

一号室のドアを私はノックした。志田雄三博士の部屋だ。

応答がないので、何度か繰り返した。
最後はかなり強くノックしたが、返答はなかった。
しかたなく、マスターキーを差し入れて、ロックを解除する。
「志田先生。申し訳ありません」私はドアを押し開けながら、部屋の中に声をかける。
返事はなかった。
とても静かだ。
シャワーの音も聞こえない。
入口からベッドの一部が見え、その上に足が見えた。靴下を穿いていない、素足だ。
まだ寝ているのだろう、と私は思った。
「志田先生？」私は、もう少し大きな声で呼んだ。
ドアを後ろ手に閉めて、数歩、奥へ進む。
バスルームのドアの横を通り過ぎたところで、それが見えた。
躰が一瞬、震える。
咄嗟《とっさ》に、後退した。
私は、息を飲み込んだ。

しかし、それでは解決にならない。

自分の見たもの、自分が驚いたものを、自分で疑う。

再び前進。今度は息を止めていた。

私は、ベッドの上の志田雄三を観察した。

彼は仰向《あおむ》けに寝ている。

口を開けている。

服装は……、おそらくパジャマであろう、灰色のトレーナにパンツ。シーツをかぶっていない。めくれたベッドカバーとシーツは、彼の躰の下で、折れ曲がったままだった。

顔が僅かに私の方を向いている。

目が白かった。

自分の胸に右手を当て、その手は赤黒く染まっている。

なにかを握っていた。だが、隠れているため、よく見えない。

トレーナもベッドカバーもシーツも、彼の胸を中心として、変色していた。

何があったのかわからない。

ただ……、
死んでいることは、明らかだった。

いや、もしかしたら生きているのかもしれない。

私は医者ではないので、断定はできない。

だが、彼は微動だにしなかった。

血だ。

それに気づくまでに、数秒かかった。

最初はびっくりして、なにも考えられなかった。しかし、血であることを理解したのちは、私の中で、急速に防御システムが立ち上がり、私は必要最低限の平静さを取り戻した。ゆっくりと深呼吸をしてから、まず、後ろを振り返った。

ドアが閉まっている。

誰もいない。

私一人。

再び、ベッドの志田を見る。

死んでいる。

血を流して?

どうやって……。

私はさらに部屋の中へ一歩進んだ。彼の左手が見えなかったからだ。そこには、きっと自らの胸を突いた凶器が握られているだろう、と予想した。だが、ベッドから垂れ下がった左手はなにも持っていなかった。
彼の手の近くをざっと探してみたが、床に落ちているものものもない。
もしかして……。
その疑惑に、また身震いがした。
私はそのまま後ろに下がる。
途中でバスルームのドアを見て、心臓が痛いほど強く打った。
一瞬で決断し、恐怖を払いのけるように勢い良く、そのドアを開ける。
バスルームの中は明るかった。しかし、異状はない。
誰もいなかった。
動くものは、鏡の中の自分だけ。
バスルームから出て、再び部屋の奥を見る。
変だ……。
凶器がない、ということは、自殺ではない？
ドアを開けて、ゆっくりと外に出る。
そして、ブリッジの上から、吹き抜けになっている下のフロアを見下ろした。
「誰か来て下さい！」私は大声で叫んだ。

＊

「僕の家の近くに、とても高いマンションが建ちました。博士は、どれくらい高い建物まで建てることができますか？」その質問をしたのは、小学校の低学年と思われる少年だった。

「日本の場合は、地震がとても多いので、外国よりも頑丈に建物を造らなくてはなりません」勅使河原潤は優しい口調で答えた。「頑丈にすると、どうしても重くなってしまうので、自分自身の重さを支えきれなくなってしまうことがあります。ですから、あまり高い建物は無理です。やろうと思えば、僕でなくても、誰でもできますけれど……、千メートル、つまり一キロくらいの高さのビルは造ることができると思います。それでも、富士山よりもずっと低いんですよ。ただ……、どうしてそんなに高い建物を造る必要があるのかを、みんなでよく話し合うことが大切です」

「人間は自然を破壊しています」マイクを持って立ち上がったのは背の高い少女だった。「このままでは、自然がどんどん壊れてしまって、人間も滅びてしまうと先生が言いましたけど、それは本当ですか？」

「たぶん、本当です」勅使河原潤は明るい表情のまま、頷いた。「そもそも、自然とは何か、という問題が一番難しいのですけれど……、それは今は話しません。そうですね……、自然を破壊しないこと、環境を守ることが、特に大切で、そのためには何をすれば良いのかが、最近になって少しずつわかってきました。たとえば、人類は昔に比べて、とても人数が増えています。これだけの人間の生活を維持するために、工場も増えたし、農業も漁業も林業も飛躍的に発展して、結果として、これらすべてが自然を破壊してきました。そのうえ、自然を守ろう、環境に優しい生き方をしよう、と言う場合、それは、つまり、人類が生き延びるための我が儘といって良いでしょう。結局は、自然のためではなく、自分たち人間のためなのです。ただ、問題は、今生きている自分たちのために自然を汚してしまうのか、それとも、将来の子孫のために、それを少しだけ我慢するのか、という違いでしょう。これはとても難しい問題です。ただ闇雲《やみくも》に自然を守ることだけが正しいわけではありません。何が良くて、何が悪い、と簡単に決められない問題です。簡単に割り切ってしまわないで、常に悩み、考えるしかありません。答は、ないのです」

第3章　静止系から、これに対して一様な並進運動をしている座標系への座標および時間の変換理論

この式を見ると、ここで考えた光の波は、k系から眺めても、速さcでひろがる球面波であることがわかる．これは、われわれの二つの基本原理が互いに矛盾なく両立し得ることを示すものである．

1

森島有佳の叫び声を聞いて、全員が集まった。

「今、浜野さんに見てもらっている」一号室の前のブリッジに立っていた小松教授が言った。

垣本が僕の手を離して一人で前に進み出て、部屋の中を覗《のぞ》きにいく。僕のそばには森島有佳がいた。彼女の片手が軽く僕の腕に触れる。

もう八時を過ぎていただろう。会議室に集合する時刻だった。

志田博士が殺されている。

その事実については既に全員が知っていた。

だが、事情を理解できた者はいなかった……、否、こんなことをした張本人以外には、いなかっただろう。

僕は、コントロール・ルームで見た破壊工作を思い浮かべていた。その行為が、殺人と重なったのだ。おぼろげではあったが、同じ意志の存在が感じられる。

コントロール・ルームの片隅に落ちていた基板。ケーブルはコネクタを抜かれただけでなく、引きちぎられていた。基板自体も二つに折られた状態だった。あれは、素手では無理だろう。ペンチなどの道具が必要だったはず。

そして、今回の志田雄三の殺害。

困ったことになった。僕は小さく舌打ちをした。

勅使河原潤だったら、どうするだろう？

自分は、ここの最高責任者なのである。

通信手段もなく、すぐに脱出することもできない。

どうしたものか、迷った。

もちろん、一号室で何があったのかも非常に気にはなったが、目の見えない僕が調べにいくわけにもいかない。この場合、じっと待っている方が無難だ。

それよりも、いったい誰がこんなことを……。

内部の者の仕業だろうか。

勅使河原潤だったら、あるいは、心当たりがあったかもしれない。このプロジェクトに関して、妨害工作をする可能性のある人間を、あるいは知っていたかもしれない。だが、それにしても、殺人にまで及ぶだろうか？　とにかく、今すぐに兄に相談したかった。そんな考えが浮かんだけれど、連絡が取れないのだからしかたがない。

この《バルブ》の存在、それに、ここに我々が入ったことを知っている者は、極めて限られている。なにしろ、トップシークレットなのだから。しかし今は、その誰かが気づいてくれることを待つしかない。外部の誰かが、ここからの連絡がないことに不審を抱くだろう。それが唯一《ゆいいつ》の望みだ。

だが、誰かが駆けつけたところで、簡単に出られるだろうか。

この危険性に関しては、勅使河原潤が僕に話してくれたことがあった。彼は、これをフェール・セーフだと表現した。

「つまりね、普通のシステムなら、常に利用者が脱出できることが優先される。なにかの設備が故障しても、それをバックアップして、人が脱出できるように設計される。ところが、《バルブ》の場合は逆なんだ。脱出をさせないことが安全側になる。

だから、システムとして、まるで正反対の設計になるんだよ。シェルタとは、そもそもそういう存在だからね」

兄の言葉を思い出して、僕は不安になった。

ここから出られるだろうか？

モニタの画面を見ながら森島有佳や垣本が話していたことを思い出す。白黒の画面だったが、水に満たされた出入口の外側が映し出されていた。ウォータ・ダンパと呼ばれるシステムが誤作動して、唯一の出入口を塞《ふさ》いでいたのだ。

「先生……」森島有佳が囁《ささや》いた。僕は思考を断ち切って、彼女を見る。僕の腕を掴《つか》んでいた彼女の手が、一瞬握力を増した。

「大丈夫」僕は呟《つぶや》く。まったく根拠のない言葉だった。

森島有佳は、僕に事態を簡単に説明した。一号室の中で、彼女は、志田博士の死体を発見した。外に飛び出して、大声で叫んだら、最初に四号室から浜野静子が現れた。有佳が事情を説明すると、浜野は白衣の袖《そで》に腕を通しながら一号室に黙って入っていった。次に、三号室から小松教授が、そして、垣本が階段を上がって現れたという。

「大変なことになった」一号室の戸口に立っていた垣本が、こちらを振り向いて言った。「あれは、自殺じゃない」

「殺されたっていったって……、誰に？」ブリッジにいた小松がきく。

「わからない」垣本が首を横にふり、短く答えた。

一号室のドアは開いている。デッキのベンチの近くに、僕と森島有佳は立っていた。一号室へ渡るブリッジに、小松教授と垣本。部屋の中には、浜野静子がいる。

志田博士が倒れていた部屋の中の様子についても、森島有佳が僕のために丁寧に説明してくれた。しかし、僕はそんな言葉の説明よりも部屋が見たかった。だが、残念ながら、その要求は非常に不自然なものといわざるをえない。

「なにかで胸を刺されているようでした」有佳は言った。

「何箇所？」僕は事務的に質問する。

「それは、よくわかりません。私は一箇所だと思いましたけれど」

しかも、それらしい凶器が近くになかったという。それが、自殺ではない、と彼女が判断した理由だった。

「殺されたのです」森島有佳は何度もそう表現した。

「ああ、間違いないね」一号室の中を見てきた小松教授も、沈痛な表情で首を横にふりながら、有佳の意見に同意した。

小松は、その後、ずっとブリッジの手摺《てすり》にもたれて立っていた。シャツがズボンから半分はみ出して、突き出た腹が見えそうだった。だらしのない格好だ、と僕は思っは考えるようだ。不思議なもので、緊迫した事態だというのに、こういった関係のないことを人間は考えるようだ。

垣本もまだ戸口に立って、中を覗いている。

「森島君。浜野さんのところへ、行きたいのだけれど……」僕は有佳の耳もとに囁いた。彼女の肩に手をのせていたので、僕の言葉で彼女の躰《からだ》がぴくっと震えるのがわかった。

僕を導いて、森島有佳はブリッジを渡り、一号室に入る。僕は、ベッドの上の志田雄三が見えるところまで進んだ。その横に浜野静子が跪《ひざまず》いていた。

「森島君、ここにいるのが嫌だったら、出ていっても良いよ」僕は優しい口調で有佳に言った。彼女が身を強《こわ》ばらせているのがわかったからだ。

「大丈夫です」有佳は気丈にも答える。

浜野静子はすっと立ち上がって腕を組んだ。メガネをかけ、白衣を着ている。冷たい表情で、僕の顔をまじまじと数秒間見つめて、それから、森島有佳に対しては、威嚇《いかく》するような厳しい目で睨《にら》みつけた。

「何のご用です？」浜野はきいた。

「どんな様子なのか、と思って……」僕は言う。

「報告なら、あとでします」浜野は答えた。「それよりも、早く警察を呼ぶべきです」

「それはできません」僕は短く答えた。

本物の勅使河原潤だったら、もっと冷静だっただろう。だが、目の見える僕は、その部屋の惨状に頭がぼうっとなっていた。真《ま》っ直《す》ぐに立っていることさえ、意識しないとできないほどだったのだ。

「ええ……」浜野は小さく頷《うなず》く。「わかっています。ごめんなさい。だから、少しだけ調べさせてもらいました」

「なにかわかりましたか？」僕は尋ねる。

浜野静子は一度ベッドの死体を振り返った。

「胸を前方からひと突き……、たぶん、寝ているところを上から刺したのだと思います。細長い鋭利なものを使ったんでしょう。背中まで貫通しています。たぶん、即死か、それに近かったんじゃないかしら」

「いつ頃ですか？」僕は質問する。

「そうですね、亡《な》くなって、数時間経《た》っていると思います」浜野はそう言うと、僕の方へ一歩近づき、両手を見せた。しかし、僕の目が見えないことを思い出したようだ。「ちょっと手を洗わせてもらいますね」

そのまま、バスルームへ浜野は入っていく。

「デスクは、どうなっている？」僕は自分で観察する時間を稼ぐために、有佳に尋ねた。「昨夜、僕は、ここで志田先生と話をしたんだ。そこの椅子《いす》の横にテーブルがあるだろう？　湯呑《ゆのみ》が置いてあるかい？」

「ええ、一つあります」有佳が答える。「デスクにはなにもありません」

「他には？」

「サイドテーブルに、もう一つ湯呑があります。あとは、ハードカバーの本がベッドの上に伏せてあって、タイトルは読めませんけれど……」

彼女の言うとおりだった。仰向《あおむ》けの志田の他には、乱れた様子はない。ベッドの横の床にも、スリッパがあるだけで、なにも落ちていなかった。

浜野静子がバスルームから出てきた。

「もっと、いろいろ調べた方が良いでしょうか？」僕の目の前に立って、浜野がきいた。「誰がこんなことをしたのか、それを知りたいのでしたら、調べないと……。名乗り出るような人なら、助かりますけどね」

「調べれば、わかりますか？」僕はきき返した。

「いえ、自信はありません」浜野は答える。「殺された時間を特定しても、しかたがないし……、凶器がどんなものだったかも、これ以上詳しいことは私にはわかりません。ただ、調べたかぎりでは、他に目立った外傷はないし、争った形跡もないでしょう？　つまり、こういった状況からみて、こっそりと部屋に侵入した人物が、寝ている志田博士を刺し殺した、という可能性が最も高いですね。ここの鍵《かぎ》が開けられるのは、誰かしら？」

浜野静子は僕の横に立っている森島有佳を見て、口だけで微笑《ほほえ》んだ。マスターキーを持っているのが有佳だからだ。僕は顔をそちらに向けないようにした。しかし、サングラス越しに、僕の目は黙っている有佳を観察していた。

「ああ、そうだ、もう一つ……」浜野静子は宙を見上げ、片手の指を立てる。「志田博士、右手になにか握っているんですけど、今、それを取り出しても良いかしら？こういうことって、勝手にやってはいけないと思ったものですから」

「ええ。何ですか？　確かめて下さい」僕は頷いた。

志田の右手は、彼の胸の上にある。僕が見た感じでは、握られているものは、とても小さいようだ。

「せっかく手を洗ったところだけど……」浜野静子は、独り言を呟きながら、ベッドへ行き、死体の右手を開かせた。

志田が握っていたのは、小さな二つのボールだった。大きさはクルミよりも一回り小さい。

「何でしたか？」僕はきいた。

「何でしょう……、丸いものですね」横にいた有佳が説明した。「二つとも同じもの？」

「さあ……」浜野静子は、それらを手に取って見比べていたが、首を捻《ひね》った。「何に使うものなのかな。とにかく、単なるボールですね。片方は木でできています。もう一つは……、これ、粘土かしら」

「わかりました。下で、みんなで話し合いましょう」僕はそう言った。そろそろ、この部屋から出たかった。

2

会議室に五人が集まった。昨日と違って、全員が普段着の気ままな服装だった。私は勅使河原潤の隣に座り、テーブルを挟んで向かい側の椅子に、垣本壮一郎と小松貴史が腰掛けた。浜野静子が最後に部屋に入ってきたが、さきほどの白衣姿ではなく、灰色の地味なワンピースに着替えていた。

最初に、私が志田雄三博士の部屋に入って、彼が死んでいるのを発見した経緯を話した。特に細かく説明するようなことはなかったが、一号室のドアに鍵がかかっていたことを強調した。

次に浜野静子が、志田の死体に関する所見を話した。それは、既に私の知っている情報ばかりだった。

要点をまとめると、次のようなことだ。

志田は数時間まえに何者かによって刺殺された。細長い鋭利な凶器が使われ、胸を前方から一撃した。ほぼ即死であったと思われる。他に目立った傷はなく、部屋の中には、他の場所に倒れた形跡も血痕《けっこん》もない。したがって、おそらくは、ベッドの上に寝ているところを襲われたもの、と判断できるだろう。詳しく捜索したわけではなかったが、殺人現場の一号室内で、凶器と考えられるようなものは見つかっていない。これが、自殺の可能性はないと考えられる理由である。もっとも、あの胸の傷は、自分自身でつけることはほぼ不可能であろう、と浜野は述べた。

次に、浜野静子はテーブルの上にティッシュで包まれたものを置いた。それは、志田が手に握っていた二つのボールだった。直径はいずれも三センチくらい。片方は木製で、ほぼ球形といって良い。何に使われるものかわからないが、明らかに機械加工されたものだ。もう一方は、球形と呼ぶには、かなり歪《ひず》んでいる灰色の塊だった。きめの細かい土を捏《こ》ねて作った団子にも見える。

「たぶん、粘土だと思います」浜野が意見を述べた。

「何に使うものですか?」勅使河原がきいた。

「さあ、私には……」浜野静子が首をふる。

他の者も身を乗り出し、それに顔を近づけて観察したが、誰も口をきかない。私も不思議でならなかった。どうして、志田博士がそんなものを持っていたのか、理由が全然わからない。

そちらの話を切り上げ、次に、現在の《バルブ》の状況を私が説明した。もともと、発見はこちらの方がさきだったのだ。

通信設備が使用不可能であること、出入口が通れないこと、要点はこの二つだ。コンピュータの状態についても、わかっていることを説明した。垣本壮一郎が何度か補足してくれた。

「いつまで、出られないんですか？」小さなメガネを持ち上げて、浜野静子が質問する。

「わからない。しかしまあ……、そんなに長くはないだろう」垣本が答える。「もしかして、自力でプログラムを修復できるかもしれないし、あるいは、外部からの救援が早々にあるかもしれない。ちょっと予測できないね」

「閉じ込められたってわけですね？」浜野が呟く。

「電気さえ来ていれば、なんの支障もないよ」垣本が言った。「食料は半年分以上はある」

「半年ですって？」浜野が声を高くする。

「落ち着きなさい」垣本は言い返した。「食料は半年分、と言っただけだ」

「志田さんのご遺体はどうします？」溜息《ためいき》をついてから、浜野が尋ねる。

「どうすれば良いと思いますか？」勅使河原潤がきき返した。

「事態に変化がないのなら、しかたがありません。あのままですね」浜野はすぐに答える。「しばらくは大丈夫でしょう。もし長引くようだったら、このフロアの冷凍庫に入れた方がベターですけど」

「食料用の冷凍庫に？」今まで黙っていた小松が声を上げた。

「じゃあ、どうしろとおっしゃるの？」浜野が小松を睨みつける。

「いや……」小松は片手を広げ、肩を竦《すく》める。「失礼……、意味のない発言だった。撤回します」

　志田雄三の死も、《バルブ》の孤立も、状況はほぼ正確に把握された。しかし、それらの原因については、いずれもまったく不明である。

「判明していることが一つある」勅使河原が言った。「どちらも人為的であり、おそらく、同一の動機で実行されたものだ、ということです」

「どうしてそんなことがわかる？」垣本が言う。「たとえば、通信ルータを壊したのは志田博士だったかもしれないじゃないか。それが原因で、誰かが、博士を殺したのかもしれん」

「誰が？」小松が高い声を出す。「何だって殺さなくちゃいけないんです？」

「今、ここで、自分の行為を申告したい人はいるのですか？」浜野静子が冷静な口調できいた。「声明を発表してもらいたいものだわ」

彼女は、そこにいる全員を順番に見た。しかし、誰も返答しない。

「心当たりのある人は？」今度は勅使河原が尋ねた。「なにかを目撃したとか……」

全員が黙って首をふった。

「我々五人の他に誰かいる、という可能性もあります」勅使河原が少し声を落として言う。「その可能性を、チェックした方が良いと思います。あとで、全員で、すべての部屋を回って調べてみましょう」

「良い考えだ」垣本が頷いた。

「どこかに、凶器があるはずですしね」浜野が私を見て言う。「特に、個人の部屋を、丁寧に調べるべきだわ」

「僕が犯人なら……」小松教授がおどけた口調で言った。しかし、顔は笑っていない。「凶器を自分の部屋に隠しておいたりしないけどなあ」

「全員が一緒に行動しましょう」私は発言した。

「そうだ」小松が頷く。「この中に殺人犯がいるとしたら……」

「え？　何です？」小松が途中で黙ったので、垣本が尋ねた。

「いや……、やめておこう。あまり手の内を見せない方がいいだろう」小松は目を細める。

沈黙。

全員がなにかを考えているような素振りで、視線を異なるところへ向けていた。しかし、お互いの顔を盗み見るように、ときどきそれぞれを観察している様子だった。五人の中に殺人犯がいるとしたら、グループに分かれて行動することは危険である、と小松教授は言いたかったのだろう。構内を捜索するとき、二手に分かれると、片方のグループは二人になる。殺人犯とコンビを組むことになる可能性があるのだ。

それに、どうして犯人が単独だといえるだろう。システムを破壊し、そのうえ、志田博士を殺害したのだ。わざわざこのような密室の中で犯行に及んだことを考えれば、極めて大胆な行動といえる。はたして、一人でなしうるものだろうか。あるいは、二人かもしれない。もし、そうなら、五人のうち二人が、危険人物となる。私はそこまで考えてぞっとした。自分が置かれている状況がいかに危険か、だんだんわかってきた。緊張せずにはいられない。

私と勅使河原潤を除けば、三人だ。テーブルの向こう側に座っている、垣本壮一郎、小松貴史、そして、浜野静子の顔を、私の目は順番に捉《とら》える。

相手も同じ目でこちらを見ているような気がした。

テーブルの上には、まだ、二つのボールが置かれたままだった。

一分ほど沈黙が続いたところで、勅使河原潤が、捜索を始めようと言い、全員で席を立った。

一階から順番に調べていくことにした。まず目的を絞《しぼ》って、五人以外に侵入者がいるかどうかを確認するべきだ、と小松教授が提案した。

「実際のところ、凶器なんか、本気で隠そうと思ったら、どこにでも隠せますよ。見つけるのは短時間では困難でしょう」

小松の提案は、妥当だと全員に評価され、その目的で捜索を行うことになった。

会議室から右回りに順番に部屋を見ていった。五人は一緒に行動したが、必ず、ドアを開けたままにして、戸口に二人が残ることにした。もちろん、私は勅使河原潤とずっと一緒で、彼の手が私の肩に触れていた。

談話室、食堂、厨房《ちゅうぼう》、冷凍庫、倉庫、コントロール・ルーム、ジム、娯楽室、そして会議室に戻った。少なくとも、人間が隠れられるほどのスペースは、すべて確認した。

螺旋《らせん》階段を上って、二階のデッキに出る。同じ要領で、個々の部屋を確認していった。ここでも、デッキに二人が残り、部屋の中に三人が入った。一応、一号室をもう一度チェックした。ベッドには、志田雄三の死体がのったままだ。そのベッドの下には、人が隠れられるようなスペースはない。クロゼットが開けられ、バスルームも確認された。この確認作業が終わった時点で、一号室のドアを施錠《せじょう》した。

次は二号室。そこは、垣本壮一郎の部屋だった。垣本と浜野の二人がデッキに残り、私と勅使河原と小松の三人で部屋の中を調べた。デスクの上に何冊かの本が並べられ、小型のパソコンもセットされている。仕事場として既に稼働《かどう》している雰囲気だった。バスルームには、濡《ぬ》れた下着がぶら下がっていた。クロゼットには、いつ着るつもりなのか、上等なスーツが何着も掛かっている。大きなトランクが四つもあったので、相当な量の荷物を運び込んだことがわかった。キャビネットの上に、家族のものと思われる写真が立て掛けられていたのにも驚いた。日本人でこんな真似《まね》をする人間がいるとは、思っていなかったからだ。もちろん、異常なものはなにも見つからなかった。

隣の三号室は、小松貴史教授の居室だ。今度は、デッキに小松と垣本が残り、中に私と勅使河原、そして浜野の三人が入った。その部屋の使用者は捜索隊に加われない、という暗黙のルールができたかのようだった。

この部屋は散らかっていた。服がそこかしこに脱ぎ散らかしてあったし、トランクが二つ、床で口を開けたままだった。デスクには漫画雑誌が沢山積まれていた。四十にもなって、とは思ったが、決して珍しいことではないだろう。むしろ漫画を読んでいるのは、この世代が多いのかもしれない。バスルームもクロゼットも、特に異状はない。どこにも人は隠れていないし、一見して不自然なもの（たとえば、血痕や凶器を私は想像していたが）も発見できなかった。

次は四号室だった。部屋に入ったのは、私と勅使河原と垣本の三人。仄《ほの》かに芳香剤の香りがした。ベッドの上にはバスローブが置かれている。さきほどの騒動のとき、最初、浜野静子は自室でシャワーを浴びていた。私が一号室で死体を発見し、外へ飛び出して救援を呼んだとき、浜野はバスローブを着て、ドアから顔を覗かせた。そのあと慌《あわ》てて服を着替え、白衣で駆けつけたのだ。せっかくのシャワーが台なしになる作業が、彼女を待ち受けていたことになる。もちろんこれは、彼女が犯人でなければ、の話だが……。

この部屋も異状がなかった。

捜索は、五号室、六号室と進む。私と勅使河原潤は、デッキで待っていた。

「いきなり、こんなことになるとはね」彼は低い声で言う。

「ええ……」溜息をつき、私は応《こた》えた。私の場合、森島有佳の代役を務めて、いきなり、なのである。

「マスターキーは、君が持っている」勅使河原は普通の口調で言った。「他にはないはずだよね？」

「そうです」私は頷いた。「昨夜は、私の部屋にちゃんとありました。夜中には、一度も部屋を出ていません。今朝、部屋を出るときは、鍵を持って出ましたし……」

「鍵を開けたまま、ほんの短い時間、外に出たとか？」

「いえ、それもありません」私は首をふる。

個室のロック機構は簡単だ。ドアが閉まると自動的にロックする（外側から開かなくなる）が、カードキーを持たずに外に出て、キーを閉じ込めることがないように、壁の電源スイッチにカードが差し込まれたままの状態で室内が無人になると、警告のブザーが鳴り、ドアの自動ロックが働かない仕組みだった。したがって、そのブザーを無視しないかぎり、部屋をロックせずに外出することはできない。少なくとも、壁の電源スイッチにカードが差し込まれていれば、そうなる。その電源スイッチにカードを入れていなければ、部屋の照明がつかないのだから、うっかりして、ということはありえないだろう。

ただ、問題の一号室は、無人ではなかった。室内には、志田が（生死にかかわらず）ずっといたのだ。機械は人間を単に人体の静電容量で感知するので、生きていても死んでいても、同じく人間とみなされる。となると、カードキーを電源スイッチに入れたままで、誰かが部屋から出ていっても、ブザーは鳴らないし、ドアは自動的にロックする。私は最初、それに気づかず、一号室がロックされていたことが不思議だったのだが、何のことはない、機械は正常に作動していたのだった。

垣本、小松、浜野の三人が、私の部屋から出てきた。そして、六号室の勅使河原の部屋へ入っていく。今はマスターキーを垣本が持っていた。

「全部の部屋を探して、もしも誰もいなかったら……」勅使河原がトーンを落として囁いた。「おそらく、その可能性が高いと思うけれど……。あの三人の中の、一人か二人、場合によっては三人ともが、今回の事件に絡《から》んでいることになる。誰も信用してはいけない」

「わかっています」私は答えた。自分も同じ考えだった。

「森島君が一号室に入ったとき、部屋の照明は？」勅使河原は急に質問した。

「点《つ》いていました。カードはちゃんと電源のスイッチに差し込まれていました」

「マスターキーを作ることは技術的に可能？」

「できるはずです」私は答える。「私は知りませんが、コントロール・ルームでマニュアルを参照すれば、きっと見つかると思います。ただ……、それを読むためには、パスワードが必要なはずですし、それを見たという記録が残ります」

マスターキーとはいっても、単に磁気カードである。複製は物理的に可能だった。

「その記録、もう調べたんだろう？」

「はい。残っていませんでした」私は首をふった。

「最初から、マスターキーが二つあったのかもしれないしね」

「その可能性が高いと……」私は頷く。

「もしそうなら、以前から計画されていたわけだ」勅使河原は横を向いた。まるで、そちらになにかが見えるような仕草だった。

犯人が部屋を出るときには必要ないが、一号室に入るときにキーが必要だった、というのがほぼ一致した見解だった。これはつまり、志田博士が眠っていたところへ侵入して襲った、という状況を想定している。しかし、もちろん、志田本人が犯人を招き入れたのかもしれない。その場合、犯人が室内にいるのに、彼が眠ってしまったことになり、多少不自然ではある。だが、それも単に、争った形跡がなかったことに基づく推論であって、真実かどうかは不明だ。たとえば、極端なことを考えるなら、志田は犯人に、自分を刺すように依頼したかもしれない（つまり自殺幇助《ほうじょ》である）。あるいはまた、志田と犯人は、一晩、同じベッドで眠るような仲だったかもしれない。私は、浜野静子を連想した。しかし、可能性だけならば、いくらでも考えられる。

やがて、六号室から三人が出てきた。

そのあと、使われていない七号室と八号室をマスターキーで開けて調べたが、なにも見つからなかった。

全部屋を調べ終わり、一応確認のために、もう一段上のデッキへ螺旋階段で上がった。

天井から吊《つ》り下げられている円錐形《えんすいけい》の分銅《ふんどう》が、静止していた。

一つだけあるブリッジを渡って、出入口を見にいったが、もちろん突き当たりに鋼鉄製のドアがあるだけで、外を見ることはできない。マスターキーを差し入れても、エラーが表示され、ロックを解除することはできなかった。ウォータ・ダンパが作動して、ドアの外には水が満たされているのだ。

ブリッジを戻るとき、手摺越しに下を覗き込んだ。下の階のブリッジが幾つか見え、さらにその下に、ホールの端が見える。

勅使河原はデッキの手摺にもたれて待っていた。私は彼の表情を窺《うかが》ったが、困惑も苦悩も現れていない、普段と同じ表情だった。

「さて、どうする？」垣本が黒縁のメガネを持ち上げ、鬚《ひげ》を撫《な》でながらきいた。

小松と浜野も近くに集まってくる。

「まず、コンピュータを調べて下さい」勅使河原は言った。「システムが修復できるかもしれない」

「私がやろう」垣本が頷いた。

「手伝います」小松が片手を広げて言う。

「森島君は、非常時のマニュアルを検索して、役に立ちそうな手段がないか調べてくれ」勅使河原の顔は私に向いていた。

「ええ、そのつもりです」私は頷く。

「私は？」浜野静子は腕組みをして立っていた。「皆さんのサンドイッチでも作りましょうか？」

「ああ、そうだ……」小松が大きく頷く。「そういえば、朝飯がまだだった」

3

一階のコントロール・ルームに四人が集まった。部屋の片側にあるパネルの前に、森島有佳、垣本壮一郎、小松貴史が並んで座り、それぞれがモニタを見ながら、キーボードやマウスを操作した。僕は、部屋の反対側にあるベンチに腰掛けていた。近くにスーパ・コンピュータの冷却ユニットがあって、そのファンの音が低く鳴っている。

浜野静子は、自分の部屋なのか、それともキッチンなのか、わからない。

おそらく、全員がここへは半分休暇のつもりでやってきたはずだ（もちろん、犯人がこの中にいるのなら、唯一の例外である）。退屈な数週間をどんなふうに過ごそうか、各自が時間の潰《つぶ》し方を考えてきたことだろう。それが、一夜にして最悪の事態に陥《おちい》った。とても遊んでなどいられない。なんとか障害を取り除き、問題を解決しなくてはならない。

僕の場合、実は一番ギャップが少なかったかもしれない。大きなショックを受けたことは事実だが、目が見えない人物を長時間演じなくてはならない、というストレスをもともと覚悟していた。テレビゲームもできないし、ビリヤード（娯楽室にこの設備が置かれていた）だってできないことが、来るまえからわかっていた。だから、極端で、かつ不謹慎な言い方だが、この突発的な事態が退屈を取り除いてくれた一方で、なんの楽しみも奪われていない、という皮肉な状況と評価できなくもなかったのだ。もちろん、自分の身の危険を感じないわけではない。しかし、どういうわけか、これに対しても、僕は不思議と落ち着いていた。

僕は、元来そういう男なのだ。いつ死んでも良い。あまり生に執着したくない。言い換えれば、責任感のない、いい加減な性格が、僕の基盤だといって良い。

それにもう一つ……。盲目の振りをしている、という点。これが、何故か有利だと感じた。誰もが僕の目が見えないと信じている。それはつまり、相手が油断している、という状況であり、人知れず目が見えていることは、ある意味で、秘密兵器のような存在だ。自分が冷静であることの不思議さを、僕はこう分析していた。

考えることは沢山あった。

誰が、何のために、志田博士を殺したのか？

それから、志田が握っていた、あの二つの玉は何だろう？

そして、《バルブ》を外界から遮断し、密室状態にした目的は？

容疑者を三人に絞ることは正しいだろうか？

本当に他に誰もいないのか。

誰も出入りできないのか。

志田雄三に個人的な恨みを持っていた人物による計画的な犯行だ、と考えるのはとうてい無理だった。もしそうなら、こんな場所で殺すなんて無謀過ぎる。犯行が可能な人物が極めて限られ、すぐに容疑者が絞られてしまう。そんな危険を冒す馬鹿は、ここにはいないだろう。

いや、待てよ……。

ここは、政治的にも最上級のトップシークレットだ。ここで殺人事件が起きた場合、どう処理されるだろう？　はたして、警察を介入させるような事態が起こりうるだろうか？

これは、僕では判断がつかなかった。勅使河原潤本人に意見をきいてみたい。

もしかしたら、それを見越した上での犯行かもしれない。同じ理由で、この実験も阻止しようとしているのか……。スキャンダルは大きくなるほど、より強い力によって、揉《も》み消そうとされるものだ。その隠蔽《いんぺい》工作に紛《まぎ》れ、殺人の事実も秘密裏に扱われる、と予想しての犯行だろうか。

妄想に近い、と自分で評価した。あまりにも非現実的だ。

「あの……」モニタに向かっていた森島有佳が声を上げる。「構内のカメラで撮影されているビデオ映像なのですが、十二時間は保存されているようです。二階のデッキにカメラがありますから、見てみますか？」

「へえ……、そりゃ是非」横にいた小松教授が椅子を横に向ける。「つまり、誰が一号室に入ったのか、映っているわけ？　それじゃ、これで解決ってことかな？」

「出してみて下さい」反対側に座っていた垣本も言った。

僕は、どうしようか迷った。見にいきたいのは山々だが、それは行動としては不自然だ。声をかけられるまで待とう、と思った。

「僕が志田博士とお話ししたのが、確か一時頃だったと思います。そのあとですね」

それだけ言っておくことにする。

「ああ、ここが、一号室だね」垣本が言った。彼と小松は、森島有佳の前のモニタを両側から覗き込んでいる。

その映像を撮影したカメラの位置を、僕は覚えていた。四号室と五号室の中間の壁に設置されている。二階のデッキを映すアングルだったが、幸運なことに、レンズは一号室を捉えていた。

モニタの映像は早送りされているようだ。

「あ、そこだ。志田さんが入っていく」小松が小さく叫んだ。「十時か……、ちょうど十二時間まえだ。良かった、ぎりぎり録画されている」

僕は我慢できなくなり、立ち上がった。ステッキを片手に、彼らの方へ近づいた。

「志田博士が部屋に入るところが映っていたのですか？」僕はきいた。

「ええ、そうです」振り向いて森島有佳が答える。「今、そのあとの映像を早送りで調べています」

両側の二人の男はモニタに見入っていた。僕は有佳が座っている椅子に手をかけ、真っ直ぐの姿勢で立った。もちろん、サングラス越しにモニタに注目していた。しばらく、変化がなかった。モニタの右下にはデジタルで時刻が表示され、それがどんどん進んでいる。

次に、一瞬だけ人の姿が映ったので、有佳がマウスで画面上のボタンをクリックして捲《ま》き戻し、再生速度を落として、もう一度映像を出した。表示されている時刻は一時十二分だった。

一号室のドアに近づきノックをする僕の姿が映っていた。ステッキを持っていたので助かった。なんとか自然に見えただろう。内心、冷や汗ものだったが……。

画面の中でドアが開き、僕は一号室に招き入れられた。

「出てきたのは、たぶん二時に近いと思う」つい僕はそう言ってしまった。しゃべってから、失敗に気づいた。

僕はモニタが見えないことになっているのだから、これは不自然だった。

案の定、森島有佳が振り返った。

「マウスの音がした。捲き戻しているんだろう？　違うかい？」僕は咄嗟《とっさ》に思いついて言う。「僕が映っていたのでは？」

「はい、そのとおりです」彼女は微笑んで、また前を向いた。「二時付近まで早送りします」

彼女の操作で、また再生速度が速くなったが、映像には変化はない。そして、僕が一号室から出てくる場面になった。時刻は二時五分まえの表示だった。

ここでも森島有佳はマウスをクリックして、映像をゆっくりと見せた。画面の中で、僕はブリッジを手前に向かって渡った。そして、足を止めて振り返る。一号室の戸口に志田の姿が現れることを期待していたが、残念ながら、暗くてはっきりとは見えなかった。僕はドアに向かって軽く頭を下げ、それから、デッキをこちらに歩いてくる。すぐにカメラの死角に消えた。

画面にはその後、なんの変化も現れなくなる。

「確か、帰るときに一度、志田先生に呼び止められたんだけど、それが映っていた？」僕は虚《むな》しい質問をした。

「ええ……。でも、戸口が引っ込んでいるので、志田博士は暗くてよく見えませんでした」森島有佳が答える。

垣本も小松も、あまり気にしていないようだった。彼らは、その時間以降の映像に興味があるのだろう。もちろん、僕もそれは同じだ。

録画映像のチェックには、それから十五分ほどかかった。

そして、結局、そのあと、森島有佳が一号室を開けるまで、そのドアを誰も出入りしていないことが判明したのである。

「変だなあ……」溜息とともに、小声で小松が呟いた。

朝になると、デッキを歩く人影が撮影されていた。四号室の浜野静子は、六時少しまえに部屋から出てきたのだろう（四号室のドアは画面には映っていない）、螺旋階段の付近で二度、彼女の姿が捉えられていた。また、その十分後くらいに、森島有佳が同じように画面に現れる。その後、彼女たち二人は、何度か、階段の付近を通った。さらに、七時四十分頃には、地震で映像が揺れるシーンが捉えられていた。その数分後には、二号室の垣本が部屋から飛び出してくる。

「なにも映っていません」森島有佳は僕に報告した。「夜中に、一号室に出入りした人物はいないようです」

「それは、ありえないよ」僕は思っていることを素直に言葉にする。冷静な口調をなんとか保持して話した。

「考えられない」垣本が腕組みをして唸《うな》る。そして、大きく舌打ちした。「いったい、どういうことだろう？　ドアを通らずに、あそこに出入りできるわけはないし……」

「この録画映像、信頼できるんですか？」小松教授が言った。「たとえば、撮影しない時間があるとか、カメラに映らずにすむ方法があるのでは？　それとも……、早送りで見たから、気づかなかったとか……」

「もう一度、調べ直しましょうか？」有佳がモニタを見ながら弱々しく言う。

「えっと……、この部屋の映像は？」僕は尋ねた。「ここの基板が破壊されたのも、昨夜のうちだ」

「駄目だよ、ここにはカメラがない」垣本が答える。

このコントロール・ルームから構内全体の様子を把握するために、各所にカメラが据え付けられている。ということは、つまり、ここにはカメラが不要なのだ。

「いえ、部屋の中じゃなくてもいいんです。外のホールの映像があるのでは？」僕は説明する。該当するカメラがあることは知っていた。「夜中に、ここに出入りした人間が映っているのでは？」

「あ、ええ、それならありますけれど……」森島有佳は頷いて答える。「でも、たぶん、カメラの角度が、会議室の方を向いていますから、この部屋のドアとは反対方向になります」

「ここのドアのすぐ上のところに、カメラが設置されているんだ」小松がドアの方を指さす。「だから、ここへの出入りは映らない。完全な死角になるね」

しかし、森島有佳はモニタを切り換えて、その画面を表示させた。液晶モニタに映し出されたのは、今現在のホールの様子だった。その画像を全員が覗き込む。僕ももちろん盗み見た。画面に入っているのは、左から会議室、談話室、食堂、厨房の四つの部屋のドアだけだった。

「ほら、駄目でしょう」垣本が言った。「これじゃあ、壁沿いに近づけば、カメラに映らずにこの部屋に入れる。誰が忍び込んだのかは、わからないよ」

「しかし、ホールを歩いた人間は映っているはずです」僕は食い下がる。「二階から螺旋階段を下りてきたら、そのとき、姿が映るのではありませんか？」

「ええ、そのとおりです」有佳は答える。

「一とおり調べてみて下さい」僕がそう言うと、垣本も小松も頷いた。

4

一階のコントロール・ルームで、私たちは、構内のカメラが録画した映像を再生していた。

まず、二階のデッキで撮影された映像を早送りでスキャンしたが、夜中の二時以降に一号室に侵入した人物は捉えられていなかった。次に、一階のホールの映像を調べ始めた。

部屋にいたのは、最初は四人だったが、途中で、浜野静子がトレィを持って入ってきた。大きな皿にサンドイッチ、それに人数分のコーヒーがのっていた。皿もカップも紙製で味気ないものだったが、もちろん、ここではその方が相応《ふさわ》しい。

ビデオのチェックには二十分ほどの時間がかかった。そろそろ時刻は十一時になろうとしている。全員が口数も少なく、サンドイッチを食べながらモニタを見続けた。勅使河原潤は、私の隣に腰掛けている。

結局、よくわからなかった。映像を全部調べてみたが、夜中に一階のホールを歩いた人物は映っていなかった。朝六時頃に、浜野や私が階段を下りてきたのが最初だった。

どういうことだろう?

螺旋階段を通らずに、一階のホールに下りたのだろうか?

もしそうなら、吹き抜けの部分をロープでも使って上り下りしたことになる。

昨夜、談話室で会合がお開きになったのは十時を少し過ぎた時刻だった。その一時間ほどまえの九時に、私はこのコントロール・ルームに一度入っている。これは定期測定の結果を確認する作業のためだった。そのときには異状はなかった。それは確かである。現に、私はそのとき外部と通信を行ったのだから、ルータも機能していた。そのことは既に報告してあったので、犯行は九時以降、というのが共通認識だった。

もちろん、私が疑われていなければ、の話ではあるが……。

十時少しまえには、志田が一人で談話室から出て、螺旋階段に消えた。後片づけをするため、談話室と厨房の出入りがあったものの、最後には、全員が螺旋階段を上がっていった。

その後、朝まで、誰も映っていなかったのだ。

最初に姿を現したのは、浜野静子だ。午前六時少しまえという、多少非常識な時刻ではあった。彼女は階段からホールに現れ、画面の手前に消えるが、その数分後には、再び現れて、螺旋階段を上がっていく。

「ジムへ行ったんです」浜野は簡単に説明した。

「汗を流すには時間が短いね」垣本が冗談っぽく指摘する。

浜野は肩を竦めただけで答えない。今朝、三階のデッキで私と会ったときには、ジムの空気が気に入らなかった、と話していた。彼女は、あのあと一番上まで階段を上がって、そこで運動をしていたのだろう。

今度は、私が下りてくるところが映っていた。

「ジムへ行きました」私も簡単に説明する。

次に浜野静子がまた下りてきたが、数分して、また上がっていった。

「このあと、私は、この部屋へ来て、ボードが壊されているのを見つけました。それが七時頃だったと思います」既に何度か話した内容であったが、私はもう一度説明した。ジムからコントロール・ルームへ私が移動したところは、カメラの死角になって、まったく映っていなかった。「あとは、地震があるまで、ここに一人でいました」

「ずいぶん長いこと、一人でいたんですね」浜野静子が低い声で言った。

「ええ……」私は振り向いて頷く。「とにかく、事態を把握しようとして、マニュアルを検索していました。もちろん、電話をかけましたが、それも使えなかったので……」

「ようするに、この部屋に、夜中のうちに密《ひそ》かに近づいた者はいない、ということですね」小松教授が言った。「一号室の場合と、まったく同じだ」

「カメラを一時的に止めて、その間に通ることができるかもしれない」垣本が言った。

「そうなると、時刻のカウンタが飛びます」私は技術的なことを指摘する。「今は、早送りだったから、わかりませんでしたが、ちゃんと調べれば、カメラが止まっていた時間が特定できます」

「あとで調べてくれ」勅使河原が言う。

「わかりました」私はすぐに返事をした。

「さてと……」垣本はコーヒーを飲み干して、紙のカップを潰した。「それでは、作業を再開しよう。ちょっと、そこの席を替わってくれないかね」

「ええ、すみません」勅使河原潤が立ち上がり、モニタの前に垣本が座った。

私も立ち上がって、勅使河原の手を取る。

「大丈夫、僕は部屋に戻っている。一人で行けるよ」

勅使河原潤が出て行くのを私は見送った。

「やれやれ……」小松教授が短くそう言ったが、どういうつもりだったのか、よくわからない。

トレィを持って浜野静子も出て行った。コントロール・ルームには垣本、小松、私の三人になる。並んで座り、別々のモニタを見て作業をすることになった。

私は二人の男に挟まれている。もしも、どちらかが殺人犯だったら……、もしも、二人ともがそうだったら……、と考えずにはいられなかった。私は、何度か、こっそりと垣本と小松の様子を窺った。

「ここから出られそうですか？」私はタイミングをはかって、右隣の垣本にきいてみた。

「そりゃ出られるよ」垣本は簡単に答える。それから、メガネを指で押し上げ、のけ反るようにして私を見た。「いざとなったら、出口を爆破すれば良い」

「水浸しになりますね」反対側の小松が言う。

私は振り向いて小松を見る。彼は二重顎で頷いた。

「外の連中がなんとかしてくれるのが、一番穏便《おんびん》だ」垣本は言う。それは当たり前だった。「ソフト的に無理だとわかったら、ハード的にぶち壊すしかないけど、直すのに金がかかる」

「直さないんじゃないですか？」笑いながら小松が言った。「もし、そんなことになったら、大変だけど……」

「ここから、どうして出なくちゃいけないのか、という問題を議論すべきだね」垣本は片手の人差し指を立てた。

小松は鼻で笑って首をふる。そして、キーボードを叩《たた》く作業を再開した。私には垣本が言った意味がよく理解できなかった。

「どうして、出なくてはいけないのか？」私はその言葉を小声で繰り返した。

「そうだよ」垣本は横目で私を睨み、鬚の上の口を斜めにして不敵な表情になる。

「何故、出なくてはいけない？」

「でも、ずっと、ここにいるわけにはいきません」私は答える。垣本の不真面目《ふまじめ》な態度は失礼だ、と私は感じた。思わず口調が感情的になったかもしれない。私はすぐに言い直した。「確かに、食料もエネルギィも、しばらくは大丈夫かもしれませんが、ここで永久に生活できるわけではありません。まして、人が殺されているのですから……」

「地球上では、ずっと戦争が絶えない。人類は殺し合いを繰り返しているんだ。それなのに、誰も地球から逃げ出そうとは考えない」垣本は朗読するように滑《なめ》らかに話した。私を睨んだままだった。「それは、逃げ出せないから、逃げ出す手段がないから、かもしれないが、それならば、今の我々の状況と、まったく変わりはない、といって良いだろう」

「私はここで生まれたわけではありません」

「生まれた土地が戦場となって、逃げ出したいと思っている人々は沢山いる」垣本は淡々と話した。「ここみたいな、平和で安全な場所へ逃げ込みたいと望んでいる恋人たち、家族、あるいは芸術家が、きっといるだろうね」

私は数回頷いてから、小さく溜息をついた。確かに、そういったケースもあるだろう。その点は反論してもしかたがない。むしろ、垣本が今回の破壊工作を実行した張本人ではないか、という考えが頭の中を過《よ》ぎった。それは低い確率ではない。

明らかに、垣本が話したことはテーマを逸脱《いつだつ》している。相手を攪乱《かくらん》する意図しか感じられない。しかし、あまり刺激しない方が得策だろう、と判断して、私は議論を諦《あきら》めた。

反対側を見ると、小松教授が太い指を動かしてキーボードを叩いていた。彼の前のモニタに現れているのは、なにかの設定ファイルのリストのようだった。制御コードやパラメータらしき数値が並んでいる。

「犯人がどうやって、エマージェンシィ・モードを強制的に実行したのか、と思って、システムのソースとデータのコンフィギュレーションを見ているんだけどね」私の視線に気づいて、小松が言った。モニタからは目を離さなかった。「僕は、こういうのは専門じゃないから、よくはわからないけど……、とにかく、一つだけいえるのは、事情を知らない人間が簡単にできることではない、ということ」

「小松先生ならできるでしょう？」私の後ろで垣本が言う。

「今のところ、志田博士殺害と、もろもろの破壊工作を関連づける、最も合理的かつ可能性の高い推測は……」前のめりになっていた巨体を起こし、小松は私たちの方へ顔を向けた。「犯人が、外部に逃走している、という結論を導きますね」

「どうしてですか？」私は思わずきいた。その可能性は、あまり考えていなかった。出入口の鍵を持っているのが、この私だったからだ。

「志田博士を刺し殺した人物が、通信手段を破壊し、エマージェンシィ・モードが作動するようにタイマを仕掛けて、自分だけは外に出たんだ。これで、殺人が発覚しても、結果的に外部には漏れない。外国に逃げるなり、とにかく、逃走時間は充分に稼げる。さらに、この国家機密の実験を失敗させることで、殺人自体も闇《やみ》に葬《ほうむ》られる可能性が高い。頭の良いやり方だ」

「リスクが大き過ぎるね」垣本が反論した。「それに、エマージェンシィ・モードはリモートやタイマでは作動できないんじゃないかな？　最終的なゴーサインが必要なはずだ。ここで、操作をしてから、逃げ出す時間はない」

「プログラム自体を書き換えてしまえば、なんだって可能ですよ」小松は言い返した。「それを調べているんです」

確かに、小松教授の仮説は、犯人の一連の行動としては筋が通っているように私には思えた。もし、そうだとすると、現在の《バルブ》は安全だ。だから、できればそうあってほしい、という希望的な観測ともいえる。

「あの、少し疲れたので、部屋で休みたいのですけど……」私は言った。

「え？　ええ……」小松が困った顔をする。「僕に断わる必要はないんじゃないですか？　ていうか、神経が消耗するのは当たり前ですよ」

「そうだ、休んだ方が良いね」垣本も言う。

「残りの作業は、あとでします」そういって、私は椅子から立ち上がった。「そう……、マスターキーをどうしたものでしょうか？　私が持っていて、良いのかどうか……」

「僕らにきいても、しかたがないよ。最高責任者は、勅使河原君だ」垣本が答えた。

「君が持っているのが、一番良いんじゃないかな」小松がにこにこと微笑んだ。「なんていうか……、それが一番、安心だからね」

私は二人に頭を下げてコントロール・ルームを出た。少し頭痛がする。ようやくそれに気づいた、といった方が近いだろう。薬を飲むべきかどうか、迷った。

螺旋階段を上っているとき、最後の小松教授の言葉を考えた。マスターキーを持っている者は、誰の部屋へでも簡単に入ることができる。それが私であれば、一番安心だ、と彼は言ったのだ。つまりそれは、私が五人の中で最も非力で、いうなれば戦闘能力が低い、という観測だろう。

たぶん、そのとおりだ、と自分でも思った。

5

僕は、自分の部屋で各種のものを整理していた。目の見えない勅使河原潤が持っていては不自然だという品物を処分する必要があったからだ。今日の午前中には、一度すべての部屋の簡単な捜索が行われた。そのときの目的は、未知の人間が潜んでいる可能性を消し去ることにあったので、細かい物品を調べることはしなかった。だが、これからさきは、そうもいっていられなくなるだろう。もっとも、致命的なものはないはずだ。昨日だって、森島有佳が衣類や大まかな品物をトランクから出してくれたのだ。

たとえば、《バルブ》の出入口がなんとか開いた場合、志田雄三殺害に関しての詳細な調査が実施されることになる。誰がその調査をするのかは、わからない。警察なのか、それとも、もっと他の組織なのか……。

しかし、いずれにしても、僕の使命は、自分が勅使河原潤だと言い張ることだろう。

実は、最初は迷っていた。部屋に戻って、しばらくそれを考えた。こんなことがあった以上、いつまでも偽者《にせもの》であることを隠し通せるものだろうか、という不安があった。けれど、今の僕には、それしかできない。兄、勅使河原潤が、もう良いと言うまでは、秘密は秘密のままで、嘘《うそ》は嘘のままで通すしかない。僕が判断することではない。偽者が決めることではないのだ。どこでばれても同じ。ならば、可能なかぎり演じ続けた方が良いだろう。

とにかく、僕はそう決めた。

それで、荷物を整理することにしたのだ。

内緒で持ち込んだものがある。たとえば、メガネ、そして、ずっと使っている手帳。これには、細かい文字でいろいろと書き込んであった。こんなものを、勅使河原潤が持っているはずがない。また、持ち込んだ書物のうち、不適当なものを数冊選び出した。これらを、とりあえず一つの袋に入れて、ベッドのマットの隙間《すきま》に隠した。早い機会に持ち出して、ゴミとして捨ててしまおう、と思った。この《バルブ》では、ゴミは、自動的に焼却・分解されたのち、下水に流される。残念ながら、二階の居住空間には、ダスト・シュートはない。一階の厨房か食堂まで持っていく必要があった。ゴミを入れるための専用の黒い袋があったので、隠すものを入れるのに、それを使った。

既に正午を過ぎていた。サイドボードのデジタル表示で、時刻を確かめた。腕時計はもちろんしていない。勅使河原潤は、ボタンを押すと音声で時刻を知らせる腕時計を愛用していたが、それはまだトランクの中だ。少し重いので、慣れないと気になってしまう代物《しろもの》だった。アシスタントの森島有佳がずっと一緒だと思ったので、今のところしないで済ませている。特にスケジュールに追われるわけでもないので必要ない、という言い訳を考えていた。

おそらく、垣本たちは、コントロール・ルームでコンピュータを使って作業を続けているだろう。脱出の方法の模索、そして、殺人と破壊工作の原因究明。このトラブルを回避する方策を検討することが目的だ。

森島有佳が手引きしたのでなければ、外部から第三者が《バルブ》に侵入することは、まず不可能である。万が一そんなことがあれば、二階のデッキを撮影していたビデオにも痕跡《こんせき》が残っただろう。

やはり、どう考えても、内部の……、すなわち、三人のうちの誰かが、志田博士を殺し、そして、機械を破壊した……、そう判断せざるをえない。

どんな目的があったのかはわからないが、それはもう達成されたのだろうか？

犯人は、自分自身も含めて、ここに五人を閉じ込めた。それは、今回の実験を失敗させ、この施設の存続を危うくするための行為なのか？

それにしては、能率がいかにも悪い。

テロ行為なら、いくらでも他に方法があったはずだ。

あるいは……、我々は人質で、外部にいる仲間がなんらかの要求をしているのか？

その可能性は、ないとはいえない。

しかし、それならば、どうして志田博士を殺したのか？

また、通信ユニットを修復不能にしてしまったこととも矛盾している。そこまでする必要はないし、内部で人質となっている人間との連絡は、交渉上も、むしろ必要になるはずだ。

ふと、二つの玉のことが脳裏を掠《かす》める。

あれは、何だったのだろう？

それを考えてみようとしたとき、ドアがノックされた。

僕はベッドから飛び起きて、部屋中を見回した。落ち度がないことを確認して、ドアまで行く。サングラスをかけて、気持ちを切り換え、勅使河原潤になりきってドアを開けた。

森島有佳が立っているものと予想していたが、そこにいたのは、浜野静子だった。

僕は一瞬驚いた。もしかしたら、それが表情に出てしまったかもしれない。彼女は微笑んだまま、黙っていた。

「えっと……、浜野さんですね？」僕は言った。「なにかご用ですか？」

「どうして、私だとわかりました？」

「香水なんかつけていません」

「化粧品か、整髪料でしょうか？」

「入ってもよろしいかしら？」

「ええ……」僕は後ろに下がる。一瞬、ドアの外、デッキの方を見たが、誰もいなかった。「どうぞ」

彼女は僕のすぐ脇《わき》を通って部屋の奥へ入った。僕はドアを閉めてから、ゆっくりと浜野静子の後ろ姿を観察しながら戻る。まさかとは思ったが、彼女が凶器を持っていないか、確かめたかったからだ。

「何でしょうか？」

「ええ……、ちょっと個人的なお話がしたくて、参りましたの」浜野静子は言った。

彼女は部屋の中央に立ち、辺りを見回して部屋の様子を窺っている。僕の方を向いていなかった。

「どうぞ、そこの椅子に……」僕は片手で示し、自分はベッドに腰を下ろした。

浜野静子はグリーンのワンピース姿だった。白衣は着ていない。縁のないメガネと、ストレートのショートヘア。椅子に座り、脚を組んだ。スカートが短めだったので、白い脚が露出している。もちろん、僕にはそれが見えない、と彼女は思っている。

しばらく待ったが、彼女はなかなか話しださなかった。

「あの、ご用件は、何でしょうか？」僕は尋ねる。

「勅使河原さん……」浜野は顔を上げて言った。「信じられるのは、貴方《あなた》だけなんです。志田博士を殺すことができないのは、私と貴方の二人だけ。だから、是非、その……、二人で協力したいと、思ったんです」

「どうして、僕にはできないと考えられたのですか？　目が見えないから？」

「ええ……」浜野は小さく頷いた。「もちろん、それが一番大きな理由です。志田博士を刺した人は、返り血を浴びたはずです。私、一号室のバスルームでそれを確かめました。洗面所にも、バスタブにも、僅《わず》かでしたけど、血の跡が残っていました。水滴に茶色い色がついていたんです」

「そんな報告は、さきほど、なさらなかった」僕は冷静な口調で言った。浜野静子はあのとき、手を洗いにバスルームに入ったのだと思っていた。

「内部に殺人犯がいる可能性が高い以上、こちらの手の内を簡単には見せられません」そう言いながら、浜野は椅子から立ち上がり、腕を組んでゆっくりと歩いた。

「犯人は、返り血をバスルームで洗い流したんです。もしかしたら、裸になってシャワーを浴びたかもしれません。あるいは、そう、犯人はそもそも、裸だったのかも……」

「まさか」僕は苦笑した。浜野は、遠回しに森島有佳が犯人だと仄めかしているつもりだろうか、と僕は考えた。「志田先生は、パジャマを着ていましたよ」

「とにかく、もし犯人が服を着ていたら、それに血がついたと思います。その場合は、着ていたものを今朝のうちに処分してしまう必要があったでしょう」浜野は立ち止まって、僕の方を見た。「どちらにしても、それは、目が見えなければできない行為です。どこか間違っていますか？」

「さあ……」僕は微笑んで曖昧《あいまい》な返事をした。「他にもなにか、わかっていることがあるのですか？」

「いいえ」浜野は首をふる。「ちゃんとした検査ができれば、もっといろいろなことがわかったと思いますけど……。ねえ、勅使河原さん」

ベッドに腰掛けていた僕のすぐ前に、浜野静子は立った。彼女は、そこで跪き、僕の膝《ひざ》に両手をのせる。

「どうしました？」僕はきいた。

「お願いです」彼女は囁いた。「誰も信用できない。貴方以外に、頼れる人はいません」

「僕じゃあ、大した力にはなれません」僕は表情を変えずに言った。彼女の手の上に片手を軽く置く。「もちろん、警戒する必要はあると思います。外に出られるまでの辛抱です。それまでは、あまり刺激しない方が良いでしょう」

「犯人をですか？」

「そう……」僕は頷く。「確固とした証拠がないかぎり……、いや、もし証拠があったとしても、追い詰めない方が得策でしょう。その方が安全だと思います」

「ええ、そうかもしれません」

「思い当たることがあるのですか？」

「私、このプロジェクトのことは詳しくは知りません」浜野は僕の手に、もう一方の手を重ねた。「だから、誰が志田博士を殺すほど憎んでいたのか、誰がこの実験を妨害しようとしているのかなんて、見当もつかない。でも、皆さんから見れば、私だけが部外者です。私のことを皆さんが疑っていることはわかります」

「たとえば、誰が、浜野さんを疑っている、というのですか？」

「はっきりとは……」浜野は僕を見上げて、首を横にふった。「でも、そのとおりなんです。本当は、冷静になって考えてみれば、一番怪しいのは……、マスターキーを持っている人なのに……」

やはり、どうやら、森島有佳に少なからず敵意を持っているようだ。

「言っていることが矛盾していますね」僕は指摘する。「もし犯人なら、貴女《あなた》を疑ったりはしません」

「ええ、ごめんなさい。なんていったら良いのか、そういうつもりじゃないの。私、本気で疑っているわけじゃありません。逆に、私のこと、犯人だなんて思ってもらいたくないだけ」

「そんなこと、誰も思っていません」

「志田博士を殺すとき、裸だったら、返り血で服が汚れない」浜野はそう言いながら、眠るような姿勢で、僕の膝に頭をのせる。「あとで、シャワーを浴びれば良いだけ……。その状況を考えると、犯人は絞られてくる。だって、真夜中だったのよ。ベッドに二人だけで……。そんな時刻に、普通、簡単に部屋に入れるかしら？」

「志田先生は眠っていたんです。犯人は、マスターキーを使って、こっそり部屋に侵入した。マスターキーの複製を持っていたのでしょう」

「もしそうなら、犯人の服は汚れます。そうなると、それを処分しなくてはならない」

「ええ……、きっと、処分したでしょう」

「朝の六時に、起きてきた人がいたわ。一人で一階に行っている。キッチンでゴミを処分したのかしら？」

「貴女だって起きていたのでは？」

「私は、自分が犯人じゃないことがわかっていますもの」

浜野静子はにっこりと微笑んで立ち上がり、今度は僕の隣に腰を下ろした。躰を寄せて、非常に接近した位置だった。彼女は、片腕を僕の肩に掛けようとした。

「失礼……」僕は立ち上がった。

「お気に障《さわ》りました？」浜野は神経質そうな口調できいた。ハスキィな声が、少し高くなる。

「まだ、それほどでも」僕は冷たく答える。

「私が言っていることに？　それとも、やっていることに？」

「どちらも、効果的とは思えませんね」

「効果的かどうか、試してみなくてはわからないことだってあります」

「よけいに混乱するだけですよ」

「混乱が好きなの」

「こんなところで、時間を無駄に使っているよりも、することがあるのでは？」

「厳しいご意見ですこと」浜野はベッドから立ち上がった。彼女の顔が僕に接近する。表情は穏やかだった。「そうね。たとえば……、血のついた服でも探して回りましょうか？」

「処分したのでは？」

「でも、ビデオに映っていなかったそうですね」浜野静子は言った。「もっとも、カメラに入るのは一、二号室のドアと、三号室のブリッジまでだとか」

「螺旋階段を下りようとすれば、映るのでは？」僕は疑問形で言う。本当は自分で見て、それを知っていた。

「螺旋階段を使わないで、ブリッジから直接、下のフロアに下りれば、カメラには入らないわ。下のフロアもキッチンは、ぎりぎり死角になると思います」

「ブリッジから下りる？　ロープかなにかを使って？」

「ええ、簡単」

「それをまた上る？」

「そうよ」浜野はさらに僕に近づく。躰が接触したので、僕は一歩後退した。「手摺にロープを結ぶだけのこと。ご老体の垣本さんや、太り過ぎの小松先生にはちょっと無理かもしれないけど……。第一、あの二人の部屋は、カメラに映りますからね」

彼女はさらに躰を寄せてくる。僕は後ろに下がったが、背中がもう壁についてしまった。

森島有佳が犯人だ、と浜野は言っているのだ。

僕にそれを信じさせようとしている。

「貴女の部屋も、カメラには映らない」僕は言った。

「でも、私は犯人じゃない。それは信じて……」彼女は両腕を僕の躰に回す。「私は勅使河原さんと手を組みたいの。今から、それを証明するわ」

「いや、その必要はない」僕は少し強い口調で言った。

抱きついていた浜野静子を振り払い、僕は椅子の方へ歩いた。目が見えない仕草を冷静に演じながら……。

「とにかく、話はわかりました」僕は振り返って言った。「自分の無実を訴えるために、そんなことをする必要はありません」

「必要があってしているわけではないわ」くすっと笑いながら、浜野は言う。「やっぱり……、私のことが、お気に召さないようですね」

「他に、話したいことがありますか？」僕は無表情のまま冷たく尋ねた。

「いいえ。もうお話は終わり」

「それじゃあ、申し訳ありませんけれど、お引き取り願えませんか？」

「わかりました」浜野は素直に返事をした。「決裂ってわけですね？　ええ、突然で、失礼しました。私、子供じゃありません。こんなことで、冷静さを失ったりしませんから、誤解なさらないで下さいね」

「お互いに……」僕はそれだけ言い返した。

浜野静子は、数秒間黙って僕を見据えていたが、小さく溜息をついてから、「失礼します」と囁くように言い残して、部屋を出ていった。

6

私は自分の部屋に戻っていた。頭痛は酷《ひど》くなった。

バスルームに入ろうとしたとき、ドアが閉まる微《かす》かな音が聞こえた。

隣の部屋だ。つまり、勅使河原潤の部屋である。

彼が部屋から出てきたのだろう、と思い、私はドアまで行って、そっと外を覗き見た。

しかし、すぐ右のブリッジを渡っていたのは、女の後ろ姿だった。

咄嗟にドアを閉める。といって、音がしては気づかれるので、完全には閉めていない。数秒待って、慎重に隙間を開けて再び外を窺った。

浜野静子は私の部屋の前を通り過ぎ、しばらくして、ブリッジを渡る足音と、ドアのロックを解除する音が聞こえた。ドアが開き、そして閉まる音。私はさらにドアを開けて、顔を外に出す。デッキにはもう誰もいなかった。浜野静子は四号室に入ったようだ。そこが彼女の部屋である。しかし、勅使河原潤の部屋である六号室から出てきたことは間違いない。

ドアを閉めて、私は部屋の中に戻った。

しかし、落ち着いてはいられなかった。

呼吸が震えているのがわかる。

頭に血が上る。

もちろん、浜野静子に対して猛烈に腹が立った。それは確かだ。けれど、どうしたら良いのか、わからない。口からは、意味のない言葉が次々に溢《あふ》れ出た。

「こんな非常時に、よくもまあ……」

洗面所で顔を洗った。頭痛はまだ続いていたが、苛立《いらだ》ちと焦心《しょうしん》に混ざり合い、なにか別の痛さに変わってしまった。これまであまり経験したことのない、気持ちの悪さ。

おまけに目も痛い。鏡を見ると赤かった。ずっとモニタに見入っていたせいかもしれない。目薬を持ってこなかったことを後悔した。

鏡の中の自分。その惨《みじ》めな顔。

急に涙が滲《にじ》んだ。

なんてことだろう。

我ながら驚いた。

自分は、何が悲しいのか？

いや、悲しいのではない。悔しいのだ。

でも、何が？

浜野静子のこと……？

「ああ、だめだめ」

首をふって、深呼吸する。

そして、意識的に笑顔をつくってみる。

鏡の中で、滑稽《こっけい》に歪《ゆが》む顔。

ますます惨めだった。

そんな場合ではないのだ、と自分に言い聞かせる。

この非常事態に、考えることではない。どうすれば、ここから無事に脱け出せるのか。できれば、私が本物の森島有佳ではないことが、ばれないように……。今は、それを考えることに全力を尽くさなくてはならない。

私は、もう一度顔を洗った。

そのときだ。

バスルームの照明が消えた。

真っ暗になった。

なにも見えなくなる。自分の手さえ……。

タオルを手探りで取り、顔に当てる。

それから、ゆっくりと、手を伸ばして、バスルームのドアに近づく。

把手《とって》を探して回す。

バスルームから外に出ても、同じだった。

暗闇《くらやみ》……。

暗闇には、広さがない。果てがない。

上下も、左右もない。

右手に進み、出入口のドアに突き当たる。そこで、横の壁を手探りして、電源スイッチのユニットを見つけた。カードキーが差し込まれているのが確認できた。それを引き抜いたり、差し込んだりしてみる。だが、状況に変化はなかった。

停電だろうか。

もしかして、《バルブ》全体が？

電源スイッチから引き抜いたカードキーを握ったまま、そっと、ドアを開ける。

外も、暗闇だった。

というよりも、外も内も既にない。

ドアが開いたかどうかも、見えないのだ。

すべてのものが消失したのと同じ。

とんでもないことになった、と私は思った。もし、これが致命的な、修復できないようなトラブルだとしたら、大変なことになる。電気が止まったということは、単に照明だけの問題ではない。ここでは、環境を維持・管理しているエネルギィは、すべて電気なのだ。

私はドアから出て、ブリッジの手摺を頼りに数歩だけ進んだ。

「どうしたんです?」大声がすぐ右手から聞こえて、私はびっくりした。それは勅使河原潤の声だった。彼も部屋から出てきたのだろう。

「先生」私は声をかける。

「ああ、森島君か」

「停電なんです」

「真っ暗ですか?」勅使河原がきいた。

「はい」私は答える。「《バルブ》中、全部みたいです」

「おかしいな……。どうしてバックアップが作動しないのだろう」

「先生、どうして停電だとわかったんですか?」私は尋ねた。

「CDプレイヤが急に止まって、冷蔵庫の音もしなくなった。スタンドも音がしない」

「スタンドの音?」

「そう……」勅使河原は少し笑ったようだ。「蛍光灯って、だいたい音がするものだよ」

反対の左手でドアの開く音。

「停電ですか？」そちらからハスキィな声。浜野静子だ。

「ええ……」私は返事をする。自分がいることを彼女に知らせるためだった。

「大丈夫かしら」不安そうな浜野の声。彼女も、私と同様に、ドアから出たすぐのところに立っているようだ。ドアを開けたままにしているのかもしれない。

「予備電源もトラブルかな」勅使河原が言った。彼は既にデッキの方に移動していることがわかった。「下へ行ってくるよ」

彼は暗闇の中を歩いている。彼には、この状況が影響しないのだ、と私は気づく。私たちの方が、彼のいつもの状況に近づいただけ。

耳を澄ましていると、デッキから螺旋階段を下りていく足音が聞こえた。

「勅使河原さんですか？」その声は小松教授だった。

「はい、ここです」勅使河原潤が答える。

二人の声は足もとから聞こえてくる。一階のホールからだ。

「何があったのですか？」勅使河原がきく。

「わからない……、コントロール・ルームにいたら、突然、切れてしまった」小松が答える。

「全部ですか?」

「いや、わかりません」

「垣本さんもコントロール・ルームに?」

二人の会話の声は小さくなった。コントロール・ルームに入ったのだろう。その部屋は、ちょうど、私の五号室の真下の辺りになる。

「ここ、懐中電灯はないのかしら?」浜野静子が呟いた。まだ同じ位置にいるようだ。

「ああ……」私は思い出した。「えっと、キャビネットの一番下の引出に、救急箱があるはずです。その中に、ペンライトが入っていたと思います」

「わかった。探してくるわ」浜野の声のあと、ドアが閉まる音が聞こえた。

私も自分の部屋に戻った。そして、手探りでキャビネットの前まで辿《たど》り着き、一番下の引出を開ける。救急箱はすぐに見つかった。箱といっても、軟らかいビニル製のケースである。ジッパを開けて中を調べる。十センチほどの長さのペンライトらしきものを見つけた。だが、それは異様に軽かった。スイッチと思われる箇所をスライドさせてみたが変化はない。電池が入っていないようだ。再び、ケースの中を調べてみる。もしかして、電池があるのでは、と思ったのだ。しかし、それもなかった。

その役立たずのペンライトを胸のポケットに入れて、私は立ち上がった。

ドアまで行って、外に出る。ブリッジの手摺に摑まった。

すぐに、隣のドアが開く音がする。

「ライトって、あれのことかな？」浜野の声がきいた。「光らないんだけど……」

思ったとおり、状況は同じらしい。

「電池が入ってないんです」私は言った。

「ああ、そうか……。誰のミス？」吐き捨てるように浜野が呟いた。「こういうの、問題よね」

「浜野さん、乾電池をお持ちじゃないですか？」私はきいた。「たぶん、単三電池が二本だと思います」

残念ながら、私自身の持ちものには、そのタイプの乾電池を使っている器具は思い当たらなかったのだ。

「単三って、あの細いのよね？」浜野が尋ねる。「えっと……、駄目、たぶん、ないと思うわ」

「空のペンライトを持ってきて下さい」

「どうして？」

「下の倉庫へ行けば、乾電池の予備があるはずです」

「ここになかったのに、倉庫なんかに置いてあるかしら……。それよりも、どこかにロウソクとかはないの？」

「ええ、リストで見た覚えはありませんね」私はデッキの方に進んだ。「さきに行っています」

「倉庫ね……、わかった」浜野静子が後ろから言う。「すぐに行きます」

四号室のドアが閉まった。空のペンライトを取りに戻ったのだろう。私は手摺に摑まりながら螺旋階段を下り、一階のフロアに辿り着いた。

もの音が聞こえないので、少し不安になる。

「誰かいますか？」

「僕はここです」小松の声が聞こえた。コントロール・ルームの方向だった。

「ペンライトがあるんですけど、電池がなくて使えません。小松先生、単三電池を二本、お持ちじゃないですか？」

「えっと、髭剃《ひげそ》り器が単三だったかな……。持ってきましょうか？」

「ええ、これが使えれば、倉庫で電池が探せます。コントロール・ルームの作業は？」

コントロール・ルームのドアは開いているようだ。停電しているので、手動で開けたのだろう。小松教授はその戸口に立っている。勅使河原がその奥で作業をしているようだった。

「今、パネルを手探りで外しているんですよ。予備電源のコントローラのコネクタと基板を確認します」

「垣本さんは？」私はきいた。

「さあ……。ついさっき、停電のまえですけど、二階へ上がっていかれましたよ」

すぐ頭上で、ドアの音がした。

「どこ？　そちらへ行くわよ！」浜野静子の声だった。

「ここです」私は答える。

「じゃあ、僕は、電池を取ってきましょう」小松は言った。「浜野さん。僕、階段上がっていきますからね、ぶつからないで下さいよ」

私は、壁とドアに手を触れてコントロール・ルームの中に一歩だけ入った。

「先生、なにかお手伝いすることがありますか？」私は勅使河原潤に声をかける。

「いや……」奥から彼の声が聞こえた。

「復旧する見込みは？」

「わからない」

「私は、倉庫で電池を探してきます」

「ああ……」

コントロール・ルームから出て、右手に行き、隣の倉庫のドアを見つける。それを押し開け、中に入った。

空気が少し冷たい。

何がどこにあるのか、まったくわからなかったが、手を伸ばしてみると、スチール製の棚に段ボール箱が並んでいるようだった。

とても手探りでは無理だ、と私は思った。小松がシェーバの電池を持ってきてくれるのを待った方が得策だろう。

ところが、なにもしないでじっとしていることは、とても難しかった。

今頃になって、急に、恐《こわ》くなったのだ。

恐怖が、全身を包み込むように軟らかく、私を襲う。

ぞっとした。

自分の呼吸が聞こえ、
空気の流れに敏感になる。

私はゆっくりと、その場に、腰を下ろす。

立っていることが不安だった。

不安定だったといっても良い。

冷たい床に手を突き、そこに座り込んだ。

なにも見えない。

＊

「最後は、ちょっと不躾《ぶしつけ》で申し訳ありませんが、先生の女性観といいますか、その辺りのことについて、少しだけ伺《うかが》いたいと存じます。なにぶん、本誌の読者の大多数は独身の女性ですので、その、気を悪くなさらないでいただきたいのですけれど……」インタヴュアの女性が話す。カメラマンが勅使河原潤にレンズを向けている。シャッタの連続音が鳴った。

「ええ、どうぞ……」勅使河原は表情を変えずに頷く。「どんなご質問でしょうか？」

「先生の理想の女性像は？」

「特に、決めていません」

「たとえば、現代的な感じの女性、古風な女性、活発な人、大人《おとな》しい人、なにか、そういったことで、好みのタイプ、といったものがないでしょうか？」

「いえ、ありませんね」勅使河原は口もとを少しだけ上げて、首を横にふった。「貴女は、ありますか？」

「いえ、どうか、私にご質問なさらないで下さい。申し訳ありません」笑いながらインタヴュアは片手を広げて遮《さえぎ》った。

「理不尽ですね」勅使河原は微笑む。

「ええ……。申し訳ありません」

「続けて下さい」

「はい。えっと、これまでに、おつき合いをされた女性がいらっしゃいますか？」

「つき合う、という言葉を定義して下さい」勅使河原はすぐに答える。「それにより ます」

「それは……、先生。ほとんどイエスに近い、お答かと存じますが……」

「そうですか？」

「ご結婚の予定は？」

「今のところ、ありません」

「将来的には？」

「可能性ですか？」

「そうです」

「あまり、意味のある質問には思えませんね」勅使河原はまた微笑んだ。「それは、僕ではなくて、誰が答えても、信憑《しんぴょう》性はほとんど変わらないでしょう」

「もし、結婚をなさった場合には、奥様は家庭に、というお考えでしょうか？」

「家庭に？　どういう意味ですか？」

「つまり、奥様がお仕事を持っていない、という状況です」

「さあ……、そんなことはどうでも良いことでは？」勅使河原は首を傾《かし》げて、一瞬だけ言葉を選ぶように、黙った。「仕事をしているかどうかなんて、人間の価値にはほとんど無関係ですよね？　それよりも、呼吸しているかどうか、の方がずっと重要だし、自分の目でものを見ているかどうか、に比べても、大したこととは思えない。そうですね、仕事を持っている、というのは、自分でシャツを着ることができる、くらいの価値かな」

「仕事ができる、ということは、自分一人で生きていける、という意味ではないでしょうか？」

「いいえ、違いますね」勅使河原は簡単に否定した。「自分一人で生きていける人間なんていません。仕事をする、という行為自体が、そもそも他人に依存しています。経済的に自立している、という言葉もよく耳にしますけれど、定義の曖昧な概念というか、ほとんど妄想ですね。経済的に自立しようと思ったら、孤島で一人で暮らす以外にない。社会的な保障を受けることだって、施《ほどこ》しの一種なのです。それに、自立なんてなんの価値もありません。それとも、乞食《こじき》のような自立を言っているのか、親から小遣いをもらう子供のような自立でしょうか？　サラリーマンもまったく同じメカニズムですよ。そういう意味でしたら、主婦だって、会社の社長のように、旦那《だんな》さんを働かせているわけですから、立派に自立していますね。とにかく、仕事をしていたら偉いんだ、という考えは時代遅れです」

「うーん、先生とお話ししていると、そうかなって、思えてきちゃいますね」インタヴュアは苦笑する。「では……、お子さんについてはいかがでしょうか？　結婚されたら、お子さんを欲しいですか？」

「さあ、考えたこともありません。自分の人生で精いっぱいですから……。ええ、子供が欲しいなんて思ったことはありません。子供にはどんな価値がありますか？」

第４章　動いている剛体、ならびに時計に関する変換公式の物理学的意味

vが超光速となる場合は、われわれの考察は無意味なものとなる．なお、われわれの理論においては光速cが、物理学的にみて、無限大の速さと同じ役目をになうことが、これ以後の議論を見れば、理解されよう．

1

突然、照明が灯《とも》った。

僕はコントロール・ルームに一人でいた。

なにかのトラブルで電気がカットされたとき、自動的に予備電源に切り換わるバックアップ・システムが作動する。予備電源は、立ち上がるのに数秒間を要するため、この僅《わず》かな時間、コントロール・ルーム・システムは専用のバッテリィで稼働《かどう》することにな

る。つまり、コンピュータ・システムは、停電時も停止することがないように設計されているはずだ。ところが、それが働かなかった。

僕は、緊急時のマニュアルを事前に読んでいた。ここの責任者として、万が一必要になることがあるかもしれない、と軽く考えていた程度だが、問題のバッテリィ・ユニットの位置は知っていた。真《ま》っ暗闇《くらやみ》の中で、その部分のパネルを開けて、コネクタやスイッチなどの状態を確かめようとしていたのである。

まだ、なにもしていなかった。

何故、復旧したのか、原因はわからない。

したがって、いつまた切れるかもしれない。

僕は、立ち上がってホールに出ようとした。ちょうど、ドアまで来たとき、女性の悲鳴が聞こえた。

ホールに出ると、すぐ近くに森島有佳が立っている。

「どうしたんです?」僕は大声で尋ねた。彼女の方を向かないように気をつけた。

「私じゃありません」有佳は答える。

「ああ、森島君……」僕は彼女の方を向く。

「叫んだのは、浜野さんです」

それはわかっていた。声を聞き違えたわけではない。ホールの反対側の壁際《かべぎわ》に浜野静子が立っているのも目についたが、それが見えるような素振りをしてはまずい。とりあえず、誰かに声を上げてもらおうと思って、尋ねたのだ。

「浜野さん、どうしたの？」森島有佳がきいた。

浜野は口に手を当てたまま、目を見開いている。彼女は、もう片方の手をほぼ真上に向けて指をさす。

彼女のすぐ上の天井を僕は見た。しかし、異状はない。

森島有佳は、浜野静子が立っている方へ歩いていった。僕は我慢して、じっとしていることにする。

森島有佳は、浜野のところから天井を見上げ、びっくりしたように身を強《こわ》ばらせた。それが、僕の立っている位置からもよくわかった。なにかを見つけたようだ。

二人が立っているのは、会議室の右隣にある談話室の前だった。コントロール・ルームからは、真正面のドアになる。周囲の壁際は上部が吹き抜けで、二階のデッキから架かるブリッジが頭上にある。彼女たちが見上げているのは、垣本の部屋、つまり二号室のブリッジだった。

「どうした？」僕はきいた。

僕の位置からは、特に異常なものは見えない。そちらに歩いていきたかったが、我慢した。

森島有佳が、こちらに戻ってくる。表情が青ざめていた。

「ブリッジに……、人が……」彼女は報告した。

「人？」

「見てきます」有佳は口を強く結んで、階段の方へ歩きかける。

そのとき、二階でドアの開く音がした。

僕は思わずそちらを向く。有佳も振り返って見上げた。続いて、ドアが閉まる音。三号室から出てきた小松貴史だった。

僕と有佳が立っているところからすぐの場所であったが、角度が急なため、ブリッジの床の陰になり、巨漢の小松の全身は見えなかった。

次の瞬間には、彼が手摺《てすり》に躰《からだ》をぶつける音が低く鳴り響いた。急激に息を吸い込む奇妙な音のあと、ばたばたと、走りだす靴音。

螺旋《らせん》階段を小松が駆け下りてくる。

「大変だ！」僕たちの顔を見るなり、彼は叫んだ。上を見上げ、一度大きく息を飲み込んだ。「垣本さんが……、倒れている。ち、血を流している」

小松と浜野がさきに螺旋階段を駆け上がっていった。僕は、森島有佳に導かれて、遅れて二階のデッキに上がる。

垣本壮一郎が倒れていたのは、二号室、つまり、彼の居室の前のブリッジだった。

デッキの周囲と同じタイプの手摺が、ブリッジの両側にある。それは、太い水平の棒材を、細い縦の棒材で支える構造で、いずれも鋼鉄製だった。直径が三センチほどの縦材が、ほぼ十五センチ間隔で柵《さく》のように立ち並び、水平の手摺部分を支持している。垣本壮一郎は、倒れているというよりは、その手摺の縦材にもたれかかる姿勢で座り込んでいた。十五センチ間隔の棒材の間に、側頭部をはめ込むようにして寄りかかり、項《うなだ》垂れている姿勢は、まるで居眠りをしているかのようだった。二号室のドアを背にして、こちらを向いている。左肩がブリッジの外側に出て、腕が垂れ下がっていた。浜野静子は下のフロアから、彼のこの左手を最初に見たのだろう。腰が多少不自然に捻《ねじ》れ、脚は片方が真《ま》っ直《す》ぐに投げ出され、もう片方は膝《ひざ》を曲げていた。服装は、さきほどコントロール・ルームにいたときと同じ、半袖《はんそで》のスポーツウエアにスラックス。上下とも色は白。

そういった細かい点は、実は、あとになって観察したものである。当初は、決定的な部分に目が釘《くぎ》付《づ》けになった。

垣本の首の傷だ。

頭を下げた姿勢だったので、よくは見えなかったが、小さな穴が開いたように、赤黒い部分があった。そこから血が流れ、白いシャツの胸から腰の近くまでが赤く染まっていた。さらに、ブリッジの床にも、かなりの血液が滴《したた》り落ちている。飛び散ったような痕跡《こんせき》は僅かで、滑《なめ》らかに流出した結果だろう、と僕は思った。

浜野静子は垣本の顔面に触れて、次に首筋を探った。彼女はこちらを向いて首を横にふった。

「死んでいるのか？」小松教授が震える声できいた。

「はい」浜野静子が答える。「心拍は既に停止しています」

「なんだってまた……」そこまで言って小松教授は黙った。

「垣本さんが、あの……、亡《な》くなっています」僕の横に立っていた森島有佳が上擦《うわず》った声で話した。もちろん、僕のために状況を説明しようとしているのだ。「二号室の前のブリッジのところです」

「死因は？」僕は短く質問した。

「頸部《けいぶ》の外傷」答えたのは、浜野静子だった。「これは、たぶん、刺し傷です。何だろう……、槍《やり》のようなものかしら。反対側まで貫通しています」

「志田博士のときと、同じ？」小松が小声できく。

「ええ……」浜野は頷《うなず》く。「似ていますね」

「近くになにか落ちていませんか？」僕は尋ねた。見える範囲には、なにもなかったのだが。

浜野静子は立ち上がって、足もとを見回した。彼女は、倒れている垣本の周囲を調べた。

「いえ、なにも……。あ……」浜野はそう答えたところで、なにかを見つけたようだった。

ブリッジの上には浜野静子、そのすぐ近くのデッキに小松教授、そして、その後ろに、僕と有佳が立っている。浜野は、一度しゃがみ込んで、垣本の躰の向こう側に隠れていた右手を調べた。

「手に、なにか握っている」浜野はこちらを振り返った。「どうします？　取り出しますか？」

「お願いします」僕は答えた。

「何、これ……」立ち上がりながら、浜野は声を上げる。「また、ボールが二つ」

彼女が見せたものは、直径が三センチほどの二つの玉で、一つはオレンジ色、もう一つは灰色だった。

2

垣本壮一郎の遺体を二号室の中に移動することにした。四人全員で、運び入れた。ベッドの上に持ち上げ、そこに寝かせる。一号室の志田雄三とほぼ同じ状態になった。

部屋の中に異状がないことを簡単に確認したあと、バスルームで順番に手を洗った。部屋を出て、ブリッジを渡るとき、そこに残っていた血痕を踏まないように注意した。

四人は無言で一階へ下りる。

そう……、四人になった。

勅使河原潤と私を除けば、あとは、小松教授と浜野静子の二人だけ。

「また、いつ停電するかわからない。今のうちに、懐中電灯の電池を探しておいた方が良い」勅使河原が指示した。

彼の冷静な判断に、私は驚愕《きょうがく》した。

《バルブ》の現状など、すっかり忘れていたのだ。

倉庫で乾電池はすぐに見つかった。私は、胸のポケットにあったペンライトに電池を入れて、光ることを確かめた。また、浜野と小松にも乾電池を二本ずつ手渡した。

会議室で話し合うことになった。

テーブルには、四つのボールが並べられた。生き残っている人間と同数だった。木製のものと粘土のものに、二つの新しい玉が加わった。大きさは四つともほとんど同じだ。

しばらく、それらが何なのか、という議論があった。それを話し合うことで、自分たちが直面している、より恐ろしい現実から一時的にせよ逃避できる、と全員が感じたのかもしれない。

オレンジ色の玉は、表面がざらざらとした比較的軽い石質の素材だったが、結局、煉瓦《れんが》を球形に成型したものではないか、という結論になった。また、もう一方の灰色の玉は、コンクリートかモルタルだ、と最初から小松も勅使河原も断定した。コンクリートとモルタルの違いは何か、と浜野が尋ねると、内部に砂利、つまり小粒の石が混ざっているものをコンクリート、そうでないものをモルタルと呼ぶのだ、と小松教授が説明した。したがって、その玉の場合は、大きさから判断して、モルタルということになる。その可能性が高い、と小松は言った。

どんな材料で作られているのか、は大した問題ではない。素材が判明しても、それらが何を意味しているのか、はわからない。これらの玉の用途がまったく不明だった。なにか具体的な使用目的があるのだろうか。いずれも、特別に作ったものに違いない、と私には思えたが、何のために作られたのかは想像もできなかった。

それに、最大の疑問は、どうして殺された人間がそれらを持っていたのか、である。

会話は途切れ、沈黙の幕が落とされた。

二人の人間が死に、残ったのは四つの玉。
そして、人間も四人。
相変わらず、脱出することはできない。
ここは、完全な密室だ。
二人は刺し殺された。
誰かが殺したのだ。
導かれる結論は、非常に単純である。
四人のうち、誰かが、それをやった。
否、もちろん、私ではない。
つまり、三人のうちの誰かが……。
小松貴史、浜野静子、そして、勅使河原潤。
確率は三分の一。
同じことを、あと二人が考えているだろう。
そして、一人は、すべてを知っている。
私は、じっと三人を窺《うかが》った。
いや、一人とは限らない。
もし、複数だったら……。

「コーヒーでも淹《い》れてきましょうか？」溜息《ためいき》をついてから、浜野静子が低い声で言った。

全員が無言で頷くのを確認して、彼女は席を立ち、部屋を出ていく。私は立ち上がって、彼女の後を追った。

「手伝います」私はキッチンのドアの手前で浜野に追いついた。

「一人でできるわ」浜野は横目で私を見る。

私は微笑《ほほえ》み返し、一緒にキッチンに入った。

「毒でも入れると思ったの？」浜野はそう言ってから、軽く鼻息をもらして、独りで吹き出した。「本当、毒薬を持ってくれば良かった。きっと、正当防衛で許してもらえると思うな」

「誰に、毒を飲ませるんです？」

「もちろん、私以外の全員」

「ああ、なるほど……」私は頷いてみせる。

浜野がコーヒーメーカをセットしている間に、私はトレィに紙コップを並べた。こんなときくらい、どっしりとしたカップでコーヒーが飲みたかったが……。

「誰か、他にいるんだわ、きっと」浜野静子は腕組みをして、ステンレスの棚にもたれかかる。「どこかに、秘密の隠れ場所があって、今だって、私たちを監視しているのかもしれない。ここのどこにいたって、きっと見られているのよ」

「停電も、人為的なものだと？」

「もちろん」浜野は頷いた。「暗闇《くらやみ》に紛《まぎ》れて、垣本さんを刺したわけでしょう。赤外線スコープのゴーグルでもかけていたんじゃないかしら……。また、いつ襲われるか……」彼女は緊張した表情で肩を竦《すく》めた。

「どうして、私たちを襲うんです？」

「そんなこと、知るもんですか」浜野は目を瞑《つむ》り、深呼吸して躰を震わせる。「こっちが聞きたい。いったいどうなっているの？　何の恨みがあってこんなことをするわけ？　私、人から恨みを買うようなこと、した覚えはない」

彼女の発声は、多少ヒステリックになっていた。おそらく、本人もそれに気づいたのであろう。大きく息を吸って、無言で何度か頷いた。口もとを上げて笑おうとしたが、目は笑っていない。

「外部と連絡が取れなくなって、まだ数時間しか経《た》っていません」私はゆっくりと話す。浜野を安心させよう、というよりは自分のために言葉にした。「もう少し待っていれば、きっと誰か気づいてくれる。そうしたら、出られます」

「人殺しは誰なの？　誰だと思う？」横目で私を見つめ、浜野は呟《つぶや》いた。

「私たち以外に誰かいるって、浜野さんは考えているのでしょう？」

「そう考えたいだけ」浜野はそう言って、唇を嚙《か》んだ。「もしも、そうじゃなかったら……」

コーヒーメーカが湯気を立て始める。

「問題は……」私は言った。「これで終わりかどうかってことだと思います」

3

テーブルに紙コップが並ぶ。四人は向きあって、コーヒーを飲み、しばらくは技術的な問題について幾つか相談した。停電のこと、出入口を閉鎖しているシステムのこと。

垣本がいなくなったので、自力で脱出することは、ますます困難になった。外部からの救援を待つ以外にない。それがいつ来るのか……、今夜なのか、明日なのか、予想できなかった。

時刻は午後の三時を回っている。

各自の部屋に戻るよりは、全員がなるべく同じところにいた方が賢明だろう、という当然の判断で、四人はしばらく会議室にいた。もちろん、会話は続かない。途中で、森島有佳と浜野静子は、テーブルに伏せて、眠ってしまった。小松教授も、椅子《いす》に深くもたれて目を瞑っている。

僕は、三人の様子を窺い、テーブルの上にある四つの玉を眺め、いったい誰が犯人なのか、ひたすら考えた。

それぞれ二つの玉を握っていたのが、被害者であることは事実だが、被害者が自分の意志で、なにかの目的で、手にしていたとは考えにくかった。第一に、それらは、どこでも見かける一般的な品物ではない。第二に、それらが利用できるような具体的な行為が思いつかない。

ついさきほども、僕は小松教授と、四つの玉に関して話をした。しかし、残念ながら、有意義な議論を発展させるには、とうてい情報量が不足だった。

「犯人が握らせた、と考えるのが自然ですね」僕は意見を言う。

「殺したあとに?」小松は眉《まゆ》を顰《ひそ》めてきいた。「どうして……、何のために?」

「犯人は、何かメッセージを残したかったのでしょう」僕は考えながら話す。「自分の犯行を一連のものとして、主張したい。その連続性を象徴するものとして、一種のサインを残したわけです」

「うーん。わからないでもないが、しかし、それにしては、わかりにくいサインですよね」小松は苦笑する。「あるいは、誰か特定の人間に気づいてもらうためのサインだとか?」

「もしかして、ボールの中に何か入っているのでは？」僕は別の思いつきを話す。

「どうです？　仕掛けがあるようなことは、ありえませんか？」

小松は一番端にあった木製の玉を手に取り、それをしげしげと観察した。

「いや……、この木製の玉は、削り出して作った、単なる木の塊ですね。けっこう硬質の木材です。何だろう、檜《ひのき》かな……」

「粘土は、中に入れられるのでは？」

「証拠品だから、壊さない方が良いと思うけど」小松は言った。彼は、今度は粘土の玉を手にしている。

「順番としては、だんだん硬くなっていますね、材質が」僕は、そのとき思いついたことを口にした。

「粘土、木、煉瓦、モルタル、の順ならね」小松はすらすらと言った。テーブルにはその順番で並んでいたわけではなかった。たぶん、小松が指摘したのが、硬度あるいは強度の小さい順なのだろう、と僕は思った。比重が小さい順だと、木、煉瓦、粘土、モルタルだろうか……。しかし、そんなことに意味があるとは思えない。

「丸いことに意味があるのかな？」小松が独り言のように呟いた。

「同じ大きさで同じ形をしているから、ついつい、材質の違いが強調されますよね」

「それに……、何故、二つずつだったんだろう？」小松はそう言って天井を見た。

「最初の二つ、粘土と木は、天然のもの、あとの二つ、煉瓦とモルタルは、工業製品、つまり、人工のものです」僕はまた思いつく。「その分類に意味があるとか……」

「志田先生は理学博士で、垣本さんは工学博士。それぞれ、専門は、物理学と力学だった。なんとなく、二人を象徴している気がしないでもないですね」

「小松先生だったら、何になりますか？　どんな二つの玉が、自分に相応《ふさわ》しいと思いますか？」

「ちょっと待って下さいよ」小松はひきつった顔で笑った。「縁起でもない。気持ち悪いこと言わないでほしいな。ただでさえ、一号室、二号室と順番に来ているんだし、それに、年齢順という発想だって当然あるでしょう？　そういったふうには考えたくないけど……」

「そんな、連続するなんてことは、もうありえないと思いますよ」僕は彼を安心させるために言った。「だって、残りはもうこれだけなんです。こうなったからには、全員で同じ場所にいるか、もし分かれるときは、なるべく一人でいるしか防御手段はありません。たとえば、一人と複数というグループが分かれると、一人の方は安全。複数の方は、犯人は正体を現すことができないので、未然に防ぐことができる。二人のグループになれば、犯人は相棒を殺すことができそうですが、もし殺してしまったら、残りの人には、犯人が誰なのかが、ばれてしまいますね。だから、やはり、犯行は行われない」

「あの……、勅使河原さん」小松は苦笑した。「そんな屁理屈《へりくつ》を考えたって、はっきりいって、何の気休めにもなりませんね」

「気休めくらいにはなるかと思いましたけれど」僕は両手を広げて言う。「駄目ですか？　こういうのは」

「当事者には、面白くありません」

「それとも、なんらかの手段で、何者かが《バルブ》を出入りしている、あるいは、この中のどこかに潜んでいる……、我々の他に誰かいる、という可能性が存在すると思いますか？」

「ええ……」小松は真剣な顔で頷いた。「僕から見ると、残っているのは、勅使河原さんと、あとは女性です。失礼かもしれませんが、ちょっと、あれだけのことを実行したとは考えにくい。やはり、誰か他にいたとしか……」

「だけど、殴ったとか、絞め殺したというわけじゃありませんからね。凶器を持っていて、不意をつきさえすれば、可能ではありませんか？」

「ええ、まあ……」

「あるいは、飛び道具かもしれない」僕はテーブルに頬杖《ほおづえ》をついていた。「何ていうのか知りませんが、弓のような機構のもので矢を放てば、子供でもできます」

「でも、その矢を引き抜くのは大変でしょう?」小松は顔をしかめて首をふった。「どうして、引き抜いたんです?」

「その方が、相手を殺す確率が高いし、それに、もう一度、それを使うために持ち去った。つまり、矢が一本しかないから」

「ああ……、それも、考えたくないな」小松が片手を広げて振った。「そんな武器を持ち込んだ、というんですね?」

「普通、人を殺そうと計画するのなら、拳銃《けんじゅう》が最も確かな道具でしょう。相手に近づかなくても良い、という圧倒的な有利性があります。でも、ここのような閉鎖空間では、音の問題がありますからね」

「もし、武器がそういった特徴のある代物《しろもの》なら、部屋を捜索したら、見つかりますね」小松は指摘する。「こうなった以上、本格的に捜索してはどうでしょう? なにかの手掛かりが摑《つか》めるかもしれない」

「犯人も、当然ながらそれを予測しているでしょう」僕は言った。「あまり効果があるとは思えません。もちろん、やる価値は認めます。明日になっても、ここから出られなかったら、やってみましょうか。他にすることがない、といった退屈な状態に陥るはずですからね」

4

午後五時頃、少し早いが、夕食になった。

四人が全員、厨房《ちゅうぼう》に入って自分の食べたいものを作ることになる。私はもちろん勅使河原潤の分の支度もした。ほとんどが冷凍食品だったので、あっという間にでき上がり、食堂に運んで食べたが、それもたちまち終わってしまった。小松と浜野の二人は缶ビールを飲んでいた。

ポケットにペンライトを用意していたが、その後、停電はなかった。一度、小松と勅使河原の二人が、コントロール・ルームへ調べにいった。コネクタ類の接触不良ではなく、プログラムのバグか、それとも意図的に仕込まれたルーチンなのか、つまり、停電はソフト的な原因であろう、という結論に落ち着いたようだ。これは同時に、エマージェンシィ・モードに陥ったシステム全体の今の状況と類似している。

食後にも、そんな話題が多少出た。しかし、私には、ほとんど内容が理解できなかった。話していたのは、勅使河原と小松の二人だった。

「さてと……」会話が途切れたとき、小松教授が時計を見ながら言う。「今夜は、どうしたものだろう？　このまま、ここで膝を突き合わせて徹夜をするか、それとも、各自の部屋に戻って、もう、どんなことがあっても絶対にドアを開けないことにするか……」

「バリケードを作ってね」浜野静子が横から言った。彼女は私を一瞥《いちべつ》する。「いくらマスターキーを使っても、入ってこられないように」

結局、部屋に戻ることになった。このさき、いつまでこの状態が続くのかわからない。その間、ずっと寝ないわけにもいかないだろう。

明朝は、七時ジャストにドアから出よう、そして、全員が戸口に出揃《でそろ》ってから、一緒に階段を下りよう、という約束事も決まった。

四人は食堂からホールに出る。

「二人が組になって、夜を過ごすという手もありますよ」浜野静子が言う。話し方からして、冗談のようだった。「でも……、誰と誰が組になるかというテーマで、あと一時間ほど会議が長びきそうだから、提案しなかったの」

「同性どうし？」私は軽くきいた。「それとも、それ以外の組み合わせですか？」

「三通りあるけど……」浜野は肩を竦める。

「もしかして、僕に遠慮しているわけかな？」小松が苦笑いした。「僕だけが一人で寝て、あと、そちらさんが同じ部屋で寝るという手もあるね」

「僕は遠慮します。一人の方が良い」勅使河原が呟いた。

「あら……、そうですか？」浜野が言う。妙に優しい口調で気持ちが悪かった。「皆さん、孤独がお好きなのね」

「いえ、やっぱり、一番確かなのは、バリケードじゃないですか？」私は努めて明るい口調で言った。「だって、犯人が一人だ、という保証はないんですよ。つまり、どう組んだって、安全とはいえません」

話が生々しくなってしまったので、そこで会話は途切れた。

螺旋階段を上がって、二階のデッキで四人は別れる。三号室に小松、四号室に浜野が入っていった。私と勅使河原も、ほぼ同時に部屋に入った。

カードキーを電源スイッチに入れて、ベッドまで真っ直ぐに歩き、倒れ込んだ。冷たいシーツが気持ち良い。

浜野静子のことが、少しだけ気になっていた。彼女が、勅使河原の部屋に忍び込むのではないか、という妄想。ノックをきいて、勅使河原は、ドアを開けるだろうか……。

首を横にふりながら、溜息をつく。

勢い良く吐き出した空気で髪が動く。

「ああ、馬鹿みたい……」と口から出る。

シャワーを浴びることにした。

これもエネルギィは電気だろうか。いずれにしても、熱いシャワーが使えるという環境は幸せなことだ、と感じる。まだ一日しか経っていないのに、もうずいぶん長い間、ここで暮らしているような錯覚があった。

核ミサイルの攻撃を受けて、この《バルブ》に逃げ込むことのできた少数の人々のことを想像した。生き残ることが目的でこのシェルタを造ったのに、はたしてここに、生きるための希望があるだろうか……。

否、生き残ることが目的では、おそらくない。なにかを見届ける、あるいは、もっと重要なシステムの一部として、生かされる、のであろう。

人間の生とは、そういうものだ。

勅使河原潤が、そう語った、と姉から聞いたことがあった。そのとき姉は、そのもっと重要なシステムとは何か、と彼に質問した。勅使河原は、人間の意地である、と答えたという。

人間の意地が、そんなに重要なのだろうか？

その意地を守るシステムの一部として、人間が生かされる。それがシェルタの役目だ、というのだ。

私の理解を超えている、と感じた。

どんな人間なのだろう、彼は……。

勅使河原潤は……。

彼が、この《バルブ》を造ったのだから、彼こそが、ここの一部、システムの一部なのだろうか。

人をパーツのように扱うなんて、どうも抵抗を感じる。けれど、その抵抗にはなんの根拠もない。

わからない。

彼に会わなくては、と思う。

勅使河原潤に……。

私は、バスルームから出て、急いで服を選んだ。鏡を見て、化粧をしようとして、溜息をつく。そう、彼には見えないのだ。彼には、服も化粧も、笑顔も仕草も、人間の表面的な偽装など、価値をなさない。

私はマスターキーを手にして、こっそり部屋を出た。

息を押し殺し、デッキを見回す。

誰もいない空間。

静かだ。

まるで、遠い星へ向かう宇宙船の中みたいに……、

生命がすべて眠っているような……、
動かない空間だった。

決心して、私はブリッジを渡る。

そして、六号室へのブリッジを再び渡った。

そのドアの前に立ち、後ろを振り返る。

きっと……、整理されない、後ろめたい気持ちが残っていたのだろう。

それが、私を振り向かせた。

誰もいない。

特に三号室と四号室が気になったが、大丈夫だった。

天井を見上げ、上のデッキも確かめた。誰かが、そこから手摺越しに覗《のぞ》いているかもしれない、という一瞬の不安で、躰が震えたからだった。

私はノックをせず、マスターキーをスリットに差し入れる。

緑色の発光ダイオードが光った。

息を殺し、把手《とって》に力を加える。

私は、ドアをゆっくりと押し開けた。

何秒くらいかかっただろう。

ゆっくりと、ゆっくりと、ドアを開ける。

躰を横向きにして、部屋の中に滑《すべ》り込む。

ドアを閉めるときも、慎重に力を使った。

室内は真っ暗なのでは、と想像していたが、意外にも、照明が灯っている。壁の電源スイッチに、カードキーが差し込まれていた。それが、私の顔のすぐ横にあった。

ゆっくりと呼吸をする。

水の音は聞こえない。バスルームではない。

部屋の奥へゆっくりと進む。

ベッドに、彼の足が見えた。靴を履いていない。

私は息を飲む。

心臓の鼓動が聞こえるほど、大きかった。

自分のしていることが、信じられない。

急にその違和感が、イレギュラ・バウンドしたボールのように、私に向かってくる。

一瞬の喪失感に苛《さいな》まれる。

私は何をしようとしているのだろう？

私の躰が、もう私のものではない、と感じた。

ベッドの上で、勅使河原潤は眠っていた。

サングラスを片手に持ったままだった。

服も着たまま。

シーツをかぶっていない。

まだ眠るつもりがないうちに、うたた寝を始めてしまったのだろうか。

私は、しばらく、家具のようにじっとしていた。

もし、彼が目を覚ましても、私の存在に気づかないように願った。

部屋の隅の邪魔にならない場所で、一晩中立っていようか。それとも、ソファの後ろに小さく蹲《うずくま》っていようか。そんな子供じみた突発的な尻込《しりご》みを、私は歯を食いしばって振り払った。

ゆっくりと、ゆっくりと、勅使河原に近づく。

もう、迷うことはない。

迷うことはできない、と思った。

私は、彼が目を開けるより早く、キスをする。

そして、振り落とされないように、彼の躰にしがみついた。

血液の脈動が聞こえる。

私のものか、彼のものか……。

私の呼吸と、彼の呼吸が干渉する。

ゆっくりと、顔を上げる。
恐《こわ》くて瞑っていた目を開ける。
彼も目を開けていた。
彼の腕が、私の背中に回ったのが、わかった。
躰は震えていた。
少なくとも、払いのけられるような事態は回避されたようだ。
一度離した唇が、再び接近する。
相手の体温を測るように、コンタクトが続く。
交互に……。
言葉を思いつくまで……。
「僕は……、実は……」勅使河原がさきに口をきいた。
私は、彼の口を塞《ふさ》ぐ。
彼のシャツが邪魔で、
私のシャツも邪魔だった。
彼の髪も、
私の髪も、
すべて邪魔だった。

だから……、
目を瞑り、
私は、彼の一部になった。

5

僕はうたた寝をしていたようだ。シャワーを浴びなくては、と思っていたので、シャワーを浴びている夢を見た。

突然、人の気配がして目を覚ましたが、そのときには、既に、彼女が僕に抱きついていた。

急に躰が反応できなかったことが、幸いだった。僕は、声も上げなかったし、飛び起きることもしなかった。

驚いて、鼓動の一周期分だけ鳥肌が立つような、レンジ・オーバの戦慄《せんりつ》が躰中を襲ったけれど、それは、次の数秒間でたちまち氷解した。

彼女と口づけをしている、と認識したときには、僕の腕は彼女を抱きかかえていた。無意識だったとしたら、決断力のある無意識だ。僕よりもせっかちで積極的、といっても良いだろう。

しかし、すぐに別の思考が立ち上がった。

それは、
僕が本物の勅使河原潤ではない、ということ。

彼女は、それを知らない。

勅使河原潤だと思って、僕に躰を寄せているのだ。

これは……、やはり、まずいだろう。

そう思った。

さて、どうしたものか……。

言うべきだろうか……。

森島有佳は、しかし、勅使河原潤のアシスタント、つまり、仕事上のパートナだ。通りすがりの、一夜だけの女性ではない。もちろん、彼女が仕事仲間であるうちは、なんの問題もない。僕という偽者《にせもの》の存在価値をちゃんと理解してくれるだろう。だが、いつまでも、彼女がパートナである保証はない。彼女がこの秘密を知っていることが、将来、勅使河原潤にとって不利益になる可能性は大いにあるだろう。

最初のキスをしている間に、一瞬でそこまで考えたのだから、僕は非常に冷静だった。そう、こういったことに対しては、どちらかというと、冷めている人間だから……。

もちろん、森島有佳のことを可愛《かわい》いとは思った。

おそらく、恐怖に耐えられなくなって、こんな行動に及んだのであろう。彼女にしてみれば、相当な決心だったはずだ。そういったいじらしいところに、僕は点が甘い。

とにかく、なにかしゃべろうと思った。

しかし、彼女がそれを嫌い、再び二人の唇が重なる。僕も、それに流された。

思考は鈍化し、逆に神経は過敏になる。

頭だけがぼうっとして、躰が熱くなる。

自然に、すべてが動く。

重力に引かれて、落ちていくのに似ている。

高いところから、低いところへ。

「待って……」彼女は、ベッドから起き上がった。

二人の躰が離れ、その途端に、体温と気温の差を感じる。

森島有佳は、ベッドの横で服を脱いだ。

僕は、それを見ていた。

「いやだ……」彼女はくすっと笑った。「まるで、見えるみたい……」

僕は黙って微笑む。

見えるのだ。

「明かりを消そうかしら……」彼女は真剣な表情で考えている。「消せば、先生はいつものままで、私は見えなくなるのだから、不利だわ。でも……、点《つ》けておいても、先生にはやっぱり関係がなくて、私は、なんだか恥ずかしい……」

「見たくないものまで見えてしまうから？」僕は尋ねた。

その疑問は、ずっと僕が経験していることの要約だった。

有佳は、着ていたものをすべてソファに脱ぎ捨てると、サイドボードのスイッチに手を伸ばした。そして、一つずつ確かめるように照明を消す。そのときの構図が、とても印象的だった。

真っ暗になる。

僕にも、彼女の白い躰が見えなくなった。それは、少し残念だったけれど、焼きついた残像は逆に鮮明となる。

彼女がベッドに乗ったときの振動が、短い周期でスプリングを鳴らし、揺れはやがて減衰した。

彼女の手が、僕のシャツのボタンを順番に外す。

何事も、順番が大切なのだ、と連想した。

暗闇が本物だったように、僕は、自分が本物の勅使河原潤なのだ、と思い込もうとした。

それが、その場の、最も簡単な解決法だった。

＊

「教育に関する、勅使河原博士のお考えをお聞かせいただけないでしょうか」

「どういった教育でしょう？　躾《しつけ》という言葉に近いようなベーシックなものから、専門的な技術を身につけさせる、研修行為に近いものまで、非常に幅があるように思いますが……」

「いえ、限定していただいても、けっこうですし、あるいは、全般的なお話でもかまいません」インタヴュアは、愛想の良い笑顔を見せた。

「う―ん、難しい質問ですね」勅使河原潤は苦笑する。「そういった一般的な概念に対して、個人的な印象を持ったりすることは、日頃から、ほとんどありませんからね。なにか気の利《き》いたことをしゃべっても、それはたとえば、人間とはこうあるべきだ、子供とはこうあるべきだ、というような、その場かぎりの単なるキャッチフレーズにしかなりえません。つまり、深く考えてみたところで、その言葉から得られるものはありません。僕はコピィライタではないし、詩人でもない。言葉で人々を振り向かせても、しかたがないのです。ただ……、そうですね、教育という言葉は、単なる情報伝達といってしまっては、現実よりも多少、無味乾燥のニュアンスになるし、愛情表現の一つだといってしまっても、どうも一方通行の空回りになる。僕にとっては、そもそも概念の定義が曖昧《あいまい》で、そういったものが、実在するのかさえ、怪しいと思っています」

「教育がですか？」

「ええ……。単なる思い込み、あるいは幻想ではないでしょうか？　教育なんていう行為が、はたして本当に存在するでしょうか？」

「しかし、現に、社会には学校が沢山あって、そこで大勢の人々が、教育を受けています。そのために人が集まっていますよね。法律でも義務づけられているわけですし……」

「ええ、ですから、そう思い込んでいるだけなのではないですか？」

「しかし、これだけの本を読んでおきなさい、といった知識の取得だけではありませんよね？」

「なにか他にある、と皆が信じているんですね。どうしてでしょうか？」勅使河原は肩を竦める。「まあ、現状を分析してもしかたがないかな……。そうですね、とにかく、理想をお話ししましょうか？」

「教育というのは、現象としては、ある情報が、人から人へ伝達されるだけのことです。一種の通信行為ですね。そして、その基本は、発信と受信にあります。発信するのが教育者、受信するのが学生ですが、この通信行為におけるクリティカルな問題は、受信機のスイッチが入っているか、という点と、受信が可能な信号を発信側は送っているのか、という点の、二つに集約できるでしょう。教育に関するあらゆる問題は、この二つの課題を論じることになります」

「是非お願いします」

「博士は、どうすれば、そういった問題が解決できるとお考えですか？」

「解決はできません」勅使河原潤は首を一度だけ横にふる。「スイッチが入るまで待つ、あるいは、受信できる信号であることを信じて発信する、という以外にないでしょう」彼はそこで微笑んだ。「そもそも、教育とは、その二つの条件が自然に成り立つことを前提としている行為なのです。教育者が、もし、どんな子供でも自分がなんとかしてみせよう、などと考えているとしたら、それは虚《むな》しい幻想、あるいは、単なる思い上がりです」

第5章　速度の合成則

なおこの事実から、ここに述べたような座標変換は——当然そうなくてはならないように——数学でいうひとつの群をなすことがわかる.

1

なんの根拠もなかったのだが、次の日には外部からの救助があるに違いない、という期待が僕にはあった。それは、楽観だった。

《バルブ》で過ごす二回目の夜、僕のベッドで森島有佳が眠っていた。深夜に一度だけ目覚め、僕はバスルームに一人入ってシャワーを浴びた。再びベッドに戻ったときも、彼女は起きなかった。苦労して手に入れた安眠だったのかもしれない。僕も、麻酔が効いているような深い睡眠を久しぶりに味わった。

目を覚ましたとき、僕は壁を向いていた。

彼女の手が、僕の胸の上でゆっくりと動いている。部屋の照明がうっすらと灯《とも》っているのがわかった。サイドボードのライトだろうか。彼女が点《つ》けたものだ。

「起きたの？」背中に顔を埋《うず》めている森島有佳の声が、躰《からだ》を伝わって聞こえる。どうして起きたことがわかったのだろう、と僕は思った。呼吸のリズムだろうか。顔を見られているわけではなかった。

「何時？」僕は彼女の方へ少しだけ躰を捻《ひね》った。

有佳は、サイドテーブルに手を伸ばすために、僕から離れた。その隙《すき》に僕は仰向《あおむ》けになる。

「六時半です」有佳が答えた。「そろそろ起きないといけませんね」

「いや……、ずっと寝ていたってかまわないと思う」

「七時にドアから出て、外のデッキに集合する、という約束です」彼女はベッドで起き上がった。「先生、シャワーを使わせてもらっても良いですか？」

「シャワーが喜ぶと思うよ」

彼女はにっこり微笑《ほほえ》んで立ち上がった。

ライトが灯っていたので、僕は彼女の姿を見ることができた。

彼女はバスルームに入り、しばらくして、水の音が聞こえてくる。

頭の後ろに腕を回して、天井を見たまま、僕はしばらく、《バルブ》から出られたときのことを考えた。

このトラブルは、どう処理されるのだろうか。

勅使河原潤は、どう対処するだろう。

当然ながら、原因が究明されることになる。

反対勢力によるなんらかの威嚇《いかく》かもしれない。その可能性がどれほどあるのか、残念ながら、政治的な方面に関する僕の知識は乏しかった。曖昧《あいまい》な噂《うわさ》は耳にしていたが、具体的な話を兄の口から聞いた経験はない。

一つだけ、信じがたい可能性があった。考えただけで身震いがするほど恐ろしい。

それは、この《バルブ》が正常に機能している、という可能性だ。すなわち、誤作動でエマージェンシィ・モードに陥《おちい》っているのではなく、設定された条件の下で、期待される機能、シェルタとしての機能を発揮している、という意味である。

それは、ありえない、とやはり思う。

突然の核攻撃を受け、しかも、連絡も一切受けなかった、などということは、とうてい考えられないことだ。通信網を破壊するような別口の同時攻撃がないかぎり……。

しかし、もし万が一そうならば、外は既に死の世界。

そうだ、昨日の朝の地震……、

あれは、もしかして……。

停電も、ありうるかもしれない。

否……。

僕は首を横にふる。

違う。

それは、ない。

これは、もっと局所的な企《たくら》みだろう。

誰かが、仕組んだこと。

二人の人間が殺されたこと、それが証拠といえる。

何者かが、ここを密室にして、二人の命を奪ったのだ。

しかし、その場合、どうして密室にする必要があったのだろうか？　つまり、外部に連絡させない、という状況を設定するだけの目的にしては、いかにも手間がかかり過ぎているように思える。

獲物が逃げ出さないように隔離して、ゆっくりと一人ずつ殺すつもりなのだろうか。ひょっとして、そんな異常な行動を楽しんでいるのか。ずっと、どこかから監視して、観覧して、本物のスリルを味わおうという趣向なのだろうか。

僕は首をふった。

妄想ともいえる、連想だ。

バスルームのドアが開いた音を聞いて、僕はサイドテーブルに置いてあったサングラスをかけた。部屋の照明は、最低限のものだったので、ほとんど見えなくなってしまった。森島有佳は、僕の目が見えるとは思ってもいないはずだ。したがって、無防備な姿の彼女をこれ以上盗み見ることに、僕は抵抗があった。

「バスルーム、使われますか？」有佳はきいた。こちらに戻ってきたようだ。

「いや……」僕は首をふって答える。「服を着て、出ていくだけ。あと、何分？」

「十五分あります」有佳は部屋の隅に移動している。「私は一度、自分の部屋に戻ります。先生の部屋から出るところを、他の人に見られるのは、ご迷惑だと思いますので」

「君は僕のアシスタントなのだから、ごく自然のことだと思うけれど」

「こんな早朝から、仕事の打合せですか？　それにしても、手ぶらでは格好がつきません。お化粧もしていないんです」

彼女は服を着ているようだ。ジッパの音が聞こえた。

「森島君……」僕は起き上がって、ベッドに腰掛ける。「こういうことは、言葉にしておいた方が良いと思うから、きくのだけど……、その、どうして、僕の部屋へ来たのか、理由を教えてもらえないだろうか」

「はい……」彼女は小さく返事をして、しばらく黙る。やがて、息を吸ってから話した。「それは、つまり、単に恐怖からの避難行動であったのか、それとも、先生への純粋な愛情表現であったのか、というご質問でしょうか?」

「それ以外にも、あるかもしれない」僕は少しだけおどけて言った。もちろん、それ以外の可能性など考えもつかなかった。

「もう少し詳細に分析することもできます」有佳は可笑《おか》しそうに言った。「たとえば、愛情表現といっても、いろいろな愛情の形があると思いますし」

「で、君の場合は?」

「わかりません」彼女は歯切れの良い口調で答える。それが、問題に対する唯一《ゆいいつ》の正解だと自信を持っているような、爽《さわ》やかな返答だった。「つまり、割り切れないものと考えています。こんな緊急の事態でなければ、あるいは、もっと、その……、落ち着いた地道な手段を選択した可能性が高いと思いますし、そうかといって、安全を確保するための打算的な行動であったか、ということだけは自信をもって否定できます。なにしろ、ドアの内側にバリケードを造ることさえ、すっかり忘れていました」

「そういえば、そうだね。僕も忘れていた」

「万が一、昨夜、私たち以外の誰かが殺されていたとしたら、もう事件は解決です」

「小松先生か浜野さんのどちらかが殺されたら、もう一人が犯人だ、という意味?」

「そうです」有佳はこちらへやってきて、サイドボードのスイッチを操作した。部屋のすべてのライトが灯った。「少なくとも、先生のアリバイは私が証明できる、という意味です」

部屋が明るくなったので、有佳の姿が見えるようになった。彼女は既に服を着ていた。

「君はぐっすり眠っていたと思うけれど……」僕は言った。

「何を着られますか？」事務的な口調で彼女は質問する。僕が着るものを用意してくれるつもりらしい。

「なんでも良い」僕は答えた。

彼女はチェストから僕の衣服を取り出して、ベッドの上の、僕の足もとに並べた。どんな服をそこに置いたのかを、彼女は説明した。

「ありがとう」僕はベッドから立ち上がる。

「七時まで、あと八分です」彼女は僕の前に立って言った。「一旦《いったん》、私は部屋に戻ります。よろしいですか？　先生」

既にアシスタントとしての口調に戻っていた。

「ああ……、どうぞ」

一瞬、なにか言いたそうな素振りを見せたが、森島有佳は、そのまま部屋を出ていった。音を立てないように注意してドアの開け閉めをしている様子がわかった。もちろん、三号室や四号室に聞こえないように気を遣ったのだ。彼女の部屋である隣の五号室のドアの音も、まったく聞こえなかった。

僕は洗面所で顔を洗ってから、彼女が出してくれたシャツを着た。

いったい、どう表現したら良いだろう。

不安なのか……、希望なのか……。

日差しの届かない部屋で、

女性と二人で迎えた朝。

こんなに不思議な朝は、初めてだった。

2

私は化粧をした。

いったい誰のための化粧だろう。

窓のない部屋には、朝の訪れはなんの意味もない。それは、空気のない宇宙に音楽がないのと同じこと。

眩《まぶ》しい朝日を、こんなに恋しいと思うなんて、我ながら不思議だった。まだ、二日にもならないのに……。けれど、彼と二人で目覚めたとき、窓が明るければ良いのに、と確かに思ったのだ。それがとても重要な条件に思えてならなかった。

口紅を引き、鏡の中の自分をじっと見ているうちに、昨夜の私には存在しなかった新しい感情に気がついた。

不気味なほど、軽い……、

非常に身軽な気持ち。

もう死んでも良い、

という割り切りに近いものだ。

諦《あきら》めたのか……、

それとも、居直ったのか……、

きっと、どちらかだろう。

とにかく、ここに閉じ込められたままでも、あるいは、突然、鋭利な武器でこの胸を突かれても、しかたがない、と思えたのだ。どちらかといえば、一瞬で意識を失う方が苦痛が少なくて良いかもしれない。いずれにしても、誰の身にもいつかは訪れるものが、多少早く、そして確実に、やってくるだけのこと。二十六年も生きてきたのだから、もう充分ではないか。

どうして、そんな考えに至ったのか、自分でもわからなかった。

不思議だ。

しかし……、生きる、ということに掛《か》け替《が》えのない価値があって、そのためにどんな犠牲を払っても戦い抜く、といった戦闘的な意志の方が、むしろ不自然ではないだろうか……。そう、映画などでよくあるシチュエーションである。大きな災害に出合ったり、どこかに怪物が潜んでいたり、そんな絶体絶命の危険な状況にあって、自分や愛する人のために命がけで戦うとか……。私たちは確かに、それを観《み》て感動する。けれどそれは、現実ではない。ありえない特別なことだからこそ、憧《あこが》れることもあるだろう。

しかし、現実の死は、もう少し優しい。

人間は、もっと簡単に死を受け入れる生きものだ、と私は思う。きっと眠るように、諦められるのだろう。そういった機能がちゃんと備わっているような気がする。人間に限らない。そもそも生命とはそういうものではないか。

精神が死を覚悟するのだ。

彼との一夜で、
私は諦めがついたのかもしれない。

もし、殺されるのなら、たった今、
紅を引き終わった今この瞬間に、

胸をひと突きにしてほしい……。

自分の片手が、胸の前で握られていた。

七時。

私は、ドアへ行き、ゆっくりと、それを引き開ける。

ブリッジ、そして円形のデッキが、少しずつ見えてくる。

誰の姿もない。

槍《やり》を持った亡霊も、いなかった。

顔を外に出す。

危険を感じたら、すぐに部屋の中に逃げ込めるような体勢のまま、私は左右を窺《うかが》った。そんな及び腰は、さきほどの高貴な精神と矛盾している、と感じた。これが人間というものか。

ドアの外に出る。

隣の六号室の前に、勅使河原潤が既に立っていた。

彼はブリッジの手摺《てすり》にもたれ、まるで、空気を伝わってくる微震動を全身で受け止めるかのように、天井を見上げて、ゆっくりと首を動かしていた。

私もブリッジに出る。

「先生、おはようございます」私は声をかけた。その挨拶《あいさつ》は、彼の部屋では忘れていたものだった。

勅使河原は僅《わず》かに頷《うなず》き、口もとを微《かす》かに上げる。相変わらず、顔は吹き抜けの天井を見上げるような角度だった。

反対側で、ドアの開く小さな音。私は振り返った。

隣の四号室だ。

浜野静子が顔を覗《のぞ》かせる。

私と勅使河原の姿を認め、浜野は、反対側の三号室の方を窺った。彼女は時計を見ながら、ブリッジに出てくる。

「良かった……」私の方を見て、浜野は肩を竦《すく》めた。「まだ生きているみたい」

浜野静子はトレーナにジーンズというラフなスタイルだったが、ちゃんと化粧をしていた。おそらく、鏡の前で私と同じジレンマを感じたことだろう。

「寝られましたか？」私は社交辞令できいた。

「ええ、もうぐっすり」浜野は答える。「二日酔いだけどね。小松先生は、まだ？」

私たち三人は、それぞれのブリッジを渡り、デッキまで出て、そこにあったベンチに腰掛けた。二、三、言葉を交わしたものの、なかなかドアの開かない三号室が気になった。

小松貴史だけが、出てこない。

「きっと、小松先生も飲んだのに違いないわ」浜野は時計を見ながら言った。「ノックしてみましょうか？」

私も勅使河原も返事をしなかったが、浜野静子は立ち上がって、三号室に通じるブリッジを渡り、ドアをノックした。

数秒間待ってから、もう一度。

浜野は少しずつ、そこから離れ、結局、私たちのところへ戻ってきた。

「どうしよう……」私の顔を睨《にら》んで、浜野がきいた。「まさか……」

「まさか？」私は軽い口調でき返す。「亡《な》くなっているっていうんですか？」冗談っぽく言ったつもりだったが、そうはならなかったようだ。

「でも……」浜野は困った顔で三号室の方を振り返る。

「僕が呼んでみましょう」勅使河原潤が立ち上がって、ステッキを小さく振りながら、三号室の方へ歩いていった。ブリッジを渡ったところで立ち止まり、彼はドアを激しく叩《たた》いた。

「小松先生！」勅使河原は大声で叫ぶ。ノックの音も、呼び声も、浜野の場合の三倍以上のパワーがあっただろう。

もし生きているのなら、出てくるはずだ。

少し待ってから、勅使河原はもう一度、それを繰り返した。

だが、結果は同じだった。

応答はない。

勅使河原はこちらを向いた。

「どうしましょう？」私は彼のところまで歩いていく。「ドアを開けてみますか？」

「森島君……」彼は私の耳もとにさりげなく顔を寄せて、小声で囁《ささや》いた。「浜野さんは、なにも持っていないね？」

「え？　ええ……」私は答える。

その質問の意味を私はすぐに理解した。もし、三号室に異変があったとき……、たとえば、小松教授が殺されているといった場合、それはすなわち、浜野静子が殺人犯だということになる。だから、彼女が危険な武器を所持していないか、と勅使河原は私に注意を促したのだ。

「とにかく、開けてみます」私はマスターキーを胸のポケットから取り出した。

三号室のドアのスリットにカードキーを差し入れる。小さなライトが一瞬だけ点灯した。

振り返ると、デッキにはただ一人、浜野静子が立っている。心配そうな青ざめた表情で、こちらを見つめていた。

私は、ドアを慎重に押し開ける。

「小松さん……」部屋の中に向かって私は呼んだ。

室内は暗い。

「照明が消えています」私はすぐ横に立っている勅使河原に状況を説明する。「壁の電源スイッチに、カードがありません」

「マスターキーをそこに入れて」勅使河原が指示した。

彼の言ったとおりにする。手に持っていたカードキーを、電源ユニットに差し入れた瞬間、ライトが灯った。

奥の部屋が見える。

キャビネットの上に散らかった書物。椅子《いす》に掛かっているバスタオルや衣服。ベッドのシーツが、床に落ちていた。

入口からでは、すべては見えない。

私は勅使河原潤の手を握っていた。それだけで、ずいぶん心強かった。

「いない？」勅使河原がきく。

私は前進した。彼も一緒に進む。

部屋の全貌《ぜんぼう》が見える位置まで来る。

誰もいなかった。

「いません」私は答える。

勅使河原は私の手を離して、ベッドまで近づき、片手で枕《まくら》の付近に触れた。

私はバスルームへ行き、中を覗いてみた。ここも無人だった。中に入って、バスタブを調べる。濡《ぬ》れていなかった。

「どうしたの？　どうなっているわけ？」戸口に立っていた浜野静子がヒステリックな口調できいた。

「どこかへ、出ていかれたようです」バスルームから出て、私は答える。

「出ていくったって……」浜野は呟《つぶや》く。「いったい、どこへ行くわけ？」

「とにかく、下へ行きましょう」勅使河原が言った。「ベッドは冷たいから、たった今出ていった、というわけでもなさそうです」

三人でデッキへ戻り、螺旋《らせん》階段を下りた。

一階のホールにも異状はない。それから、順番に部屋を見ていくことにした。コントロール・ルーム、ジム、娯楽室、会議室、談話室、食堂、厨房《ちゅうぼう》、冷凍庫、そして、倉庫。ドアを開けるたびに緊張したけれど、どこも、昨日と変わりがなかった。何度か、小松の名を呼んだが、応答はない。

人が隠れられるような場所は、すべて調べた。

一階には、彼がいないことが判明した。

「となると……」勅使河原は上を向く。

「ひょっとして、外へ出ていったんじゃないかしら？」浜野静子が言った。「彼が犯人だったのよ。だから、出る方法を知っていたんだわ」

浜野は駆けだして、螺旋階段を上っていった。

「それとも、どこかの居室だろうか」勅使河原が私に呟く。

「でも、キーがなければ、入れません」私は、彼の手を引いて、階段の方へ向かった。

「もし、小松先生がマスターキーを持っていないと仮定すると……」歩きながら勅使河原は言った。「可能性があるのは、四号室だけだ」

それはつまり、浜野静子の部屋。勅使河原は、彼女を疑っているようだ。だが、論理的に導かれる当然の結論ともいえるだろう。

私たち二人が階段を上がろうとしたときだった。上から短い悲鳴が聞こえた。

「どうしました？」勅使河原が大声できいた。

「こっち！」浜野の叫び声が響く。「ああ……、早く、来て！」

とにかく階段を上った。

二階のデッキには誰もいない。さらに上だ。

頭の中では、既に最悪の場面がイメージされている。こうしてシミュレーションを行うことで、人間はショックから精神を守ろうとするのだ。

三階のデッキ。

階段のそばに、浜野静子が立っていた。

彼女は私たちを見なかった。

数メートル先を見つめている。

そこに、小松貴史が倒れていた。

私と勅使河原は、ゆっくりと階段を上がり、浜野の横に並んで立った。

「どうした？」勅使河原が小声で尋ねる。

私は、見たままの状況を言葉にして簡単に説明した。

浜野静子は、大きく深呼吸をしてから進み出る。そして、倒れている男の傍《かたわ》らに跪《ひざまず》いて、彼女の職業に相応《ふさわ》しい任務を遂行した。だが、治療の必要がないことは、素人目《しろうとめ》にも明らかだった。

位置は、唯一の出入口に向かうブリッジのやや手前。小松貴史は俯《うつぶ》せに倒れている。しかし、顔だけが横を向いていたので、開いたままの目と、同じく開いたままの口が見えた。足が階段側、頭が出入口のブリッジ側に向いている。服装は昨夜、最後に見たときと同じもので、白い長袖《ながそで》シャツを腕まくりし、灰色のスラックスをサスペンダで吊《つ》っていた。

シャツの肩から背中にかけて赤黒く染まっている。それほど大量の出血ではなかった。それは、死が瞬間的に訪れた、ということかもしれない。

「もう何時間もまえだわ」浜野静子が顔を上げてこちらを向いた。「もっとも……、そんなことは、先刻ご存じだと思うけれど……」

私は最初、その言葉を聞き流した。一見して確認できるような痕跡《こんせき》があって、死んだ時刻が判断できるのだろうか、と考えたのである。けれど、浜野の言葉は単に、私か勅使河原のどちらかが殺人者である、すなわち、自分ではない、という言い分だったのだ。それに私が気づいたときには、浜野はまた死体に顔を向けていた。

「背中から……」浜野はこちらを見ずに事務的に言った。「後ろから、ひと突き。声も出なかったのかしら。ここで大声を出せば、部屋に聞こえたかもしれないのに……」

「何時頃だと思います？」勅使河原が質問した。

「わかりません」浜野は顔を上げる。「一時間や二時間、ということはない。もっとまえですね」

「森島君……」彼は私の方を向いて言った。「出口を調べてきてくれないか」

「わかりました」私は頷いて、そちらへ歩こうとした。浜野静子が慌《あわ》てて立ち上がり、飛《と》び退《の》くようにして私から離れた。彼女は、デッキの手摺にしがみついて立ち、こちらを睨んだ。異様な形相《ぎょうそう》だった。

私は立ち止まって、勅使河原を見る。彼は、ただそこに立っているだけだ。もちろん、目が見えないのだからしかたがない。私は浜野をもう一度観察した。

「何を見ているの？」震えた声で浜野が言う。

「大丈夫ですか？」私はできるだけ優しく声をかけ、一歩近づいた。

「来ないで！」

「落ち着いて下さい、浜野さん」

浜野静子は手摺を背にして斜めに立ったまま動かない。

私は視線を逸《そ》らし、死体の横を通り、ブリッジを渡った。そして、その先の奥にある鋼鉄製のドアを調べにいった。

ドアは閉まっている。把手《とって》はロックされ、びくとも動かなかった。昨日までの状況とまったく変化はない。誰かが出入りした形跡もなかった。そもそも、このドアの向こう側には、五十トンに近い大量の水が溜《た》まっているのである。もしドアを無理にこじ開ければ、その水が流れ込み、人間など簡単に押し流してしまうだろう。

私はブリッジを渡り、デッキに戻った。

「ドアに異状はありません」勅使河原に報告する。

「二人だけになるまで気づかなかった私が馬鹿だったわ」低い声で浜野静子が言った。手摺を背にしたまま、彼女は少しずつ横に移動する。私と勅使河原から遠ざかろうとしていた。「ええ、そうよね。今さら、わかったって、もう遅いけれど。そう、最初から、皆殺しにするつもりだったのね。それで、ここに閉じ込めたんでしょう？」

「浜野さん、しっかりして下さい」勅使河原が優しく言った。「この状況では、そう考えるのも無理もないことです。しかしですね、とにかく、僕らには貴女《あなた》を殺す理由がない。そうでしょう？　それに、もしも本当に殺すつもりだったら、もう、たった今にでも、ピストルで貴女を撃っていますよ。だって、他に誰も見ていないのだから、隠す必要もありませんん」

「ありがとう」浜野はひきつった笑顔をつくった。「告白してもらって嬉《うれ》しいわ。でも……、じわじわと楽しむつもりなんでしょう？　ええ、動機なんかないはず。でも、私を一人だけ生かしてはおけないって考えているはずだわ」浜野は私を睨みつける。「そう、あんたがやったんだ！　志田博士のときから、変だと思ってた。相手を油断させて、近づけたのは、あんただけだもの」

「浜野さん、はっきり言わせてもらいますけど」私は一歩前に出た。「私は……、貴女が全部やったのだと思っています。だって……、そうではありませんか？　私じゃないことは確かだし、もう、浜野さんしかいない。他に可能性はないでしょう?」

「馬鹿馬鹿しい!」浜野は叫んだ。「今、わかった。そうやって、私に疑いをかけて、このあと切り抜けようって魂胆なんだ。あんたが一人でやったの?」

「それは、貴女の方です!」私は言い返した。躰が自然に前に出る。浜野に近づこうとしていた。

「来ないで!」悲鳴に近い声を上げ、浜野は走りだす。「いや! 近寄らないで!」

私は咄嗟《とっさ》に彼女を追って、階段の手前で摑《つか》まえた。殺人犯を押さえつけよう、と私は思った。揉《も》み合いになり、浜野の肘《ひじ》が私の腹に当たる。私は彼女の腕を摑んだまま尻餅《しりもち》をつく。その隙《すき》に、彼女は私を突き飛ばし、螺旋階段へ走り去った。床で肩を打ったが、私はすぐに立ち上がった。

階段を駆け下りていく音が響く。

私はデッキの手摺まで駆け寄って、下を覗き込んだ。

思ったとおり、四号室のブリッジに浜野の姿が現れる。

「どこにも逃げられないですよ!」私は叫ぶ。

浜野静子は慌てた仕草で、ドアのスリットにカードキーを差し入れ、それを開けた。

そこで、彼女は一瞬躊躇《ちゅうちょ》し、振り返って、こちらを見上げる。

「そこに逃げ込んで、どうするつもりなんです？」私は言った。「警察が来るまで、そこで籠城《ろうじょう》するんですか？　それよりも、どうして、こんなことをしたのか、教えて下さい。貴女なりに理由があったのでしょう？」

「しらじらしい！」唇を歪《ゆが》ませ、浜野は私を睨みつける。「私さえ生きていたら、そっちは破滅なんだからね。人殺し！　私が自殺するなんて思ったら大間違いだよ！」

浜野は四号室の中に消える。ドアが閉まる音が鳴り響いた。

私は溜息《ためいき》をつく。

口の中が切れているのか、血の味がした。

3

森島有佳と浜野静子の争いは、止める暇もなかった。浜野は、階下へ駆け下り、四号室に逃げ込んだようだ。

僕は、天井から吊り下がった例の分銅《ふんどう》のすぐそばにいた。有佳が階下の浜野と言い争っているとき、僕は膝《ひざ》を折り、その分銅に顔を近づけて観察した。僅かではあるが、それは床に描かれた原点よりずれている。それは、ちょうど小松が倒れているブリッジとは反対の方向だった。そちらに、数センチ振り子が逸れていた。

森島有佳が背後から近づいてくるのがわかった。

「大丈夫？」僕は立ち上がって、振り返る。

「大丈夫です」彼女は立ち止まり、息をついてから頷いた。「取り乱して、申し訳ありません」

涙を流しているのか、目が赤かった。口もとに片手を当て、有佳は、振り子がぶら下がっている高い天井を仰ぎ見る。辛《つら》いことだが、彼女の様子を、僕は見えない振りをしなくてはならない。

「振り子は、真《ま》っ直《す》ぐに正確な位置を指している？」僕は、つい気になっていることを話してしまった。

有佳はしゃがみ込み、それを観察した。

「いいえ。変ですね……」彼女は立ち上がりながら答えた。しかし、真剣味は感じられなかった。どうでも良い話題だ、と言いたげな表情である。それも当然だろう。

「昨日の地震で、僅かに地盤が傾いたのでしょうか？」

「さあ……」僕も既に別のことを考えていた。

有佳は、もう一度長い息を吐き出すと、前髪を掻《か》き上げてから、歩き始める。僕の横を通り抜け、彼女はブリッジの方へ行った。そして、そこに倒れている小松の横にしゃがみ込んだ。

「何をしているの？」僕は尋ねる。

「ちょっと、気になったものですから……」こちらを見ないで有佳は答えた。「あ、やっぱりありました」

顔をしかめ、両手を小松の死体に伸ばしていた彼女は、やがて立ち上がって僕のいるところまで戻ってきた。

「小松先生が手に持っていたボールです」有佳はそう言って、僕の手にそれを触れさせる。「また二つです」

僕はそれを見た。綺麗《きれい》な球形で、一見して金属であることがわかった。

「二つとも同じものかな？」僕は尋ねる。手触りは同じだった。色が少し違っているが、それは見えないことになっている。

「ええ、大きさは今までのとだいたい同じです。今度は二つとも金属製ですね。でも、材質が違います。色が違うんです。こちらは、鉄かしら。銀色というのか、灰色というのか……」

「もう一つは、どんな色？」

「えっと、多少黒っぽいというか」

「ブロンズ？」

「いいえ、やっぱり、両方とも鉄でしょうか？」彼女はまじまじと玉を見ている。

「重さも同じですね。錆《さ》び方が違うだけかもしれません。片方はステンレスかしら……。そうですね、磁石があれば調べられますけれど」

「正確な秤《はかり》があれば、比重を計算して割り出せる」僕は言った。「厨房に料理用の秤があったっけ？　体積は、直径を測って概算するか、水を満たしたコップで測るか……」

「そうまでして材質を割り出したとしても、つまり、これが何なのかは、結局わからないわ。状況は変わらないのではありませんか？」

「そのとおり」僕は微笑んで頷く。「しかし、だんだん硬くなるという予測も、だんだん比重が大きくなるという予測も、当たっていたわけだ」

「なにか、意味があるのですか？」有佳は首を傾《かし》げる。

「浜野さん、大丈夫だろうか？」有佳の質問を無視して、僕は話題を切り換えた。

「さあ……」有佳はまだ不機嫌そうだった。「正体がばれたので、きっと逆上したのですね。あの部屋に籠城するつもりでしょうか。居直って、危険なことをしないとも限らないですから、あそこを閉鎖した方が良いかもしれませんね」

「どうやって？」

「四号室の前にバリケードを作って、彼女が外に出られないようにするんです」

「それをするなら、下のコントロール・ルームを閉鎖して、食料や必要なものを、僕の部屋か君の部屋に持ち込んで、こちらが立て籠《こ》もった方が簡単だと思うよ」

「そうか……」有佳はくすっと笑う。やっと笑顔になった。「そうしましょうか」

「たぶん、今日のうちには、いくらなんでも、救援が来るだろう。しばらくの辛抱だ」

森島有佳は僕の手を取った。

「小松先生は、このままにしておけませんね」彼女はブリッジの方を見て言う。「どうしましょう？」

「二人では運べないだろう？」僕は言った。小松教授の体重は百キロ近くはあるだろう。

「ええ……」彼女はしばらく黙った。「あっ、そうだ」

「何？」

「クレーンがあります」有佳が上を見て言う。

「ああ、そうか」僕もそれに気づいた。

「ちょっと、先生、待っていて下さい。下にリモコンを取りにいってきます」

森島有佳は階段の方へ駆けだしていく。

《バルブ》の円形の天井には、電動ウィンチが設置されていた。それは天井の周囲をぐるりと回る黄色いレールにぶら下がっている。ちょうど、周囲の吹き抜けの部分を利用して、二階のブリッジや、一階のホールへも荷物を下ろすことができる。僕はそれを見上げた。小型のため、容量は五百キログラムだったはずだ。

向きを変えると、再び僕の視野に細い糸が入る。円錐形《えんすいけい》の分銅が天井から吊り下げられているが、さきほど観察したとおり、振り子はぴたりと静止していた。

しばらくして、森島有佳が戻ってきた。クレーンを操作するためのリモコンの他に、平たい布製のバンドを手にしている。荷物を吊り下げるために使う専用のバンドだった。倉庫で見つけてきたのだろう。

有佳と協力して、小松教授の躰の下にバンドを通した。電動クレーンを真上付近に移動させ、モータを回してフックのついたワイヤを下に延ばす。そして、バンドをそのフックに引っかけて、今度は巻き上げた。

小松の巨体は簡単に宙に浮き、そのまま、手摺の外側を移動する。天井で、クレーンの本体がレールに沿ってゆっくりと動く。回転しないように、小松の躰の一部を持ちながら、有佳は歩いた。ちょうど、三号室のブリッジが真下に来たところで、一旦停止させ、僕たちは螺旋階段で二階のデッキに下りることにした。

「クレーンを使ったかもしれませんね」階段で有佳が言った。

「ビデオに映らずに、一階へ下りる方法のこと？」僕はきき返す。同じことを僕も考えていた。

三号室のブリッジに小松を下ろす。二人で引きずって、部屋の中まで入れた。ベッドの上にのせることは、とうてい無理だった。

「やっぱり、部屋の番号順でしたね」部屋を出ながら、森島有佳が言った。

「歳《とし》の順かもしれない」僕は答える。

彼女に手を引かれて階段を下りた。

まず、コントロール・ルームのドアをロックした。これで、マスターキーがないかぎり開けることはできない。

次に、厨房へ行き、食料を調達することになった。僕は戸口に突っ立っていただけだ。有佳は、部屋の隅にあったプラスティックのコンテナ・ボックスを持ってくると、冷蔵庫を開けて、中にあるものを次々にその中に詰め込んだ。それから、紙コップや紙皿も棚から出す。

「一週間は生きられるわ」可笑しそうに有佳は笑う。「キャンプみたい」

食料と飲みものを詰め込んだコンテナを彼女が持ち、僕は厨房にあった小さい方の電子レンジを抱えて、慎重に階段を上がった。

二階のデッキに立つ。

浜野静子の部屋、四号室はずっと静かだった。

少しでも遠い方が良い、と判断して、六号室に二人は入る。

ドアが閉まると、有佳は荷物を床に降ろし、僕の持っていた電子レンジも取り上げた。彼女は、それをキャビネットの上にのせたあと、僕に抱きついてキスをした。

4

私たちは、狭い部屋で食事をした。

温かい食べもの、それに熱いコーヒーが、この上なく幸せだった。否、もちろん、食べもののせいではない。

私はずっと笑っていた、と思う。

ときどき、ドアをそっと開けて、外の様子を窺ってみたが、異状はなかった。浜野静子が立て籠もっている四号室は、二つ隣になるが、もの音はまったく聞こえない。デッキに人影はなく、耳を澄ませてみても、上からも、下からも、なにも聞こえなかった。

「三人の旅人、というクイズを知っている？」勅使河原潤が尋ねた。彼はベッドで横になっていた。

「いいえ」私は答える。彼のすぐ横に腰掛けていた。急に口にした彼の言葉「旅人」が、妙に可笑しかった。「教えて下さい」

彼は頭の下で腕を組んでいたが、ヘッドフォンのような例の装置を頭につけていた。サングラスをかけた顔を私の方へ向ける。頭の横の超小型カメラのレンズも私の方を向いた。画像を音に変換する、と彼が説明した装置である。今はきっと私の姿が、その装置によって音に変換されているのだ。彼が聴いているのは、どんな音なのだろう。

「三人の旅人がいて、ある日、野宿をしたんだ。朝方、別の旅人がそこを通りかかった。三人とも、あまりにぐっすりとよく眠っているので、悪戯《いたずら》をしてやろうと思いついて、彼は、三人の顔を墨で真っ黒に塗ってしまった。三人ともだよ」

話の内容というよりも、彼の淡々とした口調が魅力的だった。

「それで?」私はわくわくして声を弾ませる。子供のように話のさきをせがんだ。

「顔に墨を塗られても、誰も起きなかったんですか?」

「そう……。でもあとで、ほぼ同時に目が覚めると、三人は、お互いの顔を見て笑いだした。あまり可笑しいから、しばらくの間、笑い続けていたんだね。ところが、そのうち、一人が気がついて、笑うのをやめたんだ。待てよ、自分の顔も黒いんじゃないだろうかって、彼は気づいた。さて、どうして、彼は、鏡も見ないのに、自分の顔も黒いということに思い至ったのか」

「ああ、なるほど……、論理学の問題ですね?」私は姿勢を正して、頷いた。「それ……、はい、わかります。つまり、その気づいたAさんは、今までは、BさんとCさんの黒い顔を見て笑っていたんですけど、自分の顔だけは白いと信じていたわけです。つまり、状況としては、BさんとCさんの二人だけが黒い顔で、彼らはお互いの顔を見て笑っているんだ、と想像したのです。でも、もしも、その状況が真実だとすると、BさんかCさんのどちらかが、自分の顔が黒いことに気づくはずです。たとえば、Bさんは、Cさんが誰の顔を見て笑っているのかな、と不思議に思うはずですから。もっと条件を単純にすれば、二人しかいない状況では、お互いに笑いだしたら、どちらかが、自分の顔も黒いことに、すぐ気づきますよね。ところが一向に、BさんもCさんも気づく様子がない。二人ともずっと笑い続けている。ということは、二人だけの顔が黒い、という状況ではなくて、三人目の自分も顔が黒いのだ、という結論になります。Aさんはそう考えて、笑うのをやめたのです」

「うん……、なかなか説明がうまいね」勅使河原は口もとを僅かに上げて頷いた。「君が今話した推論をそっくり、四人目が考えて、自分の顔が黒いことに気づく、つまり、三人の誰もが、気づかないのは、四人目の自分の顔が黒いせいだ、とね」

「え? 四人目がいたのですか?」

「数学的帰納法だ」

「ああ……、そういえば、そういうのがありましたね」

「このまま一人ずつ増やしていって、何人になっても、今の理屈が通用する」彼は楽しそうに話した。「もちろん、詭弁《きべん》だけれど……」

「もしかして、今の私たちの状況のことを言っているのですか？」

「どうして、そう思う？」

「もし……、ここに、私たち二人しかいなかったら……」私は彼の胸に手をのせた。「私は、先生を殺人犯だと疑う、いえ……、確信するでしょう。でも、逆に……、先生は私のことを殺人犯だと思っているかもしれませんね」

「それは矛盾している。他に真犯人がいるってことになるだろう？　つまり、二人だけしかいない、という意味ではない」

「どちらかが……、自分が人を殺したことを忘れてしまったら、どうかしら……」

私は、彼の胸に耳を当てる。彼の鼓動を聞きたかった。

「その場合なら、矛盾はない」勅使河原は答える。「面白いことを考えるね」

「そう……、二人の場合、お互いに、相手が殺人犯だと考える。つまり、犯人を特定できる。でも一方では、もし、犯人が二人の中にいないのなら、自分も相手に疑われていることになる。それが、すぐにわかります。ところが、これが三人になると……」私は彼の胸の上で目を瞑《つむ》った。彼の手が、私の髪に触れる。「三人とも、自分は疑われていない、と最初は思いたがるでしょう。でも、もし、そのとおりの状況なら、最初の二人のうちどちらかが、自分は犯人じゃない、疑ったりするな、と怒りだすはずですから、それが起こらない、というのは、つまり、自分も疑われている、という推論が正しいことになる」

「うーん、論理的飛躍があって、多少無理があると思うけれど、まあまあだね。そういうのが、好きなの？」

「ええ……」私は目を開けて微笑んだ。

「知らなかったな」彼は私の頭を撫《な》でながら言った。「今まで、そんな話は、一度も聞いたことがなかったよ」

私は森島有佳ではない、という言葉が、喉《のど》まで上がってきた。けれど、それを意識しただけで、鼓動が早くなってしまった。私は起き上がって、彼の躰から離れた。

「君の理屈でいうと、不思議なことがある」勅使河原は相変わらず淡々とした口調で話した。「浜野さんは、どうして小松先生を殺してしまったのだろう？　彼を殺したら、自分が犯人だということが、僕たちにばれてしまう。彼女はそれを考えなかったのだろうか？」

「私たちが、こんなに信頼し合っていることを、彼女は知らないから……、つまり、私たちがお互いに相手を疑うことになる、と考えていたのだと思います」

「ちょっと整理してみよう」勅使河原もベッドの上で起き上がった。「まず、志田先生の場合だ。あれは、一号室の室内だった。どうやって、彼女はあの部屋に入ったのかな？」

「もちろん、ノックをして、志田博士に入れてもらった。彼女、真夜中に彼の部屋へ行ったんです」

「ビデオに映っていなかったのは何故？」勅使河原はきいた。「一号室に出入りする人間は誰も映っていなかったね」

「それは……、おそらくデータを改竄《かいざん》したんですね。映像といっても、今では全部デジタルですから、それなりの技術があれば修正は可能です」

「そんな技術を、浜野さんが持っていたと？」

「いいえ、たぶん、それをしたのは小松先生です」

「なるほど、二人の共犯か」

「ええ……」私は頷いた。「あの停電のときだって、そうでした。コントロール・ルームにいた小松先生が、わざと電気を切った。それは、垣本さんがコントロール・ルームを出ていって、しばらくしてだった。浜野さんが二階のデッキで、垣本さんを待っている。停電して真っ暗になって、その暗闇《くらやみ》で、浜野さんは垣本さんを刺したんです」

「そうなると、昨夜、彼女はその共犯者を殺したっていうわけだね？」

「そう……。小松先生と一緒に三階のデッキに行って、後ろから刺したんです。口を封じることが目的だと思います」

「もう必要がない、という判断だったのかな？　それとも、仲間割れでもあったのだろうか？」

「さあ、その点は、どういった理由なのかわかりませんけれど。でも、彼女の殺人計画はもう終わったんだと思います。だって、私は彼女から恨まれるような覚えは全然ありませんし……、先生だって、そうでしょう？」

「まあね。少なくとも、身に覚えはない。彼女とは面識がなかった」

「ただ……、私たちが一晩中ずっと一緒にいたことが、彼女の計算外だったんです」

「しかし、さきに、君のことを犯人呼ばわりしたのは、浜野さんの方だったじゃないか」勅使河原は言った。「もし、自分が殺人犯なら、何故、あんなに恐れたりしたのだろう？　閉じ籠もったりしなくても、安全なことはわかっているはずなのに……」

「そこが演技なんですよ」私は頷きながら言う。

「いや、もちろん、それはそうだろうけれど……」勅使河原は軽く苦笑する。「そう考える以外にないからね。でも、もし、そうでないとすると……」

「ええ」私は頷く。「彼女が犯人でないのなら、私たちのどちらかが、殺人犯ということになってしまいますものね」

＊

「原子力発電所の建設に関して、これを推進すべきか、それとも、その反対か……、勅使河原博士のご意見をいただきたいのですが……」

「意見はありません」勅使河原潤はそっけなく答えた。「一般的なイエス・ノーを答えることは不可能です。それは、時と場合によって、また、話す相手によっても異なります」

「あるときは賛成されて、あるときは反対される、という意味でしょうか？」

「そのとおりです」

「そうなると、世間からは節操《せっそう》がない、と批判されることになりませんか？」

「どうして、原子力発電所の建設に関して、節操が必要なのですか？　いつでもどんなときでも正しいことってあるのでしょうか？　それから、世間から批判されるって、何ですか？　それは僕に影響するような事態なのでしょうか？」

「いえ……、その……、どうか、お気を悪くなさらないで下さい」

「気を悪くなどしていません。そんなに評価していません。よろしいですか。簡単に、客観的な事実だけを述べましょう。原子力発電は、もし、それがうまく機能していれば、火力発電のように大気を汚さないし、水力発電のように自然破壊をしない、とても理想的な発電方法です。現在の技術ではこれ以上のものは望めません。このクリーンな発電システムを、長期にわたって維持・管理することができれば、たとえば、自動車を全部、電気駆動にしたり、太陽電池を大量に作って利用することもできる。小型エンジンによる排気ガスもかなり減らすことができるでしょう。電気自動車を動かす電気、太陽電池を生産する電気を、火力発電で賄《まかな》っていては、大気が汚れることには変わりがない。意味がないのです。その点、原子力ならクリーンに電気を作ることができます。これが一つの事実です。地熱発電とか、風力発電とか、波浪発電とかは、まったく問題外です。さて、しかし、一方では、原子力が、まだ完全に制御できない危険性を有していることも否定できません。短い歴史の中で既に幾つもの失敗があり、事故が起こりました。安全な管理と保守、廃棄物の隔離などが、どこまで完璧《かんぺき》に行えるものなのか、まだよく把握されていない。これが現状です。見切り発車している、と言う人もいれば、実験をしなくては、技術的な進歩も望めない、と言う人もいるでしょう。原子力発電所に反対する人だって、大量の電気を使っていますし、電気で作られる製品を使って生きている。地球の自然を守ろう、と叫んでいる一方で、クーラの利《き》いた部屋で暮らしている。医療にも、社会福祉にも、エネルギィが必要なのです。もし、それらの電気を得るのに原子力を使わないのなら、今の倍以上の火力発電によって、大気を汚染し、環境を破壊しなくてはなりません。もちろん、その燃料でさえ、いつかは枯渇《こかつ》するでしょう。これが、現状なのです。これらすべてのことを考えに入れても、僕には、イエスかノーかの判断はできません。たとえ、絶対安全な原子力の管理方法が確立していても、それが五十年後にも完璧に機能している、という保証はない。僕の生きているうちは大丈夫でも、五十年後、百年後には、極めて致命的な問題となって、そのときの、あるいは、さらに未来の人たちの生活を脅《おびや》かすかもしれないのです。それをですよ……、どうして、僕が、今、少ない情報だけで、簡単に賛成だ、反対だと言えるでしょうか。それが正しいことなのか、間違っているこ となのか、誰が知っているでしょう？　何年も何年も、大勢の研究者が、その問題に取り組んでいるのです。新しい方法が見つかれば、新しい問題が発覚する。世界中で、繰り返し議論されている。いいですか？　とても重要な問題なのです。貴方がもし、この重要性を認識しているのなら、メニューを選ぶように、簡単に、イエスかノーかなどと、人にきいたりはしないでしょう。もしご関心があるのでしたら、どうか、お願いですから、答を出さないで下さい」

第6章 真空中におけるマックスウェル・ヘルツの方程式の変換・磁場内にある物体の運動に伴って生ずる起電力の性質について

以上に述べたこととよく似た事情が〝起磁力〟についても成りたつ．ここに展開されつつある理論では、起電力は単に補助的概念の役目を演じているにすぎないということが理解されよう．この補助的概念が電気力学の中に導入されたのは、電気力や磁力というものが、観測の基準となる座標系（観測系といいかえてもよい）の運動状態に無関係な存在ではないという事情にもとづくものである．

1

あっという間に午後になり、時間は緩《ゆる》やかな坂道を転がるように変化なく流れた。なにも起こらなかった。救援も来ない。トラブルもない。

僕と森島有佳の二人は、ずっと一緒だった。これが、とにかく新鮮な環境だった。

これまでにも、二人だけになる機会は何度かあったけれど、もう完全に意味が違っていた。僕らは、ずっと語り合い、お互いの躰《からだ》に触れ合った。一緒に食事をし、コーヒーを飲む。退屈だなどとはまったく感じなかった。

だが、緊張感は残っている。それは、僕が本物の勅使河原潤ではない、という事実に起因している問題だった。現在、この《バルブ》内で起こっている惨劇よりも、その身近な問題の方が深刻だと錯覚しそうなほどだ。

部屋の外には、三人の死体と一人の容疑者。しかし、ドアは閉ざされ、それら一切合切を締め出している。この密室の中には、僕と有佳の二人しかいない。二人の間には、ただ一つの問題しかなかった。

すべてを共有できるか、否か、という問題だ。

言わなくてはいけない、と僕はとうに決心していた。

実は、勅使河原潤の弟です。

実は、目が見えるのです。

貴女《あなた》を騙《だま》していました。

それだけの言葉が、とても大きく、そして重い。僕の胸の中で膨張している。とても、口から出ない。言おうと思うだけで、口を開けるだけで、心臓が止まりそうになる。

彼女のリアクションが予想できないのだ。

許してくれるだろうか？

普通の状況ではない。それを僕は心配している。

もし、僕が偽者《にせもの》だと知ったら、この殺人事件との関係を、彼女はきっと疑うだろう。一度、信頼を失えば、取り返しがつかないかもしれない。

それが、恐《こわ》い。

失いたくない。

昨夜は確かに一緒だった。しかし、お互いに監視していたわけではない。僕も熟睡したし、彼女も同じだった。アリバイなんて、本当のところ、確かなものではなかった。

夕方近くになって、二人ともベッドで数時間眠った。僕が目を覚ましたとき、彼女の姿が隣になかったので、一瞬慌《あわ》てたが、バスルームからシャワーの音が聞こえていた。時刻は午後七時を回っている。二時間ほど眠っていたようだ。頭もすっきりとしたし、気分も良かった。

外はどうだろう？

四号室の浜野静子はどうしているだろうか？

水の音が止まった。しばらくして、バスルームから森島有佳が出てくる。僕は、べッドから起き上がって、サングラスをかけた。

「ああ……、気持ちがいい」有佳は髪にタオルを当てながら僕に近づく。「タオルを替えないといけないし、それに、洗濯もしなくては……」

「明日には、出られると思うよ」僕は言った。もちろん、確信はない。

「もう少ししたら、私、コントロール・ルームへ行ってきます。一応、毎日の任務は果たしておかないと……」

「外に出るのは危険じゃないかな」僕はそう口にしてから、考えた。「一緒に行こうか？」

「そうですね……」有佳はシャツを着ながら答える。「えっと、でも……、私たちの他には、浜野さんしかいないわけですから、彼女さえ、四号室から出なければ、危険はないんですよ。あの、それに、もしものとき……、つまり、浜野さんが私たちを襲おうとしたときに、私は、先生を守れるかどうか自信がありません」

「それ、僕が足手纏《あしでまと》いだってこと？」

「申し訳ありません。たぶん、自分の身を守るだけで精いっぱいだと思うんです。武器になるようなものがないか、探してみますけれど……」

実は目が見えるんだ、と言おうと思った。

僕は君を守ることができる、という意味だ。

　しかし、一瞬の躊躇《ちゅうちょ》が、致命的だった。

「大丈夫ですよ」有佳は自信ありげに言う。「コントロール・ルームは、ドアにロックができますから、中に入って鍵《かぎ》をかけてしまえば、安全です。それに、たぶん……、恐がっているのは、向こうだと思います」

「恐がっているからこそ、危険なんだよ」僕は言う。「凶器を持っている可能性が高い」

「ナイフですね？」

「いや、槍《やり》のようなものかもしれない」

「もし、それほど強力な武器があるのなら、今朝にでも決着をつけていたはずです、私たちを本気で殺そうと思うのなら」

「動機がないっていうんだね？」

「そうです」

「堂々廻《めぐ》りだな」僕は溜息《ためいき》をついた。

「コントロール・ルームで、一応、コンピュータの状態も確かめてきます。なにか、復旧しているものがあるかもしれませんし、あるいは、なにかの警告が出ているかもしれません」

「各居室でそれが見られるように設計しておけば良かったね」

「予算で削られた部分ですね」有佳は微笑《ほほえ》んだ。「初期のデザインでは、端末がありました」

「ああ、そうだった」僕は頷《うなず》く。

そう……、うっかり忘れていた。それは、兄からも聞いていた情報だった。

2

私は六号室のドアをそっと開けて外を窺《うかが》った。

デッキにも、また、階下のホールにも、見えるところに人影はない。もの音もしない。もう一度、振り返って室内を見ると、勅使河原潤が立ち上がって、私の方を心配そうに見つめていた。否、見ていたわけではない、そう私には見えただけのこと。

音を立てないようにドアを閉めて、忍び足でブリッジを渡った。ゆっくりと息を潜めて螺旋《らせん》階段に向かう。ずっと注意していたのは四号室のドアだ。浜野静子がその中にいる。

階段を下りる。

途中から一階のホールに注意を切り換える。ここも無人だった。円形の床は、無機質で冷たい光を反射している。魔法のように取り残されたこの空間に、自分一人だけがいる。私だけが動いている、と感じる。

上を見る。

周囲を見る。

顔をそちらに向け、視線を移動するとき、
小さな緊張が走る。

そこになにかがいたら、どうしよう。

私以外のものがいたら……。

シリンダの壁、
周りを三百六十度、取り囲んでいる。

どのドアにも異状はなかった。

私は急いでコントロール・ルームの前まで行き、ドアのロックをカードで解除した。この部屋はちょうど二階の五号室の真下になる。部屋に入るとき、私は上を向き、四号室へのブリッジを窺った。

コントロール・ルームの照明がつき、私はすぐにドアをロックした。

大きな溜息が出る。

ひっそりとした室内。

もちろん私以外に誰もいない。

なんとか無事にここまで来た。たとえ、浜野静子が襲ってきても、この中にいるかぎりは安全である。外からはキーがなくては開けられない。ドアに窓はないので、外から覗《のぞ》かれる心配もない。一方、コントロール・ルームからは、カメラの映像によって、一階のホールや二階のデッキの様子が確認できる。この点では、非常に有利だ。

椅子《いす》に腰掛け、モニタのスイッチに触れる。数台のディスプレイがスリープから目覚め、瞬時に明るくなる。ホールやデッキの様子も映し出された。

誰もいない。

静かなままである。

ようやく、私は少し落ち着いた。

確認しなくてはならない数字が幾つかある。記録は自動的に行われるが、それらを人間が毎日確認する決まりになっていた。それが私の役目の一つだ。機械的に数字を一つずつ眺めていったが、特に異常値を示しているものはない。また、緊急のメッセージも現れていなかった。

斜めのパネルのエッジに、シャープペンとペンライトがのっている。誰かの忘れものだろう。

モニタに視線を向けながらも、頭はついつい別のことを考えてしまう。

外の様子を別のモニタで見る。

無人の二階デッキと一階ホール。
閉ざされた空間。
逃げ場のない袋小路。
生きていた人間は、最初は六人だった。
その半数の三人が死んだ。
間違いなく、他殺である。
残りは三人。
自分を除けば、二人。
けれど、そのうちの一人は特別な人だ。
彼は盲目であり、殺人者ではありえない。
つまり、残る一人が犯人。
それが、浜野静子。
少し違う……。
そんな単純な理由でもない。
私は、彼を愛している。
勅使河原潤のことを？
だから……、信じている。

違う……。

昨夜ずっと一緒にいたから？

そうではない。

眠ってしまったのだから、確固としたアリバイが成立しているわけではない。

うまく言葉にならないが、とにかく、彼を除外したいことは確かだ。

だが、もし勅使河原潤が殺人者であっても、私はかまわない、と思う。そんなことは、小事である。万が一にもありえないことだが、彼がもし殺人者なら、私は彼の味方になろう。彼を庇《かば》ってみせよう。だから、その場合はなんの脅威にもならない。

結局、残りはただ一人、浜野静子。

だから、彼女が犯人なのだ。

どちらにしても、それ以外にない。

考えようがない。

しかし、もっと別の不安、別の可能性があった。

それは、本当にここが閉ざされた空間なのか、本当に三人しかいないのか、という最初の境界条件だ。

観察された状況は、確かにそのとおりである。けれど、あまりにも特殊な現状が、より特殊な仕掛け、さらに特殊な罠《わな》への連想を妨げない。最も不可思議なのは、どうして、こんな場所のこんな状況で、連続殺人が実行されなくてはならないのか、ということ。

もはや尋常な動機も、現実的な衝動も、入り込む隙《すき》のない、存在さえも許さない、理解を超えた概念が、もやもやと煙のように立ち込めている。

残りが三人になったことで、問題は解決したかに見えた。簡単になった、と思われたのだが……。

考えれば考えるほど、状況は複雑怪奇。

思考は迷宮へと導かれてしまう。

こんな状況に持ち込んだ理由が、もしあるとしたら、それだけで恐ろしい。

その意志こそ、恐怖。

溜息。

また、モニタに目が行く。

二階のデッキのカメラは、一号室をほぼ正面に捉《とら》えたアングルで、浜野静子の四号室は、カメラのほとんど真下になるため、完全な死角だった。中央の螺旋階段の付近まで出てこないかぎり、姿は映らないだろう。また、一階のホールの映像も同じく、今、私のいるコントロール・ルームのドアの上にカメラが据え付けられているので、談話室や食堂のドアが正面に映し出されていた。もしも、ドアのすぐ外側に誰かが潜んでいても、やはり死角となって映らない。

なにか動くものがあった、と感じたので、本能的に視線がモニタに移った。けれど、それは画面に現れる電気的なノイズだったのか、それとも単に私の幻覚だったのか……、確認できなかった。

よくあることだ。動くものがあると思って、そちらを見ても、なにもない。動くものなど一つもない。人間の視神経は、ときどきそういった誤作動をする。

「あ！」思わず私は声を上げていた。

モニタの一つが突然真っ暗になったのだ。二階のデッキを映していた画面だった。ソフト的なトラブルで、映像が切り換わったのだ、と私は思い、咄嗟《とっさ》に腕を伸ばして、モニタの切り換えスイッチを操作する。

一度切り、再びつなぐ。

結果は同じ。

恐ろしさに、一瞬躰が硬直する。

まさか……。

《現在、カメラが接続されていません》というメッセージとエラー・コードが画面に表示された。

それは、カメラの故障ではない。カメラが電気的に接続されていない、という状態。

つまり……、断線？

否……、誰かが故意に？

私は立ち上がっていた。

どうしたら良いのかわからない。

ドアを見る。

とにかく、コントロール・ルームのドアはロックされているので、誰も入ってくることはできないはずだ。

もう一つのモニタ。一階のホール、つまり、ドアの外を映し出している画面に、私の視線は釘付《くぎづ》けになる。

どうしよう。

誰だろう？

浜野静子の仕業に違いない。

四号室と五号室の中間の辺りの壁に二階のカメラがある。彼女なら、ドアを出たところのブリッジから、カメラのケーブルを切断できたのではないか。こんな状況を想定して設置されたカメラではない。したがって、コンクリートの壁をケーブルが無防備に伝っている。道具を使えば、切断など簡単だろう。

モニタの中の一階のホール。

その螺旋階段に、今にも浜野静子が現れるのではないか、という予感。しかし、まだ誰も現れない。

とにかく、落ち着いて……。

深呼吸をした。

何故、カメラを使えなくしたのだろう？

私がコントロール・ルームにいることを知っているのか？

私が一階へ下りてくるところを見ていたのだろうか？

何をするつもりだろう？

私が不安になって出ていくところを待ちかまえて、襲うつもりなのか……。

彼は……、大丈夫かしら……。

二階の六号室に勅使河原潤がいる。

そこも、もともとカメラの死角だった。

もの音はなにも聞こえない。

私は立ったまま、両手をパネルについて、モニタを凝視していた。

そのモニタが！

一瞬で暗くなる。

一階ホールを映していた画面も、見えなくなった。
同じだ。
断線ではない。
切断されたのだ。
カメラはすぐ外だ。
ドアを振り返る。
そのドアの外側に、
誰かいる！
しかし、
誰も螺旋階段を下りてこなかったのに……。
どうして？
私は音を立てないようにドアまで走った。そして、そっと耳を当てて外の様子を探る。
だが、音は聞こえない。
一歩下がって、ドアを見る。
ロックは大丈夫。外から開けられる心配はない。
しかし、このままずっと、ここに一人でいるわけにはいかない。

いつかは出なくてはならないのだ。
どうしよう……。
振り返って、モニタを見る。変化はない。
心臓が大きく脈打った。
呼吸が細かく震えていた。
額に片手を当てる。汗をかいている。
落ち着いて……。
とにかく、落ち着いて……。
自分に言い聞かせる。
なにか良い手があるはず。
音がした。
ドアだ！
誰かが、ドアをこじ開けようとしている。
がりがりと、すぐ外側で擦《こす》るような音。
私を襲うつもりだ。
部屋の中を見渡す。
戦うためのものを……、

武器になるようなものを、私は探した。

ファイル棚がスチールのパイプで組み立てられている。私はそこへ飛びついたが、残念ながら外せそうもない。

相変わらず、ドアは小さく音を立てている。今にもそこが開きそうだった。

モニタの前にある椅子。さっきまで自分が座っていた椅子。それを手に取る。

駄目だ。

なんの足しにもならない。

なにもない。

カッタ・ナイフや、はさみといった武器になりそうな文房具さえ、この部屋にはなかった。

部屋の隅に、小さな消火器がある。

最初は、それを投げつけるか、鈍器として振り回すことを思いついた。駆け寄って手に取る。私は、説明書きを急いで読んだ。安全ピンを抜き、ハンドルを握る。

ドアを見る。

私は、ドアに近づいた。

相手が入ってきたとき、トリガを引く。どれくらいの威力があるかわからないが、顔面に向ければ、多少の効果はあるだろう。その奇襲で相手が一瞬でも怯《ひる》めば、そこでなんとか活路が見出《みいだ》せるかもしれない。
他に防戦できる手立てはない。
祈るしかない。
ドアの外の音が、突然止《や》む。
静かになった。
消火器の噴射口をドアに向け、
右手はハンドルを握っていた。
なにも起こらない。
心臓だけが時を刻むように、
一定のリズムを打つ。
あまりの緊張に、目が霞《かす》んだ。
一度、深呼吸をする。
静かだ。
パネルの方を向く。モニタを盗み見る。
相変わらず映っていない。
私は、そっとドアに近づき、
もう一度、耳を当ててみた。

なにも聞こえなかった。

3

森島有佳が部屋を出ていってから、三十分ほど経過していた。僕は少し心配になった。何故なら、コントロール・ルームで彼女がチェックする項目など数が知れている。五分もあれば充分なのだ。

もう五分しても戻らなかったら、様子を見にいこう、と決心してから、あっという間にその五分が過ぎてしまった。

僕はサングラスをかけ、ステッキを持ち、ドアまで歩み寄る。カードキーを電源スイッチから引き抜き、ドアをゆっくりと開けた。音を立てないように、慎重に、少しずつ……。

二階のデッキに人影はない。頭を出して、四号室の方を窺った。ブリッジにも誰もいない。

僕は、躰をドアの外に出して、力を入れたまま、ドアをゆっくりと閉めた。僅《わず》かな金属音が鳴って、ドアがロックされる。

上を見て、それから、ブリッジの下を覗き込んだ。

もの音一つしない。

誰もいないようだ。

それでも、一応、軽くステッキを使う振りをして、ゆっくりと歩くことにした。カメラでモニタされているかもしれないからだ。

螺旋階段まで来て、そこを下りる。

一階の円形のホールが見えてきたが、やはり、変わった様子はない。周囲の九つのドアはいずれも閉まっていた。反射率の高い床は、壁に埋め込まれた照明のため、眩《まぶ》しかった。

静かだ。

空調機の発する低音が、意識すると微《かす》かに耳に入る。

分厚いコンクリートの外側にある気温も、天気も、時間も、季節も、ここまでは入ってこない。とうてい侵入できないだろう。

コントロール・ルームのドアの前まで来た。

森島有佳は当然そこにいるはず。

ドアを開けるためのタッチ・センサの部分に手を触れても開かなかった。もちろんロックされているからだ。

僕は、軽くノックした。

重い金属のドアは、鈍く低い音で鳴った。
一瞬、短い呼吸のような、不思議な音を聞いた。
突然、目が見えなくなる。
目の前に、ぼんやりと雲に似た残像。
照明が消えた。
辺りを見回す。
いや、辺りを見回しているのかどうかも、わからない。
前も後ろも、右も左も、上も下もない。
真《ま》っ暗闇《くらやみ》。
伸ばした片手が冷たい金属のドアに触れている。
そちらが、前。
声を出そうと思った。コントロール・ルームの中にいる森島有佳を呼ぼうと思った。
だが、この暗闇の状況に対して、盲目の勅使河原潤が慌てることは不自然だ。
あるいは、
ノックをもう一度しようか、とも思う。
停電など知らない振りをして、

普通に振舞おうか……。
待て！
息を止める。
そこで、僕は感じた。
瞬時に、躰に悪寒《おかん》が走る。
誰か、近くにいる！
それは、音だったのか、それとも、空気の流れだったのか、わからない。
いずれにしても、気配を感じたのだ。
微かに音がする。
何だろう……。
雑音？
とても小さな、ぶーんという音だった。
曲が終わったあとのオーディオか、
それとも、ノートパソコンか、
とにかく、機械が稼働《かどう》している音。
その音が、移動していた。
近づいてくる。

微かな呼吸の音。

人だ！

「誰だ？」僕は小さく囁《ささや》いた。

しかし、次の瞬間には、本能的に身を屈《かが》め、壁に沿って移動した。

声を出したことで、自分の位置を知らせてしまった、と思ったからだ。

相手だって、こちらの姿は見えないのだから、音を立てない方が良い。

でも……。

僕は、重要なことに気づく。

何故、照明を消したのだろう？

僕を襲うためだとしたら、それは無意味ではないか。

少なくとも、盲目の勅使河原潤の不意をつく目的としては、意味がない。

まさか……、僕が本物の勅使河原潤ではないことを、知っているのだろうか。

持っていたステッキを前方に斜めに突き出して、床から浮かせたまま左右にゆっくりと振った。

そうしていれば、近づいてくる者の足に当たるだろう。

例の音は聞こえなくなった。

少し方向が変わると聞こえなくなるほど、小さな音だったのだ。

ゆっくりと後ろに下がる。
壁に沿って、僕は進んだ。息を殺し、足音を立てないように細心の注意を払いながら。
動かしているステッキが何度か床に触れて、軽い音を立てた。
そのたびに、緊張が走り、躰が固くなる。握力は強まる。
コントロール・ルームのドアから、五メートルほど歩いた、と思う。
一度、壁の感触が変化したので、倉庫のドアは過ぎていただろう。
風を切るような音。
続いて大きな衝撃音。
「あ！」
声を出したのは、自分だった。
音は、僕の耳のすぐそば。
頭が熱くなる。
痛い！
咄嗟に、持っていたステッキを後方へ振り回す。
後ろから、なにかで殴られた。
頭になにかがぶつかった。

僕のステッキが相手を見つける。
コンクリートや金属ではないものに当たった。
耳鳴り……。
急速に意識が薄れる。
握力は失われ、ステッキを落とす。
頭を抱えたまま、僕はその場にしゃがみ込んだ。
そのまま……。
痛い……。
片手は落ちているステッキを探していた。
床に、左の頰《ほお》がつく。
冷たい。
濡《ぬ》れている。
血が流れているようだ。
痛い……。
そのまま……。

4

私はドアの前で消火器のハンドルを握り締め、ずっと待ちかまえていた。

腰を落としてはいたが、座るわけにはいかない。長くその姿勢を保つことができなかったので、ときどき、足の位置を変えなければならなかった。

横を向いて、モニタを見る。しかし、変化はない。

そんな緊張した時間が数十分も続いた、と思う。とても、正確にはわからない。ただ、少し冷静になって時計を見たときには、八時に近い時刻だった。この部屋に入って、既に三十分も経過している。

突然、ドアが音を立てた。

外で誰かが叩《たた》いている。

モニタを見る。もちろん、見えるはずがない。

「誰？」と小さく囁く。だが、外に聞こえるほどの声ではなかった。

声を出して、ここに自分がいることを知らせるのは、まずいだろう。相手だって、こちらの居場所を把握していないかもしれないのだ。

けれど、

カメラのケーブルを切ったのだから……。

思考は、突然の停電で遮断された。

目の前のすべてが消失した。

私は、瞬時に恐怖を感じた。震える息が口からもれ、それを片手で押さえようとした。鳥肌が立ち、動くこともできなかった。

真っ暗だ。

なにも見えない。

自分の手も、ドアも、見えなかった。

ドアが開いても、わからないだろう。

進み出て、手を伸ばして、ドアを手探りしようかと考える。

しかし、
今にも何者かがそこから入ってきそうにも思えた。

一度、そう思ってしまうと、もう前進できない。

私は床に座り込んでいた。

腰が抜けたのかもしれない。

既に、消火器からは手を離している。片手を口もとに、もう一方を後ろの床についていた。

そのまま、なんとか後退する。
夢中で後ろへ下がる。
見えない魔物が襲ってくる、という予感。
デスクの脚にぶつかり、椅子を押しのけた。
躰が壁に当たる。
一番奥の壁だ。
さらに横に這《は》い、部屋のコーナまで逃げる。
直角に交差する壁に、私は躰を押しつけた。
後頭部も、側頭部も、壁に接している。
喧《やかま》しいほど、自分の呼吸が早い。
口に片手を当てて、それを止めようとした。
落ち着いて……。
誰もこの部屋には入れないのだ。
誰も……。
静かになった。
もう、ノックは聞こえない。
ドアが開く音もしなかった。

どうして停電したのだろうか？

息を殺し、私は小さく縮こまっていた。

膝《ひざ》を抱え、額に手を当てて、自分の体温だけが、宇宙の果てのようなこの空間に存在している、と感じた。

ここは……。

そう……、コントロール・ルームだ。

この《バルブ》の中枢《ちゅうすう》。

昨日の停電騒ぎのあと、ペンライトを準備したことを思い出す。今着ている服のポケットにはなかった。しかし、操作パネルの上に、誰かが忘れていったペンライトがあったはず。その映像を頭の中で再生する。そう、確か、右のモニタの手前だ。

距離にして五メートルほどだろう。

耳を澄ます。

もの音はしない。

トラブルで電気が遮断された場合、予備電源に切り換わるはずである。それが実行されないのは、なにか作為的なもの、つまり、故意にプログラムされた結果だ、と勅使河原が話していたことを思い出した。

私は既に冷静さを取り戻しつつあった。

真っ暗でも、部屋には自分一人だけ。ドアが開いた気配はない。その音を聞き逃すはずがない。ここへは誰も入ってこられないのだ。

私は決心して、立ち上がった。

膝が少し震えていたが、体重を支えると、それも止まった。深呼吸をして、片手を壁に触れたまま、ゆっくりと進んだ。

操作パネルの端まで来て、手探りで横に移動。途中で椅子に膝をぶつけ、大きな音を立ててしまったが、もう、引き返すわけにはいかなかった。

ペンライトはすぐ見つかった。スイッチを入れる。

まず、ドアに光を向けた。

丸い白い輪が眩しい。

ドアは閉まっている。

それから、部屋中を調べた。

暗闇の中を、明かりが動く。

汗が額から流れ、私は片手でそれを拭《ぬぐ》った。

誰もいない。

大丈夫……。

ここには、私しかいない。

ドアに近づき、耳を当ててみた。

外の様子を窺った。

開けてみるべきか……、
それとも……、
このまま待った方が良いのか。

待つ？

いったい何を？

足もとに消火器が転がっているのに気づく。私はそれを片手に持った。こんな心許《こころもと》ない武器しかない。

しかし、外へ出よう、と思った。

ポケットのマスターキーを探す。

停電していても、ロック・システムは個別のバッテリィで作動する。

もう一度、耳を澄ませて静寂を確かめた。

ペンライトでそこを照らし出し、ドアの横にあるスリットにカードを差し入れる。

電子音。そして、一瞬、緑の発光ダイオードが光る。

ロックが解除される軽い金属音。

しかし、ドアは開かない。

モータに供給されるはずの電気が来ていないからだ。

私はカードとペンライトをポケットに仕舞い、消火器を床に置いて、ドアの把手《とって》を両手で握った。水平方向にそれを引っ張る。躰が斜めになるほど重かった。

二十センチくらい動く。ドアは開いた。

外も暗闇だった。つまり、まったく変化はない。

息を殺して、しばらく待つ。

もの音一つ聞こえない。

多少温度と匂《にお》いの違う空気が、部屋の中に流れ込んでくるのが感じられた。私は頭を下げ、とても低い姿勢をとった。片手を床についている。ドアの二十センチほどの隙間から、外を窺った。

だが、見えるものはない。

真っ暗闇。

もう少しだけ、ドアを押し開く。立ち上がって、横向きになれば、通り抜けられそうだった。

ゆっくりと深呼吸。

叫びたい気持ちと、それを押し止《とど》める気持ちが、私の中で拮抗《きっこう》していた。

勅使河原潤はまだ二階の六号室だろうか。もしかして、彼は停電に気づいていないかもしれない。

しかし、浜野静子は知っている。そもそも、彼女がこれを仕組んだのだ。

ドアを叩いたのも、彼女だろう。まだ、すぐ近くにいる可能性は非常に高い。

武器を持っているだろうか。

私は消火器を手にする。

迂闊《うかつ》に出ていくわけにいかない。

こちらの場所を知られたくない。

迷った。

なにも起こらない。

なにかを投げてみよう、と思いつく。胸のポケットにサインペンがあった。私はこれを右手に取り、ドアの隙間から、外に投げ捨てた。

少し離れたところの床に落ちる音。

だが、反応はない。

相手もライトを持っているだろうか。

ライトをつけたら、危険だ。こちらの位置がわかってしまう。

私はゆっくりと立ち上がり、ドアの隙間を通り抜ける。

片手に持った消火器がドアに当たらないように注意した。

外に出る。

ホールの壁に沿って、素早く移動する。

なるべく早く、そのポイントから離れた方が良い、と感じたからだった。

壁を背にしている。

気配はまったくない。

なにも聞こえない。

さらに数メートル進んだ。

円形のホールの周囲には九つの部屋がある。コントロール・ルームから左手に進んだので、最初のドアは、ジム、そして次は娯楽室のはずだ。

位置を確かめるために、左手を後ろに伸ばして、常に壁に触れていた。右手には重い消火器を握っている。

三つ目のドアまで来る。会議室だ。

ライトをつけるべきか、迷った。

二階に戻る方が先決か……。

しかし、もし相手が待ち伏せしているとしたら、おそらく階段だろう。コントロール・ルームのドアのすぐ外にいなかったということは、階段の途中か、あるいはその上で、待ちかまえている可能性が高い。

それとも、この停電は相手にとっても不測の事態だったのだろうか。もしそうなら、相手も手探りで行動しているはず。

いろいろな考えが頭に浮かんだ。

四つ目のドア。そして五つ目のドア。

もう、円周を半分以上回ったことになる。

ライトをつけてみようか。

そう思って、左手をポケットにやろうとしたとき、
足が何かに当たった。

もう少しでバランスを崩して倒れるところだった。

咄嗟に身を引き、脚をそっと伸ばして、確かめてみた。

軟らかい。

なにか落ちている。

足で軽く押してみたが、動かなかった。

重そうだ。

もう一度、辺りに注意をはらう。

私は思い切って、ペンライトをつけた。

さきに周囲を素早く窺った。

近くには誰もいない。
そして、足もとを……。
悲鳴を上げた、かもしれない。
人だった。
人が倒れている。
長髪。
勅使河原潤。
「先生！」
私は跪《ひざまず》き、彼の躰に触れる。
ライトで彼の顔を照らす。
目を瞑《つむ》り、気を失っていた。頭に怪我《けが》をしているようだ。顔にも血がついている。
だが、躰は温かく、息をしていた。
「しっかりして下さい！」彼の耳もとで囁く。
辺りにライトを向けた。
ホールの周囲。
そして中央の螺旋階段。
二階のブリッジも見上げてみた。

遠いところほど、ライトの明かりは薄れる。

誰もいないようだった。

コントロール・ルームのドアを叩いたのは、勅使河原潤だったのだろうか。私がすぐに開けなかったために、彼は何者かに、襲われたのか。

何者か？

浜野静子以外にいない。

彼女は、どこへ行ったのだろう？

「先生！」もう一度、彼の耳もとで私は呼んだ。

怪我の様子を調べる。側頭部から出血していることがわかった。念のために、首と胸も照らして確かめる。他の被害者は、鋭利な凶器で喉《のど》か心臓を刺されていたからだ。だが、幸いにも、出血はないようだった。

何度か躰を揺《ゆ》すってみたが、勅使河原は目を開けない。表情は眠っているかのように安らかだった。

救急箱を持ってこよう、と思った。とにかく、傷の手当てをしなければならない。

自分にできるだろうか。医師の浜野静子を呼びにいくべきではないか。

しかし……、
勅使河原潤に怪我を負わせたのは誰か。

ここにはもう、浜野静子しか残っていない。

なにを考えても、そこへ行き着く。

どう考えても、それしかない。

私は、彼をそこに残したまま、自分の部屋へ戻る決心をした。怪我人は動かさない方が良いし、私一人では、動かそうにも動かせない。救急箱や薬品は、一階の倉庫にあるはずだが、照明が消えているので探すのに時間がかかるだろう。自分の部屋ならば、どこに置いてあるか覚えていた。ペンライトをもう一つ持ってくることもできる。

もう一度、勅使河原の様子を窺った。

彼の頰と額に手を当てる。彼はサングラスをしていなかった。近くに落ちているのかもしれない。ステッキは、少し離れた壁際にあるのが見えた。

たとえ浜野静子が殺人者でも、彼女に援助を求めるべきかもしれない。彼女になんらかの報酬を差し出し、それと引き換えに、勅使河原の治療をしてもらう。そんな交換条件が成立するチャンスがあるだろうか。

いったい、彼女の望みは何だろう？

私は立ち上がった。

勅使河原のステッキを拾い上げる。それを片手に持ち、螺旋階段に近づく。

ライトを上に向け、階段を一段ずつ上った。
行く手をうっすらとライトが照らす。
周囲は闇。
既に、倒れている勅使河原の姿も、円形のホールさえも、見えなかった。
私は、闇の中の階段を上っている。
デッキの上面が見えてくる。
金属製の床。
滑《すべ》り止めの凹凸のついた赤っぽい鋼鉄。
自分の足音。
そして、躰を伝播《でんぱ》する鼓動と呼吸。
空気は微動している。
二階のデッキに立ち、
周囲をライトで照らして確かめた。
誰もいなかった。
四号室のドアを見る。
浜野静子の部屋のドアだ。
閉まっている。

急がなくてはいけない。

五号室のブリッジを渡る。

もう見つかっても良い。

音を立てても良いのだ。

私は居直っていた。

隣から浜野静子が出てきても、私は驚かなかっただろう。片手に持ったステッキが武器になると信じていたためではない。生きることへの執着が、既に薄れていたのだ。

自分の部屋のドアをカードキーで開けて、中に飛び込んだ。ステッキを床に置き、ペンライトを口にくわえる。キャビネットの引出を開け、中から救急箱を取り出す。サイドテーブルに置いてあった自分のペンライトもポケットに入れた。

再びステッキを持つ。

私は引き返し、ドアの外に出る。

声が聞こえた。

呻《うめ》き声。

一階に倒れている勅使河原だ、と最初は思った。

けれど、それは違う。

もっと高い声。
しかも、近い。
ブリッジの上に立ち、耳を澄ませる。
また聞こえた。
突然、隣の部屋のドアが音を立てる。
ペンライトをそちらに向ける。
四号室のドア。
開いた。
少しだけ。
私は身構える。
ステッキを握る手に力が。
少しだけ開いた四号室のドア。
中から、ぬうっと浜野静子の顔が現れる。
恐ろしい形相だった。
髪は乱れ、目は見開かれ、私を睨んでいる。
彼女は唸《うな》った。
言葉ではない。ただ、喉から出た音。

次に、片手が。
まるで鳥類の脚のような形に、
指が曲がっている。
その手は、赤く見えた。
ペンライトの明かりの中なので、
よくはわからない。
私を睨んでいた目は、しだいに上を向く。
恐ろしい。
口は、微かに笑っている。
浜野静子は既に、
人間の常識的な顔をしていなかった。
一度だけ下を向き、彼女はドアから飛び出した。
私は慌てて、螺旋階段の方へ走った。
そこで体勢を立て直し、ステッキを構える。
ペンライトを落としてしまった。
相手の姿は見えない。
転がったライトの明かりが、

デッキの手摺を照らしていた。
襲ってこなかった。
音もしない。
ゆっくりと、
私は落ちているライトの方へ移動した。
そのとき、突然、明かりが点《つ》いた。
眩しさに、私は目を細め、
しかし、同時に、階段の付近まで後退した。
辺りの照明はすべて灯った。
真っ白のライト。
降りそそぐ大量の光の中で、
私は、四号室のドアを見る。
そのブリッジに、浜野静子がいた。
彼女は、私の方に血に濡れた片手を差し出し、
倒れていた。
顔は俯《うつぶ》せになっているので、見えない。
動かなかった。

彼女の躰に遮《さえぎ》られて、
四号室のドアは少しだけ開いている。
私は、そっと近づく。
浜野静子の背中に突き刺さった、それを、
確認するために。
金属製の細いナイフの柄の部分が、
突き出している。
肩から十センチほど下だった。
後方から、刺されたのだろう。
彼女の白いブラウスは、
既に半分以上が赤く染まっていた。
私は跪く。
彼女の顔に触れた。
浜野静子は生きていた。
顔を持ち上げ、こちらに向ける。
細く開けた目が、私を捉《とら》えた。
「次は……、あんた……だよ」彼女の口から、無声音でその言葉がこぼれ落ちる。

「誰っ

て……」

「誰？」彼女は、笑おうとした。口から空気が漏《も》れる音。泡立つ液体の音。「誰にやられたの？」私はきいた。

「浜野さん！　しっかりして！」

彼女の躰を支えていた最後の緊張が一瞬で消失し、浜野静子は項垂《うなだ》れた。床に顔をぶつけたが、声も立てなかった。

なにかを摑《つか》もうとする形で半ば開かれていた片手は、今は固く握られている。

彼女は動かなくなった。

息もしていない。

私は彼女の躰を揺すった。

けれど、

もう反応はなかった。

背中のナイフをもう一度見る。

非常に長細い。

私は立ち上がった。

思い切って、四号室の中に入る。

部屋の中に人の気配はない。バスルームのドアも開けてみる。

もう、なにも恐くない。

私には、そんな理由のない勢いがあった。

四号室が無人であることを確かめると、浜野静子の躰を跳び越えて、外に出た。

螺旋階段に向かう途中で、床に置いたままだった救急箱を手に取り、そのまま階段を駆け下りる。

一階のホールも明るい。

厨房のドアに近いところに、勅使河原潤が倒れている。私は彼の横に滑り込むように駆けつけた。

彼は生きている。

救急箱を開けながら、私は呟いた。

「お願い！　死なないで」

見たところ、傷はそれほど酷《ひど》くはない。

いや……、全然わからない。

見ただけでは判断できないだろう。

自分が泣いていることに気づいたのは、彼の頭に包帯を巻き終わった頃だった。

5

暗い。
目が見えない。
頭が痛い。
呼吸が苦しい。
暑い。
気持ちが悪い。
「大丈夫？　気がついた？」女の声がする。
しゃべろうとしたら、息が詰まって、咳《せ》き込んだ。その振動で頭が割れるように痛い。
僕は両手を頭にやった。布が被《かぶ》さっている。否、包帯が巻かれているようだ。
どうしたのだろう？
僕は怪我をしているのか……。
だから、こんなに気分が悪いのだろうか。
包帯が片目を塞《ふさ》いでいた。

もう一方の目も開けにくい。

前髪が半分かかったままで、焦点も定まらない。

明るいことだけは確かだが、どこに自分がいるのか、わからない。

「気分はいかがですか？」また女の声がした。

僕は、声がする方へ少しだけ頭を動かした。

誰かがそこにいるようだ。天井の照明のため逆光になり、ほとんどシルエットだった。僅かに開けることのできる片方の目で、彼女を見定めようとしたが、無理だった。

誰だろう？

「ここは？」僕は声をしぼり出した。

自分の声がこんな声なのか、と驚く。

自分は、誰だろう？

その疑問が、突然、僕の精神を震撼《しんかん》させる。

いったい……。

「食堂です」女は答える。「私、とても先生を運べなかったんです。なんとか、ここまで引きずって、中に入ったんですよ」

固いところに僕は横になっている。布団《ふとん》やベッドの上ではなかった。ただし、冷たい床ではなく、毛布のような手触りが感じられる。

「食堂?」僕は彼女の言葉を繰り返した。

食堂……。何のことだろう。

どこの食堂だろう。

ぼんやりと、学校の食堂を思い出したが、そんな場所ではなさそうだ。

とても静かで、明るい。

かといって、太陽光ではない。

きっと夜なのだろう。

「欲しいものがありますか?」彼女がきいた。

「なにか飲みたい」僕は答える。

「どんなものが?」

「なんでも……」

「ちょっと待ってて下さい」

僕の横で、彼女が立ち上がったようだ。影が高くなって、一瞬辺りが暗くなった。

遠ざかっていく足音。

そちらに顔を向けて、彼女の姿を捉えようとしたが、やはり、焦点がぼんやりとしたままで、よくわからなかった。

誰なのだろう？

確かに、懐《なつ》かしい聞き覚えのある声だったが、思い出せない。

起き上がろうとしてみる。途端に頭が割れるように痛くなった。僕は諦《あきら》めて、また横になる。

考えた。

考えようとした。

頭が働かない。芒洋《ぼうよう》とした掴みどころのない印象だけが、思い浮かぶ。液体の中。沢山の泡。浮遊する粒子。動こうとすると粘性を全身に感じ、断続的な言葉と音が攪《かく》拌《はん》され、記憶の鋭利な破片がくるくると回って弾《はじ》け飛んだ。まるで玉突きみたいに、次々に別のものが動いて、また止まる。現れては、消える。

勅使河原潤だ。

若き天才科学者。

長髪。盲目。サングラス。黒い衣装。

勅使河原潤。

それが、僕か？

否、なにか……違う。

僕は、天才でもないし、盲目でもないのだから。

そんな夢を見ただけだろうか。

たった今まで、
そんな人物になった夢を見ていた？

では、夢から醒《さ》めた僕は、いったい誰だろう？

もしかして、まだ夢を見ているのだろうか？

女が戻ってきた。

「起き上がれますか？」彼女は僕の横に屈《かが》んできいた。

「たぶん」僕は答える。

助けてもらって、僕は頭を持ち上げ、上半身を起こす。

床に毛布が敷いてあるようだった。そこに僕は座っている。ただ、辺りはぼんやりとしか見えない。まったく目の焦点が合わないのだ。

頭の血が下がる。心臓の脈に合わせて、頭がずきずきと痛んだが、しばらく我慢していると、少し楽になった。

紙コップを手渡され、僕はそれを口に運ぶ。味はわからなかった。水だったのか、お茶だったのか、それともスポーツドリンクだったのか……。ただ、とても冷たくて、喉を通って躰に入っていくのが、はっきりと認識できた。

「何時？」僕は、当たり障《さわ》りのない質問をした。

「午前……、一時です」

「夜中の一時？」

「ええ、そうです」彼女は答える。少し困っているような口調ではある。「ですから、その、もう五時間くらいになりますね」

「五時間？」

「はい、先生を見つけてから」

彼女は僕のことを「先生」と呼んだ。僕は、何の先生なのだろう。

「良かった……」彼女は、僕から紙コップを受け取り、溜息をついた。「もう……、私、どうして良いのか……、わからなくて……」

彼女は泣きだしたようだ。声でそれがわかった。

「何があったのか……、話してもらえないかな」僕は言葉を選んで尋ねる。とにかく、状況を聞けば、なにか思い出すだろう、とぼんやりと考えたのだ。「ちょっと、ショックで……、あまりよく覚えていないんだ」

「ええ、当然だと思います」彼女は話す。「あの、私も、本当にびっくりしました。それに、とにかく、よくわからない。あの……、いったい何があったのか……」

「僕を見つけた、と言ったね？」

「先生は、そこのドアの外で、倒れていました」彼女は、顔をそちらに向けたようだった。しかし、僕にはよく見えない。「コントロール・ルームをノックされたのは、先生だったのですか？」

「あ、いや……、それが……」僕は頭に手をやる。覚えていない。コントロール・ルームという言葉が多少ひっかかっただけだ。

「停電がありました。先生はご存じなかったかもしれませんけれど……。私、あのときに、先生を見つけて……。そのときは、ペンライトだったんです。それで、二階に救急箱を取りにいきました。そうしたら……」彼女はそこで震える息を吸い込んだ。とても怯《おび》えているようだ。「浜野さんが、部屋から出てきて、倒れたんです」

「浜野さん？」

「彼女、亡《な》くなりました。背中から、ナイフで刺されて……」

「え？」僕は声を上げる。

頭が痛くなった。なにかを考えようとしている。今にも思い出せそうな、とても身近なことのように思えた。もう少しで手が届く。僕はそこに恐る恐る手を伸ばしているのだった。

「次は私だって、彼女は言いました。見つけたときには、まだ生きていたんです。ちょうど、照明が点いたので、それからは、もう夢中で先生の手当てをして……。ええ、ときどき、一人で、あちこち見回りにいきましたよ。もう、なにも……、その、恐くなんかない。麻痺《まひ》してしまった感じなんです」

彼女は興奮した口調で話した。僕は、彼女の言葉の一つ一つに感じるものがあった。忘れてしまったもの、隠れてしまったものが、少しずつ引きずり出される思い。まるで、尖《とが》った鉤《かぎ》で引っかかれるような刺激だった。

「全部調べ直しました。どの部屋もすべて確かめました。一号室の志田博士、二号室の垣本さん、三号室の小松教授、それに、四号室の浜野さん。死体はその四つです。浜野さんも、ちゃんと部屋の中に入れてあげました。あとは、五号室から八号室を、隅から隅まで調べました。それに、この一階の部屋も全部です。そう……、停電は、プログラムされたものだとわかりました」

「停電？」僕は少し思い出した。

そんな夢を見たような気がする。どこかに閉じ込められ、次々に人が殺される。停電があり、真っ暗になった。そこで……、僕は、そこで……。

「今、ここにいるのは？」僕は質問していた。

「私と先生の、二人だけ」彼女は答える。

目の前にいる彼女の名前を、僕は思い出せない。しかし、とても親しい女性だ、という確かな印象があった。その声はとても優しく、愛情に満ちている。

「ここからは、出られない？」

「ええ、駄目です。救援もまだ来ません」

「死んだのは、四人？」独り言のように、僕は呟《つぶや》く。

「そう、六人のうち、四人が殺されたのです」

「誰に？」僕は、思わずきいてしまった。

彼女は、僕の頰に手を当てる。

顔を近づけた。

彼女の唇が、僕の唇に、軽く触れる。

彼女の息を、僕は感じた。

「貴方です」僕から離れると、彼女は優しく言った。

「え？」

「先生が、みんなを殺したのですね？」

6

それはもう確かなことだった。

勅使河原潤が眠っている間に、私は、自分が持っているマスターキーを使って、この《バルブ》内を隈《くま》なく捜索したのだ。もう、なにが飛び出してきても恐くなかった。突然、魔物が現れて、私を殺してくれた方が良いとさえ思った。こんなところに、一人だけで取り残されるよりはましだ。

既に亡くなっている四人の死体。

浜野静子を四号室の中に引きずり入れた。それが、彼女に私がしてやれる唯一《ゆいいつ》の行為だった。ドアに足を挟まれたまま、ブリッジの上で倒れているよりは、多少は良いだろう。それくらいの意味しかない。私一人ではベッドの上に持ち上げることはできないので、入口から少し入った床に移動しただけのことだった。

一号室には志田雄三博士、また、二号室には垣本壮一郎の亡骸《なきがら》が、それぞれのベッドで横たわっていた。三号室には、三階のデッキで死んでいた小松貴史教授が既に運び込まれている。彼も、浜野静子同様、床に寝転がったままだった。

三階のデッキからブリッジを渡って、外界に通じるドアも確かめてきた。変化はない。相変わらず、そこを開けることはできなかった。デッキから円形の天井を見上げ、そして、そこから吊《つ》り下げられた分銅《ふんどう》を、私はしばらく見つめていた。

今、ここにいるのは二人だけ。

しかも、一人は怪我をして、昏睡《こんすい》状態。

もし、彼が死ぬようなことがあれば、

私一人になる。

どうして、こんなことになったのだろう?

いったい、何故……。

居室から持ち出した毛布を、食堂の床に敷いて、その上に勅使河原潤を移動させた。それだけでも大変な作業だった。彼は、静かに眠り続けている。血は止まっているが、少し熱があるようだった。

コントロール・ルームで、コンピュータのログを調べてみた。ついさきほどの停電の記録が残されていて、これが、演習を目的として、期限付きで実行されたものであることがわかった。あらかじめプログラムされていたのだ。誰かが故意に、あの暗闇を用意したのである。

誰が?

私は、勅使河原潤以外の人間を思い浮かべることができない。

何故なら、

彼しかいない。

ここには、私の他には、勅使河原潤しかいない。

単純な消去法。

彼は盲目だ。したがって、暗闇がハンディにはならない。むしろ、普通の人間よりも暗闇に慣れている。普段と変わりなく自由に行動できただろう。

四号室で浜野静子を殺害し、そのとき、彼女の抵抗にあって頭に怪我を負った。階段を下りて、ホールまで来たとき、意識を失ったのだろう。

これ以外のストーリィはありえない。

それ以前の三人のことは、考えたくなかった。

その三人を誰が殺したのか……、そんなことは、どうでも良い。

勅使河原潤ではない、と私は信じている。

信じたい。

けれど、

浜野静子を刺したのは、彼以外にありえない。

これだけは確かだ。

そして、私は彼を許そうと思う。

この状況下で彼自身と私の生命を守るための防衛行為であったと、弁解できるだろう。

あるいは、確率は低いが、浜野静子がナイフで彼を襲おうとして、格闘になり、弾《はず》みで逆に彼女が刺された、という可能性もないわけではない。その場合には、停電が仕組まれていた事実が説明できないが、それは、また別の作為であって、偶然だったのかもしれない。

ただ……、
目を覚ました勅使河原潤が、
それを言わなかった。
もし、間違って浜野静子を殺してしまったのなら、彼はまっさきにそれを私に語っただろう。
私はそう思う。
彼が言わなかったことは、
そうではないことの証拠。
勅使河原潤は、自分から、
浜野静子を殺しにいったのだ。
そう……、
つまり……、
そのまえの三人も、彼が殺したのかもしれない。
どうでも良いとは思いながらも、考えがそこに及ばないといえば、嘘《うそ》になる。
だから……、
私は、自然に、
「貴方がみんなを殺した」という意味の言葉を口にした。

勅使河原は、口を開けて驚いた表情だった。

おそらく、私は、彼に否定してほしかったのだろう。けれど、私の問いに対して、勅使河原は答えなかった。彼は目を瞑り、僅かに横を向いた。

沈黙。

静寂。

床に脚を投げ出して座っている男の横に、私は跪いている。彼は片手を後ろの床につき、片手を額に当てていた。

二人の顔の距離は、五十センチ。

周りの床には、お茶の入った紙コップ、彼のステッキ、そして、救急箱などが置かれている。

時刻は真夜中。

時刻さえ、ここでは意味をなさない。

私たち二人しかいない。

言葉の大半は、既にここでは意味がない。

私は待った。

彼の言葉を待った。

この天才が、何を言うのか、を待ちわびた。

沈黙は続く。

静寂は続く。

彼が目を開ける。

包帯のために片目だけだった。

もともと目が見えないのだから関係がないはず。

彼は、立ち上がろうとした。

私は彼の片手を取り、手伝った。

勅使河原は周囲に手を伸ばし、なにかを探した。

「ステッキですか？」私はきいた。

「ステッキ？」彼はきき返す。

「座りますか？」

「ああ……」勅使河原潤は少し震える声で答えた。「どこかに、椅子がある？」

「こちらへ……」

私は彼を部屋の奥へと導いた。大きなソファが二脚向かい合って置かれ、その間に低いテーブルがあった。私は、彼をそのソファに座らせた。

「欲しいものは？」私は質問する。

「できれば……、アルコールが飲みたい」

「珍しいですね……。でも、頭の傷に良くないと思います。ソフトドリンクになさって下さい」

「わかった」叱《しか》られた少年のように、彼は素直に頷いた。

一度ホールに出て、隣の厨房に飲みものを取りにいく。冷蔵庫にあったジンジャエールを紙コップに注ぎ入れ、私は再び食堂へ戻った。

彼はそれを受け取って飲んだ。

私は、彼の横に座る。

「悪いね……」勅使河原は、私の方に顔を向けて言った。「実は……、よく覚えていないんだ。本当に、その……、何があったのか……」

7

「いや……、きっとすぐ思い出せると思う」僕はなるべく冷静を装《よそお》って話した。「なんだかちょっと、ぼうっとしているんだ。どうして、頭を怪我しているのかも、覚えていない。全部、なにもかも夢のようで、ここがどこなのか、どうして、こんなところに自分がいるのかさえ、わからないんだ。僕の名前は？」

「勅使河原……、潤」彼女は答えた。

それは、なんとなく、わかっていた。

否、自分が当の勅使河原潤だとは思えなかったが、とても身近に、その人物をイメージできたのは確かだった。

「目が、変なんだ」僕は片手を目もとに当てる。「あの……」

「先生は目が見えないんです」

「いや、僕は……」言葉の途中で、口を噤《つぐ》んだ。

彼女は僕のことを盲目の勅使河原潤だと思い込んでいるようだ。おそらく、僕のことを殺人犯だと勘違いしているのは、このためだろう。

ということは、殺人犯は勅使河原潤という人物なのか。しかし、何故、彼のことを身近に感じるのか。どうして、彼女は僕を彼と間違えたのか。

「君は？」

「森島です。森島有佳」

「森島有佳」僕はその名前を繰り返す。確かに何度か発音したことのあるリズム。呼び慣れた名前のような気がした。「いろいろ、最近のことを話してくれないかな……。聞いているうちに、思い出せそうな気がする」

「わかりました」

森島有佳は話し始めた。

この《バルブ》は、巨大なコンクリートの塊の中にある。実験的なプロジェクトとはいえ、国家の最高機密の施設、最新鋭の核シェルタだった。入口のある三階、居室のある二階、そして、各種の共用設備のある一階。彼女は、この《バルブ》について簡単に説明した。今、二人がいるのは、一階の一室で、「食堂」と呼ばれている部屋だった。

三日まえの夕方に、我々は六人で《バルブ》に入った。ここへは、ヘリコプタで一緒にやってきたという。この場所で共同生活をして、各種のデータを収集する、という実験的な試みだった。

最初の夜に物理学者の志田雄三が殺され、翌朝になって発見された。そして、《バルブ》は、何者かによる破壊工作とコンピュータの誤作動で、外界から完全に隔離されてしまった。外に出ることも、連絡を取ることもできなくなったのだ。この日に、建築家の垣本壮一郎が殺された。

さらに、三日目の朝には、環境工学の専門家である小松貴史教授の死体が発見される。これで三人目。いずれも死因は鋭利な刃物による刺し傷だった。

「それが昨日の朝のことです」森島有佳は淡々と話した。「浜野さんが、もう一人、私たちの他に残されたメンバでした。彼女は医師として、この実験に参加していたのです」

「その彼女も死んだ、と言ったね？」僕は尋ねる。

「ええ……」有佳は頷いた。「実は、朝、小松先生の死体を見つけた直後、私たちは浜野さんと別れました。彼女は、私たち二人が今回の殺人の犯人だと言って、自分の部屋に閉じ籠《こ》もってしまったんです」

「鍵は？　ここから出入りすることは本当にできないの？」僕は尋ねた。

「マスターキーを持っているのは私です。出入口を開けられるのは、私だけのはずです。でも、一度コンピュータが作動すると、シェルタとしての密封性が最優先されます。ですから、私にもドアは開けられません」

なるほど、出入りができないのであれば、その浜野という医師が、僕ら二人のことを疑うのは当然だ。なにしろ、他にいないのだから。

でも、どうして二人なのか……。

森島有佳か、それとも僕の、どちらか一人ではなくて、

何故、二人なのだろう？

「僕と君は、なにか、その……、親しい関係にあるの？」僕は尋ねた。「ごめん……。こんなことは普通じゃきけないことだ、と思うけれど」

「私は、先生のアシスタントです」有佳はそこで一度言葉を切った。「ただ……、いえ……、浜野さんには、当然、私たちが仲間に見えたと思います。先生は目がご不自

由なのですから、私はいつも先生と一緒ですし」

「で……、浜野さんは部屋に閉じ籠もった。僕らに殺されないように、と考えたわけだ」

もしもそれが事実なら、浜野は犯人ではない。すると、やはり、森島有佳か僕のどちらかが殺人犯になる。

「はい、あの、思い出しましたか？」

「いや……」僕は首をふった。「確かに、そんな夢を見たことがあるような、ぼんやりとした印象はある。はっきりとしないんだけれどね……」

森島有佳は、さらに説明を続けた。

昨日の朝、浜野静子は自室に立て籠もった。そして、僕と有佳は、僕の部屋で夕方までずっと一緒に過ごした。連絡が取れなくなったことを外部の誰かが不審に思い、救援が来るものと信じていた。しかし、この日も、結局、外に出ることはできなかった。

午後七時過ぎに、森島有佳は一階のコントロール・ルームに計器のデータ確認に向かう。

彼女がそこにいるとき、何者かが、監視カメラのケーブルを切断した。

「あとで、調べましたが、切断箇所は二階四号室のブリッジ付近でした。プラスティックのカバーを外して、中のケーブルが切られていました。一階のカメラも同じです。あれをやったのは、たぶん、先生です」

「僕が？　どうして？」思わず、僕はきき直した。なにも覚えていないし、そんなことをする理由も理解できなかった。

「私に、姿を見られたくなかったからだと思います」

そのあと、停電があったという。コントロール・ルームのドアを誰かが叩いた。有佳は部屋の奥へ逃げ込んで、じっとしていたらしい。

「ドアを叩いたのも、先生です。私がそこにいることを確かめようとしたのだと思います。私が出てこないことを確認して、先生は、二階の四号室へ向かいました。浜野さんは、真っ暗になった部屋の中でペンライトをつけていたでしょう。先生はドアをノックして、彼女に入れてもらったのです」

「入れてくれただろうか？」僕は尋ねる。

「先生は目が見えません。浜野さんが疑っているのは、私なんです。先生は、私が下へ一人で下りていったことを話して、浜野さんに助けを求めたのかもしれません。彼女は、きっと部屋に入れたと思います」

「それで？」僕はとても冷静だった。とても自分がやった行為には思えなかったからだ。「そこで、僕は浜野さんを刺し殺したわけ？」

「そうです……。あの……、私、先生のことを非難するつもりは毛頭ありません。お願いです、その点を、どうか誤解なさらないで下さい」有佳は言った。彼女は、なにかの感情を隠しているようだった。それを誤魔化《ごまか》そうとしている。だからこそ逆に、とても滑《なめ》らかな口調になるのだろう。「先生は、浜野さんを刺しましたが、予想外の抵抗にあい、頭を負傷しました。そのため、浜野さんの背中のナイフを抜くこともしないで、そこを立ち去ったのです。彼女に二つのボールを握らせることも、できなかった」

「二つのボール？」僕はきいた。それは、突然現れた奇異な単語だった。これまでの話のどこにも、登場していなかったからだ。

「ええ、話すのを忘れていました。殺された人たちは、例外なく、二つの小さなボールを握っていました。最初の志田博士は、粘土と木製のボールでした。次の垣本さんは、煉瓦《れんが》とモルタルのボール。そして、三人目の小松教授は、金属製の……、二種類の鉄のボールでした」

「四人目の浜野さんは？」

「ですから、彼女はなにも持っていなかったのです。それは、あとで、確かめにいきました。でも、二階のデッキで、私はそれを見つけました」

それは、おそらく、金と銀の玉だろう。

僕には、その謎《なぞ》が解けた。

8

「今度は、金と銀だね？」彼は尋ねた。

「そうです……」私は頷く。そして、きき返した。「どうして、ご存じなのですか？」

やはり、彼はそれを知っていた。

二つのボールは、勅使河原本人が用意したものだ。つまり、それは、これまでの一連の殺人のすべてを、彼が計画した証拠でもある。

浜野静子に握らせるために用意していた金と銀のボール。しかし、頭に傷を負い、彼は朦朧《もうろう》として四号室から抜け出した。そのとき、持っていた二つのボールを落としてしまった。それらには、血がこびりついていたのを私は知っている。彼はその後、一階まで下りたところで意識を失い、倒れたのだろう。

「先生。どうして、こんなことをなさったのか、私に説明していただけませんか。私は先生を糾弾《きゅうだん》しようとは思っていません。正当な理由があったのだと信じています。それに、これからも、私は先生のアシスタントとして……」

「いや、違うんだ」勅使河原潤は、片手を挙げて、私の話を遮った。「まず……、結論を聞いてほしい。僕は、よく覚えていない。しかし、僕は自分が人を殺したなんて思えない。そんなことができるはずがない」

「では、どうして……、金と銀のボールのことを、ご存じだったのですか?」私は尋ねる。

彼が自分で用意したものでなければ、それを知っているはずがない。彼は目が見えないのだから、たとえ、それに触れたことがあっても、金と銀であることを認識することは不可能なのだ。

「そのまえに……」勅使河原は、余裕の表情を口もとに見せ、低い声で言った。「教えてほしい。その金と銀のボールには血がついていた?」

「はい、ついていました」

「そうだろうね。つまり、それは、四人目の被害者である浜野静子さんが握っていたから付着した血だ。彼女は、ドアを開けてから、それを手放した。それがデッキまで転がったんだよ」

「いえ……、先生の手にも血がついていました。先生は、浜野さんを刺したときに返り血を浴びたのです。現に、ホールに倒れていたとき、先生の両手は真っ赤でした」

「それは僕の血だ。浜野さんの血ではない」彼は脚を組み、片手の肘《ひじ》を膝に立てている。「僕は、他になにか持っていなかった?」

「ステッキをお持ちでした」

「それには血がついていた？」

「いいえ」私は正直に答える。「ステッキは、先生が倒れていたすぐそばに落ちていました」

「つまり、頭を殴られるまえは、僕の手に血はついていなかったんだ。そうだ……、階段を見てきてごらん。どこかに血がついているか、探すといい」

私は黙って立ち上がり、食堂から出た。そして、円形のホールの床を観察し、ゆっくりと中央の螺旋階段まで進んだ。手摺や踏み段を見ながら階段を上った。二階のデッキの上でも、付近を探してみた。少なくとも目につくような血痕《けっこん》はない。手摺のどこにも見つからなかった。

どういうことだろう？

拭《ふ》き取ったのだろうか？

しかし、それでは、勅使河原があの場所で力尽きた、という仮説に矛盾が生じる。もちろん、盲目の彼が、ステッキにも階段の手摺にも血をつけずに一階まで下りることは不可能だろう。

しかし、彼は、金と銀の材質を知っていた。

それは動かし難い証拠といえる。

私は急いで食堂に戻った。

勅使河原は相変わらずソファに座っている。背にもたれ、腕を組んで、天井を見上げるような姿勢だった。

「どこかに血痕があった？」

「いいえ」私は報告する。「どこにもありませんでした」

「良かった……」彼は少しだけ微笑んだ。「覚えていないだけじゃなくて、本当にやっていない、ということだね。殺人者は僕ではない」

「では、私ですか？」口調が多少感情的になっていたかもしれない。「ここには、私たち二人しかいないんですよ」

「えっと……、森島君」勅使河原は、片手を差し出した。「とにかく、そこに座りなさい」

今度は、テーブルの向かい側のソファに腰掛けた。どうして、さきほどは彼の隣に座ることができたのだろう、と不思議に思った。なんらかの感情が、私の中でリセットされたのだろうか。

「君の説明で、だいたいの状況はわかった。それに、僕は自分が何者なのか、たった今、思い出したんだ」

「ああ、良かった」私は身を乗り出していた。

なんとなく、彼の言葉が嬉《うれ》しかった。私との関係を早く思い出してほしかったし、そうでなければ、二度と彼は私を受け入れることはないだろう、とさえ感じていた。

「この《バルブ》に入る直前までの記憶は、ほぼ取り戻せた、と思う」彼は淡々とした口調で語った。「そう……、六人で、ここへ入ったね。君も一緒だった。そして、最初の夜は談話室に皆が集まって話をした。でも、そこまでなんだ。そのあとのことはまるで覚えていない。次の日にあったことも……、なにもかもすべて。君が話したことが、全部作り話みたいにも思えるよ」

「もう少し休まれれば、きっと思い出します」私は言う。「是非、思い出していただきたい大切な時間がありました」

「なるほど……」勅使河原は軽く頷いた。「ありがとう。君が、僕に敵意を持っていないことは、とても幸運だった。状況が状況だからね。そうでなければ、今頃、二人で殺し合いになっていたかもしれない」

「まさか、そんな……」

「もし、そのつもりなら、君にはいつでも僕を始末できただろうね。僕が目を覚ますまえに」

私は首を横にふる。

「たぶん、夜が明ければ、救援が来るよ」彼はそう言って微笑んだ。少しの翳《かげ》りもない、少年のような笑顔だった。

「あの……」私は姿勢を正して尋ねる。「でも、金と銀のボールのことを教えて下さい。どうして、わかったのですか？」

「そのまえに、まず……、僕が、勅使河原潤ではないことを、君に告白しなくてはいけない」

「え？」私は、彼の言った言葉がすぐには飲み込めなかった。意味がわからなかった。

「嘘じゃない」彼は頷く。「僕は、彼の弟だ。実は、目も見える」

あまりのことに、私は絶句した。

彼を見つめたまま、私は硬直してしまった。

まさか。

偽者？

でも……、
私だって……。

私も、森島有佳ではないのだ。

「いや、でも、今は本当に見えないんだよ。怪我のせいかな。それとも、この包帯のせいかもね。こちらの目も……」彼は包帯がかかっていない方の目を指で示した。

「どうも、ぼんやりとしてしまって、ピントが合わない感じなんだ。明るい暗いはわかるし、君が、そこらへんにいる、ということなら、どうにかわかるよ。今は、だから、ほとんど見えないのと同じ」

「じゃあ、どこかで、金と銀のボールを見たのですね？」

「無意識に？」

「あ、そうか、覚えていないって、おっしゃいましたね」

「そう……、覚えていない」彼は頷いた。「でも、そうじゃないんだよ。君が、その粘土や木でできているボールの話をしてくれたとき、僕は、ある歌を、思い浮かべただけなんだ」

*

ロンドン橋　落ちる
落ちる　落ちる
ロンドン橋　落ちる
マイ・フェア・レディ

木と粘土で造ろう
造ろう　造ろう
木と粘土で造ろう
マイ・フェア・レディ

木と粘土は流される
流される　流される
木と粘土は流される
マイ・フェア・レディ

煉瓦とモルタルで造ろう
造ろう　造ろう
煉瓦とモルタルで造ろう
マイ・フェア・レディ

煉瓦とモルタルは崩れる
崩れる　崩れる

煉瓦とモルタルは崩れる
マイ・フェア・レディ

鉄と鋼《はがね》で造ろう
造ろう　造ろう
鉄と鋼で造ろう
マイ・フェア・レディ

鉄と鋼は曲がる
曲がる　曲がる
鉄と鋼は曲がる
マイ・フェア・レディ

金と銀で造ろう
造ろう　造ろう
金と銀で造ろう
マイ・フェア・レディ

金と銀は盗まれる
盗まれる　盗まれる
金と銀は盗まれる
マイ・フェア・レディ

(Nursery Rhymes)

第7章　ドップラー現象および光行差の理論

すなわち、観測者が速さcで、光源に向かって走れば、この人から見たとき、光源は、無限に強い明るさに輝いて見えることになる.

1

僕はついに告白した。

自分が、偽者《にせもの》だということを……。

有佳は、あまり驚かなかったようだ。

彼女の表情が僕には見えなかった。

彼女は黙って包帯を巻き直してくれた。包帯の上からでも傷口に触れたり、頭をふると痛い。それでも、気分は悪くなかった。出血したことが、逆に良かったのかもしれない。

「どうですか？」有佳がきいた。

やはり、ぼんやりとしか見えなかったが、さきほどよりは多少はましになっただろうか。彼女の顔が、にっこりと微笑《ほほえ》んでいることを僕は想像した。

「気がつかなかったわ」有佳の声は弾《はず》んでいる。「そういわれてみれば、少し違うかしら……。ずっと、勅使河原先生の代役を務めていたのですか？」

「うん、まあ、ときどき……」僕は曖昧《あいまい》に答える。

また、幾つかの記憶が蘇《よみがえ》った。そう、この《バルブ》の構造、そして機能を思い出した。

壁に掛かっている時計を見ようとする。そちらに時計があることを思い出したのだ。しかし、位置まではっきり見えなかった。

「今、何時？」

「午前二時半です」有佳が答える。「どうしますか？　お部屋で休まれますか？」

「いや、僕はずいぶん眠っていたからね。君こそ、疲れているんじゃない？　休んだら？」

「いえ、大丈夫です。昨日は、たっぷり昼寝をしました」

「そうだったの……」

「ええ」

僕は森島有佳を見る。彼女は下を向いているようだ。残念ながら、僕は昨日のことをよく覚えていない。

「もし、四人を殺したのが、僕でもない、そして、君でもない、ということになると……、上の出入口が、誰か他の人間には、出入りできることになるね」

「そうなります」有佳は答えた。「でも、そんなことが構造上、可能でしょうか？」

「ひとまず、出入りできる、と仮定してみよう。つまり、何者かが、僕らをここに閉じ込めている。そういう状況を作って、僕と君の二人に、殺し合いをさせようとしているのかもしれない」

「その場合は……、いくら待っても救援は来ない、ということですね？」

「そう」僕は頷《うなず》いた。「それが言いたかった」

「でも、やっぱり、その仮定には無理があると思います。ここは、外から第三者が侵入することは事実上不可能です。そんなことは構造上できません。鍵《かぎ》は必ず、中からしか開けられないんです」

「最初、君はここを開けた」

「最初に一回だけ使える鍵でした。そのカードのパスワードは、その後は無効になります。同じカードのコピィがあっても、外からは、開けられないはずです」

「そういう説明を受けただけかもしれない」

「あの……」有佳はそこで小さく息を飲み込んだ。「こうなってしまった以上、選択肢は限られています。ドアを破壊して、外に出ましょう」

「そんなことが……」と言いかけて、僕は思い出した。

「緊急時のために、爆薬があります」彼女は言う。

「爆薬か……」僕は呟《つぶや》いた。なるほど、その手があったか、と思った。「ドアを吹っ飛ばすわけだ」

「外の水が、一気に流れ込みます」有佳は歯切れの良い口調で話した。「もっとも、先生のおっしゃるように、密《ひそ》かに誰かが出入りしていたというのなら、水は溜《た》まっていないはずです。モニタには、水が満たされていることが表示されていますけれど、もちろん、それだってカモフラージュのデータかもしれない、とおっしゃるのですね？」

「爆破すればわかる」

「大変なことになりますけど……」

「もう、充分大変なことになっている」僕は頷いてみせた。

「そうですね……」彼女は笑ったようだ。「ここまで来たら、これ以上に大変なことっていうのを、見てみたいです」

「じゃあ、やってみよう」

ち上がった。

「爆薬を探してきます。それに、マニュアルがあるはずです」そう言うと、有佳は立
「手伝えそうもない」僕は肩を竦《すく》める。

「大丈夫です」

「しかし……、そんな無理をしなくても、朝になれば、救援が来るという可能性もあるよ」

「もし、誰かが意図的に私たちを閉じ込めているとしたら、それはありません。それに、出入口を派手に破壊するとしたら、夜の方が良いでしょう。脱出するところを、見張られていないともかぎりません」

「昼でも夜でも、大して違いはないと思うけれどね……」僕は言った。「しかし、確かに、あとまだ何時間もここにいるよりは、ましだろう」

森島有佳は部屋から出ていった。倉庫へ向かったのであろう。緊急時に使用する爆薬が、そこに保管されていることは、ずっと以前に説明で聞かされていたか、あるいは、どこかに書いてあるのを目に留めたのだろう、僕もぼんやりと覚えていた。

出入口のドアを爆破すれば、その外側に満たされている大量の水が構内に流れ込むことになる。確か、五十トンだったか……。一階は水浸しになるだろう。しかし、大して危険なものではない。量は限られている。

ただ、僕の心のどこかに、依然として残る蟠《わだかま》りがあった。ずっとまえから燻《くすぶ》っていた火種《ひだね》だったかもしれない。それ自体、今の僕は忘れてしまっている。

第一に、森島有佳が話したことの信憑《しんぴょう》性を僕は疑っている。それは、今すぐにでも確かめることができる。彼女からマスターキーを借りて、二階の個室を調べてみれば良い。本当にそこに四つの死体があるのかを……。

否、それは間違いないだろう。

彼女が嘘《うそ》をついているとは思えなかった。相手がいくら目が不自由だからといっても、触って確認することはできる。嘘ならば、すぐにばれてしまうことではないか。そんな簡単な嘘をつくはずがない。

第二に、森島有佳自身が、一連の殺人を実行した張本人である、という可能性がある。これは、極めて高い確率といわざるをえない。彼女が話したとおり、この空間が完全に外界から孤立した密室ならば、現在生きている僕か彼女のうちのいずれかが、あるいは両方が、四人を殺したことになる。否、少なくとも、最後の一人は殺したことになるのだ。

森島有佳も同じことを考えているのだろうか？

彼女が犯人ではない、という可能性があるとしたら、その場合は、僕たちの知らない第三者がいて、彼（もしくは彼女）は出入口を通ることができる、という結論に行き着く。少なくとも、四人のうちの最後の一人を殺したのはその人物で、その犯行後、ここを立ち去ったのだ。

出入口を爆破する、と有佳が言いだしたのは、この最後の仮説を支持している証拠である。誰かがそこから出ていった、したがって、ドアの外側に水がある、というのも実は間違ったサインを見せられているだけだ、という理屈。彼女はそう考えたのだろう。

あるいは、

そう考えたように、

振舞っているだけなのか……。

全部、見せかけだろうか？

頭の傷は、まだずきずきと痛んだ。

僕はソファに深く座って、頭を背もたれにのせていた。

もしかして、

この傷だって、森島有佳に殴られたものかもしれない。全部、彼女が一人でやったことかもしれない。

有佳はコントロール・ルームにいたのだから、電気をシャットダウンすることもできたはずだ。

彼女は、照明を消して、四号室の浜野静子を襲いにいった。その途中で、ホールに僕がいることに気づいた。それは、偶然だったかもしれない。彼女は、持っていたなにかで僕を殴った。そして、浜野静子の部屋へ行き、僕が怪我《けが》をした、と言っておき出して、殺したのか……。

二つのボールも、すべて森島有佳が用意したものだ。どういった理由か知らないが、たとえば、第三者の存在を僕に印象づけようとしているのかもしれない。

また、いろいろな情景が頭に蘇る。

波が押し寄せるように、感じられた。

頭の中で空気が流れるみたいな感覚。

流れの速いところでは、笛のように鳴った。

摩擦の音。

僕は、大きな溜息《ためいき》をついた。

そうだ、

思い出した。

志田博士、

垣本氏、

彼らの死体を、僕は見た。

だんだん、情景が鮮明になる。

夢では……、ない。

これは、夢ではない。

現実だ。

2

私は、黄色いプラスティックのトランク形のケースを三つ倉庫で発見した。エマージェンシィのサインがケースの表面に大きく描かれている。そのうちの一つを手に取り、食堂へ戻った。

勅使河原潤（実は本人ではないと彼は言ったが、このまま表記することにする。そんなことは、私にとってはもはや重要ではない）が座っていたソファの前のテーブルに、それをのせる。ケースのロックを解除するのに、マスターキーのカードが必要だった。

「同じものが、あと二つありました」私はケースを開けながら呟いた。「プラスティック爆弾ですか？」

「さあ、僕は詳しくない」

マニュアルもその箱の中にあった。英文だったが、どのようにして、その爆薬を用いるのかが、イラスト付きで詳しく書かれていた。私は、それを読んだ。少なくとも、必要なものはすべて揃《そろ》っているようだった。

「できそう？」勅使河原が途中で尋ねる。

「ええ、なんとか」私は顔を上げて答える。「問題は、どこに、どれだけ、これを取り付けるかですね。上のドアのヒンジの部分と、把手《とって》の近くのロックの部分にセットすれば良いでしょうか。このケースに、バッテリィや起爆装置もあります。リモートで爆発させることも、タイマでセットすることも、できるみたいです」

それらは、マニュアルにも書いてあった。しかし、どれくらい威力があるものなのか、見当もつかない。

「リモートというのは、コードを引っ張ってくるわけだね？」

「そうです。爆発させるときには、どこか安全な場所に退避しなくてはいけません。一階か、二階でしょうか」

「二階の反対側の個室か、一階の、やはり反対側の部屋が一番安全だろうね。出入口と反対側になるのは……」

「先生の部屋が、ちょうど反対側になります。それとも、一階のコントロール・ルームに避難しますか？　あそこなら、コンピュータの情報を見ることができます」

「水が流れ込むかもしれない」

「そんなに大量ですか？」

「いや、大丈夫だと思う」

「では、コントロール・ルームにしますか？」

「そうしよう」彼は頷いた。

時刻は午前三時を回っている。私たち二人は、手をつないで螺旋《らせん》階段を上がった。彼はステッキを持っていた。私は、爆薬の入っている黄色いケースを運んだ。

三階のデッキに出て、静止している円錐形《えんすいけい》の分銅《ふんどう》の横を通り、出入口に渡るブリッジへ向かう。小松教授が倒れていた場所だ。今も血痕《けっこん》が残っていた。

私は一瞬立ち止まり、それを見た。

「どうしたの？」勅使河原が尋ねた。

「あ、いえ……」私は再び歩きだす。

私たちはブリッジを渡り、トンネルのような通路の突き当たりのドアまで進んだ。緊張して手が少し震えたが、私は粘土状の爆薬をドアに数箇所に分けてセットし、続いて細いコードのついた起爆装置を一つずつ埋め込んだ。子供にでもできる簡単な作業だった。簡単過ぎるから、予行演習がなかったのだろうか、と思えたくらいだ。

「タイマを使いましょう」私は深呼吸をしてから言った。「どれくらいの時間にセットしますか？」

「五分もあれば充分だね」

「じゃあ、余裕を見て、十分にセットします」

マニュアルを広げて、そこに書かれていたとおり、ボタンを押した。デジタル表示を見て、それを確認しながらセットする。

グリーンに点灯していた小さなパイロットランプが、赤く点滅を始めた。

「いいですか？」最後の段階で、私は彼に指示を仰いだ。

「ＯＫ」勅使河原は小さく頷く。

私は確認の赤いボタンを押す。

同時に、高い電子音が鳴り始める。

デジタルの数字が、動きだした。

「行きましょう」私は勅使河原の手を引く。

ブリッジを渡り、デッキへ戻る。

螺旋階段を一階まで下りた。

一階のホール。

私たちは、コントロール・ルームの前まできた。

「カメラのケーブルは切れたまま?」勅使河原が突然立ち止まって尋ねた。

「そうです」私は答える。

「ペンチを持ってきて」彼は言った。「直そう」

私はコントロール・ルームの中に飛び込んで、操作パネルの下にある棚から、工具箱を掴《つか》んだ。

それを持って戻る。

「ニッパがない?」彼はすぐにきいた。

私は、工具箱を開け、それを取り出して彼に渡す。

「時間がかかりませんか?」

勅使河原は既にケーブルの切断箇所を把握していた。ドアのすぐ横だったが、手探りで見つけたようだ。私の質問に答えず、彼は作業を始める。ケーブルの黒いビニルをニッパで取り去り、内部のコードを取り出す。中央の細い銅線と、網状になったシールド線である。同じことを、切断されたもう一方に対しても、手早く行った。

「見えるんですか?」私はきいた。

「こんなの見えなくてもできるよ」

私は時計を見て、待つ。

まだ、五分ある。

彼は、両側の銅線を捻《ねじ》って絡《から》ませ、結び合わせた。

「ビニルテープがある？」

「あります」私は箱から赤いテープを取り出す。

「ここを絶縁して」

彼が指で示した部分に、私は短く切ったテープを巻きつける。シールド線を結んでから、もう一度、テープを巻いた。

「ＯＫ」勅使河原が言った。

工具を片づけて、コントロール・ルームの中に入る。ドアを閉めた。

ロックはしなかった。その必要はないだろう。

私は溜息をついた。

「あと、何分？」勅使河原が冷静な口調できいた。

「あと……」私は腕時計を見る。「三分と四十五秒です。まだ、トイレに行って、キッチンに飲みものを取りにいくくらいの時間はありますね」

「ああ」勅使河原は微笑んだ。「たぶん、人生の半分くらいなら語れるだろう」

私の軽口が彼には意外だったのかもしれない。私自身、少し驚いたほどだ。生まれて初めて爆薬をセットしたためなのか、それとも、土壇場《どたんば》の電気工事のせいだったのか、とにかく、多少ハイになっていたのだろう。

操作パネルの前まで行き、モニタを切り換えた。

二階デッキの映像は切れたままだったが、一階のホールは、ちゃんと映った。

「どう？」

「ええ、ばっちりです」

「ばっちり？」勅使河原は口もとを斜めにした。「君らしくない言葉だね」

「ちょっと酔いました」

時計を見ながら、待った。

あと、三分。

「ドアが吹っ飛びますか？」私は質問する。

「水があればね」勅使河原は短く答える。

彼は、私のすぐ横の椅子《いす》に腰掛けた。彼にはモニタが見えないようだ。ぼんやりとした表情で、少し上を向いていた。なにかを考えているみたいだった。

「一階まで水が落ちてきますよね。どれくらいの量かしら。ここ、水浸しになりますか？」

「僕の概算では、ホールだけだったら、深さ八十センチ」

「え？　そんなに……」

「全部の部屋に水が入れば、二十センチまで下がる」

「泳げるかもしれませんね」

「ああ」彼は、また口もとを少しだけ上げて頷いた。

「水があるでしょうか？」

「わからない」彼は首をふる。「もし、水があったら、ここは、やはり密閉されていたと考えるべきかな」

「そうですね……」私は考えながら言った。「最後の殺人のあとで、ここから逃げ出して、そのあとで水を溜めた、という可能性も、ないわけではありませんけれど」

それは、非常に本質的な問題だった。実は、水の有無とは無関係に、私は、この《バルブ》が本当に密閉されていることを信じている。出入口のドアがマスターキーで開かないという状況を、ソフト的に再現することは無理なのである。そのメカニズムを、私はマニュアルを読んで知っていた。

だが、実のところそれは、「殺人者は貴方《あなた》です」と断定しているのと同義だ。

彼以外に、ありえない。

それでも、良い、と私は思っていた。

もう……、そんなことは、どうだって良い。

彼が勅使河原潤でなくても、

彼が殺人者でも、

私は……。

「あと、何分？」

「一分三十秒」

「一つ忘れていた。あのドアを爆破しても、その先にあるドアを、また爆破しなくてはいけない。爆薬をここへ持ってきておいた方が良くないだろうか？　倉庫に水が入るかもしれない」

「棚の高い位置でしたから、大丈夫です」私は答えた。それは、私も考えていたことだった。

3

この緊張感が、頭脳に作用したためだろう。僕は、ほとんどの記憶を取り戻しつつあった。ただ、最後にホールで襲われたときのことだけは、どうしても思い出せない。

暗闇《くらやみ》の中を、一階のホールまで下りた。確か一度、コントロール・ルームをノックしたと思う。そのあとの記憶は、まったくなかった。

プラスティック爆弾を《バルブ》の出口にセットして、退避した。そこのドアが吹き飛べば、外に出られる。否、少なくとも、外へ通じる階段や通路に出られるのである。まだ、先に難関はあるだろうが、幾つか曖昧だった点は消える。

たとえば、ドアの外に本当に水があるかどうかは、判明するだろう。

状況は極めて単純な方向へと向かっている。

いろいろな記憶が戻るにしたがって、どう考えても、外部から第三者が侵入したという仮説には無理があるように思えてきた。そんなことをしたら、気づかれる危険性が非常に高い。否、そもそも、意味がない。ここにいる全員を殺してしまいたいのなら、それこそ、機関銃を振り回せばたちまち片づく。そのまま、この秘密の空間を密封すれば良い。その方がずっと簡単なのだ。

自分は生かされているのではないか、と僕は感じた。頭の怪我だって、手加減したのかもしれない。本気で殺すつもりだったら、ナイフを使わなかったのが不自然ではないか。

それはつまり、僕に目撃させよう、という意図なのだ。

たぶん、彼女……、

森島有佳が仕組んで、演じているシナリオ。

彼女がすべてを実行している。

それしかありえない。

記憶が戻り、思考が鮮明になり、それとともに、彼女への疑惑はますます確固としたものとなる。特に、彼女と過ごした時間、彼女の躰《からだ》の温《ぬく》もりを思い出して、僕は戦《せん》慄《りっ》した。

すべて、彼女が仕掛けたことではないか？

僕を騙《だま》している。

僕が本物の勅使河原潤でないことを知っていたのだ。

全部あらかじめ計算されたストーリィだったのだ。

森島有佳が、殺人犯だ、と僕は確信した。

当たり前のこと……。

そう……、二人だけしかいないのだから。

ここから脱出したあとのことを考える。

とにかく、

気をつけた方が良いだろう。

まだ、なにかある。

無言の時間が流れた。

やがて、遠くで爆発音。

部屋が振動した。

4

私は、時計とモニタを見ていた。

ときどき横に座っている勅使河原の顔を窺《うかが》った。

本物ではない、目が見える、などと言っていたが、見えている様子はない。どういう目的で急にそんな打ち明け話をしたのか、よくわからなかった。第一、弟だということが、真実かどうか、私には判断できない。

爆発の間際《まぎわ》になって、思いついたように、倉庫にある爆薬の話を持ち出したのも、なにか奇妙だった。まるで、私と離れたがっているようにも思えたからだ。

やはり、

四人全員を殺害したのは彼なのだろうか？

おそらく……、そうだろう。

既に、私は確信している。

外部の人間が頻繁に《バルブ》を出入りしていた、それに誰も気づかなかった、などということは考えられない。そもそも、ここの存在を知っている人間が限られている。ごく一部にしか知られていない。それに、もしそのような人間ならば、我々のグループに比較的容易に加わることができたはずである。外にいるよりも中にいる方が、状況を把握するには断然有利だ。理由はとうてい理解できないが、一人ずつ殺したいのならば、外部ではなく、内部にいることを選択しただろう。

出口を爆破して脱出するという急展開に、私は多少不安を感じていた。

これ自体が、罠《わな》ではないのか、と。

時計を見る。

秒針の動きを追う。

外のホールを映し出しているモニタ。

私だけがそれらを見ている。

最後の数秒は、時計から目が離せなかった。

爆音。

同時に振動。

時間どおりに、爆発した。

モニタの映像には、まだ変化はない。

なにかが落ちてきて、床に当たる大きな音が聞こえた。きっと、どこかの部材が壊れて、吹き抜け部を一階まで落下したのだろう。コンクリートの破片だろうか。

しばらく、なにも起きなかった。

「水です！」私は叫ぶ。

水が流れ落ちる音が、外から聞こえる。

白い水飛沫《みずしぶき》が煙のように広がる様子がモニタに映った。一瞬で画面が曇る。

一階のホールに水が落ちてきたのだ。壁際は滝のような状態になり、中央の螺旋階段も、落ちてくる水の通路となって、見えなくなった。

せっかくコードをつなぎ直したカメラだったが、もうほとんど役目は終わったといって良い。

コントロール・ルームのドアが音を立てた。隙間《すきま》から、既に水が染《し》み出している。

「そうか……、水があったか」勅使河原が独り言のように呟いた。

それが予想外だったのだろうか。

そんなはずはない。彼は知っていたはず。

すべて、彼がやったことなのだから。

もう、間違いない。

どうしたら良いだろう？

いや、このまま、彼に従う以外にない。

深く考えないことだ。

そう、彼のアシスタントとして……、

彼に従おう。

まさか、私を殺すようなことは……、ない、と思う。

殺すなら、いつだって殺せたはず。

浜野静子が言った「次はあんただよ」という言葉が、私の頭の中で反響する。

やがて、水の落ちる音は小さくなった。

モニタの映像は、レンズに付着した水滴のため、不鮮明なものとなっていたが、水の流れがほとんど止まっていることはわかった。

一階のホールには、水が溜まっているようだ。

コントロール・ルームも、ドアの近辺は既に水が床に広がっている。

「もう、いいでしょうか?」

「そうだね」勅使河原が椅子から立ち上がって頷いた。「ドアを開けるときに気をつけて」

「ええ」私も立ち上がった。「先生は……、そうですね、奥のソファの上にいて下さい」

私は、彼の手を引いて、ソファまで連れていった。彼は、そこに腰掛けた。どこにいても、あまり関係ないだろう。濡《ぬ》れることになるのは間違いない。

ドアまで戻り、私はドアを開けるボタンに触れ、すぐに身をかわした。

ドアは完全には開かなかった。モータが苦しそうな音を立て、ゆっくりとスライドすると、たちまち、大量の水が室内に流れ込んできた。

勅使河原が概算したとおり、ホールに溜まっている水の深さは、一メートルもなかった。操作パネルの前に並んでいる椅子が押し流され、一番奥の壁に激突する。水は、そこで上方へ跳ね上がり、戻ってくる。さらにドアが少し開いたので、次の波が部屋の中に広がった。

私は一度、水の勢いに足を取られ、倒れそうになったけれど、壁の近くに露出していた設備配管に掴まって難を逃れた。そのとき、悲鳴を上げたかもしれない。

「森島君！　大丈夫？」勅使河原が叫んだ。

「今、そちらに行きます！」私は応《こた》えた。

水はかなり大人《おとな》しくなった。

いろいろなものが浮かんでいる。その中を私は歩きだす。

膝《ひざ》は完全に水に浸《つ》かり、歩くと腰まで水の抵抗を感じた。

水はそれほど冷たくない。

勅使河原は既にソファから下りて、部屋の奥に立っていた。彼は壁に片手をついてバランスを保っていたが、もう一方の手はステッキを握っている。

「先生」私は手を伸ばして、彼の差し出した片手を握る。

「こういう目に遭うとは思わなかった」勅使河原は微笑む。「実は、水泳は得意じゃないんだ」

「まず、階段まで……」私は彼の手を引いて歩く。

少しずつ水深が浅くなっているようだった。どこかへ水が流れ込んでいるためだろう。

ホールに出て、中央の螺旋階段まで歩いた。もう少し深かったら、泳いだ方が速かったかもしれない。

全身ずぶ濡れだった。

階段に上がると、水が躰から流れ落ちる。

勅使河原をそこに座らせた。

「ここで待っていて下さい。爆薬を取ってきます」

私は、再び水の中に足を踏み入れた。

小学校のときのスイミング・スクールを思い出す。消毒薬の臭《にお》いと、濡れたコンクリートの感触。私は泳げなかった。姉も同じだ。そのため、二人とも一番下のクラスに入れられた。赤い帽子をかぶらなくてはならなかった。何が役に立つかわからないものだ。あのとき、スイミング・スクールに嫌々通ったおかげで、今、こうして水を恐《こわ》がらずに済んだのだから。

倉庫のドアを開けたとき、私は失敗した。

水が室内に流れ込むことが予測されたので、ドアを少しだけ開けて、水が中に満ちるのを待ってから入るつもりだった。ところが、予想外にドアが軽くスライドし、一気に全開になってしまったのだ。

私は流れに足をとられて倒れ、濁流とともに倉庫の中に引き込まれた。スチール棚にぶつかって、額と肩を打った。頭と顔を両腕で庇《かば》うのがやっとだった。部屋の一番奥まで水に押され、腰から壁に激突する。一瞬、気を失いそうになったが、今度は水を飲んで、顔を上げる。

呼吸をするのが精いっぱいだった。

棚に置かれていたものが水に流され、それらが私のすぐ近くまで流れてきた。

幸い、衝撃はもうなかった。

私は、棚の柱に摑まって立ち上がる。

最初にぶつけた額に手をやった。触ると痛い。手を見たが、出血しているかどうか、わからなかった。壁で打った腰も痛かったが、そちらは大したことはない。

「どうした？」勅使河原の叫び声が外から聞こえる。

うねっていた。

「大丈夫です！」私は大声で答える。

大きく深呼吸をしてから、辺りを見渡した。天井の照明が灯《とも》っている。まだ、水は

水深は六十センチほどになった。真っ直《まっす》ぐに立っていれば、脚だけが水中になる。

私は棚に沿って進み、一番上の段にある黄色いケースに両手を伸ばした。

水に濡れても機能するものなのか、それとも濡らしてはいけないものなのか、私にはわからない。素人《しろうと》考えで、火薬だから湿らせては駄目だろう、というくらいには想像したが、さきほど使った感じでは、火薬には程遠い物質だった。爆薬の入ったケースはトランク形状で、把手がある。私は、二つのケースを棚から下ろし、両手に一つずつ持った。水に浸からないように腕を曲げ、肩の付近で支えた。

水の中を歩いて、私はホールの螺旋階段まで戻る。

途中で、唇を嘗《な》めると、血の味がした。額の傷から流れた血だろう。

5

まず、有佳が二階のデッキまで爆薬を運び上げて、すぐに戻ってきた。そして、僕を連れて今度は三階のデッキまで上ったが、彼女は、途中で爆薬のケースを一つだけ

ピックアップしたようだった。服が濡れているので、歩きにくかったし、金属製の階段は滑《すべ》りやすかった。僕と有佳はしっかりと手をつないでいた。

僕の目は、まだしっかりとものを見ることができない。三階に自分がいること、ぼんやりと、どちらを向いているのか、といったことしかわからなかった。

「ああ、なんてこと……」有佳が呟く声。彼女は立ち止まってしまった。

「どうしたの？」僕は尋ねる。

「ブリッジが……、壊れているんです」彼女は短く答えた。

「渡れない？」

「ええ……。向こう側が、外れたようになっていて、少し下がっています」

「ああ、たぶん、問題ないよ」そう言って、僕は進み出た。

「あ、危ない！」有佳が後ろから僕の腕を引っ張る。

「大丈夫だから」僕は彼女に頷いてみせた。

ステッキを使って、ブリッジの手前まで行き、手探りで確かめた。デッキの手摺《てすり》とブリッジの手摺の接続を確認する。そして、躰を屈《かが》めながら、ブリッジの床の両端を少しずつ触って調べた。僕は、じりじりとブリッジの先へ進む。確かに、少し揺《ゆ》れている感じはしたが、構造的には問題なさそうだ。

「ＯＫ」僕はブリッジの途中で立ち上がり、手摺を片手に握ったまま振り返った。

「渡れるよ。これは、もともとこういう構造なんだ。爆発の振動で、片方が外れたようだけれど、そもそも、デッキ側からキャンチ・レバーで支えられているんだ」

「キャンチ・レバーって？」

「片持《かたも》ち梁《ばり》のこと」

「ますます、わかりません」彼女は笑いながら言う。

有佳と僕は、ブリッジを渡って、コンクリートのトンネルに入った。途中、壊れて折れ曲がったドアが通路を塞《ふさ》いでいたが、二人で力を合わせて取り除いた。

そのドアがあった場所から、さらに十メートルほど進む。

「照明が壊れなくて、助かりましたね」有佳が言った。

「爆破の衝撃で？」

「ええ」

「それよりも、停電の方が恐い」

「設定を初期状態に戻しましたから、もう起こらないと思います」

「結局、なにも故障していなかったんだね」僕は小声で言う。「全部、仕組まれたことだった」

「ええ」彼女は歩きながらきいた。「でも、誰に？」

「さあ……」

通路の突き当たりにあるドアは、内側から手動で開けることができた。重いハンドルを僕が両手で回した。ロックを解除して、そのドアを引き開けるとき、パッキングが剝《は》がれる音が鳴った。

少し温かい空気が僕たちを出迎える。

確かに、これまでとは違った空気だった。一歩、外界へ近づいたのだろうか。

コンクリートのトンネルを進み、階段室に出る。二人でそこを上った。僕は片手にステッキを持ち、もう片方を手摺に伸ばしている。有佳は、片手に爆薬を持っていたようだが、空いた方の手で、僕を誘導した。踊り場が数回あり、向きを変える。少しずつ温度が高くなっているようだった。

幾度も僕の脳裏を掠《かす》めた疑惑があった。

もしかして、正常な判断で《バルブ》は閉鎖されたのではないのか、という可能性だ。デザインされたとおり、すなわち、核シェルタとしての機能を発揮している、という意味である。

今、僕たちはこの機能を破壊して、脱出しようとしている。

放射能に汚染された大気が二人を出迎える。そんな可能性は、しかし極めて低いだろう。もちろん、コントロール・ルームのモニタには、外気の状態が常に表示されていた。それを有佳は見ていたはずだ。計測器類が揃って誤作動しているか、彼女が僕に嘘をついているか、そうでないかぎりありえない。

いったい、僕は彼女を信用しているのか、疑っているのか、どちらなのだろう？

彼女が殺人犯だと確信する、と同時に、彼女に頼っている。

どこか信頼しているのだ。

愛している、といっても間違いではない。

彼女のことが好きだ。

できることなら、守ってやりたい。

それなのに、合理的に考えて、彼女が人を殺したことは、やはり間違いのない事実である。

その事実を、そして、その理由を、彼女の口から聞きたかった。そうすれば、僕は全面的に彼女を許すことができるだろう。

その自信があった。

そうなれば、どんなに楽だろう。

どんなに幸せだろうか。

階段を上りきって、真っ直ぐ先に進んだ少し暗い場所だった。

有佳は立ち止まって、ドアを調べている。

「駄目です。やっぱり、ここのロックも解除できません」彼女は言った。「爆破するしかありません」

予想されたことだった。

「この向こうにも水がある」

「たぶん……」

「こちらの方が少ないはずだ」

「もう、慣れましたし……」有佳は可笑《おか》しそうに言った。

6

私はドアに爆薬を取り付けた。二回目だったので手際《てぎわ》が良くなっていた。

「今度は、タイマを何分にしましょうか？」私は勅使河原に尋ねる。

「そのまえに……」彼は、少し離れたところでステッキを持って立っていた。「どこまで退避するかを決めなくてはいけない」

「さっきの階段の下では駄目ですか？」

「たぶん大丈夫だと思う」勅使河原は頷いた。「そこに溜まっている水量と、さっきの通路の断面から考えて、計算どおりなら、危険はない。ただ……、万が一だけど、危険な状態になる可能性もないとはいえない。たとえば、水がうまく抜けなくて、一《いっ》旦《たん》水位が上がってしまったら、階段室の下は水没してしまう」

「では、少し上がったところにいましょう」私は提案する。

「最も安全なのは、《バルブ》のデッキまで戻って、しかも、二階の個室のどこかに隠れることだけれど……」

「そこまで戻らなくて大丈夫だと思います」私は言った。

「でも、たとえばね……」彼の口調は冷静だ。「このドアが流れてくるかもしれないよ。階段の途中にいて、上からこれが流れてきたら大変だ」

「わかりました。どちらでも、先生の判断に従います」

「君の言うとおり、階段の途中にしよう」勅使河原はすぐに答えた。そして、口もとを僅《わず》かに上げた。

「無駄な議論でしたね」

「いや」彼は首をふる。「あとで、文句は言いっこなしだ」

「タイマは、三分？」

「二分でいいだろう」

「先生をさきにお連れします」私は思いついて言った。「私だけが、ここへ戻って、スイッチを押せば……」

「では、一足さきに下りているよ」彼は片手を挙げて、一人で通路を戻り始める。

私は溜息をついた。

額から汗が流れ落ちている。ここはとても暑かった。怪我をした部分をそっと触ってみた。血は止まっているようだ。腫《は》れ上がって瘤《こぶ》になっている。押さえると痛い。

しばらく待っていると、「もう、いいよ」という勅使河原の声が聞こえた。

「かくれんぼ、じゃないんだから」私は小声で囁く。

自分を笑わせて、リラックスしようとした。

デジタル表示を百二十秒にセット。

自分の腕時計を見ながら、最後の確認ボタンを押した。

電子音が鳴る。

カウンタが動きだすのを確認。

立ち上がり、私は走りだした。

通路を進み、階段室に出る。

片手で手摺を掴み、段を飛ばして駆け下りた。

何度もUターンをする。

最後は、勅使河原にぶつかりそうになって、止まった。

「階段で走らないように」彼は言った。

「あと……」私は時計を見て言う。「一分十五秒です」

「一分でもいけたね」

「ええ、本当に」私は微笑む。「でも、転んだらアウトです」

「転ぶ方だった？」

「え？」

「子供のとき、かけっこで……、比較的転ぶ子だった？」

「ええ……」私は吹き出した。「はい、比較的……、転びました」

「じゃあ、手摺にしっかり掴まっていた方が良い」彼は真面目《まじめ》な顔で言った。「たぶん、本流は階段の外を通るから、大したことにはならないと思うけれどね」

私たちがいるところは、階段室の最下層に近い踊り場だった。階段は鋼鉄製で、コンクリートの中、吹き抜けの空間に組み立てられたものだ。手摺と周囲の壁の間にかなり隙間が開いている。また、ステップとステップの間も抜けている。つまり、階段の上面をすべての水が流れるわけではない。もし、コンクリートで作られた普通の階段室であったら、こんなところを退避場所になど選ばなかっただろう。

上で爆発音。

階段全体が揺れ、ぶーんと音を立てて共振した。

塵《ちり》のようなものが急速に辺りに立ち込め、ぱらぱらと細かい粒子が落ちてくる。

不気味な音が上で鳴る。

水が流れ出したようだ。
金属がぶつかり合う音も聞こえる。ドアが流され、どこかにぶつかったのだろうか。
「来るぞ！」勅使河原が後ろで叫んだ。
私の方が上にいた。すぐ後ろに彼がいる。
二人とも踊り場から少し上がった場所に立っていた。
両手で手摺を摑んでいる。
突然、周囲がシャワーのような状態になった。
「息を吸って！」勅使河原の声。
そのとおりにする。
あっという間にやってきた。
上の踊り場で跳ね返り、最初の波が私にぶつかった。
顔を横に向け、私は耐える。
また、次の波が来る。
両足を掬《すく》われ、躰が斜めになった。
両手でぶら下がる。
息が苦しい。

目を瞑《つむ》った瞬間、手摺を摑んでいた手が滑る。

私は流された。

顔が水中に沈む。

階段を数段下がる。

勅使河原の脚に私はしがみつく。

彼の手が私の腕を摑もうとした。

私は、その腕に取りつく。

なんとか、自分の足で立ち上がる。

階段の外側を大量の水が流れ落ちていく。

水の分厚いカーテンができていた。

どんどん水位が高くなっている。

私は彼の手を引いて何段か上に移動した。

もう一度だけ、大きな波が私たちを襲ったが、今度は大丈夫だった。

やがて、足もとに流れる少量の水だけになる。下を覗《のぞ》いてみると、階段室の水もみるみる少なくなっていた。その先へ、順調に流出しているようだ。

「予想どおりだね」勅使河原が呟いた。

「怪我は大丈夫ですか？」私はきいた。まだ彼の手を握っていた。「痛みませんか？」

「大丈夫。君は？」

「溺《おぼ》れそうになりました」私は冗談っぽく答える。

「上がろう」

「待って下さい」

私は、彼に抱きついて、短いキスをした。

唇が離れても、彼の顔から目が離せない。

「今のは？」勅使河原はきいた。

「誰かが先生にキスをしました」

彼は首を傾《かし》げた。

「行こう」

彼の手を引いて、階段を上る。

壊れたドアが、途中で斜めに引っかかっていた。その下を潜《くぐ》り抜ける。通路を進み、爆薬をセットしたところまで来た。

天井の照明が幾つか割れている。

その先は、暗い。

通路の途中に、緑色のパイロットランプが点滅しているのが見えた。

私は勅使河原の手を引いて、さらに先へと進む。

真っ直ぐに行ったところにドアがあった。
これが最後のドアだ。
私は丸いハンドルを両手で回した。
最初は重かったが、回り始める。
ドアを引き開けた。
湿った生温かい空気が流出し、代わりに、乾いた冷たい空気が流れ込んだ。
外は暗かった。
私たちは無言で、手をつなぎ、コンクリートの階段を上がった。
最初は、耳鳴りかと思った。
それは、虫の声だった。
喧《やかま》しいくらい、辺りいっぱいに……。
見上げると、僅かに見える星空。
私は深呼吸をした。
彼も大きく息を吸っている。
「出られましたね」私は囁いた。
「なにか変わった様子はない?」
「いえ……」

私は辺りを見回した。

巨大なコンクリートの構造は、今は真っ黒で、空の半分を遮《さえぎ》っている。また、反対側にも森が迫っているので、樹々《きぎ》の枝葉のシルエットが、残りの空を覆《おお》うほどだった。

近くにライトはない。

月も見えなかったので、

勅使河原の表情もわからなかった。

彼がどんな顔をしているのか、

私は知りたい、と思う。

しかし、そのときだった。

地響きのような振動があった。

地震か、と一瞬思う。

次の瞬間、大音響。

低い音だった。

今、私たちが出てきた場所から、

聞こえたような気がする。

なにかが噴出した。

そして、凄《すさ》まじい爆風。
抵抗する暇もなかった。
私は、弾《はじ》かれたように飛ばされ、
土の上に倒れた。
何が起こったのか、まるで想像がつかない。
さらに爆音は続く。
軋《きし》むような大音響。
風が衝撃波のように、私の上を行き交う。
顔を上げ、振り向いても、暗くてわからない。
辺り一面、
既に煙のようなものが立ち込めていた。
もの凄《すご》い爆音。
細かい砂が降る。
目が開けられなくなった。
なにも見えない。
「先生！」私は叫んだ。
彼の姿はもう見えなかった。

＊

夜通し誰かに見張らせよう
見張らせよう　見張らせよう
夜通し誰かに見張らせよう
マイ・フェア・レディ

もしも見張りが眠ったら
眠ったら　眠ったら
もしも見張りが眠ったら
マイ・フェア・レディ

夜通し煙草《たばこ》を吸わせよう
吸わせよう　吸わせよう
夜通し煙草を吸わせよう
マイ・フェア・レディ

(Nursery Rhymes)

第８章　光線のエネルギーの変換則．完全反射する鏡に与える輻射圧《ふくしゃあつ》の理論

この球面によって包みこまれた光の部分に関しては，球が常に光の塊りと同一方向に，同じ速さで走っているから，球面を通してのエネルギーの出入りはない．つまりこの球面は，全体の光のうちの同一部分を絶えず包みこんでいるといえよう．

1

僕は吹き飛ばされた。

それから、なにかに引き寄せられるような不思議な力を感じた。最初はわからなかったが、地面が傾いていたのだ。

今まで平たい場所だったところが、斜めになり、僕はそこを転がり落ちる。轟音《ごうおん》とともに地面がさらに盛り上がった。

ようやくぶつかったところは、鉄柵《てっさく》だ。手で触ってわかった。ここにやってきたとき、敷地を取り囲んでいた柵を、僕は覚えていた。

どこかで、人の声がする。

だが、気のせいだったかもしれない。

なにしろ、あらゆる音がしていた。

割れる音、軋《きし》む音、張り裂ける音。

それらが、次々に、休む間もなく続く。

風が耳もとで鳴り、遠くでは、不気味な叫び声のような音が唸《うな》りを上げている。まるで、巨大な恐竜が吠《ほ》えているような、地底の悪魔が呼んでいるような、低い響き。この世に初めて溢《あふ》れ出た恐ろしい音。空気の異常な振動が、低周波の圧力となる。すべてのものを引き裂くエネルギィのほんの一部が、その凄《すさ》まじさゆえに溢れ出て、音波に変換されたかのようだった。もう、音と呼ぶには相応《ふさわ》しくない、別の衝撃といって良かった。

なにかが崩れている。

なにかが落ち、
他のなにかにぶつかる。

なにかが曲がり、

倒れ、
引きちぎられ、
捻《ねじ》れ、
弾《はじ》け飛ぶ。

地面は地震さながらに揺れ、僕がしがみついていた鉄柵は、向こう側に撓《たわ》みながら倒れ込んだ。上からなにかが落ちてきて、すぐ近くで弾《はず》み、転がっていった。

森島有佳がどこへ行ったのか、わからない。

もはや、それどころではない。

自分が生きているなんて、とうてい思えない状況だった。

視力はゼロに近い。

空気は激しく動き、粉っぽく、焦《こ》げ臭い。

また、もの凄《すご》い音がした。

地面が揺《ゆ》れる。

思わず自分の耳を庇《かば》った。

それは大き過ぎる、高過ぎる、音響で、
同時に津波のような風が巻き起こった。

辺りの樹《き》がざっと一瞬で反応し、

続いて、無数の細かい粒子が空から降り注ぐ。
低い地響き。
とても近い。
そして、遠くで轟音。
あまりの恐ろしさに、身動きができなかった。
僕は斜めに倒れている鉄柵を両手で摑《つか》んでいる。
どちらにしても、とても立てない。
自分の躰《からだ》がどんな状態なのか、わからない。
しかし、じっとしていては、危険だ。
それは間違いない。
少し前進した。
なにかが頰《ほお》に刺さる。
僕は咄嗟《とっさ》に身を引き、手探りで前方を探った。
有刺鉄線だ。
怪我《けが》は大したことはない。
後方の爆音。
ぎいぎいという、

耳障《みみざわ》りな軋み音に変化していく。

いったい、何があったのだろう？

地震だろうか？

隕石《いんせき》でも落ちたのか？

それとも、本当に戦争が始まったのだろうか？

そんなことは、もうどうだって良い。

とにかく、ここにはいたくない。

危険だ。

本能的に感じた。

なるべく離れた方が良い。

そう感じさせる音だった。

有刺鉄線を乗り越え、僕は先へ進む。

鉄柵は崖《がけ》に倒れかかっているようだった。手探りして、樹の枝を見つける。摑まったが、それは折れ、地面に転がり落ちた。

幸い、草の上だった。

鉄柵の反対側だろう。

進める方向へ、とにかく這《は》っていく。

途中で立ち上がれるようになった。

両手を前に突き出して進む。

幾度か転んだ。

だが、少しずつ、

一歩ずつ、

夢中で歩いた。

頭の傷が、まだ少し痛い。

それを思い出したのは、ずいぶん歩いてからだ。

服が濡《ぬ》れているので、とても寒い。

それを感じたのも、さらにあとになってからだった。

辺りは森の中らしく、細かい樹の枝が躰にぶつかる。

片腕を顔の前に出して庇い、もう片方の手を前方に伸ばして前進した。

上り坂だった。

百メートル以上は進んだはずだ。

轟音はまだ後方で続いていた。

地響きは、かなり静まった。

多少は危険地帯から離れた、と感じる。

何があったのだろう……。
いったい……。
右足を踏み外した。
草の上を、僕の躰は滑《すべ》り落ちる。
落下。
頭を地面にぶつける。
運良く、怪我とは反対側だった。
明かりが広がった。
確かに見えた。
けれど、そのまま、目の前が真っ白になる。
やっぱり、
夢だったのだろうか……。

2

私は走った。
地面の割れ目に、一度落ちそうになった。下は真っ暗で、地球の中心まで続いていそうな深さだった。

周囲の鉄柵は、盛り上がった地面とともに簡単に折れ曲がってしまった。コンクリートの基礎部分が、私の背より高いところにあって、不安定な状態で揺れていた。

また、後方で爆発が起きた。

振り向くと、白っぽい煙の中で、数回の短い閃光《せんこう》が走った。

地面の中で、なにかが次々に爆発しているのか、それとも、上空から爆弾の攻撃を受けているのだろうか。ばりばりという、炸裂音《さくれつおん》が鳴り響き、そのつど地面が狂ったように振動する。ぶーんと風を切る、鞭《むち》を振るうような不気味な音が、もの凄い速度で、辺りを駆け巡る。誇張ではない。右から左、否、近くから遠くへ向かって、音が走っていく。飛んでいく。ちょうど、ロケット花火みたいになにかが発射されているような音に似ていた。

私は、柵の下を潜《くぐ》り抜ける。

森の中に逃げ込んだ。

今度は真っ暗でなにも見えなくなる。

恐ろしい音からは、遠ざかったし、降り注ぐ砂も、ここまでは届かないようだ。

しばらく歩いてから、大きな樹の幹の下で、私は一度立ち止まった。

「先生！　勅使河原先生！」大声で叫ぶ。

息が切れ、汗をかいている。

躰のあちこちが痛かった。どこを怪我しているのか、わからないが、無傷であるはずはない。

しかし、とにかく生きている。

「先生！　どこですか？」

声が遠くまで聞こえるような状況ではなかった。

五メートルも離れたら、もう声は届かないだろう。

私は、さらに森の奥へ進む。

その方向以外になかった。

片手で顔を庇って歩く。

勅使河原潤とは逸《はぐ》れてしまった。

大丈夫だろうか。

目が見えないのだから……、心配だ。

でも、見えても、ほとんど無駄だった。

暗く、そして、粉塵《ふんじん》のために視界は極度に悪い。

今から戻っても、
見つけることは不可能だろう。

それにしても、何が起こったのだろう?

よくわからない。

ただ、まるで、《バルブ》の中で爆発が起こったみたいに見えた。私が仕掛けて、ドアを破壊したあの爆発とは、桁外れ《けたはず》のエネルギィだった。

コンクリートの塊が崩壊したのかもしれない。

それとも、もっと別の爆発だったのか。

辺りの地面まで捲《めく》れ上がったようだった。周辺のことは、まったく把握できない状態で、大きな爆発があったことは間違いないけれど、その中心がどこなのかも、わからない。見当もつかなかった。もしかして、ずっと遠くだったのかもしれない。

いつの間にか、私は地面に座り込んでいた。

立っていられなかった。

向こう脛《ずね》が痛い。

いつ怪我をしたのか覚えていなかったが、どこかで打ったようだ。

周囲に明かりは見えない。

このまま、森の奥へ入った方が良いのか、あるいは、引き返して、海岸に出る方が良いだろうか。

しかし、戻るのは危険だ。

そちらから吹く風は焦げ臭い。

恐ろしい音は、もうほとんど収まっているみたいだった。

でも、戻りたくはない。

もうしばらく歩いてから、海岸に出よう。

海岸と平行になる方角へ進めば良い。

そう考えて、私は立ち上がった。

片足は体重を支えられないほど酷《ひど》かった。今まで普通に歩いてきたのが不思議だった。それでも、私はどうにか歩いた。

歩き始めた頃に比べると、障害物となる樹が少なくなっている。気づかなかったが、どうやら、人が歩いた跡のある道のようだった。そのまま逆らわず、道なりに進む。ときどき、ほぼ真上に、僅《わず》かに空が見えた。森よりもずっと明るかった。どこかに月が出ているのだろうか。

とにかく、片足を引きずって歩いた。

アップダウンが激しく、また、当然ながら真っ直《ま》ぐ《す》ではなかったので、自分がどちらを向いているのか、わからなくなった。しかし、もう戻る気にはなれなかったし、いずれ、どこかに出るだろう。どこか、人がいるところ、道路があるところへ出るはずだ、という期待だけで歩き続けた。

途中で海が見えた。

私のいる場所はかなり高い位置で、切り立った崖の下に浜辺があった。そろそろ、夜明けなのだろうか。時刻を確かめるため、腕時計を見ようとした。明るい方へ文字盤を向けると、ガラスが割れていた。針は曲がり、見当違いの時刻を示している。

少し明るくなった気がする。

海岸へはすぐには下りていけそうになかったが、そちらへ向かった方が道に迷わないだろう。できるだけ、海に近い道筋を選ぼう、と思った。歩いている道がもし分岐することがあれば、の話ではある。

エンジンの音が近づいてきた。

空だった。

ヘリコプタだ。

自分を見つけてもらうためには、どこか広い場所に出なくてはいけない。だが、私はもう走れるような状態ではなかったし、そんな都合の良い場所は近くになかった。

ロータ音は、海の方角へ遠ざかっていった。

さらに数十分、歩き続け、途中で左に下りていく小径《こみち》を見つけた。急な坂道だったので、足が痛くてなかなか進めない。腰を落とし、両手を地面について、這うようにして下りた。

岩場に出る。

潮の香を感じる。

空の片側がうっすらと赤らんでいた。

私が下りてきたところは、小さな入江で、明るい空の方向は、突き出した半島が視界を遮《さえぎ》っていた。その向こう側が、A海峡大橋のはずである。私はそちらから歩いてきたからだ。

砂浜まで下りた。

私は疲れ果てていた。

そこに腰を下ろす。

喉《のど》が渇いていて、なにか飲みたかった。

額に汗をかいていたけれど、着ているものは、まだ湿っていて、躰は冷たい。

それなのに、熱っぽかった。

もちろん、辺りに人影はない。

私一人だけ。

またエンジン音が近づいてくる。

森の方角から白いライトが光り、ヘリコプタが現れた。

瞬《また》く間に、私の頭上を通り過ぎる。

海上に出ると、高度を落とし、旋回した。

私は足の痛みも忘れて、走った。

両腕を高く挙げ、両手を広げて、振った。

思いっ切り大声で叫んだ。

距離は、二百メートルほど。

機首が、こちらを向く。

ライトが眩《まぶ》しい。

しばらくホバリングしている。

気がついてもらえたようだ。私は確信した。

ヘリコプタは、ゆっくりと近づいてくる。

光はますます強くなり、風が起こる。

砂が飛んだ。

私は少し後ろに下がった。

砂浜に下りるものだと思っていたが、傾斜を嫌ったのであろう、ヘリコプタは入江の奥に着陸した。それ以上奥に入ると樹が邪魔になる。

私は倒れる。

もう、歩けなかった。

ハッチが開くのが見えた。
男が二人飛び出してくる。
「大丈夫ですか？」と叫ぶ声が聞こえた。
私は砂の上に座り込んでいた。
足が痛い。
何を話そうか……。
どう説明しようか……。
けれど、それよりも、
熱いシャワーを浴びて、眠りたかった。

3

目を覚ましたとき、真上に太陽が見えた。
ああ、落とし穴に落ちたのか、と僕は思った。
周囲にあるのは、樹、そして、崖。
少なくとも、地球のどこかにいることは確認できた。
多少は目が見えるようになったようだ。

少し躰を動かしてみる。

首、腕、脚、そして、腰。

昨晩のことを思い出す。否、今朝のことだ。

おそらく、数時間ほど気を失っていたのだろう。

どこか高いところから足を滑らせて落ちたはずだ。

太陽に向いている側は、服が乾いていた。反対に、地面に接していた方は、土が水分に溶けて染《し》み込み、肌に付着している感じがした。気持ちが悪かった。

頭を軽くふってみたが、特に異状はない。傷も痛まなかった。大したことはない、と思って起き上がってみると、背中がずきんと痛み、思わず声が出た。

躰を横に倒し、背中を上にして、四つん這いになる。両手を踏ん張って、ゆっくりと躰を起こした。

今度はなんとか起き上がる。

目が見えるようになっていたのは、頭に巻いた包帯が外れかかっていたからだった。そちらは今まで包帯に隠れていたのだ。その見える方の目を瞑《つむ》ってみると、もう一方はやはり極度に視力が失われている。

跪《ひざまず》いた状態から、膝《ひざ》を立てる。立ち上がってみた。

片足が少し痛かったが、大丈夫だ。

ロータ音かプロペラ音が聞こえる。軽飛行機かヘリコプタが近くを飛んでいるようだ。それも、一機ではない。だが、僕のいるところから見える空は限られている。目を細めて仰ぎ見たが、雲以外に見つからなかった。

辺りを見渡す。

一方は、赤土が露出した急角度の崖で、高さが五メートルほどもある。おそらく、ここを滑り落ちてきたのだろう。そちらへは行けそうにない。もう片方は松林。樹々が密集している。しかし、かなり先の方ではあるが、たまに車が通る音がした。しばらく崖と平行に歩き、林の中に入ることのできる小径を見つけて、そちらへ進んだ。

とても歩きにくかった。

窪《くぼ》んだところで、足を踏み外し、倒れた。

そこに、水が溜《た》まっていたので、頭から泥をかぶった。

それでも、僕は立ち上がった。

先へ進む。

白いものが見え、それがガードレールだとわかったときは、思わず指を鳴らしていた。

片側一車線のアスファルト舗装された道路に出る。

電信柱が立っていた。

道はカーブしているので、両側とも先はよく見えない。

僕は待った。

車が近づいてくる音。

白い乗用車がやってきた。

僕は両手を振って、道路に飛び出した。

けれど、タイミングが悪かったようだ。

停めるには、遅すぎた。

車は一度減速したが、クラクションを鳴らし、怒ったように加速して走り去った。

反対側から大型トラックがやってくる。

僕は大声を出して、両手を振る。

今度も、停まらない。

そう思って諦《あきら》めようとしたが、トラックは数十メートル行き過ぎたところで急停車した。

僕はそちらへ走る。

車の前に出て、運転席の窓の下に回った。

野球帽をかぶった若い男が窓から顔を出す。煙草《たばこ》を口にくわえていた。

「すみません」僕は彼を見上げて言う。「事故に遭って、怪我をして困っています。近くの街まで乗せてもらえませんか？　お礼はできると思います」

「いいよ」運転手は片手で助手席の方を示す。「乗んな」

「ありがとうございます」お礼を言ってから、僕は助手席の方へ戻る。ステップに乗り、ドアを開けて乗り込んだ。

車はすぐに走りだした。

「服が汚れていて、申し訳ありません」

「ああ……、気にせんと」日焼けした運転手は白い歯を見せて、ちらりと僕の顔を見る。「事故って、橋のかい？」

「ああ、ええ……」僕はシートベルトをかけるところだったので、彼の質問に詳しく答えられなかった。

「まいっちまうよな、通行止めだもんな」大きなステアリングにもたれかかるように前のめりになり、運転手が首をふる。

「道がですか？」僕はきいた。

「橋だよ橋。大橋だよ。今朝、ぶっ壊れちまった」

4

とても長い時間、私は眠っていたようだ。

夢を見た。

ロープウェイで高い山へ上っていく。そこに私の家があった。標高が高いためか、とても寒い。私はそこに一人で住んでいる。買いものにいくのにも、ロープウェイに乗らなくてはならない。他に、山を上り下りする手段がないようだった。

いつも、私は一人きり。

大きな屋敷だったが、私以外に誰もいない。

左右対称の間取りで、そのうち、私は左の半分を使っていた。

屋敷の右半分には、たまに掃除をしにいくだけ。

誰も使わない部屋が、沢山ある。

それなのに、何故か、私以外の気配がする部屋。

大きな鏡があって、その鏡の前に立つと、とても不安になる。映っているのが、本当に私なのか、それとも、鏡の中の魔物なのか、わからない。

ところが、

あるとき、私は見てしまった。

買いものに出かけようと、私はいつものとおりロープウェイに乗った。ちょうど真ん中で、麓《ふもと》から上ってきたゴンドラとすれ違う。このロープウェイは私以外に利用しない。何故なら、山には私の屋敷しかないからだ。私以外誰も住んでいないのだ。

けれど、

空っぽのはずの上りのゴンドラに……。

すれ違う一瞬、

私は見た。

そのゴンドラに乗って、

私を見て笑っている女を。

私と同じ服を着て、

私と同じ髪形で、

私と同じ顔だった。

そうか……、

私は、一人ではなかったのだ。

それを思い出して、

少しだけ悲しくなった。

虚《むな》しくなった。

向こうの彼女は、屋敷の右半分を使っているのかしら。

どうして、教えてくれなかったの？

何故、笑っているの？

目が覚めると、
真っ白い、
病室だった。

病院に運ばれたことを思い出した。

でも、これもまだ、夢かもしれない。

ヘリコプタに乗せられたときは、もう、座っているのも辛《つら》い状態だった。私はそのまま眠るように気を失った。

途中で救急車のサイレンを聞いた覚えがある。

男の人、女の人、何人かが、私に話しかけたが、返事ができなかった。

ここがどこの病院なのか、わからない。

一度、目が覚めたときは、夜中だったのか、真っ暗だった。

あの恐《こわ》い夢を見るまえだ。

今は、明るい。

つまり……、

ヘリコプタに救助されたのが、昨日のこと？

六畳ほどの個室だった。

窓には白いカーテン。

外は天気が良さそうだ。

私は、ベッドの上で起き上がった。

自分の躰を見る。

両手と、右の足首に包帯が巻かれていた。白い浴衣《ゆかた》のようなものを着ている。

ベッドから足を下ろして、床に立つ。

包帯が巻かれた方の足は、まったく体重がかけられなかったので、ベッドの手摺《てすり》に摑まって、ドアの方へ少しずつ移動した。そこに鏡があったからだ。

自分の顔を鏡の中に見つける。

良かった……。

自分の顔だった。

知らない人だったら、恐かっただろう。

ロープウェイで笑っていた彼女の顔を思い出して、躰が震える。

額にガーゼと絆創膏《ばんそうこう》が貼《は》ってあった。

もっと酷《ひど》いだろうと予想していたが、それほどでもなかった。

すぐそばのドアがノックされる。

少しびっくりした。

「はい……」私はその場で返事をする。

ドアが開いて、男が二人入ってきた。

「はじめまして……、特捜部の宮原《みやはら》といいます」歳上《としうえ》の男が頭を下げてから名乗った。

五十になるかならないか、といった年齢で、短い頭髪は灰色。髭《ひげ》が濃い四角い顔だった。やや窮屈そうに黒っぽいスーツを着ている。背は高くないが、躰は頑丈そうな感じだ。

「H県警の高橋《たかはし》です」もう一人の男が言った。

ひょろっとしたメガネのインテリ風。四十代だろう。髪をきちんと分けて、品の良い深緑のスーツだった。

私は頭を下げてから、再び片足でベッドまで戻り、そこに腰掛けた。

病室には椅子《いす》がなかった。彼らは立ったままだ。

「何があったのか……、お話を伺《うかが》いにきました」宮原が両手を前で組みながら言った。

「あの、そのまえに、勅使河原先生が、どうなったのか……」私は尋ねる。

宮原は一瞬表情を固くした。

後ろに立っている高橋の方を彼は振り向く。高橋は僅かに頷《うなず》いたようだった。

「あの……」私は、声をかける。

「ええ、はい」宮原はこちらを向いて頷いた。「実は、昨晩ここへ伺ったときも、その……、今と同じ質問をなさいました」

「私が？」そんな覚えはまったくなかった。

「そうです。譫言《うわごと》のように、繰り返しておられました」

「覚えていません。今、初めてお会いした……、と思っていました」

「いえ、無理もないことです」宮原は微笑《ほほえ》む。

「あの……、勅使河原先生は？」私はもう一度尋ねた。

「ご無事です」高橋の方が答えた。「まもなく、この病院へ移ってこられます。昨日の夕方、警察に直接来られましてね。通りすがりのトラックに乗せてもらった、ということでした。昨夜は、警察の近くの病院で手当てを受けられましたので……」

「良かった」私は溜息《ためいき》をついた。「先生からは、なにか聞かれたのでしょうか？」

「ええ、だいたいのところは」宮原が低い声で唸るようにして答えた。

「勅使河原潤先生、ご本人ではない、ということも？」

「ええ……。なるべくなら、公表しないでほしい、ということでした。まだ、こちらの対応は決まっておりません。今のところ、一切マスコミにも漏れていません」

「私を助けてくれたのは、マスコミ関係者だったと思いますが……」

「そうなのですか？」

「違いました？」私はきき返す。

「いえ、確認していません」宮原はぎこちなく首をふる。「しかし、貴女《あなた》が、今回のことに関係しているなんて、考えてもいないでしょう」

そう……、ヘリコプタの中では、私はなにも話さなかったはず。

「いったい、何があったのですか？」私は質問した。

「A海峡大橋の爆破」高橋は新聞の見出しを読むように事務的に答えた。「アンカレイジと呼ばれる構造物が爆破されたんです」

私は、彼の言葉に驚いた。

最初、すぐには飲み込めなかった。だが、自分の体験を思い起こせば、即座に理解できる。

はっと息を吸い込んだ。

思わず目を見開き、口を開けたままになる。

言葉が出てこなかった。

「ご存じではなかったのですか？」

「あ……、いえ、はい……」私は頷いた。片手を口もとに当てる。「まさか、そんなことがあったなんて……。じゃあ、あれは、あの騒ぎは……」

「すぐ近くにいらっしゃったそうですね？」

「近くなんてものじゃありません。私たち、あの中にいたんです。アンカレイジのコンクリートの中に閉じ込められていたのです。彼と……、勅使河原先生と私の二人だけになってしまって、それで、最後の手段で、ドアを爆破して、脱出したんです。そうしたら、その直後です。大きな爆発があって……、ええ、もう夢中で逃げました」

「二人だけになった……、とおっしゃいましたね？」宮原はゆっくりとした口調できいた。

「ええ、その……、他の人は全員亡《な》くなりました」

「それは、事故でですか？」宮原は私の顔を見据える。くっついたら離れない、粘着性の視線だった。

勅使河原からだいたいの話を聞いている、と言ったではないか。知らないはずはないのだ。

「殺されたのです」私は正直に答えた。「勅使河原先生からお聞きになっているのでは?」

「いえ、そのとおりに、聞いておりますよ」宮原は口の形だけで微笑んだ。「最初は六人だったそうですね。その、なんといいましたっけ、秘密の施設。その中に六人で入った、と。そして……」彼は言葉を切って、わざとらしく高橋を振り返る。再び私を捉《とら》えたのは、ますますいやらしい、疑惑の眼差《まなざ》しだった。「四人が殺されたそうですな。六人のうちの四人が。それで、貴女方二人だけになってしまった。つまり、脱出したとき、あの中には、もう生きている人間は誰も残っていなかった、と」

宮原の言葉が終わるのを待っているのが苦痛だった。

「そのとおりです」私は強く頷いた。「ええ、もちろん、その状況がとても不可思議であることは認めます。しかし、そのとおりなんですから、しかたがありません」

「よろしいですか……」わざとらしい悠長な口調で宮原は言った。「大橋のアンカレイジが爆破された。おそらくテロ行為かと思われます。今のところ、犯行声明は出ていないようですけどね。巨大なコンクリートの構造物が破壊されたのです。それも間違いなく内部からです。外から壊すことなど不可能だと専門家が言っているんですよ。内部にあらかじめ空洞が作られていた。それを知っている者が爆薬を仕掛けて、破壊したのです。貴女は、あの中にいた、とおっしゃる。まさにそこで爆発が起こったのです。そして、自分が、最後の生存者だともおっしゃっている。まず、一つ目の疑問は、誰が、爆破したのか、という点です」

　宮原は私を凝視したまま黙った。高橋はメガネの真ん中を指で持ち上げた。

「さあ、見当もつきません」私は首をふった。「でも、不審な者はいなかったし……、内部で、その、目立つような爆薬にも気づきませんでしたから、もしそれが本当なら、最初からどこかに隠して仕掛けられていたのだと思います。機械的なもので、操作したのか、あるいは時限爆弾だったのか……」

「不審な者はいなかった？」宮原は私の言葉を繰り返した。「しかし、四人も殺されたんでしょう？」

「ええ……」私は頷いた。そのとおりだ。

「二つ目の疑問です……」宮原は私を睨《にら》む。「誰が殺したんですか？」

　私は黙って、首をふった。

　宮原も黙って、私を見つめたまま動かない。

　私は視線を逸《そ》らし、窓の方を見た。とても沢山考えなくてはいけないことがあって、しかも、頭脳はまだ完全には目覚めていない。事態を把握するだけで精いっぱいだった。

「なにか、お心当たりのことがありませんか？」

「いいえ」私は答える。今度は病室の壁を見て、時計を見た。もうすぐ十一時だった。夜ではないので、午前十一時である。「さきほどの、疑問……、二つとも、私が質問したいくらいです」

「けっこうです。では……、ちょっと、ここではなんですから、場所を移して、何があったのか、ゆっくりお話を伺うことにしましょう。よろしいですか？」

「わかりました」私は頷く。「あの……、そのまえに、着替えさせてもらえないでしょうか？　この格好では……」

「ええ、もちろんです。看護婦を呼びましょうか？」

「えっと……、私が着ていた服は……、もう、駄目でしょうね？」

「さあ、どうでしょうか」宮原は微笑んだ。

どうして微笑んだのか、私にはわからなかった。

5

パトカーの後部座席に一人で座って、右側の窓から僕は外を眺めていた。もう一台、警察の黒いセダンが後ろを走っている。

西に向かっていたので、前方がとても眩しい。

時刻は四時を十分ほど過ぎたところ。

運転席の警官も、助手席の私服の男も、無言だった。

昨日のことを、僕は思い出していた。

大型トラックに乗せてもらった。同年配か、僕よりも少し若いだろうか、運転手は無口だが、親切な男だった。助手席で眠ってしまった僕を何度か起こそうとしたらしいが、僕の方も相当に疲れていた。ほとんど気を失っている状態だったかもしれない。とにかく、気がついたら、夕方だった。辺りの景色は一変して大都会。片側だけで何車線もあるメインストリートだった。目の前がO府警のビルで、その文字を読んだときは、ずいぶん遠くまで来てしまった、と思った。しかし、文句は言えない。

僕は礼を言ってトラックから降りた。一応、運転手の住所と名前をきいた。一段落したら、きっとお礼になにか送る、と約束した。運転手は笑って片手を挙げ、車は走り去った。

僕は一人で建物の中に入り、保護された。

それから、病院へ直行。

頭の傷も何針か縫った。治療は二時間くらい。夜遅くになって、刑事たちが五人ほど病室へやってきて、いろいろ質問攻めに遭った。

包み隠さず、ありのままを語った。

僕が勅使河原潤本人ではないことを、最初に説明した。できれば、公表しないでほしい、勅使河原潤に判断を仰ぎたい、と僕は話した。

《バルブ》内で起こった惨劇に関しては、説明しながらも、とうてい理解できない、と自分でも思えた。刑事たちも、黙って聞いてはいたが、疑っていることは間違いなかった。しかし、信じるか信じないかは、僕の問題ではない。

僕が尋ねた質問は、ただ一つ。

森島有佳が無事かどうか、ということ。

最初は教えてくれなかった。

どうして、隠す必要があるのか、僕は疑問に思った。

刑事たちは部屋を出ていった。廊下でずいぶん長い間相談していたようだ。そして、戻ってきて、やっと教えてくれた。

有佳は軽傷だという。H県の病院にいるらしい。

良かった、と思う。

それだけで、少し元気が戻った気がした。

警察の連中が帰ったあと、もう一度看護婦がガーゼを取り替えにやってきた。もう十二時を回っていたと思う。

それから、ずっと眠っていた。

目が覚めたのは、正午に近かった。僕は、まだ集中治療室の一角にいた。ここにはテレビがない。新聞も読めない。看護婦に、A海峡大橋の話をきこうとしたが、忙しそうにしていて、相手にしてもらえなかった。

そうしているうちに、三時頃、そこから出ることになった。病室が空いたのだろう、と思っていたら、いきなり車に乗せられる。それもパトカーだった。

H県の病院まで行くという。

たぶん、そこに森島有佳がいるのだろう。それらしいことを、刑事が仄《ほの》めかしていた。

躰は大丈夫だった。片目が少し焦点が合わないだけだ。医者は、角膜に傷がついたせいだろう、と話していた。頭を殴られ、倒れたときになにかが当たったようだ。

それにしても、

あのとき、僕は誰に襲われたのだろう？

森島有佳ではない、と信じたい。

パトカーの中で、また眠ってしまった。

途中で一度気がついたときは、高速道路の料金所を抜けたところだった。二度目に目が覚めたときは、市街地の大通りで、渋滞していた。すぐ横にバスが停まっていて、乗客がじろじろと僕の方を見ていた。警察に捕まった悪人に見えたのだろうか。

自分は、確かに容疑者なのだろう、と僕はぼんやりと思った。《バルブ》内の殺人事件はもちろんのこと、A海峡大橋爆破に関しても、疑われているに違いない。

勅使河原潤に連絡を取ってほしい、と警察には要望してある。とにかく、それが第一だった。彼は僕の雇い主なのだから、判断を仰ぐ必要がある。あとは、森島有佳に一刻も早く会いたかった。二人で説明すれば、警察に対してだって、多少は説得力のある話ができるかもしれない、と思う。

病院の駐車場でパトカーを降りた。もう一台の黒いセダンから、さきに男たちが降りてきていた。僕が逃げるとでも思っているのだろうか。

その病院の七階の個室が僕のために用意されていた。なかなか広い部屋だった。ベッドは一つ。その他に、硬そうなビニルのベンチが置かれている。テレビはない。窓の外は表通りで、真下に駐車場が見えた。

すぐ食事が運ばれてきた。それを食べている間、警察の連中は全員姿を消した。しかし、僕は食欲がなく、半分以上を食べ残してしまった。

「森島有佳さんは、近くの部屋ですか？」看護婦が包帯を替えにきたので、僕は尋ねた。

「あ、いえ……、ちょっと私にはわかりません」彼女は顔を上げて首をふった。慌《あわ》てている様子で、嘘《うそ》をついていることが明らかだった。

「僕は、なんていう名前になっているんです？」別の質問をする。

「は？」看護婦は目を丸くした。

「僕の名前です。病院には、どう登録されていますか？　実はよく間違えられるんです」

「勅使河原さん、ですよね？」

「ああ、ええ……」

「勅使河原潤さんでしょう？」

「そういうことになっているのですか？」

看護婦は眉《まゆ》を顰《ひそ》め、首を少し捻《ひね》った。

「僕、目は見えますけど」そう言って僕は微笑んだ。

「え、ええ……」彼女は口を尖《とが》らせて、肩を竦《すく》めた。「そうみたいですね。本当は、見えたのですね？」

どうやら、本物の勅使河原潤として、僕は扱われているようだった。どうしたことだろうか。まさか、保険証の関係でもあるまい。

「電話が使えませんか？」僕は尋ねる。

「一階のロビィまで下りてもらわないと……」看護婦はガーゼを僕の腕に当てながら答えた。「でも、まだ、勝手に病室を出てはいけません。その……」

「警察にそう言われているの？」

「え、ええ……」ぎこちなく看護婦は頷く。「廊下に、おまわりさんが見張っていますよ」

「そうか……」僕は頷いた。「どこかから、携帯電話を調達してこられないかな？お礼はするよ」

「携帯電話は、病棟の中では使用禁止です」

僕は思わず吹き出した。

看護婦はほっとしたらしく、顔を赤らめて微笑んだ。

「どんな事情かは存じませんけど、とにかく、今は早く怪我を治して、元気になって下さいね」優しい口調で彼女は言う。

「怪我なんて大したことないよ」

「いえ、頭の怪我は重傷です」彼女は作業をしながら言う。脚の包帯に取りかかっていた。

「これくらいの怪我で済んで、本当に幸運だったんですよ」僕は明るく答え、次に、なにげなくきいた。「森島さんの方は、怪我はどうだったんです？」

「ええ……、大したことは……」頷いてから、看護婦ははっと息を吸い込み、顔を上げて僕を睨んだ。

僕は鼻息をもらして微笑む。

「私、なにも知りません」彼女は慌てて首をふった。

「ありがとう」

6

私はずっと一人だった。

誰も病室を訪ねてこない。

連絡がつかないのだろうか……。

最初は、姉が来ても良さそうなものだ、と思った。しかし、私が森島有佳と名乗っている以上、警察の関係者がいるかもしれない病院へ近づくことは、危険だと判断したのかもしれない。

そのうち、連絡をしてくれるだろう。

電話をかけたかったので頼んでみたが、今は駄目だ、と理由もなく断わられてしまった。まるで、監禁されているみたいだ、と私は思った。

テレビか新聞を見せてほしい、とも申し出てみた。ところが、これも駄目だと言われてしまう。そのときは、単に傲慢《ごうまん》な態度だ、くらいにしか理解できなかったが、よくよく考えてみると、容疑者の証言として、つまり、私が話す内容の証拠能力を失わないための方策なのだろう。テレビや新聞から得た情報ではなく、私がそれを知っていたことが裁判で重要な証拠になる、という場合を想定しているのではないか。

しかし、経験したこと、記憶していることは、既にすべて話したつもりだった。私の話を聞いた彼らにしてみれば、一つ一つが信じ難い内容だったと思われる。

今頃はきっと、あの崩壊した《バルブ》内の調査をしていることだろう。四人の遺体は、ちゃんと残っていただろうか。あれだけの大規模な爆発があったのだから、期待はできない。しかし、なにも残らないはずはない。ちゃんと調べれば、私が話したことが事実だとわかるはずだ。

大橋がどれほどの被害を受けたのかは、私にはわからない。《バルブ》があったアンカレイジが破壊された、と聞いた。だが、あれは巨大なコンクリートの塊だ。ほとんどの部分は地下に埋まっていたのである。

アンカレイジは吊《っ》り橋のワイヤの端を支持するための構造なのだから、もしかしたら、その肝心のワイヤが切れてしまったのかもしれない。どうなるのだろう？　私には想像もできない。けれど、あの恐ろしい音、そして振動を思い出す。確かに、大きな被害が出たことは間違いなさそうだ。

看護婦が部屋に入ってきた。検温だろう。そろそろ消灯の時刻だった。

「これを」小声で看護婦が言う。

体温計を差し出したのだと思ったが、違っていた。

それは小さく折られた紙切れだった。私がそれを受け取ると、彼女は、つんと澄ました表情で、今度は体温計を差し出す。そして、私の片手を取り、脈拍を計る。片手だったので、私は紙切れを広げることができなかった。

「いかがですか？　痛いところはありませんか？」

「はい」私は答えた。

看護婦は私と目を合わせない。どこかよそよそしい態度だった。デジタルの体温計の電子音が鳴って、私はそれを彼女に返した。彼女は持っていたバインダ・ボードの紙に、なにかを書き込んでいる。

私は紙切れを広げる。

その途中で、看護婦は黙って出ていった。

病院の案内図が印刷された薄っぺらい紙だった。その裏に、鉛筆で文字が書かれている。見たことのない筆跡で、文字が大きく、また、ところどころ乱れている。利《き》き手ではない方の手で書いたものか、あるいは目を瞑《つむ》って書いたような、そんな感じだった。

この病院にいます。

たぶん七階。

会いたい。

勅使河原が書いたものだ、とすぐにわかった。

私はベッドから起き上がっていた。

ドアを見る。

自分が何階にいるのか、私は知らなかった。

窓の外の眺めから判断して、五階以上だとは思う。

彼は、近くの部屋だろうか……。

しかし、ドアの擦りガラスを通して、廊下に立っている警官の姿が見えた。

私は、ベッドからそっと下りる。

窓際《まどぎわ》まで歩く。

もう、足もそれほど痛くない。

カーテンを少しだけ引き寄せ、

外の景色を眺めた。

暗い裏通りに駐められた車が並んでいる。

ところどころに街灯が光る。

人は歩いていなかった。

どうしたら、良いだろう？

もう一度、紙に書かれた文字を読む。

何度も、読んだ。

7

今日はもうなにもないだろう、と思っていたのに、夜の九時過ぎに、警官が僕を呼びにきた。夜間のため、周囲の部屋に声が漏《も》れる。他の部屋で話がしたい、ということだった。

病室から出ると、廊下に別の警官が二人立っていて、そのうちの一人が後からついてきた。つまり、僕を挟んで二人の警官が歩いた。

階段を使って、八階に上がる。会議室のような部屋だった。私服の男が二人そこで待っていた。

肩幅の広い年配の男は宮原と名乗った。もう一人は、メガネをかけた痩《や》せた男で、H県警の高橋警部だと自己紹介した。宮原の方は県警の人間ではないようだった。しかし、そんなこと、僕には興味はない。

「お寝《やす》みでしたか？」宮原は僕が腰掛けるときいた。軟らかい口調だった。

「いいえ、まだ九時ですよ」

「怪我はいかがです？」

「大丈夫だと思います」僕は答える。

「いろいろと、お伺いしたいことがあります」宮原は愛想の良い笑顔をつくり、両手を広げてみせ、ゆっくりと話した。しかし、その笑顔も口調も、いちいち鼻につく。明らかに逆効果だった。「まず、何があったのか、もう一度、ご説明願えないでしょうか？」

「またですか？」

「お願いします。特に……」宮原は、視線をわざと逸らして、効果を狙《ねら》ったようだ。「貴方《あなた》が、勅使河原潤博士ではない、という観点で、お話ししていただきたいのです。そもそも、どうして、貴方が、勅使河原博士の代役として、あそこへ行くことになったのか、というところから、詳しく説明していただきたいのです」

「わかりました」僕は一旦《いったん》頷いた。「でも、そのまえに、勅使河原本人と話をさせてもらえないでしょうか？　僕は、彼に雇われているのです。彼の承諾なしに勝手な真似《まね》はできません」

「ごもっともなのですが……」宮原は表情を変えずに首を横にふった。「それは、無理なんですよ」

「どうしてですか？」

「いないからです」

「ああ……」僕は身を乗り出した。「いないって、日本にいない、という意味ですね？」

「ええ……、たぶん……」

「連絡はついたのですか？」

「いいえ。目下、捜索中です」

「まさか……」僕は驚いた。「見つからないのですか？」

「ええ……、つまり、逃亡している、といっても、差し支えないかもしれませんね」

宮原はテーブルの上に両手を出し、顔の前で組んだ。「五日まえに、日本からソウルへ飛んでいます。そこから先は、現在調べております。彼の周囲の人間も、誰も、彼の行き先を知りません」

「五日まえから？」

「お心当たりがありますか？」

「あ、いえ……」僕は首をふり、下を向いた。口の中が急に渇いてきた。自然に軽く舌打ちする。「そうですか。連絡がつかない、となると、困りましたね」

ずいぶんまえから、兄、勅使河原潤の代役として、数多くの仕事をしていることを、まず説明した。今回の《バルブ》での実験に参加したのも、これまでと変わりのないルーチン・ワークに過ぎなかった、と僕は強調した。

ようするに、僕は、勅使河原潤がヨーロッパに出かけると話していたこと、そして、自分の子供が生まれると彼に打ち明けられたことを、すべて内緒にした。それが本当のことかどうか判断ができなかったし、たとえ真実だったとしても、彼のプライバシィを公表する権利は僕にはない。今のところは、無理に話す必要もないだろう、と考えたのだ。

それから、《バルブ》の中で起こった一連の事件について、もう一度説明した。人間というのは、こうして他人に話すことによって、記憶が鮮明になるものだ。アウトプットを何度も繰り返すうちに、記憶が整理され、妙に細かいことまで、だんだん思い出してくる。おそらく、そういった人間の特性を、刑事たちは知り抜いているのだろう。何度も何度も同じ質問をして、繰り返し話をさせるのも、意味があってのことかもしれない。

ただ、記憶が整理され、鮮明になるほど、事態の不可解さがクローズアップされる。自分でも、話しているうちに、こんなことはありえない、という気持ちになった。

つまり、相手に信じてもらおうと、詳しく説明している内側から、崩れていくのだった。つい、変なタイミングで笑ってしまったり、言葉を選んで黙ってしまったり……。宮原と高橋の二人は、目を少しだけ細めた状態で表情を固定し、僕の話に聞き入っていたが、嘘をついている人間に対して、好きなように話させている、という余裕さえ窺《うかが》えた。

だんだん馬鹿馬鹿しくなった。

あそこには他に誰もいなかった。外部の者が《バルブ》に出入りできたはずはない。そのことを強調するほど、つまりは、僕たち二人以外に、殺人犯はいない、と主張しているのに等しい。

犯行を自供しているのと同じ。

それが道理。

そう……、道理はそのとおりだ。

しかし、

やはり、違う。

なにかが、間違っている。

僕の話が一段落したところへ、女性がお茶を運んできた。彼女はテーブルに三つの湯呑《ゆのみ》を置いて出ていく。僕はそれをすぐに手に取った。安物の湯呑に入った安物のお茶だったが、熱くて美味《うま》かった。

「森島有佳さんとは、お親しいのでしょうか？」宮原がきいた。彼もお茶を飲んでいた。

「どういう意味でしょうか？」僕はきき返す。

「どんな意味でもけっこうです」

「彼女は、勅使河原潤の有能なアシスタントです。僕は、個人的にはあまりよくは知りませんでした」僕は答えた。過去形であるから、嘘ではない。「今回ほど、長時間一緒に仕事をしたことは、今までに一度もありませんでした」

「貴方が、勅使河原博士ご本人ではない、ということを、彼女は見破れなかったのですね？」

「そうです」

「常に身近にいるアシスタントにしては、少々、その、ぼんやりしていた、と思われてもしかたがありませんな」

「ええ……、そうかもしれませんね。しかし……」僕は自分の長髪を片手で払った。「僕はサングラスをかけていましたし、彼女だって、勅使河原をそれほどよく知っているわけではないのでしょう。身近な人間でも、いつもいつも顔をしっかりと観察しているわけではありませんからね。案外、わからないのが普通かもしれませんよ」

「いつ、打ち明けられましたか？」

「えっと……、最後、二人だけになってからですね。僕が怪我をしたあとのことです」僕はそう言いながら、自分の頭に手をやった。

「何故、打ち明けようと？」宮原は質問した。それはなかなか良い質問だ、と僕は思った。痛いところをついてくる、とはこのことだろう。

「出口を爆破して脱出することになりました。少しでも、彼女の足手まといになりたくない。自分は実は目が見える、ということを話そうと思ったのです。もっとも……、怪我のせいで、目はほとんど見えませんでしたけれどね」僕はそこまで話して、宮原の表情を窺った。「あの……、彼女に、森島さんに会わせてもらえませんか？　この病院にいるのでしょう？」

「あ、ええ……。もちろん、すぐに会えます」宮原は頷く。「ただですね、ご理解いただきたいのですが、今回の事件に、お二人は非常に重要な関わりを持っていらっしゃいます。お二人のご証言と、現場の状況、残留物をつき合わせる照合作業が行われつつあるのです。ですから、できれば、その……、それぞれのイメージを壊さないうちに、お話を伺いたいと考えております」

「口裏を合わせるな、という意味ですね？」僕は微笑んだ。「現場の調査は、どの程度進んでいるのですか？」

「それは、ちょっと、お答えできません」

「大橋の被害の程度は？」

「それも、しばらくは、ご説明できません」

「死体は発見されましたか？」僕は質問を続ける。

「ええ、実は……」少し考えるように息を吸い込み、宮原は一旦黙ったが、軽く頷いてから話しだした。「アンカレイジの瓦礫《がれき》を取り除く作業が難航していましてね。万が一ですが、不発の爆薬が残存している場合もありますので……。捜査は思うように進んでおりません。不測の事態に備えて、慎重に行う必要があるからです。《バルブ》と呼ばれていたシェルタの内部には、まだ手がつけられない状況なんです。ですから、その中から、勅使河原さんのご証言どおり、四人の他殺死体が発見されるかどうかは、これからの段階です。ええ、明日にも、ある程度のことは判明すると思いますが……」

「爆発事故で亡くなった方は？」僕は尋ねる。A海峡大橋が崩壊した可能性をずっと考えていた。

「それが、実に奇跡的なことなのですが、今のところ、死亡者は出ておりません。時刻が時刻でしたので、橋の上の道路も、海上も、交通量が極端に少なかったことが幸いしました」

「それは良かった。では、完全に崩壊したわけではないのですね？」
睨むような鋭い目で、宮原は僕を見た。

8

夜中に目が覚めた。
ベッドの上で起き上がる。
汗をかいていた。
私は、誰だろう……、と考えて、
間もなく現実に定着する。
部屋は暗く、シーツは白く。
呼吸は減速し、思考は加速し。
汗は、しだいに皮膚を冷却する。
瞳《ひとみ》を動かす摩擦を感じ、
血液は慣性に従って流れる。
口の中で、気化した言葉を、
思い出そうとする。

私……。
私……。
そして、私。
全部、私。
もう二度とない私と、
まだ一度もない私と。
どうしたのだろう？
何だろう？
言葉？
光？
しだいに、
戻ってくる。
こちらへ……。
カーテンの隙間《すきま》から、
外の街灯の明かりが、
回折して、拡散して、染み込んでくる。
ドアの擦りガラスは、

その僅かな明かりを、
素直に反射するだけ。
目を凝らし、
壁にかかった時計の針を読む。
二時半だった。
時間の外側にいる生きものが、
この病室の壁の中に、
塗り込められているかもしれない、と思った。
どうして、
そんな関係のないことを考えるのだろう。
人間って……。
これが、人間の生のパターンなのだろうか。
ドアの外で見張っている警官も、
眠っているに違いない。
煙草を吸わせなくては……、と思う。
今のうちに逃げようか、とも考えた。
いや……、

真っ暗な廊下で煙草を吸って、起きているかもしれない。

マザーグースだ。

ロンドン橋の歌。

木、粘土、煉瓦《れんが》、モルタル、鉄、鋼《はがね》、金、銀。

八個の玉。

結局、あれは何だったのだろう？

A海峡大橋の爆破を示唆《しさ》したメッセージだったのだろうか。それはつまり、四人の人間の殺害と大橋の爆破が、同一の意志によってなされたと誇示しているのか。

少なくとも、その証拠にはなるだろう。

高校生のときの私は、英語の辞書の特定の単語にピンクのマーカを引いた。それらをピックアップして並べると、ラヴレターになっていたのだ。もちろん、それを相手に見せたわけではない。誰にも見せていない。

あれも、メッセージだった。

それほど、意味のないことを人間はする、と私は思っている。

それが、人間の「生」の一部だからだ。

八つの玉のメッセージも、そんな、悪戯《いたずら》の延長だったのかもしれない。

警察に説明しているときも、これが一番、自分でも納得がいかない部分だった。

八個の玉で、八種類の素材を示している。

一連のシーケンシャルな、予定された行動である、というアピール。

しかし、何故、
そんなアピールが必要なのだろう？

あるいは、大橋を爆破するという警告だったとしたら、どうして、そんな曖昧《あいまい》な情報伝達をしたのか？

相手が気づくと予測できなくては、
謎掛《なぞか》けは無意味だ。

相手の思考パターンが、読み取れるような状況でなくては、効果がない。

あの歌には、八つの材料しか出てこない。

もう、そのあとには、ない。

金、そして銀までいってしまえば、もう終わり。

つまり、最初から、
四人だけを殺す計画だったのか……。

突発的な行き当たりばったりの行動ではない、という主張だろうか？

メッセージ。

誰が……？
いったい、誰に？
その目的は？
何のために、あんなことを……。
おそらく、
遊びだろう。
私の英語の辞書のように、
少しどきどきしたかっただけかもしれない。
自分に対するメッセージだったのか。
あるいは、万が一、
他人に伝達する奇跡を夢見たのか。
そんな、他人がいたら、
自分よりも、貴重だろう。
他人に自分を発見する奇跡。
そう……、
それが、近い、と私は感じた。
きっと、

近いだろう……。

私は、ベッドから足を下ろして座っていた。

勅使河原潤に会いたかった。否、彼は、勅使河原潤ではないのだ。でも……、私にとっては、彼こそが勅使河原潤といって良い。私は本物を知らない。彼しか知らないのだから……。

彼とのひとときが、脳裏に蘇《よみがえ》る。

残像と、
そして、香りと。

けれど、次の瞬間には、拡散する。

失われていく。

取り戻せるだろうか……。

それよりも、
この不可思議な体験について、彼と話し合わなくてはならないだろう。早くしないと、気が狂いそうだった。

早く、会いたい。

もう一度、ドアの擦りガラスを見た。

私はベッドから下りて、そちらに行こうと思った。ドアをそっと開けて、外の様子を窺えば良い。警官はきっと眠っているだろう。私はここを抜け出して、そして、勅使河原潤の部屋へ行く。廊下で眠っている別の警官の姿を探せば、そこが彼の病室だ。すぐに見つかるだろう。

そして、

彼を起こして、二人で逃げよう。

夜の街を、歩く。

手をつないで。

私が彼の手を引こう。

でも……、

それは、できない。

これは、夢ではない。

何故、逃げなくてはならないのか？

逃げる？

何から、逃げようとしているのだろう？

私は、まだベッドに座っていた。

ずっと、座ったままだった。

＊

気の遠くなるような甘い空気。

細長いキセルの先から、白い煙が真っ直ぐに立ち上る。天井に届く手前で、それは水平に広がり、この世の濁《にご》りを知っているかのように、そこに停滞する。

その天井を支える太い柱が整列し、幾何学模様を人間の呪文《じゅもん》によって織り上げた絨《じゅう》毯《たん》がその間に広がる。漆喰《しっくい》の壁。ブルーのペンキが分厚く塗られた木製のベンチ。真鍮《しんちゅう》で作られた灰皿の足は三本。竹細工の小物入れ。翼を持った魚の形をした器。遠い国で作られた半円形のラジオ。小さな低い机には、紫色の布が掛けられ、床に届くほど垂れ下がっていた。

この地に、音楽はなかった。

少数の木製の打楽器と粗末な金属の鉦《かね》があるくらいで、音色を楽しむというよりは、信号に近い意味合いしかない。だが、たとえば、村を取り囲む大自然を一度でも体感すれば、この理由が理解できよう。素朴な文化とは、すなわち、素朴であって事足りる環境に生まれ、育つといえる。それほど、この近辺の自然は、力強く、美しく、楽しく、しかも、豊富な音にも恵まれていたのである。

オレンジ色の軟らかい布を身に纏《まと》い、プラスティックの黒いサングラスをかけた男が、円形の敷物の中央に座っている。開け放たれたベランダの外を眺めるような角度で顔を僅かに横に向け、実は外から入ってくる音を聴いていた。白く眩しい自然の光を、彼は感じることができない。ただ、幾種類かの鳥の鳴き声、そして羽ばたきが彼を楽しませ、通りを行き交う人々の足音が彼を微笑ませた。ときどき聞こえる子供たちの歓声もまた彼を退屈させない。乾いた風が揺らす窓飾りの転がるように軽い音、生い茂った樹々に鳴く無数の虫たち。羊を集めるために吹かれる笛の音色。それに加勢して鳴きながら走る犬。

彼はじっと、耳を傾けている。

板張りの廊下を歩く足音が近づいてくる。

その音の大きさで体重がわかり、歩幅で身長が予測できる。

彼女の足音だ、と男は思った。

座る向きを変えて、男は入口の方を向いた。

「今、戻りました」部屋に入ってきた女が言う。「街まで出て、電話をかけてきました」

「どうだった？」

「貴方のおっしゃっていたとおりでした」彼女はそう言って、彼のすぐ横に腰を下ろした。「なにもかも、すべて……、計画どおりです」

「方法が正しく、また、現状が正確に把握されていれば、予測は必ず当たる」彼は口もとを僅かに持ち上げ、軽く微笑んだ。「特に確かめることもなかったのだよ」

女は、膝に置かれていた男の片手を取った。しばらく、その手を見つめていたが、彼女は男のサングラスを外して、顔を近づけ、接吻《せっぷん》する。

「満足ですか？」唇が離れると、彼女はきいた。

「最初から、何一つ不満はない」男は答える。「僕は常に満足している」

「でも……、あの二人のことは？」

「それは、君の雑念だ。忘れなさい」彼は表情を変えず、静かな口調で言った。「最初からいなかったと思えば、それで良い。僕たちは二人だけで、生まれたときからここにいる、とそう信じるんだ」

「ええ……、そう……」再び男に躰を寄せながら、彼女は返事をする。「もう、貴方しか、私にはいない。ずっと、永遠に、二人きりですね」

「どちらかが、死ぬまではね……」彼はそう言って、サングラスをかけ直した。

第9章　携帯電流がある場合のマックスウェル・ヘルツの方程式の変換

ここでなお、次のような重要な法則が、ここに求められた方程式から容易に導かれるということを注意しておきたい．

1

一ヵ月が過ぎた。

僕がいるところは、もう病院ではなかった。だが、退院したのかというと、そうではない。

新しい病院に移って、さらに三日後の夜だった。僕は、また警官に連れられ、車に乗った。窓の外が見えないワゴン車だった。一時間以上、車は走った、と思う。降ろされたところは、シャッタの上がった倉庫のような場所だった。外は裏道らしきアスファルトの道路で、その向かい側には高いコンクリート塀が見えた。

個室に案内される。窓が一つだけあったが、採光のためか、非常に高い位置にあって、外を覗《のぞ》くことはできなかった。天井もとても高い。長細い蛍光灯が、二本のパイプでぶら下がっていた。二段ベッドが壁際《かべぎわ》に置かれ（どうして二段ベッドなのか理由は未《いま》だに不明だ）、あとは、デスクと小さな戸棚が一つだけあった。隣は専用のバスルームで、この点が病室との大きな違いだったが、かといって、ホテルというには、あまりにも殺風景な部屋だ。

それに、もう一点。

この部屋の鍵《かぎ》は、外からかけられるようになっていた。

しばらく、ここで生活をしてほしい、といった内容の言葉を聞かされる。それはどういう意味か、と尋ねたが、返答はない。その夜は、一人残され、眠るしかなかった。

それからというもの、僕はほとんど、この部屋から出ていない。

部屋を訪ねてくる人間は多かった。

最も頻繁に現れたのは、宮原という男だ。

監禁されていることは明らかだったので、何度かそれを指摘し、紳士的に抗議した。ここから出たい、とも希望した。だが、そんな要求はまったく通らなかった。

最初はわからなかったことだが、どうやら、《バルブ》内で起こった殺人事件は、世間には公表されていないようだ。完全に秘密裏に捜査が行われ、処理されようとしている。ということはつまり、警察が介入しているかどうかも疑わしい。僕を（そして森島有佳も）監禁している連中は、より国家の中枢《ちゅうすう》に近い組織のようだ。

彼らは僕を殺人犯だと信じている。

それは、四人の死体が確認されたからだった。

宮原が僕にそう話した。どのような状態だったかは知らない。いずれにせよ、《バルブ》の中で四人の男女が殺されたことが事実だと彼らは認識した。そして、それを実行したのは、僕と森島有佳だと断定している。それは明らかだった。

森島有佳とは、二回ほど顔を合わせた。そこでは、現場から見つかった証拠品の写真を沢山見せられ、質問を受けた。有佳は、ときどき僕の顔を見て微笑《ほほえ》んだ。しかし、疲れている様子だった。僕だって、きっとそう見えただろう。

二、三、言葉を交わすこともできた。

ずっと会いたかったのに、何故か感動もなく、あっけなかった。刺激のない毎日が、僕の神経を鈍麻《どんま》させてしまったのかもしれない。

なにしろ、最近一日の半分は眠っている。

眠くてしかたがない。

腹を立てたりすることも少ない。

事件のことを思い出したり、考えたりするのも、億劫《おっくう》になってしまった。

その日の午後も、三日ぶりくらいで訪ねてきた宮原と話している最中に、僕はうたた寝をしてしまったくらいだった。

「あ、どうも、すみません」僕は顔を上げて謝った。「何のお話でしたっけ？」

「いや、特に重要なことでもありません」愛想笑いをして、宮原は言った。「それよりも、そろそろ、ここを出られるかもしれませんよ」

「誰がです？」

「貴方《あなた》ですよ」

「へえ……」僕は上の空で頷《うなず》いた。「出られるというと、また、どこか別のところへ連れていかれるんですか？　もう、怪我《けが》はすっかり治ったし、今度は、刑務所ですか？　あ、そのまえに裁判ですよね？」

「いえ、そういったことにはならないと思います」宮原の表情に僅《わず》かな緊張が現れる。「その……、こちらからの条件を受け入れていただけたら、ですけど」

「どんな条件ですか？」僕は尋ねる。少しは目が覚める内容だったので、姿勢を正した。

「《バルブ》で貴方が経験したことすべてを忘れてもらう。そのことに関しては将来にわたって一切公言しない、関知しない。それが条件です。その代わり、我々は貴方の社会的な生活を保障します」

「忘れるだけで？」僕は首を捻《ひね》った。

「ええ……」宮原は表情を変えずに頷く。

「良い話ですね」僕は相手を見据えて言った。「良過ぎる」

「つまり……」宮原は顎《あご》を上げ、目を細める。「この事件に関しては、無理に究明しない方が良いというのが、我々の見解なのです。それが、最も社会に及ぼす影響が少ないだろう、と判断したわけです。ご理解いただけると思いますが……」

「勅使河原潤が、A海峡大橋を破壊した張本人で、その彼を国家プロジェクトの中枢に据えていた中央が非難される。それを避けようという意向ですね？」

「まあ……、それに近いですね」宮原は頷いた。「こういった判断は、原因の究明とは、また別の次元の問題なのです」

「四人も殺されているのに、それもチャラですか？」

「刑事事件として取り扱えば、大橋爆破の計画が明るみに出ることは避けられませんからね」

「なるほど……」僕は頷く。

「ご理解いただけますか？」

「で、殺人事件の犯人は、誰なんですか？」僕はきいた。

「貴方です」宮原は表情も変えずに答える。

「動機は？」僕は彼の返答を予期していたので、すぐに次の質問をした。

「さあ……」宮原は、苦笑するような表情で、肩を竦《すく》める。「どうなんでしょうか……。個人的な恨みが存在した……、たとえば、今回のプロジェクトの中で、深く根に持つような諍《いさか》いがあったのか……」

「どうして、今頃になって？」

「いや、私にはわかりません。大橋が完成するまでは我慢していた、とか……」

「橋が完成するのを待って、そして破壊したのですか？」僕は鼻で笑う。「自分でおっしゃっていることが、正しいと信じていますか？」

「いえ……」宮原は片手を広げた。「もちろん、完全に納得しているわけじゃありません。貴方は、勅使河原潤の偽者《にせもの》で、その偽者が、どんな理由で、プロジェクトの要人たちを殺害しなければならなかったのか、その点は謎《なぞ》です。むしろ……、その……、森島有佳さんの方に動機があって、貴方は、彼女のために協力したに過ぎない、という見方が有力かと思われます。いかがですか？　そちらの方が、多少はもっともらしいでしょう？」

「彼女が、動機を持っていると？」

「そうです。なんらか屈辱的な仕打ちを受けられたのでしょう」

「四人から？」

「四人全員でなくても良い。一人でもかまいませんよ。ただ、四人はその秘密を共有していた。森島さんは、自分の将来が台なしになってしまう情報の漏洩《ろうえい》を恐れて、口を封じたのかもしれません」

「何の話をなさっているのですか？」

「動機など、なんとでもなる、というお話です」

「ああ……、なるほど」

「もっともらしい理由など、いくらでも作れます」

「そうですね」僕は口もとを上げて、軽蔑《けいべつ》を込めた表情を彼に見せた。「しかし……、橋の爆破の動機となると、そんな個人感情では説明できませんよ」

「そちらは、完全なテロです」

「あの……」僕は溜息《ためいき》をつく。「もしかして、これは脅迫でしょうか？　まるで……」

「交換条件は、悪くないと思いますよ」宮原は僕の言葉を遮《さえぎ》って言った。彼は横目で僕を睨《にら》んだ。

「交換条件ね……」僕は下を向く。

内心、確かに悪くない条件だ、とは思った。

少なくとも、この環境から抜け出せるのだから。

しかし、
もともと、僕には後ろめたいことはなにもない。

何故、このような取り引きをしなくてはならないのだろうか。

僕は自分の靴を見ていた。

「いかがです？」宮原はきいた。

「もし……」僕は顔を上げる。「そちらの条件が飲めない、と申し上げた場合、どうなるのでしょうか？」

「おそらく、ここから一生、出られないでしょう」微笑みを保ちながら、宮原は答えた。

「こんな場所に、僕を一生置いておくつもりですか？」

「一生といったって……」宮原は片方の肩をぴくりと持ち上げる。「来週とか、明日までかもしれませんよ」

僕は黙った。

相手を見つめたままだ。

向こうも、僕から目を離さない。

やはり脅しているわけだ。言うことを聞かなければ、殺す、ということか……。きっと、わけないことだろう。それくらいの機密保持能力を持った組織に違いない。そう……、言葉だけの脅しではない。本気なのだ。それに、どちらかというと、その方が……、僕を殺してしまった方が、安上がりで安全、つまり最善の選択でもある。客観的に見て、それは間違いない。

「彼女は、どうする？」僕は質問した。

「貴方と同じ条件を、提示するつもりです」

「彼女と話し合わせてほしい」僕は頼んだ。

「ええ」宮原は簡単に頷いた。「いつでも……」

2

どうして今まで彼に会うことができなかったのか、私には理由がよくわからない。何度も頼んだのに、聞き入れてもらえなかった。顔を合わせたことはある。二回だけ。けれど、プライベートな話ができる状況ではなかった。

それが、こんなにあっさり実現するとは……。

勅使河原は、白いセータに灰色のズボンというスタイルで戸口に現れた。髪を後ろで縛っていた。少し窶《やつ》れただろうか。

警官は入ってこなかった。

ドアが閉まり、彼はデスクの椅子《いす》に腰掛ける。そこはいつも刑事が座って、私に質問する場所だった。

「掛けたら？」彼は言った。

「こんにちは」私は、軽い口調を心掛けて応《こた》える。

椅子に腰掛けた。

デスクを挟んで、二人は向かい合う。

「元気そうだね」彼は優しく微笑んだ。少し緊張している様子だった。「どこか、具合の悪いところはない？」

「いいえ」私は首をふる。「ただ、毎日ぼうっとしています。なんだか、とても、眠くて……」

「ああ、同じだ」彼はデスクの上に両手を伸ばした。「たぶん、そういう薬を飲まされているんだよ。なんていうの、精神安定剤？」

「ええ……」私は頷く。自分の膝《ひざ》に一度視線を落とす。

彼の両手を、私は見る。

私も、手をデスクの上にのせる。

私の手が……。

彼の手を……。

デスクの上で、私たちの手が触れ合う。

「彼らは、事件のことで僕たちと取り引きをしたがっている。すべてを見逃してくれる代わりに、僕たちがあそこで見たこと、経験したことを、全部忘れろ、と言っている」

私は黙って彼の話をきいた。

彼の目はとても冷静だった。

「もし、僕たちが秘密を洩《も》らさないと約束するなら、ここから出してもらえるみたいだ。おそらく、しばらくは監視されることになるとは思うけれどね。うまくいけば、普通の生活ができる。もちろん、本当かどうかはわからない。でも、それは信用するしかない、と僕は思っている。もし、この条件を飲めない、と答えれば、殺されるだろう。その話、君はもう聞いた？」

「はい」

「どうするつもり？」

「先生はどうされるのですか？」私は落ち着いてきき返した。

「まだ決めていない」囁《ささや》くように小声で、勅使河原は答える。

「あの人たちは、私たち二人が共謀して、他のメンバを殺したと思っています」私は声を落として話した。「ただ……、大橋を爆破したのは、本物の勅使河原博士だと……、そう考えているのではないでしょうか。まだ、見つからないようですね」

本物の勅使河原潤は、行方不明のままである。少なくとも、私たちが知っているかぎりでは……。

「そこまでは、偽者の僕には無理だってことだね」

「おそらく、建設の初期段階から、綿密に計算されていたものだったのでしょう」私は自分の考えを話した。爆薬が仕掛けられる場所は、設計段階から用意されていた、と私は考えていた。それが最も妥当な結論である。

「そうだね」彼は頷く。同じ考えのようだ。「既に、その証拠を彼らは見つけているだろう。だからこそ、僕たちはどうでも良くなったってわけだ」

「もし、条件を飲んでも良いと先生が判断されるのでしたら、私はお供します」

「ありがとう」彼は微笑んだ。「でも……、僕は、君の先生じゃないんだよ」

「いいえ」首をふり、私も微笑む。

これも薬のせいなのか、と私は思った。

私たちはどちらも穏やかに手を握り合っている。

頭では、それがとても不思議だ、と考えているのに、何故か、スローモーションの映像を見ているように、躰《からだ》は動かない。

彼もそうなのだろうか？
視線だけが私を鋭く捉《とら》え、拘束する。
シャッタ・スピードの速いレンズ。
敏感なセンサ。
そう……、とても素早い判断が可能な目だった。
それなのに……、
彼は微笑んだまま、
じっとしている。
じっと、動かない。
動かない。
動かない。
何故？
まだ、動かない。
椅子から立ち上がって、抱きつきたい。
私の頭脳はそう考える。
彼の胸に顔を埋《うず》めたい。
彼の体温を感じたい、と思う。

けれど……、
心の一方で、重い錨《いかり》が下ろされる。
太い鎖《くさり》が音を立てる。
粘性の高い液体が、躰を覆《おお》い、
私たちの時間も、速度を失う。
なにかが、邪魔をしている。
その、
不思議な、
気持ちを、
感じる、
別の、
気持ちが、
ある。
デスクの上で、
お互いの手を軽く握り、
二人は見つめ合っていた。
動かない。

動かないまま……。

「気持ちが良いわ」

私は素直な気持ちを伝えた。

そう……、
眠りたいほど、気持ちが良かった。

自分の精神は安定している。

既に……、
これ以上、フラットにならないくらい……。

「とにかく、ここから出なくてはいけない」

彼の口から出た言葉が、
ゆっくりと空気中を伝播《でんぱ》して、
私の耳に届く。

「ええ」

「出なければ、考えられない」

「ええ」

「要求を飲むことにしよう」

「ええ」

「早くしないと……、駄目になる」
「ええ……、でも、何が？」
「僕、それに、君が」
「ええ、そうね……」私は頷いた。
けれど……、
こんなに気持ちが良いのなら、
駄目になってもかまわないではないか、と思う。
「事件のことで、なにか考えた？」彼はきいた。
私たちは初めて動いた。
二人は手を離し、デスクから腕を下ろす。
私は自分の膝の上に両手を置く。
その手を見る。
顔は下を向いていた。
私の手だ……。
「最初は、いろいろ考えました」私は答える。
もう、彼の顔を見ていない。
自分の手を見ている。

そんな自分に、とても違和感があった。

どうして、私は、
彼を見ないでいられるのだろう?

「今は、考えないの?」

「はい……」私は頷く。

「何故?」

「もう、どうでも良くなったわ」

「実は、僕もそうだ……。だけど……」

彼はそこで言葉を切った。

私は意識して顔を上げる。

彼の目を見た。

「先生ではないの?」私は尋ねる。

彼は瞬《またた》く。

「君では、なかったんだね?」

彼はきき返した。

私は微笑む。

彼も微笑んだ。

そうか、二人とも、
違ったのか。
違っていたのか。
理由はない。
本当に、直感って正しい。
「とにかく……」
彼は立ち上がる。
「ここから出よう」
「ええ」
私も立ち上がった。
彼はそのままドアへ歩く。
私は、追わなかった。
彼は出ていった。
私は座り直す。
何故、
私はついていかなかったのだろう。
わからない。

でも……、
それで良い。
私は、
もう疲れた。
私の口から出た言葉。
「違っていたのか……」

3

驚いた。
こんなに体力を消耗するものだとは思わなかった。
僕は久しぶりに森島有佳と二人だけで話をした。
お互いに手を握り合い、
誰にも邪魔をされずに……。
いくらでも言葉が出てくると予想していた。
ところが、出てこない。
まるで、僕の躰の中で、あらゆるものが全部凍ってしまったみたいだった。あんなに話したいことがあったはずなのに。彼女に聞いてもらいたいこと、確かめたいこと、頷いてもらいたいことが、あったはずなのに……。

彼女の手を握っているうちに、
すべて、どこかへ隠れてしまった。

でも、
不満はない。

とても満たされている。

僕たちは、ここから出る。

とにかく、考えるのは、そのあと。

あとまわしにしよう。

疲れてしまった。

今は……、眠りたい。

4

ベッドで横になると、涙が溢《あふ》れ出た。

涙は顔を横断し、シーツに染《し》み込む。

どうして、私は泣いているのだろう?

何が悲しいのかしら……。

わからない。

けれど、

ようやく、少しだけ、わかってきた。

なにかを失った、という感覚が、

きっと、私を襲ったのだろう。

その感覚が、ゆっくりと、体液として、

躰中に行き渡るのに、時間が必要だった。

理屈が感情を抑制しようとして、失敗した。

だから、泣いている。

ぼんやりと、姉のことを考えた。

そうだ……、

森島有佳は、どうしているのだろう。

私が、こんな目に遭っているというのに、

どうして会いにきてくれないのだろう。

否、それは無理もないことなのだ。

誰だって、私に会うことはできない。

もう、私という人間は、
この社会には存在しないのと同じ。

会いにきてくれたのは、
彼だけ。

勅使河原潤の偽者の彼。

私だって、森島有佳の偽者なのに……。

私はそれを、まだ黙っている。

警察は知っているのだろうか？

おそらく、そんなことはどちらでも良いこと、取るに足らないこととして、初めから問題にもされていない。

そうに違いない。

彼らの目的は、大橋を破壊した人間を探し出すことでも、殺人を犯した人間を探し出すことでもない。ただ、社会の人々に、いつもどおりの幻想を見せ、落ち着かせる。影響が大きくならないように、手を尽くす。それが彼らの仕事なのだ。

つまりは、
社会に大量の精神安定剤を投与する仕事。

私にだって、彼にだって、同じことをした。
これは、薬のせい。
薬のせいで、私は彼を見ても嬉《うれ》しくなかった。
薬のせいだ。
愛情まで、鈍化させられている。
家畜のように大人《おとな》しくなった。
薬のせい。
頭でここまで考えるのが、精いっぱい。
言葉として、
理屈として、
過去の価値観を思い出すことが、精いっぱい。
気持ちが眠ってしまっている。
心が、死にそうだ。
彼を愛していたはずの私は……、
どこに隠れてしまったのだろうか。
その私が、
どこかで隠れて、泣いている。

その涙だけが、
奥底から上がってくる泡のように、現れたのだ。
涙は止まらなかった。
悲しくない。
寂しくもない。
けれど、止まらなかった。

5

それから、さらに二ヵ月経《た》った。

健康状態は相変わらず、そして、ぼんやりとした夢のような毎日も、変化はない。

その間にも、僕は森島有佳に何度か会った。

会うたびに、頭では、なんとかしなければ、と考える。けれど、それとは正反対の、極めて安らかな感情に精神は支配されている。

デスクで向き合って、お互いに手を握り合うだけで、僕は満足だった。言葉を交わすことさえ、必要ない。それ以上に望むことはもうない、と思えるほどだった。

彼女も僕も、体調は完全に戻った。

少し太ったかもしれない。

そして、ここを出る日がやってきたのだ。

ついに、という感覚は何故かまったくなかった。

未来に対してなにかを期待する感情など、既に綺麗《きれい》に消え去っていたからだ。

天気の良い朝。

僕と有佳は、黒い車の後部座席に乗せられた。宮原が助手席に座っていた。駐車場から出るとき、ぼんやりと建物を眺めた。今まで、自分たちが閉じ込められていたビル。

窓ガラスに雲が映っていた。

そこがどんな場所だったのか、考えるのも面倒だった。

「どこへ行くのですか？」有佳が尋ねた。

そう、どこへ行くのだろう、と僕も思う。

「まず、飛行場へ行きます」宮原は後ろを振り向いて答えた。

「飛行機に乗るの？」彼女がまたきいた。

「すぐ着きますよ。フライトは一時間半ほどです」

飛行機か、それは楽しみだ、と僕は思った。

飛行機に乗るのは久しぶりだから、きっと面白いだろう。

少し、わくわくする。

6

車の中でも、私はまた眠ってしまった。

空港に到着して、目が覚めると、そこはもう滑走路だった。つまり、滑走路まで車で入ってきたのだ。

白い小さなジェット機だった。アルミのステップを上り、狭い搭乗口から機内に入る。丸い断面で天井が低かった。

私と彼は並んでシートに座り、ベルトを締めた。

窓の外に白い翼が見える。

そこに反射した太陽がとても眩《まぶ》しい。

宮原も乗り込んだ。

他に二人、知らない男がシートに座っている。私たちの方をじろじろと見るので、私が微笑み返してやると、目を逸《そ》らした。

宮原が前の方へ行き、パーティションの中に姿を消す。彼が戻ってくると、飛行機は動きだした。

私は、また眠くなってしまった。

「遠くへ行くのね」私は隣にいる勅使河原に囁く。

彼は無言で頷いた。

7

着陸したときの衝撃で目が覚めた。

大きなタイヤの接地音と、エンジンの逆噴射。

窓の外を覗く。低い山が近くに見える。

「どこですか？」僕は尋ねた。

宮原はこちらを向いていた。

「北海道です」彼は少し遅れて答える。

「へえ……」僕は頷く。

北海道とは、遠くへ来たものだ。外は寒いかもしれない。

飛行機はしばらくタキシングして、格納庫のような大きな建物に近づいた。動きが止まり、ハッチが開けられると、華奢《きゃしゃ》な階段が自動的に下りる。冷たい空気が機内に入ってきた。

「いやあ、これは涼しいな」そう言いながら宮原が外に出る。

目の前に大型の白いワゴン車が一台、それに四輪駆動のジープが二台駐《と》まっていた。

僕と森島有佳は、宮原に導かれて、ワゴン車に乗り込む。

シールされているため、窓の外は見えなかった。

ドアを閉めると室内灯だけになる。とても暗い。

「三十分くらいですよ。すぐです」

「どうして、北海道へ？」僕は尋ねる。

「特に意味はありませんが……」宮原は微笑みながら答えた。「ただ、手頃な住まいが、たまたまあったからです」

「住まい？」有佳がきいた。「そこで、何をするのですか？」

「いえ……、そこで生活するのですよ」宮原は答える。「あの、そういうご希望だったと、理解していますが……」

僕は少し考えてから頷いた。横で有佳も頷いている。

そういえば、そんな返事をしたかもしれない。

そうか、二人で暮らすのか……。

どんな場所だろう？

8

とても寒かった。

雪が積もっている。

真《ま》っ直《す》ぐの背の高い樹々《きぎ》に囲まれて、広い敷地の中央にログハウスが建っていた。造られたばかりのようだ。まだ木の色が新しい。中に入ると木の匂《にお》い。暖房が利《き》いている。

私は嬉しくなった。

こんなところに住めるなんて、夢のようだ、と思った。

知らない男がいろいろと説明をしてくれた。宮原もずっと一緒だった。部屋はキッチンやバスルームの他に三つあった。

「一週間に一度、食料品や生活用品を届けにきます。もし、不自由なことがあったら、いつでもここへ電話をして下さい」セールスマンのような作り笑顔で、男は名刺を手渡した。

説明は簡単だった。

その男も、宮原も、挨拶《あいさつ》をして玄関から出ていく。

私たちは戸口で見送った。

車が三台、駐車場から出ていった。

急に静かになる。

外はとても寒いので、私はドアを閉めた。

一番広い部屋にあるソファに、勅使河原は腰掛ける。

「なにか飲みますか？」私はきいた。

「そうだね」彼は答える。

私はキッチンで、お湯を沸かし、ティーバッグで紅茶を淹《い》れた。私が戻ると、彼はキャビネットの上にある電話に触っていた。

「どうかしましたか？」私は尋ねる。

「ああ……」彼は受話器を置いてから、こちらに戻ってくる。「どこにもかけられないようだ。たぶん、一箇所にしかかからないのだろう。内線なのかもしれない」

「外もこの雪ですし、車もないわけですから、どこへも行けませんね」

「結局は、同じことだったね」彼は微笑んだ。清々《すがすが》しい笑顔は、少年のようだった。

「まあ、良しとしよう。コンクリートの壁に囲まれているよりはましだよ」

「ええ……、私もそう思います」

「ここで、ゆっくり考えてみよう」

「何をです?」

「《バルブ》で何があったのか?」彼は紅茶のカップを手に取りながら言った。「忘れてしまうまえに、なんとか、考えてみようと思う」

「ええ、そうですね」私も頷いた。

まるで、夫婦のようだ、と私は思った。

少し恥ずかしかった。

9

厳しい冬が通り過ぎ、遅い春が到来する。

僕たちは、少しずつ変化した。

生活は相変わらずで、決まりきったことの繰り返しだったけれど、雪が少しずつ解けていくように、僕の思考を凍らせていたものも、消えつつある。

僕たちは、最初から別々の寝室を使っていた。一日の半分以上を別々の部屋で過ごした。どちらの寝室にも大量の書物が置かれている。ビデオやオーディオの装置もそれぞれの寝室にあって、CDやビデオテープが、毎週のように届けられたので、退屈はしなかった。きっと、退屈させないように誰かが仕組んでいたのだろう。

食事は、リビングで二人一緒にする。

ときどきは、お互いの寝室へ行って、書物を交換したりもする。

けれど、不思議なことに、僕たちはキスさえしなかった。

そういった感情が、湧《わ》かなかった。

そういえば、あの日、ビルの一室で会ったとき、デスクの上で両手を握り合ったときも、同じだった。

何故だろうか？

そもそも二人の間には、確固とした特別な感情が存在していたわけではない。おそらくは、《バルブ》の中における極限状態に近い特殊な環境のためだったのだろう、僕たちは、たった一度だけ愛し合った。そのときの印象は、既に僕の中では化石のように無味乾燥なものとなっている。触れると、ぼろぼろと崩れてしまうほど風化していた。それが、精神安定剤の効果だったのか、それとも、一切合切をまとめて忘却しようとする精神の防衛反応の一環だったのか、わからない。

きっと、有佳も同じだっただろう。

唇を寄せて、お互いを感じ合うことは、あの恐ろしい時間の封印を解く行為に等しい。それに耐えられるほど、自分の精神は強くない。そう感じているのだろう、僕も彼女も……、きっと。

頭はしだいにクリアになり、小さなことが気になり始めた。

ずっと喧嘩《けんか》などしなかったのに、有佳と些細《ささい》なことで口喧嘩をするようにもなった。そして、そんなときには、二人とも決まって、驚くのだった。

「ごめん、悪かった」僕は謝る。

「あ、いえ、私の方がいけなかったんです」彼女も謝る。

どうして喧嘩になどなったのか、と不思議な気持ちになる。これが普通のことなのだろうか。今までずっと、薬の作用によって、擬似的に築かれていた安定が、今はすっかり失われ、気持ちは自由になった。いらいらすることも、悲しがることも、ようやく思い出した。

これが日常というものだったのか……。

そして、次の瞬間には、二人でくすくすと笑いだす。

「何故、笑っているの？」僕は笑いながら尋ねる。

「わからない……」彼女は可笑《おか》しそうに首をふった。「でも、なんか、可笑しい。私たち、こんなことで怒ったりして……」

「笑っているのだって、変だよ」

「そうかしら……」有佳は不思議そうな表情で腕を組んだ。「ああ……、そう。そうかもしれませんね。たぶん、今まで、ずっと塞《せ》き止められていたんだと思う」

そんな会話があった。

彼女の言うことがよくわかった。

同感だ、と思う。

しかし、僕たちはキスさえしなかった。

おそらく、
もう恋人と呼ぶには、近過ぎる存在だった。

兄妹、あるいは、それ以上に……。

違うだろうか？

また数週間があっという間に過ぎた、ある日のこと。

バスルームの湯沸器《ゆわかしき》の調子が悪くなった。電話でそれを伝えると、次の日、若い男が修理にやってきた。もう一人、管理人のような男が一緒だった。

僕は家の外に出て、近くを散歩することにした。一時間ほどして戻ってきたとき、ガス会社の名前の入ったトラックがまだ駐車場に駐まっていた。修理工が乗ってきたトラックである。その荷台を覗き込むと、新聞紙で包まれた細い金属パイプや、その他、黒ずんだ油に塗《まみ》れた工具が沢山あった。

思わず足が止まる。

小屋の方を見た。そちらの様子を窺《うかが》った。

僕は、荷台に両手を伸ばして、そのパイプの束を包んでいた新聞紙を引きちぎった。なるべく、広い面積が取れるように、慎重に……。

それを折り畳んでポケットに仕舞い込み、家の中に戻る。

ちょうど修理が終わったところのようだった。リビングで、有佳が二人の男にお茶を出していた。僕は二人に頭だけ下げ、そのまま、自分の寝室に入った。

ドアを閉める。

デスクに腰掛け、ポケットから新聞紙を取り出す。

カラー写真だ。大きさは十センチ角ほど。

見出しの部分は切れてしまって、わからない。

A海峡大橋を上空から撮影したものだった。

ほぼ全景が写っている。

初めて見た。

大橋の被害状況を、僕は初めて見た。

二本の柱は、それぞれワイヤの片側の張力を失ったためだろう、捩《ねじ》れるようにして、内側に折れ曲がり、倒れ込んでいる。角度にして、三十度以上傾いていた。橋《きょう》梁《りょう》の部分は、波を打ったように撓《たわ》み、部分的に床板《しょうばん》が盛り上がっていたり、落下して途中にぶら下がっているところもあった。

両岸のアンカレイジが崩壊していた。

一つではない。

二つも爆破されたのだ。

両岸とも？

まさか……。

ワイヤの端を支えるアンカレイジは、大橋の両岸に二つずつ、合計四つある。そのうちの二つが崩壊していたのだ。南岸では東側のアンカレイジが、北岸では西側のアンカレイジが壊れているのが写真から明らかだった。この定着部を失ったために、東のワイヤは北に、西のワイヤは南に、それぞれ橋梁の自重によって引っ張られ、結果として柱が捩れて破壊した。

僕が予想していたものと、
それは、まったく違っていた。

壊れたのは一つのアンカレイジだ、
と思い込んでいたのだ。

ドアがノックされた。

僕は慌《あわ》てて、新聞をデスクの引出に隠す。

「直りましたので、失礼します」戸口に顔を出したのは、ガスの修理工と一緒に来た男だった。僕たちを見張っている組織の人間だ。

「どうも、ご苦労さまです」僕はデスクの上の書物を手に取り、それを開きながら言った。

男は僕を一瞥《いちべつ》して、ドアを閉めた。

玄関から二人が出ていくのが窓から見えた。走り去る車の音が、やがて聞こえる。

再び軽いノックの音。

有佳が顔を覗かせる。

「お茶を淹れましょうか？」彼女はきいた。

「こちらへ、入っておいで」僕は彼女を呼ぶ。

「どうか、しましたか？」有佳は、デスクの前まで来た。

僕は、引出から新聞の写真を取り出して、彼女に見せた。

有佳はそれを両手に取り、じっと見つめる。

「これ、どこで手に入れたのですか？」

「ガス屋のトラックにあった。偶然、見つけたんだ」

「酷《ひど》いことになっていたのね」有佳は顔をしかめて、僕を見る。「これだけの事故で、死者が出なかったのは、奇跡としかいいようがありません」

「謎《なぞ》が解けた」僕は言った。

「え？」彼女は首を傾《かし》げる。「何のこと？」

「コーヒーを淹れてくれないか」僕は立ち上がった。「あちらで、話そう」

「謎って？」彼女はもう一度きいた。「事件の？」

「うん……」僕は頷いた。「《バルブ》の中で、僕たち六人の中の誰が、四人を殺したのか……」

10

コーヒーを淹れて、リビングへ運んだ。

勅使河原は既にソファに座って脚を組んでいた。

テーブルの上にカップをのせたトレィを置くと、勅使河原がソファを片手で示す。

そこに座れ、という意味のようだ。私は彼の隣に腰掛けた。

突然、彼は私を抱き寄せ、接吻《せっぷん》する。

熱いキスだった。

この家にやってきて、既に数ヵ月。

初めてのキスだ。

一瞬、気が遠くなる。

けれど、
唇が離れたとき、
私は、確信した。
まさか……。
「え?」思わず、私は声を上げる。
背筋が寒くなった。
勅使河原は、口もとを斜めにして微笑んだ。
「そうだ」彼は頷く。
「そんな……」私は囁く。「じゃあ、本当に?」
「気づいていた?」
「えっと、どういうことなの?」私は頭を抱えるように両手を上げ、顳顬《こめかみ》に当てる。
わからなくなった。
なにもかも……。
「君は、森島有佳さんじゃないね?」
私の躰が震える。
彼を見る。
私を見ている彼を。

私は、頷いた。

「はい……」

「誰なの？」

「妹です」

「双子《ふたご》かな？」

「そうです」私は上目遣いで彼を見つめる。「黙っていて、申し訳ありませんでした」

「いや、どちらにしても、同じことなんだ」勅使河原は優しい表情で言った。彼はテーブルのコーヒーに手を伸ばす。「僕も勅使河原潤ではない。二人とも、偽者だってことだね。でも、これは、もちろん偶然ではない。意図されたことだった」

「誰が……、意図したのですか？」私は尋ねる。

「本物の勅使河原潤と、本物の森島有佳の二人だよ」

「私たちを代役に使って、何をしようとしたの？」

「人殺しと、橋の爆破」カップを口に運んで、彼は答える。

私を見たまま、彼はコーヒーを飲んだ。

私には意味がよくわからなかった。

確かに、橋の爆破に、本物の勅使河原潤博士が関係している可能性は高い、と誰もが想像していた。私だってそうだ。彼が現在行方不明である、という話も警察から聞いている。

「たった今、何がわかった？」彼は私を見つめて尋ねる。

私の躰が、また一度震えた。

彼は片手の肘《ひじ》をソファの背にのせている。その手が、私の髪に触れるほど近くにあった。私は、彼のその左手を見つめた。

そう……、

キスをして、

確信したことがあった。

「貴方は……」

「そう、僕は？」

「勅使河原潤博士ではない」

「それは、もう知っていることだ」

「いいえ……、その、貴方は、《バルブ》で私と一緒にいた勅使河原先生ではありません」私は答えた。

「そうだ。そして、君は……」勅使河原は言った。「僕が《バルブ》で一緒にいた森島君じゃない」

「どういうこと？」私はすぐに尋ねた。

「今、言ったとおりだよ。僕たちは、たった今、出会って初めてキスをしたんだ」

「初めて……」私は頷く。

そのとおり。

それに、気づいたから、私は震えたのだ。

でも……、

「貴方は、いつ、入れ替わったの？」

「君はいつ入れ替わった？」

「私は……、いえ、最初からずっとあそこにいました」私は首を横にふる。「そんな、無理です。入れ替わるなんて、そんなことができるはずがない」

「そうだ……、そのとおり」彼はゆっくりと頷いた。「その写真を、もう一度よく見てごらん」

テーブルの上に、新聞紙の切れ端があった。

私はそれを見る。

でも、彼が言おうとしている意味は、理解できない。

「アンカレイジが二つ破壊されている」彼はそう言って、コーヒーを飲んだ。

彼は私の横に座っている。

私は、彼の顔を間近で見た。

彼の睫毛《まつげ》を見た。

彼の頰《ほお》の皮膚を見た。

どういうこと？

「二つ壊れている」彼は言う。

二つ？

「別々だったんだよ」彼の瞳《ひとみ》が私を捉える。

「別々？」

「《バルブ》は、二つあったんだ」勅使河原はそう言って、にっこりと微笑んだ。「僕と君は、べつべつの《バルブ》にいたんだ」

「でも……」私は小刻みに首をふった。「先生は、私と……」

「君と一緒にいたのは、本物の勅使河原潤だった。そして、僕と一緒にいたのは、本物の森島有佳だった」

「え……」私は両手を口に当てる。「そんな……」

躰が震える。

背筋が寒くなる。

あれは、本物の……？

では……。

「私と……、貴方は、一緒ではなかったのね？」

「そうだよ」彼は頷く。「警察のビルの一室で、君と初めて会った。手を握ったのも、あのときが初めてだったわけだ。キスをしたのは、たった今が初めて」

「ああ……」私の声が漏れる。

恐ろしくて、躰がぶるぶると震えた。

涙が出そうになった。

「《バルブ》は最初から二つ作られていたんだ。もしかしたら、片方は試験的に施工《せこう》されたものかもしれない。どちらも、秘密裏にシェルタとして建造された。そこへ、六人のグループが二組やってきた。それぞれ、南側と北側の岸のアンカレイジにある別々の《バルブ》へ入ったんだ」

「私は、本州側でした」私は訴えるような口調になっていた。自分でも少し驚いて、小さく溜息をついた。「ええ……、脱出したあと、ヘリに乗ったけれど、こちら側だったことは間違いありません。海を見たし、海は南にありました」

「すると、僕が南岸だったことになる」彼は冷静な表情で淡々と話した。「僕はサングラスをかけていて、目が見えない振りをしていたからね、ヘリの窓から外を覗くような真似《まね》はできなかった。爆破して脱出したときは、怪我で本当に目が見えなくなっていた。通りすがりのトラックに乗せてもらって、眠っているうちに、O府警に着いたんだ。フェリィに乗れば気づいていたと思う。ということは、A海峡大橋ではない、もう一つ別の橋を渡ったことになるね」

「《バルブ》の向きが反対だったはずです」私は言う。「南北が正反対だった。でも……、そうか、窓がないから、中にいる人間には関係ないですね。誰かが磁石でも持っていれば、わかったかもしれませんけれど……」

「三階のデッキに振り子がなかった？」

「はい、ありました」私は思い出して叫んだ。「あ、そうです、大きな、これくらいの分銅《ふんどう》が天井からぶら下がっていました。先が尖《とが》っていて……」

そんな細かいことを今頃思い出した。長い間、記憶が不鮮明だったのだ。その記憶が実にクリアで、私は嬉しかった。

「ずっと、細かいことを忘れていたのは、薬を飲まされていたせいだろう。そう……、その分銅は床にある目盛りを指していただろう？　中心から僅かにずれていたはずだ」

「ずれていました」私は思い出して頷いた。「えっと、出入口に通じるブリッジの方へ、数センチだけ」

「凄《すご》い、よく覚えていたね」彼は白い歯を見せてにっこりと微笑んだ。「やっぱり気づいていたんだね。僕が見た分銅は、逆の方向にずれていた。ブリッジとは反対の方向へね」

「どうしてずれているの？」

「地球の自転による遠心力だ」

「え？」

「地球はゆっくりだけど回っている。その上に乗っているものは、全部、見かけ上、回転軸に垂直の外側に向かって引っ張られる。もちろん、とても僅かな力だ。そうだね……、日本の位置だと、重力の一パーセントより、さらに小さい。でも、五メートル以上もある振り子なら、数センチはずれることになる」

「南にずれるのですね？」

「そう。君がいた《バルブ》では、デッキの入口が南側だったわけだ」

「あの……」私は、思い浮かんだ質問で頭がいっぱいになっていた。「殺された四人の人たちは？　あれは、その、どうなっていたのですか？　別々だったの？」

「そう……」彼は頷いて、コーヒーカップをテーブルに戻した。「今の理屈でいけば、それぞれに四人ずつ、合計八人いたことになる」

「その八人がみんな殺されたのですか？」私はきいた。

「いや、たぶん、そうではないだろう。今さらこんなこと、憶測でしかないけれど、おそらく……、僕がいた方の《バルブ》では、本物の殺人は起きていないんじゃないかな。全部が、僕一人に見せるための芝居だった。四人のメンバに似た役者が、つぎつぎに殺されるところを演じたんだね」

「私の方は……、全部、本物だったわ」

「たぶんね。自信がある？」

「あります。あれは、本物の殺人でした」私は頷いた。思い出すだけで、目頭が熱くなる。「偽物なんかじゃありません。本当に……、四人とも、本当に殺されていました」

「僕は目が見えないことになっている。サングラスをかけている。死体をじっくりと観察することはできない。だから、僕の方の《バルブ》は、偽物でも大丈夫だったんだ。そちらの《バルブ》で起こったとおりのことを、僕に見せれば良かった。僕は君のようにマスターキーも持っていない。だから、一度死んだ役者は、鍵《かぎ》のかかった部屋に隠れていれば平気だった」

「あの……、つまり二人は……、勅使河原潤博士と姉は、お互いに、常に連絡を取り合っていたのですね？」

「もちろん、そうだよ」彼は頷いた。「計画がいくら綿密でも、突発的なことも起こるだろう。どちらの《バルブ》でも、同じような状況を作る必要があるからね。僕が話したことを、そちらで本物の勅使河原潤が話し、君がしたことを、こちらでは、本物の森島有佳が真似をしたんだ」

私の心臓が大きく脈を打った。

では、私がしたことを……、

姉が、彼にしたのだろうか？

私が、勅使河原潤に、ベッドでしたことを。

「どうかした？」彼がきいた。

「あ、いえ……」私は慌てて自問するように囁いた。「私の《バルブ》では、勅使河原潤博士が殺人犯？」

そういえば、最初の殺人のとき、志田雄三博士の部屋に入ったのは、彼一人だけだった。カメラがそれを捉えていた。勅使河原は、あのとき志田博士を刺したのか……。

「目が見えないのに……」私は疑問を彼にぶつける。「本物の勅使河原博士は目が見えません。そんなことが、本当にできたでしょうか？」

「接近すれば、充分に可能だったと思う。むしろ、そのあとの処理の方が難しかっただろう。返り血を浴びるかもしれない。自分の躰や服に血が着いたかどうか、調べる必要がある」

「どうやって調べたの？」

「さあ……、可能性は三つあるね」彼は私を真っ直ぐに見据えて話した。「一つは機械に調べさせる方法だ。カメラで捉えた画像を処理して判断させる。たとえば、赤に反応するようにプログラムしておく。それを音で聴いて検知する」

「あ、その機械……」私は思い出した。それを勅使河原が装着していたではないか。

「二つ目の可能性は……」彼は肩を竦めて、顔をしかめた。「もともと裸だった。服を脱いでいた。そして殺したあと、シャワーを浴びたんだね」

「どうして、裸に？」

「さあ」彼は首を横にふった。

「でも、犯人がシャワーを浴びた跡はありました」

「さらに、もう一つの可能性は……」彼はゆっくりと言葉を続ける。「勅使河原潤が、実は目が見える、という場合だ」

「まさか」私はびっくりした。

「ありえないわけではない。僕だって、見えるのに見えない振りをしていたんだよ」

「二つ目の可能性が最も高いと思います」

「僕もそう思う。非常に不本意だけどね。そう、たぶん、ステッキに細いナイフが仕込まれていたんだと思う。相手の躰に触れる機会があれば、目が見えなくても可能だろう」

「では、カメラのケーブルを切断したのは？　あれも勅使河原博士だったの？　目が見えないのに、あんなことができたでしょうか？」

「たぶん、浜野さんがやったんだよ。勅使河原に唆《そそのか》されたんだと思う。きっと、森島君が犯人だ、と言って、協力しようと持ちかけたのだろう」

「ああ……、なるほど」私は大きく頷いた。「でも、最後は？　別々の場所から出たら、最後はわかってしまう」

「君を拾ったヘリコプタも、僕を拾ったトラックも、全部予定どおりだったんだよ」

「そうか……」あまりに沢山の新事実を、私は一度には飲み込めなかった。

「とにかく、君がいた方の《バルブ》で、四人の人間を実際に殺したのは、勅使河原潤なんだ。停電になるようにコンピュータをセットしたのも彼だし、すべて彼が仕組んだシナリオどおりだった。粘土や煉瓦《れんが》や金属のボールを用意して握らせたのも、彼だった」

「あれは、どんな意味があったのですか？」

「ああいったマーキングをすると、そのマークに人間の観察や記憶の照準が自然に合ってしまう。二つのボールが握られていることで、そこに注目が集まって、結果的に、その他の沢山の観察情報が失われる。あとで、僕と君が警察で話すことになる。二人は同じ体験をしたことになっているんだ。細かい点で食い違いが出ないように、大きな目立つ証拠を用意したのだろう」

「でも、どうして……」当然行き着く疑問を、私は口にする。「何故、同じ場所であったことのように見せかける必要があったのですか？　そもそも、どうして……」

そう……、
どうして？

何故、そんな馬鹿げた演出をしなくてはならなかったのか。

「わざわざ、何故そんな大掛りなことを？」私は彼にきいた。

「うん……」彼は頷く。少し困った表情だった。彼はゆっくりと溜息をついた。「僕も、今一つ、そこがわからない。それに、大橋を爆破した理由だって、全然わからない。僕たち二人を陥《おとしい》れようとしたのだろうか？」

「少なくとも、あの事件の直後に、勅使河原博士と姉が逃亡する時間を稼ぐことはできたのでは？　殺人があった場所にいた存命者が二人とも見つかれば、一旦《いったん》はそれ以上の関係者を探そうとはしないはずです」

「僕が本物ではない、と自供したときから、本物の勅使河原潤も、一応は行方を調べられることになった。あまり効果があったとは思えないよ」

「それは、きっと予期していなかったのでしょう」私は言った。「ずっと勅使河原博士の振りをしてくれるものと考えていたのではありませんか？　私のように……」

「君のように、か……」

「ええ」私は頷く。

「いや、しかし、それだけの目的にしては、とても合理的な方法とはいえない。無駄が多過ぎる。僕たちを陥れようとしたにしては……。現に、僕たちは殺人罪に問われていないわけだし……」

「そもそも、姉が私を陥れる理由がありません」私は首をふった。「勅使河原博士は、貴方を恨んでいたのですか？」

「いや」彼も首をふった。「それはありえない。彼は、人を恨むような小さな人間じゃない」

11

僕はカップのコーヒーを飲み干した。苦くて、美味《おい》しかった。

勅使河原潤が書いたシナリオを考える。それが物理的に可能であることと、それが実行されるに至ったこととは、大きな隔たりがあった。

どうして、それをしたのか……。

彼女の質問は、的確だった。

目的は何だったのだろう？

「あの事件の数日まえから、勅使河原博士が海外に出た、というのは、本当ではなかったのですね？」有佳が考えながら話した。「誰かに自分のパスポートを使わせて、飛行機に乗せた、ということかしら」

「それとも、すぐに別ルートで戻ってきたのか」

「そうか……。そちらの《バルブ》で被害者を演じた四人も、きっとそうですね。お金で動いた協力者が何人かいる」

「わからないよ。その四人だって、もう殺されているかもしれない。それくらいのことはするかもね」

「そうでしょうか？」有佳は返事に困った様子で首を傾げる。

「たぶん、兄と森島有佳は、一緒にいるだろう」

「どこか遠くで、二人で暮らしているのでしょうね。きっと、静かな田舎だと思います」

「どうして？」

「なんとなく、わかります」彼女は少し微笑んだ。「姉は、そんな生活に憧《あこが》れていたから……」

「僕たちを代役に立てたことで、少なくとも、数日は、捜査を攪乱《かくらん》できただろう。君が言ったように、爆発が起こった《バルブ》の中にいた当人が二人も生きていた。しかも、殺人があったと訴えている。調べてみたら、片方のアンカレイジに死体が確かに四つあった。二人の話は、とてもよく一致している」

「当然、同じ場所で起こった惨劇だ、と誰でも考えますね。そうなれば、犯人は私たち以外にありえない。つまり、外部に逃走している者を追うようなことにはならない」

「なにしろ、《バルブ》で殺されたのは橋の建設に関わった要人たちだった。世間に公表できるような事態ではない。大橋爆破の事件とも絡《から》んでいる。僕たちの処理を巡って、どれだけ極秘の会議が行われたか……、想像を絶する」

「その混乱も、勅使河原博士の意図したことだったのですか？」

「目的の一つだっただろう。計算していたのは確かだ」僕は頷いた。こうして話しているうちに、少しずつ考えがまとまってくる。「でも……、そもそも、何故、大橋を破壊したのだろう？　その動機はまったく想像できない。単なるテロ行為？　いや、とてもそうは思えない。あの橋の建設に情熱を燃やしていた本人なんだよ。彼の資産からも、相当な額が、あの橋の建設のために投入されているんだ。それなのに、どうして、自分の作ったものを壊してしまったのだろう？」

まるで、子供が作った積み木の城ではないか。

自分で作ったものを、壊してしまう。

壊すために、作るのか……。

殺人の動機や、その舞台の突飛な演出の目的よりも、大橋破壊に関する疑問の方が、はるかに大きかった。

何故、勅使河原潤は、A海峡大橋を破壊したのだろう？

それは、彼本人に尋ねないかぎり、わからない。

今はどこにいるのだろう？

日本でないことは確からしい。

是非とも一度会って、きいてみたい、と僕は思った。

「ねえ……、今のこと……」彼女は言った。「宮原さんに話した方が良いかしら？」

「信じてもらえないだろう」

「ちゃんと話せば、きっと信じてもらえるわ。そうすれば……、私たちが、まったくの無実だということも……、理解してもらえる」

「今さらわかってもらっても、しかたがない」

有佳が躰を寄せてくる。

否、彼女は有佳ではない。

しかし、

僕にとっては、もうどちらでも良いこと。
「でも、話してみましょう」有佳は、僕に顔を近づけて言った。
「うん」僕は頷く。
もう一度、キスをした。
これで、二度目。
宮原に話すべきだろうか。
この真実を……。
話せば、僕たちを信用してもらえるかもしれない。
そうすれば、もしかして、自由に……。
そんなにうまくいくとは思えない。
ただ、自由を手に入れないかぎり、
勅使河原潤に会いにいくことはできないのだ。

*

背の高い真っ直ぐの樹。
その間を通る白い小径《こみち》。

枝葉を擦《す》り抜けた細かい日差しが、地面まで届く。

少女は男の手を引いて歩く。

男は黒いサングラスをかけている。

少女がどんなに引っ張っても、彼はゆっくりと歩いた。

この男の世話をするようになって、既に半年になる。少女は彼の言葉を完全に理解できるようになっていた。

鳥が羽ばたく音。

そして、鳴き声。

すぐ近くだったので、彼はそちらを見上げる。

「白い鳥」少女が澄んだ声で言った。「何故、白い?」

「白い理由?」

「そう。白は綺麗。それを知っている?」

「違う、鳥はそんなことは知らない」

「じゃあ、何故、白い?」

「白い場所に住んでいて、周りから目立たないように、同じ色をしているんだよ」男は歩きだしながら答えた。

「白い場所？　そんなところはない」

「山の上には雪というものが降っている。ほら、あそこをごらん」男は遠くの山々を指さした。そちらの方角に山があることを彼は知っていた。「全部真っ白なんだ」

「何故、同じ色？　目立たない？」

「動物は皆、自分を目立たせないようにしている。隠れるように工夫しているんだよ」

「どうして？」

「敵に見つけられて、襲われると困る。なるべく、遠くから見つからないようにしたいんだ。自分を守るためにね」男は少女の方を向いて微笑んだ。「ただし、例外はある。孔雀《くじゃく》を知っているかい？」

「クジャク？　知らない」少女は男の手を引きながら、首をふった。彼女が首をふる振動が、つないでいる手に伝わるほどだった。

「大きな長い羽根が沢山あって、それを、こう、広げると、もの凄く大きくなる。躰が十倍にも見える。これは、相手を脅かすためなんだ。蝶々《ちょうちょう》が綺麗な色をしているのも、同じ理由だよ」

「綺麗なの、相手が驚く？」

「そう。不思議だね」

「人間は、どっち?」少女が尋ねた。

「どっちって?」

「隠れるよう、しているか。それとも、驚かすよう、しているか?」

「人間は、どちらでもないよ」男は答えた。

「何故?」

「敵がいないから」

「人間に、敵がいない?」

「そう……」男は前を向いたまま話す。「人間もそうだし、猿もそうだ。猿は、わかる?」

「猿、知っている」少女は頷く。

「この動物には弱い、やられてしまう、という苦手な相手を天敵という。人間と猿には、天敵がいない。つまり強過ぎるんだね」

「人間と猿、そんなに強い?」

「強いよ。頭が良いからね。猿なんか、すばしっこいし、賢いから、どんな動物にも負けない」

「それじゃあ、どんどん沢山?」

「そうだね。増えることになる」

「だから、人間が人間を殺す？　みんなで、沢山殺す」

「戦争のことかい？」

「そう、戦争」少女は頷いた。「沢山、戦争する」

「猿は戦争をしない」男は言った。

「人間は利口だから、戦争して、人間を少ないにする？」

「何十年かまえに、大きな戦争があって、何百万人、いや何千万人という人が亡《な》くなったんだよ。でもね、世界中に人間は、その百倍もいるんだ。戦争で人間の数が減るといっても、そんなに大した量ではない。ほんの少ししか死なない」

「じゃあ、やっぱり、どんどん沢山？」

「うん、増えるよ」

「猿も増える？」

「猿は、人間にはかなわないから、あまり増えないね。猿は病気になるし……」

「病気？」

「猿と人間は病気になりやすい。まあ、つまり、病気が天敵なんだね」

「テンテキ……。病気が人間を沢山にしない？」

「そうともいえる」

「人間がどんどん沢山……、困る？」

「その分、他のものが、どんどん減る」男は可笑しそうに言った。「人間の躰を作るために、物質が使われるから、その分、他のものが減ることになるね。まあ……、そんなのは、ほんのちょっとだけれど……」

「人間も、ものでできている？」

「そうだよ」

「動物も？」

「そうだ。石も、木も、水も、空気も」

「じゃあ、人間になっても、動物になっても、樹になっても、石になっても、水になっても、同じ？」

「そうだ、ずっと地球にある。ずっとなくならない」

「死んでも、なくならない？」

「ああ、死んでもなくならないよ」

「私が大きくなる。そのとき、先生は死ぬ？」

「そうだね、いつかは死んでしまうよ」

「でも、なくならない？」

「土になって、水になって、残っている」

「ふうん……」少女は微笑んだ。「じゃあ、この土も、この水も……、昔は人間だった？」

「そう。そうかもしれない」男は頷いた。

小川のせせらぎが聞こえていた。少女はそちらを見ているのだろう、と男は想像した。

きっと、

落ち葉が一つか二つ流れていることだろう。

川底の石が見えるだろう。

岩の下を注意深く観察すれば、細長い魚が機敏に動くのを見つけられる。

木陰《こかげ》では、垂れ下がった枝のどこかに、小さな昆虫がしがみついている。

太陽から届いた光は、無数の障害物に遮られ、分断され、それでも奇跡的に水面まで到達し、屈折か反射かを選択する。

岩の表面を滑《すべ》る流れは薄く、曲面を形作るだろう。

その曲面の境界線上で、密《ひそ》かに流れはぶつかる。

細かい泡は白く、

そして素晴らしく速く、

渦を巻くことだろう。

空気が水中に連行され、
それが生命の源となるのだ。
男は、それを想像して、嬉しかった。
自分は、もうすぐ自然に還《かえ》るだろう、と思った。
「待ち遠しいね」男は囁いた。
少女は、その言葉を聞いて首を傾げた。
「何が？　先生は何を待つ？」
男は微笑んだ。

第10章　加速度が小さい場合の電子の力学

勿論《もちろん》、力や加速度について違った定義を採用すれば、質量に対して、上と異なった値が導かれる．以上に述べたことから、電子の運動に対する種々の理論を比べるに際しては、くれぐれも慎重にしなければならぬことが、よく分かるであろう．

1

短い夏が終わった。

季節が変わり、自然は見かけ上変化する。

だが、個々のものに目をとめると、なにも変わっていない。どの樹《き》も動かず、同じ位置に立っている。枝さえ同じ角度で伸びている。低いところへ向かって水は集まり、小川は常に一定の速度で水を送っている。落ちる葉もあったが、地面に還《かえ》り、土と化し、地層に溶け、樹の根に吸われる。養分は幹を上り、芽となり、葉をつける。

なにもかもが、ただ、繰り返す。

僕は、よく散歩をした。

秋になって、ますます体調は良好となり、頭脳も浄化された。

久しぶりに宮原が訪ねてきた午後、僕は彼を散歩に誘った。彼は背広にネクタイ、それに革靴だったので、あまり険《けわ》しい山道を歩くには相応《ふさわ》しくない。だから、車が通るアスファルトの道を選んだ。

勅使河原潤の行方について尋ねると、彼は黙って首をふった。歩きながら、彼は煙草《たばこ》をくわえて火をつけた。僕は、彼の煙草の火を何度か見た。そして、《バルブ》が実は二つあった、という僕の仮説を説明することにした。それは、もう僕にとっては、仮説というには確か過ぎる。確固とした、揺《ゆ》るぎのないもの。他に、可能性がないからだ。僕はそれを確かな事実として、信じているのだった。

「なるほど」宮原は煙を吐き出しながら頷《うなず》いた。表情を変えなかったが、驚いているのは一目瞭然《いちもくりょうぜん》だった。「ああ、なるほど……」

「いかがですか？」僕は彼の感想を聞きたかった。

「ようやく、辻褄《つじつま》の合うお話をされるようになりましたね」

「そう……」僕は頷く。それは皮肉だったのだろうが、彼の表現が可笑《おか》しかったので素直に微笑《ほほえ》んだ。「そのとおりです。今まで話してきたことは、自分でも合点《がてん》がいかなかった。でも、これは確かです。すべての説明がつく」

「どうして、そう考えるに至ったのでしょうか？」宮原は横目で僕を見た。「なにか、きっかけがあって、思い当たったのではありませんか？」

「実は、写真を見ました」僕は答える。「A海峡大橋が崩壊したときの航空写真を、偶然にも見つけたのです」

「どこで？」意外だ、という表情で、宮原は尋ねる。

「入手経路が、そんなに問題ですか？」

「私には……」彼は頷いた。

「ガスの修理にきた人のトラックに、古い新聞紙がのっていたのです」僕は簡単に説明した。「大橋の壊れ方を見て、ぴんときました。あれは、両岸のアンカレイジが二つとも破壊されたときの崩壊パターンです」

「専門家でもないのに、よくそんなことが判断できましたね」

「専門家の振りを長年していましたから、いろいろな知識が自然に身につきました。事実、そうだったのでしょう？」

「ええ……、その、おっしゃるとおりです」宮原は少しだけ躊躇《ちゅうちょ》してから頷いた。

「アンカレイジは、両岸の二基が先行して崩壊しました。ほぼ同時に爆破されたのです。もっとも、ワイヤの片側が切れれば、もう片側は壊れませんので、四つのうち二つ壊れれば、それ以上は壊れません。つまり、これですべてだという意味です」

「彼らは、別々の場所で、同じ殺人劇を僕たちに見せたのです」僕はさらに話した。「そうして、最終的には、それが一箇所で起こった事件として、僕と森島君の二人に証言させようと計画しました。そのとおりに、事が運んだわけです」

「目的は？」煙草を投げ捨て、アスファルト上で彼はそれを踏みつけた。

「それは、そちらで調べて下さい」

「なにか、お考えがありますか？」

「部分的な想像しかできませんけれど……、捜査を攪乱《かくらん》する目的は充分に達成されたのではないでしょうか？　たとえば、アンカレイジ内の捜索は、両方とも行われましたか？」

「いいえ」宮原は首を一度だけ横にふった。「本州側の片方だけです。そちらから、四人の遺体が発見されたのです」

「対岸のもう一つのアンカレイジにも、《バルブ》は存在したのです。僕がいたのはそちらでした」

「そちらは調べていません」

「おそらく、そちらには遺体がなかったでしょう。いえ、断言はできませんが、少なくとも、委員会のメンバである著名人の遺体ではなかった」

「演技を終えた役者が殺されている、と？」

「可能性がないとはいえません」

「既に瓦礫《がれき》の撤去作業は終了していますので、もう、証拠は残っていません」宮原は苦笑する。「《バルブ》が二つあったという貴方《あなた》の仮説を実証することは不可能です」

「実証するつもりなどありません」僕は口もとを上げて、微笑んでみせる。「実証したところで、なにも得られない」

「得られないでしょうね」宮原は僕の言葉を繰り返した。

2

あれから、もう一年にもなる。

私は、いくつになったのか……。

すっかり歳《とし》のことなど忘れていた。知らない間に、誕生日も過ぎてしまった。

それでも、私はとても良くなった。

いろいろなことを思い出した。

眠くなることも、最近ではあまりない。

私の寝室には壁一面の本棚がある。沢山の本が並んでいた。私は、窓際《まどぎわ》でそれを読むのが好きだ。ときどき窓を開けて、冷たい空気を吸い込む。

とても幸せだった。

彼は、よく散歩に出かけている。

窓を開けて、外の景色を眺めていると、林の中を一人で歩いている彼の姿をよく見かけた。この頃では、あまり話をすることはないけれど、一日に一度は、二人で紅茶を飲む。

宮原にすべてを話した、と彼は話していた。

それが、もうずいぶんまえのこと。

以来、宮原の姿を見かけない。

彼は、ここへ来なくなった。

もしかしたら、もう役目が終わったのかもしれない。私たちの面倒を見る、私たちを監視する、という任務が終了したのかもしれない。

《バルブ》が二つあったという仮説を聞いて、納得したのだろうか。

つまり、その仮説が正しかった、ということなのだろうか。

少なくとも、
私はそれが正しいと信じている。

その証拠は、ただ一つ。

私が覚えていた勅使河原潤と、今の彼が別人だからだ。

私が愛した男は、もう、ここにはいない。

愛した？

ほら、私は笑っている……。

愛したですって？

まったく……、
なんて馬鹿馬鹿しい。

いったい、何を考えているんだか……。

でも……、
それが唯一《ゆいいつ》の証拠。

唯一の真実。

私は、とにかく、安定した。

この現実に、定着した。

そして、これからは、本当の夢を見る。

たとえば、スーパ・マーケットの食料品売り場で、カートを押しながら、野菜や果物を品定めするような、そんな本当の夢。

そのときの、カートのキャスタが、少し動きが悪くて、真っ直《ます》ぐ上手に進んでくれないような、そんな本当の夢。
もしかして……、
彼を好きになるかもしれない。
この綺麗《きれい》な自然の中に、本当の夢はない。
ここは全部、きっと嘘《うそ》でできている。
本当のものは、予感と、彼だけ。
私は、彼しか見ていない。
これから……。
そう、すべて、これから……。

*

勅使河原潤と森島有佳の手記を、ここに取りまとめた。

彼らは、勅使河原潤ではなく、また、森島有佳でもないが、便宜上そう書く以外にないだろう。

私、宮原和弘は、彼らに約一年間にわたって十数回面会し、その中で彼らの話を聞き、彼らの行動を観察し、また、彼らが書いたものを読んだ。信じ難いことではあるが、彼らが述べていることは、非常に一貫しており、その現象の再現性はともかく、彼らにとっては極めて現実に近い経験であった、と推測せざるをえないのである。

本手記は、彼らが書いたものを、私が整理した（主として時系列に並べ換える作業であった）のち、再び、彼らに全文の確認をしてもらった。その時点で、加筆、修正された部分も多々あるものの、内容的には大きな変更はなかったと記憶している。この点からも、彼らにとって、ここに記された事象が間違いのない現実であったことを裏づけている。単なる夢や、作りものの物語ではないことは、もはや疑う余地がないだろう。

但《ただ》し、私はここに、ごく細かい事実を補足しておく義務があると感じたのである。それは、彼らが書かなかった事実であり、もちろん、私にとっての事実といっても良い。少なくとも、その現実の中で、私は生きていると信じている。本当に、ここまで来ると、いったい現実とは何か、という問いを発せずにはいられない。

さて、では最初に、比較的簡単なことから述べよう。

A海峡大橋の北岸のアンカレイジ内部に、多目的観測所が造られたことは事実である。これは、まだ公表されていなかったが、科学技術庁の正式プロジェクトの産物であった。大橋に関連する交通振動のデータを中心に、地震、地熱、潮流、大気、電磁波など、種々の環境に関するデータを広く収集するために設置され、同時に、災害時の緊急支援システムの稼働《かどう》基地としての役割も併せ持った施設であった。このプロジェクトには、勅使河原潤も主導的な立場で参画していたのである。

通常は無人で稼働する《バルブ》と呼ばれる観測所に、数人のメンバが入った。そのうち四人は、A海峡大橋・多目的観測所・設置委員会（のちに運営委員会に名称を変更した）の委員、勅使河原潤、志田雄三、垣本壮一郎、小松貴史であり、いずれも、計画段階から同委員会に加わっていた。

のちに、崩壊した《バルブ》から、四名の遺体が発見されたことも事実である。いずれも、鋭利な刃物による刺殺と断定されている。被害者は、志田、垣本、小松の他に、医師の浜野静子であった。

ここで、一点、彼らの手記と現実との食い違いがある。

それは、大橋崩壊が、彼らが表現・主張するような人為的なテロではなく、当地に発生した直下型の地震（のちに、H県南西部地震と命名された）によるものだった、という事実である。

少なくとも、これが我々が認めるところの現実だ。観測所を内蔵させたことに起因するアンカレイジの構造的な弱体化が原因であると指摘する声もあるが、実際には、もう一基の別のアンカレイジ（こちらには、観測所はなかった）も崩壊しており、設計耐力を上回る加速度が、地震によって作用したことは明らかである。幸いにも、地震が発生した時刻が交通量が最も少ない時間帯であったことを神に感謝すべきであろう。

もう一点、補足しておく。

勅使河原潤には、彼が供述しているような、異母弟は存在しない。また、森島有佳にも、双子《ふたご》の妹はいない。これは、戸籍上そのような人物がいない、という意味である。

一般に、なにかが存在することを証明する行為に比較して、それが存在しないことを完全な形で確認する行為は、極めて困難を伴う。両人の兄弟姉妹が、なんらかの経緯で生後ずっと戸籍に登録されないまま育った可能性がまったくないとは、誰にも断言できないだろう。だから、私は、常識的な範囲内で、私の知っている情報だけを客観的に述べたいと思う。

さらに、一点だけ補足しよう。

不思議なことに、彼らの手記のどこにも書かれていないのだが、勅使河原潤と森島有佳は、実の兄妹である。勅使河原潤の父親である勅使河原顕は、森島有佳の父でもあった。森島は、有佳の母親であり、勅使河原顕の二人目の夫人の旧姓である。勅使河原潤には、異母弟ではなく、妹がいた。当然ながら、潤と有佳の二人は、お互いの関係を知っていたはずだ。

二人がまだ幼い頃（潤が六歳、有佳が二歳のとき）に、勅使河原顕は有佳の母であった二人目の夫人と離婚している。それ以後、潤と有佳の二人はそれぞれ一人っ子として育てられた。

さて、ここまでが事実である。

これ以降は、単なる憶測、単なる推論に過ぎない。

私の友人で、心理学者の熊野博士が、彼らが、北海道の療養所に送られて以後の診察を担当した。奇妙なことに、彼らは、熊野博士の存在をまったく認めていなかったという。手記に書かれている、管理人らしき男というのが、おそらく熊野博士のことであろう、と推測するばかりである。

博士の観察によれば、勅使河原潤の精神の内部には、盲目の数学者である勅使河原潤と、彼の代理人であり、目の見える無名の弟が存在し、さらに、驚くべきことに、この勅使河原潤を愛するアシスタント、森島有佳の人格をも併有している。勅使河原潤の中に存在する森島有佳は、彼の実の妹ではなく、有能なエンジニアである。興味深いことに、さらに、その彼女には双子の妹が存在するという。

本手記は、明らかに、勅使河原潤の無名の弟と、森島有佳の無名の妹の二人によって書かれたものと推察される。

勅使河原潤が作り出したこれら人格が、幼児期に実の妹と離別した体験に起因するものなのか、原因はもちろん不明であるが、熊野博士の話によれば、極めて特異とはいえ、過去に例のない症状ではない、とのことだった。

彼ら（あえて、私はこう表現している）以外の周囲の者たちは、当然ながら、彼らを二人と見ているわけではない。そして、彼らの手記には、そのことが驚くほど正確に描かれているのだ。この実に精密な描写は、彼らの病的なまでに正確な記憶によってなされたものだろう。私は彼らの能力に驚嘆した。まさに天才だ。

《バルブ》にいたのは六名ではなく、五名だった。彼らだけが、彼らどうしの会話（おそらく、実際に声を発して行われたものではないだろうが）の中だけで、六人と認識しているに過ぎない。つまり、他の四人は、誰も森島有佳の存在を認識していないのである。

勅使河原は、この自分の特異な機能をよく自覚していたものと思われる。彼は狂っていたのではない。周囲との整合性を保ちつつ、自分の中の複数人格を無理なく維持していたのだ。彼には、充分にそれだけの能力があっただろう。

ただ、今回の事件によって、少なくとも、勅使河原潤本人と、アシスタントの森島有佳の人格は消えたようである。

そして、無名の二人が残った。

熊野博士の療養所に、その二人はまだいる。

自然に恵まれたとても環境の良い場所だ。そこで彼らと会うのが、私は楽しみだった。

私がここを最後に訪ねたときのことだ。

勅使河原潤（便宜的にそう呼ぼう）は、いつものように施設内を散歩していた。誰にもらったものか、最近、布製の人形を持っていることが多い、と聞いていたが、このとき、彼がその人形を片手に歩いている姿を私は初めて見た。

そうして散歩をしているときは、たぶん勅使河原潤の弟である。また、病室の窓際に座って本を読んでいるときは、森島有佳の妹だった。

「幸せそうだ」私は熊野博士に言った。

「ああ……」彼は頷く。「二人ともね」

「あの人形は、どうしたんだい？」

「あれは、彼のファンの看護婦が作ったんだよ。困ったものだ」熊野は苦笑する。

「なにしろ人気があってね。しかし、あの人形は、特別に気に入ったみたいだね」

「しゃべっているように見える」私は窓から勅使河原の姿を追いながら言った。

「さあ……、それはどうかな。ただ……、最近だけど、勅使河原潤本人の人格が少しずつ戻ってきたようでもある」

「へえ、どうしてわかる？」

「あの人形を持っているときは、どうやら、彼は目が見えなくなっているようなんだ」

「目が見えないにしては、しっかり歩いているようだけど」

「それは、あの人形の……、少女が、彼の手を引いているからなんだよ」

私は、もう一度、彼を見る。

否、彼らを、見た。

一瞬、少女に手を引かれる勅使河原潤が、見える。

またいずれ、ここへ来よう。

彼らに会いたい、といつか私は思うだろう。

彼らは、幸せだ。

ずっと一緒にいられるのだから。

死が彼らを別つまでは……。

エピローグ

上に求めた三つの関係式は、ここに展開された理論によれば、電子の運動が従わねばならない法則に対する完全な数学的表現である.

僕は海が嫌いだった。

海が恐《こわ》かった。

曲がりくねった細い山道を歩きながら、僕は幼い頃のことを思い出した。

有佳は僕の後ろを歩いている。こんなに遠くまで、二人だけでやってきたのだ。

この場所を見つけるのに、僕たちは五年もかかった。

八方に手を尽くして、調べさせた。

そして、ようやく、ここをつきとめたのだ。

僕の前を、荷物を背負ったロバが歩いている。白い粗末な衣装の少年がロバの横を行く。彼は裸足《はだし》だった。

空は澄み渡っている。雲はこの村の下にあった。

赤い土の小径《こみち》をさらに歩く。周囲には背の低い樹《き》が生い茂っている。

どこかで太鼓を叩《たた》いているようだ。

ときどき、鉦《かね》の音なのか、金属音も聞こえてくる。

太陽は眩《まぶ》しい。

一瞬、足もとに影がよぎったので、頭上を仰ぎ見ると、羽根を広げた大きな鳥が一羽、ゆっくりとグライドし、旋回していた。

やがて、木造の建物が見えてくる。

塀はなく、土煉瓦《つちれんが》で造られた低い垣以外に、敷地の境界となるものはない。庭に小さな子供たちが四人いて、僕たちの方を不思議そうに見つめた。

入口の戸は開け放たれていた。

少年とロバをそこに残し、僕と有佳の二人は、建物の中に足を踏み入れる。

中は暗い。

そして、煙のような、白い空気。

独特の香りが漂い、眩暈《めまい》を誘った。

柱の間に、真《ま》っ直《す》ぐに敷物が延びている。

僕たちはその上を進む。

奥の突き当たりに窓。

その眩しい光を背景にして、人のシルエット。

僕はゆっくりと歩き、彼の前まで進み出た。

「遠いところへ、ようこそ」勅使河原潤は滑《なめ》らかな日本語で話した。僕の方を向いているが、見えるわけではない。

横から音もなく現れた女が、座布団を床に二つ敷く。

その彼女を見て、僕は驚いた。

黄色の布を身に纏《まと》い、顔には赤や緑の不思議な化粧を施《ほどこ》していたが、紛《まぎ》れもなく、それは森島有佳、その人だった。

彼女は僕を見て、無言で頭を下げる。

「姉さん」僕の隣で、僕の連れてきた有佳が囁《ささや》いた。

「どうぞ、お座りになって」黄色い衣装の有佳が言う。

僕たち二人は、そこに腰を下ろした。

勅使河原潤は黒いサングラスをかけている。彼はオレンジ色の衣装で、やはり、顔に緑の小さなマークをつけている。髪は腰に届くほど長い。手首に数珠《じゅず》のようなブレスレットを幾重にも巻いていた。彼の横に、黄色い衣装の森島有佳が座った。

「僕らの存在は、君たちだけが知っている」勅使河原潤は表情を変えずに話した。

「戸籍のデータもすっかり改竄《かいざん》した。どこへ遡《さかのぼ》っても、勅使河原潤の弟も、森島有佳の妹も、存在しないように、手を尽くしたからね。でも、もちろん、君たちの記憶を書き直すことはできない」

「いずれ、僕が兄さんたちを見つけ出して、会いにくることを、予測していましたね？」

「当然……」勅使河原潤は頷《うなず》いた。「それだけの知恵と、財力と、執念が、君にはある」

「では、何のために僕がここまで来たのか、ご存じですね？」

「さあ……、それはわからない」首を横にふって、勅使河原潤は口もとを僅《わず》かに緩《ゆる》める。「麓《ふもと》の街で、君は拳銃《けんじゅう》を手に入れたかもしれない。たった今、僕にそれを突きつけて、引き金を引くことも難しくないだろう。それくらいの予測を、僕がしていないと思うかい？　人間が絡《から》んでいない事象の予測ならば、安全率をせいぜい二十五パーセントも見越しておけば、人間の一生くらい、なんとか凌《しの》ぐことができるけれど、君のように、何をするかわからない人格を相手にする場合には、実に幅広いばらつきを考慮して計算しなくてはならない」

「何故、橋を爆破したのですか？」僕は尋ねた。

「爆破したのではない」勅使河原潤は白い歯を見せて、微笑《ほほえ》んだ。「壊れるように造ったのこと」

「壊れるように造った？」

「そうだ。所定の周波数の振動を所定の場所に受けた場合に、自動崩壊するように設計されていただけのことだ。あのとき、本当に地震が起こったのか、それとも、君たちが出口を爆破したときの衝撃でセンサが作動したのか……」

「まさか、あんな小さな爆発のせいで……」

「どんな設計でも可能なんだよ。それだけの技術を、人類は既に持っている。共振を知っているね？」

「僕たちだけじゃない……」僕は黄色い衣装の有佳を見て言う。「あのときは、一緒だったはずです」

彼女は答えなかった。

「どうして、そんな設計をしたのですか？」僕の横にいる有佳がきく。

「簡単なことを質問するね」勅使河原潤はサングラスを片手で少しだけ持ち上げた。

「よろしい、では、僕の方からきき返そう。どうして、壊してはいけないのかな？あれは、僕が自分で、自分の金で造ったものだ。何故あんな橋を建設するのか、と皆は反対した。造りたいから造るのだ、と答えても誰も賛成してくれない。ところが……、大橋の建造で、沢山の労働者が雇われ、彼らは仕事にありつける。さらに、建造することによって、多くの技術革新がなされるだろう。といった理由を挙げて、人々は納得したんじゃなかったかな。そう……、この二つが本当の理由ならば、できてしまった橋など、壊してしまった方が良い。復旧工事のために、再び労働力が必要になるし、技術的な進歩だってまたなされるだろう。けっこうなことじゃないか。いったい、何が失われた？　物質は何一つ失われていない。なくなったのはエネルギィだけ。そんなものは、原子力なり、核融合なりで、いずれ解決してしまうことだ。さあ……、よく考えてごらん。僕があの橋を壊れるように造ったことで、誰がどんな被害を被《こうむ》ったのか聞こうじゃないか。あの朝一番に届くはずの宅配便が、半日遅れたことかな？」

「四人を殺した理由は？」僕は彼を睨《にら》みつけたまま、別の質問をする。

「うん……」彼は軽く鼻息を鳴らし、頷いた。「橋のことはもう良いのだね？」

「何のために、人を殺したのです？」僕は同じ質問をする。

「まったく同じ理由だよ」勅使河原潤は一瞬にして真面目《まじめ》な表情に戻る。もう笑っていなかった。「志田博士、垣本さん、小松先生。この三人がいなくなれば、大橋を直すとき、次の大橋を建設するとき、また違った技術が生まれるだろう。違った才能が育ち、違った可能性が見つかる。一度成功したから、同じものを造ろう、そのままで、なんとか直してしまおう、という勢力を排除することは、人類の歴史にとって、正義だ。ただ単に同じ形に修繕するなんて、まったく、ぞっとするほどつまらないね。人は、同じものを造ろうとする。自分の造り上げたものを守ろうとする。そんなことで、人間は満足してはいけない。それでは、科学も技術も、発展はありえない。なにしろ、人間ときたら、自分が造ったものだけは、子供のように可愛《かわい》く思えてしまう。俗にいう親馬鹿というやつさ。これが人間の最大の弱点だろう。もちろん、その感情の存在は認めよう。しかし、それは邪念として断固排除すべきものだ」

「たったそれだけのために?」僕の声は震えていただろう。怒りが、僕の中で熱くなる。「たったそれだけのために、人を殺したのですか?」

「たったそれだけのために?」勅使河原潤は、顎《あご》を上げてきき返す。「では、何のためなら、充分といえるんだい? 崇《あが》め奉《たてまつ》る神様のためなら、ミサイルを打ち込んでも良いのかい? それとも、自分の血族のため、家族のためなら、復讐《ふくしゅう》に燃えて相手を殺しても良いのかな? なにか勘違いしているよ」

「しかし、罪もない人を、あんなふうにして……」僕は言いかけて、黙る。どう表現すれば良いのか、言葉に詰まってしまった。

「そうなんだ……」彼は頷いた。「それには、実は君の知らない、些細《ささい》な経緯が絡んでいる。それは、ここでは話したくない。有佳の人権に関わる問題なのでね」

「姉さんの?」僕の隣の有佳がきいた。「姉さんの、人権? やはり、復讐だったのですね？」

「そう思ってもらってもかまわない。そう思うことで、君が理解し、気持ちが収まるのなら、それで良い。ほら……、理由なんてこんなものだ。これこれ、こういった理由でした、と僕が口からでまかせを言えば、それで君たちは引き下がるのかい？」勅使河原潤は、淡々と話した。彼の横にいる彼の有佳は、下を向いたまま黙っていた。「そう、今、僕が話したテクノロジィの正義としての目的では、浜野静子を殺した理由が含まれていない。それも、別のことだ。勝手に想像してもらってかまわない。たとえば、彼女は、僕の昔の恋人を不当に死に追いやった、とでも理由をつけておこうか……。殺人を犯した本人の口からそんなことを聞いたところで、なにも得られないことを理解すべきだね。こういう理由で殺しました、と言葉にすれば、それで許してもらえる問題ではない」

「しかし、僕は、それを聞きたくて、ここまで来たのです」僕は訴えた。「僕は、嘘《うそ》でも良いから、兄さんを、理解したい」

「残念だね」彼は首をふった。「それを答えたくないから、僕らはここまで逃げてきたのだよ。君がここへやってきた時点で、既に僕らの望みは消えた」

窓からの光が、室内に浮遊する塵《ちり》に反射している。空気はほとんど動かない。窓際《まどぎわ》の二人を僕は見つめる。

勅使河原潤と森島有佳。

既に年齢は三十五と三十一。

オレンジ色と黄色の衣装。

沈黙。

僕は一度、大きく呼吸をする。

いったい……、
僕は何をしにきたのか。

この五年間、ずっと、
この会見を夢見て生きてきたのに。

答は、得られない。

「何故殺したのですか？」僕はもう一度質問した。

「殺したかったからだ」彼は答えた。「君に許してくれとは、言わない」

「森島さん」僕は彼女に向かってきいた。「貴女《あなた》もですか？」

「はい」黄色の有佳は頷いた。「なにも言うことはありません」

僕は、隣の有佳を見る。

彼女は涙を流していた。

「外で待っていなさい」僕は優しく彼女に言う。「いいね？」

僕の有佳は立ち上がって、部屋から出ていった。
僕は、持ってきたピストルを胸の内ポケットから取り出した。
それを勅使河原潤に向ける。
「もう一度ききます」僕は言った。
「その必要はない」彼は答える。
「お願い……」森島有佳は囁いた。「彼からさきに」
僕は、勅使河原潤の頭を狙《ねら》って引き金を引いた。
彼は窓の下の壁に寄りかかる。
有佳が、彼の躰《からだ》を抱き抱えるように、しがみついた。
彼女は最後に僕の方を見て、頷いた。
僕は、森島有佳の頭を撃ち抜いた。
部屋の空気が、少しだけ動く。
僕は立ち上がって、部屋から出た。
外は眩しい。
庭には、もう子供たちの姿はなかった。
ロバも、少年も、いない。

有佳が一人で待っていた。
マイ・フェア・レディ。
また、二人だけになったね。
ずっと一緒だよ。
どちらかが死ぬまでは……。

解説？

藤田香織《ふじたかおり》（書評家）

一九九六年四月、第一回メフィスト賞を受賞したデビュー作『すべてがFになる』から数えて三年二ヵ月。本書『そして二人だけになった』は、作家・森博嗣《もりひろし》の十五冊目の著書である。お馴染《なじ》みN大助教授・犀川創平《さいかわそうへい》と教え子・西之園萌絵《にしのそのもえ》のS&Mシリーズの十作と二冊の短編集、森入門書的エッセイ集『森博嗣のミステリィ工作室』、さらに先ごろ（二〇〇二年九月）完結した瀬在丸紅子《せざいまるべにこ》のVシリーズ第一作『黒猫の三角』の後に発表された初のシリーズ外長編作で、さらに言えば講談社ノベルス以外から刊行された最初のハードカバー小説でもあった。

物語の舞台は、全長四千メートルにも及ぶA海峡大橋のワイヤを両端で支える、巨大コンクリートの塊・アンカレイジの内部。国家機密として造られたシェルタの役割を果たす居住空間で、設計に携わった関係者＋αの男女六人が生活実験を試みる。しかし翌朝、通信基板のルータが破壊され、一切外部との連絡が取れない状況に陥った挙句、緊急時の制御システムが働き、六人はバルブと呼ばれるその場所に閉じ込められてしまう。

ストーリーは主人公である盲目の天才科学者・勅使河原潤《てしがわらじゅん》と、アシスタント・森島《もりしま》有佳《ゆか》の一人称形式で交互に語られ、タイトルから連想されるアガサ・クリスティの名作『そして誰もいなくなった』のごとく、一人、また一人と殺されてゆく。

犯人は誰なのか。そしてその目的は？　閉ざされた空間の中で、残された人間の恐怖と疑念が錯綜《さくそう》する。また、本書にはアインシュタインの相対性理論が全編にわたって引用されており、各章の標題も彼の論文「動いている物体の電気力学」に沿ってたてられていて、物語に大きな意味をもたらしている。

すべてが明かされるとき、その衝撃的な結末に、驚きの声をあげずにはいられない。

何度でも繰り返し見たい、名画のような、鮮やかで洗練された長編作である——。


……って、終わってどうする。はじめましてこんにちは、藤田香織と申します。あまりの書き出しのつまらなさに自分でも耐え切れなくなっていますが、これでも職業は書評家です。読み返すのも辛《つら》い文章ですが、ライター歴は既に十四年、ちなみに森博嗣読書歴は六年、もちろん全著作を読んでいます。書き続ける辛さとは関係ありませんが、森ぱふぇ（森博嗣公認ファンクラブ）にも入っています。会員番号だってかなり早い方でした。「浮遊工作室」は毎日見ていたし、今は毎週「浮遊研究室」を覗《のぞ》いている。要するに、森ファンなわけです、かなり重度の。

最初にこの作品の解説を依頼されたとき、正直なところ躊躇《ちゅうちょ》をおぼえた——というのは、『冷たい密室と博士たち』のノベルス版解説を書かれた太田忠司《おおたただし》氏の書き出しですが、私は躊躇というより、もう素直に嫌でした。泣いて許しを乞いたいぐらいに。

だって。私は確かに書評を生業として日々生活しているわけですが、正直、仕事と趣味は別！　〝森博嗣〟は私の数少ない〝趣味〟なのです。しかもお気に入り度はかなり高い。

心意気的には森氏の模型並と自覚しているほどの。と書けば、森ファンの読者諸兄なら、趣味を仕事にしたくない、という気持ちも解《わか》って頂けると思われます。

実際、私が某ウェブマガジンで連載している日記（なのだろうか）では、ここ最近の森本についての記述は、こんな感じでした。

某月某日〈本日の読書〉

「奥様はネットワーカ」（森博嗣著　メディアファクトリー￥１６００）……何度も書いているが私は森博嗣についてはは目線がすっかりファン・モードなので、冷静な書

評は書けないし討論ができない。「だって好きなんだもん」という感情論にしかならないのだ。（後略）

某月某日〈本日の読書〉

「赤緑黒白」（森博嗣著　講談社￥９８０）……（前略）瀬在丸紅子（イニシャルはV・C）のVシリーズ、いよいよ第10弾。いやもう、毎度のことながら、事件がどうとか、犯人が誰とかなんてどうでも良い。どうでもよくないけど、瑣末《さまつ》な問題である。

――これってどう見たって〈書評家〉の文章じゃありません。

つまり私はこれまで、森ちゃん（ファン・モードの勝手な呼び方。平静ではない様子）の本が出たら「わーい！」と買って、心安らかにただただその世界に浸り、「いやーん、練ちゃんそれはいけずやわぁ」（↑誰？）とか、「ひゃーっ！　今回も騙《だま》されたざんすー！」（↑誰？）などと身もだえ、純粋に作品世界を百パーセント楽しんでいたわけです。

それが〈仕事〉になると、なんだかもの凄《すご》くいろいろなものが混ざってきてしまう。冒頭の文章は、本書『そして二人だけになった』をありがち（おいおい）なレビューの形式で書いたものですが、正直自分で読み返してみても、全然面白くない。もっと読者が限定されたり、主観を入れられたりするものであれば多少は違ってきますが、一般誌に書く場合は外せない情報も多く、丁寧バカのような説明も欠かせないのです。

しかも、私はこんな文章を書いておきながら、実際には「巨大なアンカレイジ」ってものもうまくイメージできないし、「ルータ」だってよくわからない。『そして誰もいなくなった』もあらすじ程度しか知らないし、「アインシュタインの相対性理論」にいたってはそれを「引用しました」、と書いてあったから知ったに過ぎません。わかってないのに書いたって、そりゃ面白くない。つまらない文章になるのもあたりまえってもんです。しかも、こんな言葉や知識の問題はごくごく表面的なことでしかない。森博嗣という作家の思考、計算、世界観、着地点といったものを「理解」することなんて、私には絶対無理だし、はっきり言って、すぐに理解したいとも思っていないのです。

実は、私が森博嗣を理解するのは無理だ、と気付いた理由の一つに、こんなことがありました。ノベルス版の『数奇にして模型』を読んでいたときのこと、萌絵に対する雑誌記者・儀同世津子《ぎどうせつこ》の「マル高、近いしね。双子だしぃ。むちゃくちゃ条件最悪にしては、何故《なぜ》かこのとおり、ぴんぴんしてるのよ……。(後略)」という台詞《せりふ》。これにひっかかった。

この少し前に、世津子は二十二歳の萌絵より六歳年上、という描写があって、ってことは彼女は二十八歳。なのに「マル高、近いしね」というのは変じゃない？　マル高は現在、三十五歳。すばるさん（初心者注：森氏の奥様・ささきすばる氏）が出産されたときにはマル高＝三十歳だったかもしれないけど、今は違うのよー！　これは教えて差し上げねば！　増刷するときに直してもらわねば！　とまぁ、珍しく私は鼻息を荒くして、森ちゃん（ファン・モード続行中）にメールを送ったのです。森氏のサイト「浮遊工作室」では、随時そうしたメールを受付けていましたが、のほほん読者の私が校正ミスなどに気付くはずなどなく、それまでメールを出したことはなかった。ドキドキの初体験（おい）です。

そうしたら、翌日、森ちゃん（まだまだ続行）から返事が。

「（マル高が三十五歳であることは）知ってます（笑）。でも、森は知っていていても彼女（儀同世津子）は知らなかったのかもしれません。知っていて、わざとそう言った可能性だってありますね」そう書いてありました。いやもう、目から鱗《うろこ》（笑）だった。

だってそんな、わざと間違えたことを言わせるなんて、あり得ないと思ってたのです。しかも、さらにひねって、儀同がわざわざそんなことを萌絵に言う理由なんて私には想像もつきませんでした。別に叙述トリックとかではないんですよ？　それなのに!?

とまぁ、そんなことを思いながらまた読み返してみると、さらに「そもそもこの話は、マル高が三十歳だった時代の話なのかもしれない」という可能性も(わぁ!)浮かんできてしまって、頭の中は大混乱。ってことは、これは叙述トリックなわけ?だとしたらこの伏線はどこへ繋《つな》がってるの? と悩んでも答えは出ない。ただでさえわからないことが多いのに、もう何がわからないのかさえわからない状態で、改めて森作品の深さに気付かされたのです。

以来、私は森作品を理解しようなんて気持ちは綺麗《きれい》さっぱり捨てました。わからないことは、無理にわかろうとしなくても、いつか気付けばいい。わからなくても、楽しめるのが森作品。現に私は未《いま》だに『すべてがFになる』の意味も『有限と微小のパン』の意味もわかってない。「パンは、物質や躰《からだ》をともなう『有機』の象徴であり、すなわち『死』のパラメータでもある。微小は、統合され pan となる。また、思考は仏語でパンジィと綴《つづ》られる」(『森博嗣のミステリィ工作室』)なんて説明されてもチンプンカンプン(死語)です。

でも。そんな状態だからこそ、一つの作品を、何度でも読むことができる。犯人が判《わか》っていても、結末が判っていても何度読んでも楽しめるミステリィなんて、ちょっと凄すぎ。そうそうありません。〈仕事〉としてはやっかいですが、〈趣味〉としてはかなり上質だと思われます。上質である必要もないっちゃないわけですが。

おそらく本書も、初めて読む人はまず間違いなく、単行本やノベルスで一読されている人でも大多数が読後ページを捲《めく》り返さずにはいられないでしょう。そして読み返してみると、この文章の冒頭のレビューが、本書を知る上で全く役に立っていないことに気付くはず。状況説明では森作品を語ることなんてできない。ちなみに私はハードカバーとノベルス版の刊行時にそれぞれ一度読み、今回の依頼で四回通して読み、都合六回読んだにもかかわらず、まだ「理解」していません。だから「解説」なんて書けないのです。

トリックがどうとか、必然性がどうとか、フェアかアンフェアかなんてことに執着せず、完全ファン・モードで楽しめる幸せを、ぜひゆっくりかみ締めて下さい。私も七回目は超スローペースで読みたいと、心から願っています。

（二〇〇二年十一月）

森博嗣著作リスト

（二〇一八年九月現在、講談社刊。＊は講談社文庫に収録予定）

◎S&Mシリーズ
すべてがFになる／冷たい密室と博士たち／笑わない数学者／詩的私的ジャック／封印再度／幻惑の死と使途／夏のレプリカ／今はもうない／数奇にして模型／有限と微小のパン

◎Vシリーズ
黒猫の三角／人形式モナリザ／月は幽咽のデバイス／夢・出逢い・魔性／魔剣天翔／恋恋蓮歩の演習／六人の超音波科学者／捩れ屋敷の利鈍／朽ちる散る落ちる／赤緑黒白

◎四季シリーズ
四季　春／四季　夏／四季　秋／四季　冬

◎Gシリーズ
φ《ファイ》は壊れたね／θ《シータ》は遊んでくれたよ／τ《タウ》になるまで待って／ε《イプシロン》に誓って／λ《ラムダ》に歯がない／

η《イータ》なのに夢のよう／目薬α《アルファ》で殺菌します／ジグβ《ベータ》は神ですか／キウイγ《ガンマ》は時計仕掛け／χ《カイ》の悲劇（＊）／ψ《プサイ》の悲劇（＊）

◎Xシリーズ

イナイ×イナイ／キラレ×キラレ／タカイ×タカイ／ムカシ×ムカシ／サイタ×サイタ／ダマシ×ダマシ

◎百年シリーズ

女王の百年密室／迷宮百年の睡魔／赤目姫の潮解

◎Wシリーズ（すべて講談社タイガ）

彼女は一人で歩くのか？／魔法の色を知っているか？／風は青海を渡るのか？／デボラ、眠っているのか？／私たちは生きているのか？／青白く輝く月を見たか？／ペガサスの解は虚栄か？／血か、死か、無か？／天空の矢はどこへ？／人間のように泣いたのか？（二〇一八年十月刊行予定）

◎短編集

まどろみ消去／地球儀のスライス／今夜はパラシュート博物館へ／虚空の逆マトリクス／レタス・フライ／僕は秋子に借りがある　森博嗣自選短編集／どちらかが魔女　森博嗣シリーズ短編集

◎シリーズ外の小説

そして二人だけになった（本書）／探偵伯爵と僕／奥様はネットワーカ／カクレカラクリ／ゾラ・一撃・さようなら／銀河不動産の超越／喜嶋先生の静かな世界／トーマの心臓／実験的経験

◎クリームシリーズ（エッセイ）

つぶやきのクリーム／つぼやきのテリーヌ／つぼねのカトリーヌ／ツンドラモンスーン／つぼみ茸ムース／つぶさにミルフィーユ／月夜のサラサーテ（二〇一八年十二月刊行予定）

◎その他

森博嗣のミステリィ工作室／１００人の森博嗣／アイソパラメトリック／悪戯王子と猫の

物語（ささきすばる氏との共著）／悠悠おもちゃライフ／人間は考えるＦになる（土屋賢二氏との共著）／君の夢　僕の思考／議論の余地しかない／的を射る言葉／森博嗣の半熟セミナ　博士、質問があります！／ＤＯＧ＆ＤＯＬＬ／ＴＲＵＣＫ＆ＴＲＯＬＬ／森籠もりの日々／森には森の風が吹く（二〇一八年十一月刊行予定）

☆詳しくは、ホームページ「森博嗣の浮遊工作室」を参照
(https://www.ne.jp/asahi/beat/non/mori/)
（２０２０年11月より、ＵＲＬが新しくなりました）

■冒頭の引用文および作中各章の標題と引用文は、『相対性理論』(アインシュタイン著、内山龍雄訳、岩波文庫)によりました。

■この作品は一九九九年六月新潮社より単行本が刊行され、二〇〇一年六月に講談社ノベルス、二〇〇二年十一月に新潮文庫に収録されました。

|著者|森 博嗣　作家、工学博士。1957年12月生まれ。名古屋大学工学部助教授として勤務するかたわら、1996年に『すべてがFになる』（講談社）で第1回メフィスト賞を受賞しデビュー。以後、続々と作品を発表し、人気を博している。小説に『スカイ・クロラ』シリーズ、『ヴォイド・シェイパ』シリーズ（ともに中央公論新社）、『相田家のグッドバイ』（幻冬舎）、『喜嶋先生の静かな世界』（講談社）など、小説のほかに、『自由をつくる 自在に生きる』（集英社新書）、『孤独の価値』（幻冬舎新書）などの多数の著作がある。2010年には、Amazon.co.jpの10周年記念で殿堂入り著者に選ばれた。ホームページは、「森博嗣の浮遊工作室」（https://www.ne.jp/asahi/beat/non/mori/）。

そして二人《ふたり》だけになった　Until Death Do Us Part

森《もり》 博嗣《ひろし》

2018年9月14日第1刷発行
2022年6月1日第5刷発行

発行者――鈴木章一
発行所――株式会社 講談社
東京都文京区音羽2-12-21　〒112-8001
電話 出版 (03) 5395-3510
　　 販売 (03) 5395-5817
　　 業務 (03) 5395-3615

Printed in Japan

講談社文庫
定価はカバーに
表示してあります

KODANSHA

デザイン―菊地信義
本文データ制作―講談社デジタル製作
印刷――株式会社KPSプロダクツ
製本――株式会社国宝社

ISBN978-4-06-512593-9

講談社文庫刊行の辞

二十一世紀の到来を目睫に望みながら、われわれはいま、人類史上かつて例を見ない巨大な転換期をむかえようとしている。

世界も、日本も、激動の予兆に対する期待とおののきを内に蔵して、未知の時代に歩み入ろうとしている。このときにあたり、創業の人野間清治の「ナショナル・エデュケイター」への志を現代に甦らせようと意図して、われわれはここに古今の文芸作品はいうまでもなく、ひろく人文・社会・自然の諸科学から東西の名著を網羅する、新しい綜合文庫の発刊を決意した。

激動の転換期はまた断絶の時代である。われわれは戦後二十五年間の出版文化のありかたへの深い反省をこめて、この断絶の時代にあえて人間的な持続を求めようとする。いたずらに浮薄な商業主義のあだ花を追い求めることなく、長期にわたって良書に生命をあたえようとつとめるところにしか、今後の出版文化の真の繁栄はあり得ないと信じるからである。

同時にわれわれはこの綜合文庫の刊行を通じて、人文・社会・自然の諸科学が、結局人間の学にほかならないことを立証しようと願っている。かつて知識とは、「汝自身を知る」ことにつきていた。現代社会の瑣末な情報の氾濫のなかから、力強い知識の源泉を掘り起し、技術文明のただなかに、生きた人間の姿を復活させること。それこそわれわれの切なる希求である。

われわれは権威に盲従せず、俗流に媚びることなく、渾然一体となって日本の「草の根」をかたちづくる若く新しい世代の人々に、心をこめてこの新しい綜合文庫をおくり届けたい。それは知識の泉であるとともに感受性のふるさとであり、もっとも有機的に組織され、社会に開かれた万人のための大学をめざしている。大方の支援と協力を衷心より切望してやまない。

一九七一年七月

野間省一

三國青葉 損料屋見鬼控え 3
宮西真冬 誰かが見ている
宮西真冬 首の鎖
宮西真冬 友達未遂
南 杏子 希望のステージ
村上 龍 愛と幻想のファシズム(上)(下)
村上 龍 村上龍料理小説集
村上 龍 新装版 限りなく透明に近いブルー
村上 龍 新装版 コインロッカー・ベイビーズ
村上 龍 歌うクジラ(上)(下)
向田邦子 新装版 眠る盃
向田邦子 新装版 夜中の薔薇
村上春樹 風の歌を聴け
村上春樹 1973年のピンボール
村上春樹 羊をめぐる冒険(上)(下)
村上春樹 カンガルー日和
村上春樹 回転木馬のデッド・ヒート
村上春樹 ノルウェイの森(上)(下)
村上春樹 ダンス・ダンス・ダンス(上)(下)

村上春樹 遠い太鼓
村上春樹 国境の南、太陽の西
村上春樹 やがて哀しき外国語
村上春樹 アンダーグラウンド
村上春樹 スプートニクの恋人
村上春樹 アフターダーク
村上春樹 佐々木マキ絵 羊男のクリスマス
村上春樹 佐々木マキ絵 ふしぎな図書館
村上春樹 糸井重里 夢で会いましょう
村上春樹・文 安西水丸・絵 ふわふわ
U・K・ル＝グウィン 村上春樹訳 空飛び猫
U・K・ル＝グウィン 村上春樹訳 帰ってきた空飛び猫
U・K・ル＝グウィン 村上春樹訳 素晴らしいアレキサンダーと、空飛び猫たち
U・K・ル＝グウィン 村上春樹訳 空を駆けるジェーン
T・ファリッシュ著 B・ルート絵 村上春樹訳 ポテト・スープが大好きな猫
村山由佳 天翔る
睦月影郎 密通妻
睦月影郎 快楽アクアリウム
向井万起男 渡る世間は「数字」だらけ

村田沙耶香 授乳
村田沙耶香 マウス
村田沙耶香 星が吸う水
村田沙耶香 殺人出産
村瀬秀信 気がつけばチェーン店ばかりでメシを食べている
村瀬秀信 それでも気がつけばチェーン店ばかりでメシを食べている
虫眼鏡 東海オンエアの動画が6.4倍楽しくなる本〈虫眼鏡の概要欄 クロニクル〉
森村誠一 悪道
森村誠一 悪道 西国謀反
森村誠一 悪道 御三家の刺客
森村誠一 悪道 五右衛門の復讐
森村誠一 悪道 最後の密命
森村誠一 ねこの証明
毛利恒之 月光の夏
森 博嗣 すべてがFになる〈THE PERFECT INSIDER〉
森 博嗣 冷たい密室と博士たち〈DOCTORS IN ISOLATED ROOM〉
森 博嗣 笑わない数学者〈MATHEMATICAL GOODBYE〉
森 博嗣 詩的私的ジャック〈JACK THE POETICAL PRIVATE〉
森 博嗣 封印再度〈WHO INSIDE〉

講談社文庫　目録

森 博嗣　幻惑の死と使途〈ILLUSION ACTS LIKE MAGIC〉
森 博嗣　夏のレプリカ〈REPLACEABLE SUMMER〉
森 博嗣　今はもうない〈SWITCH BACK〉
森 博嗣　数奇にして模型〈NUMERICAL MODELS〉
森 博嗣　有限と微小のパン〈THE PERFECT OUTSIDER〉
森 博嗣　黒猫の三角〈Delta in the Darkness〉
森 博嗣　人形式モナリザ〈Shape of Things Human〉
森 博嗣　月は幽咽のデバイス〈The Sound Walks When the Moon Talks〉
森 博嗣　夢・出逢い・魔性〈You May Die in My Show〉
森 博嗣　魔剣天翔〈Cockpit on knife Edge〉
森 博嗣　恋恋蓮歩の演習〈A Sea of Deceits〉
森 博嗣　六人の超音波科学者〈Six Supersonic Scientists〉
森 博嗣　捩れ屋敷の利鈍〈The Riddle in Torsional Nest〉
森 博嗣　朽ちる散る落ちる〈Rot off and Drop away〉
森 博嗣　赤緑黒白〈Red Green Black and White〉
森 博嗣　四季　春～冬
森 博嗣　φ《ファイ》は壊れたね〈PATH CONNECTED φ BROKE〉
森 博嗣　θ《シータ》は遊んでくれたよ〈ANOTHER PLAYMATE θ〉
森 博嗣　τ《タウ》になるまで待って〈PLEASE STAY UNTIL τ〉

森 博嗣　ε《イプシロン》に誓って〈SWEARING ON SOLEMN ε〉
森 博嗣　λ《ラムダ》に歯がない〈λ HAS NO TEETH〉
森 博嗣　η《イータ》なのに夢のよう〈DREAMILY IN SPITE OF η〉
森 博嗣　目薬α《アルファ》で殺菌します〈DISINFECTANT α FOR THE EYES〉
森 博嗣　ジグβ《ベータ》は神ですか〈JIG β KNOWS HEAVEN〉
森 博嗣　キウイγ《ガンマ》は時計仕掛け〈KIWI γ IN CLOCKWORK〉
森 博嗣　χ《カイ》の悲劇〈THE TRAGEDY OF χ〉
森 博嗣　ψ《プサイ》の悲劇〈THE TRAGEDY OF ψ〉
森 博嗣　イナイ×イナイ〈PEEKABOO〉
森 博嗣　キラレ×キラレ〈CUTTHROAT〉
森 博嗣　タカイ×タカイ〈CRUCIFIXION〉
森 博嗣　ムカシ×ムカシ〈REMINISCENCE〉
森 博嗣　サイタ×サイタ〈EXPLOSIVE〉
森 博嗣　ダマシ×ダマシ〈SWINDLER〉
森 博嗣　女王の百年密室〈GOD SAVE THE QUEEN〉
森 博嗣　迷宮百年の睡魔〈LABYRINTH IN ARM OF MORPHEUS〉
森 博嗣　赤目姫の潮解〈LADY SCARLET EYES AND HER DELIQUESCENCE〉
森 博嗣　まどろみ消去〈MISSING UNDER THE MISTLETOE〉
森 博嗣　地球儀のスライス〈A SLICE OF TERRESTRIAL GLOBE〉

森 博嗣　レタス・フライ〈Lettuce Fry〉
森 博嗣　僕は秋子に借りがある I'm in Debt to Akiko〈森博嗣自選短編集〉
森 博嗣　どちらかが魔女 Which is the Witch?〈森博嗣シリーズ短編集〉
森 博嗣　喜嶋先生の静かな世界〈The Silent World of Dr.Kishima〉
森 博嗣　そして二人だけになった〈Until Death Do Us Part〉
森 博嗣　つぶやきのクリーム〈The cream of the notes〉
森 博嗣　ツンドラモンスーン〈The cream of the notes 4〉
森 博嗣　つぼみ茸《きのこ》ムース〈The cream of the notes 5〉
森 博嗣　つぶさにミルフィーユ〈The cream of the notes 6〉
森 博嗣　月夜のサラサーテ〈The cream of the notes 7〉
森 博嗣　つんつんブラザーズ〈The cream of the notes 8〉
森 博嗣　ツベルクリンムーチョ〈The cream of the notes 9〉
森 博嗣　追懐のコヨーテ〈The cream of the notes 10〉
森 博嗣　カクレカラクリ〈An Automaton in Long Sleep〉
森 博嗣　DOG&DOLL
森 博嗣　森には森の風が吹く〈My wind blows in my forest〉
森 博嗣　アンチ整理術〈Anti-Organizing Life〉
諸田玲子　森家の討ち入り
森 達也　すべての戦争は自衛から始まる

本谷有希子　腑抜けども、悲しみの愛を見せろ
本谷有希子　江利子と絶対〈本谷有希子文学大全集〉
本谷有希子　あの子の考えることは変
本谷有希子　嵐のピクニック
本谷有希子　自分を好きになる方法
本谷有希子　異類婚姻譚
本谷有希子　静かに、ねぇ、静かに
茂木健一郎　「赤毛のアン」に学ぶ幸福《しあわせ》になる方法
森林原人　セックス幸福論〈偏差値78のAV男優が考える〉
桃戸ハル編・著　5分後に意外な結末〈ベスト・セレクション〉
桃戸ハル編・著　5分後に意外な結末〈ベスト・セレクション　黒の巻・白の巻〉
桃戸ハル編・著　5分後に意外な結末〈ベスト・セレクション　心震える赤の巻〉
森　功　高倉　健〈隠し続けた七つの顔と「謎の養女」〉
望月麻衣　京都船岡山アストロロジー
山田風太郎　甲賀忍法帖〈山田風太郎忍法帖①〉
山田風太郎　伊賀忍法帖〈山田風太郎忍法帖③〉
山田風太郎　忍法八犬伝〈山田風太郎忍法帖④〉
山田風太郎　風来忍法帖〈山田風太郎忍法帖⑪〉
山田風太郎　新装版　戦中派不戦日記

山田正紀　大江戸ミッション・インポッシブル〈顔役を消せ〉
山田正紀　大江戸ミッション・インポッシブル〈幽霊船を奪え〉
山田詠美　晩年の子供
山田詠美　A《エイ》2《トゥ》Z《ズイ》
山田詠美　珠玉の短編
柳家小三治　ま・く・ら
柳家小三治　もひとつま・く・ら
柳家小三治　バ・イ・ク
山口雅也　落語魅《ミ》捨《ステ》理《リ》全集〈坊主の愉しみ〉
山本一力　深川黄表紙掛取り帖
山本一力　牡丹酒〈深川黄表紙掛取り帖(二)〉
山本一力　ジョン・マン1　波濤編
山本一力　ジョン・マン2　大洋編
山本一力　ジョン・マン3　望郷編
山本一力　ジョン・マン4　青雲編
山本一力　ジョン・マン5　立志編
椰月美智子　十二歳
椰月美智子　しずかな日々
椰月美智子　ガミガミ女とスーダラ男

椰月美智子　恋愛小説
柳　広司　キング&クイーン
柳　広司　怪談
柳　広司　ナイト&シャドウ
柳　広司　幻影城市
柳　広司　風神雷神(上)(下)
薬丸　岳　闇の底
薬丸　岳　虚夢
薬丸　岳　逃走
薬丸　岳　刑事のまなざし
薬丸　岳　ハードラック
薬丸　岳　その鏡は嘘をつく
薬丸　岳　刑事の約束
薬丸　岳　Aではない君と
薬丸　岳　ガーディアン
薬丸　岳　刑事の怒り
薬丸　岳　天使のナイフ〈新装版〉
山崎ナオコーラ　可愛い世の中
矢月秀作　A《ア》C《ク》T《ト》〈警視庁特別潜入捜査班〉

2022年3月15日現在